OETINGER TASCHENBUCH

Andreas Götz, geboren 1965, hat Germanistik studiert und lebt als freier Autor in der Nähe von München. Er hat zeitweise auch als Journalist und Übersetzer gearbeitet sowie Hörspiele für mehrere Rundfunkanstalten geschrieben. »Stirb leise, mein Engel« war sein erster Roman für junge Erwachsene. Mit »Hörst du den Tod?« legt er nun erneut einen packenden Thriller vor.

Andreas Götz

Hörst du den Tod?

Oetinger Taschenbuch

Außerdem bei Oetinger Taschenbuch erschienen:

Stirb leise, mein Engel

MIX
Papier aus verantwortungsvollen Quellen
FSC
www.fsc.org
FSC® C083411

1. Auflage 2017
Oetinger Taschenbuch in der Verlag Friedrich Oetinger GmbH,
Poppenbütteler Chaussee 53, 22397 Hamburg
August 2017

Einbandgestaltung: bürosüd
Druck: CPI books GmbH, Birkstraße 10, 25917 Leck, Deutschland
ISBN 978-3-8415-0472-2

www.oetinger-taschenbuch.de

Für Lisa-Marie

Noch 21 Tage

20:50 Uhr

»Was wollen Sie von mir? Warum bin ich hier?«

Mach dich nicht lächerlich, Vera. Glaubst du, ich kann die Angst in deiner hohlen Stimme nicht hören?

»Geht es um Geld? Ich hab Geld. Wie viel wollen Sie?«

Nein, es geht nicht um Geld, Vera. Obwohl Geld irgendwann eine Rolle spielen wird. Aber nur eine ganz untergeordnete.

»Hallo! Reden Sie mit mir.«

Ich stelle den Lautsprecher stumm. Auf dem Monitor sehe ich, dass sie weiterspricht. Ich muss das nicht hören. Was wird sie schon sagen? In etwa das, was alle gesagt haben. Völlig uninteressant. Und noch ist der Klang ihrer Stimme zu schrill. Erst wenn sie ermatten, wenn sie weich und biegsam werden wie Eisen, das geschmiedet wird, höre ich sie gerne.

Ich prüfe, ob der Stimmenverzerrer an ist, und schalte das Mikro ein.

»Sei jetzt still, Vera. Ich muss dir etwas erklären.«

Sie verstummt, schaut voll banger Erwartung in die Kamera.

»Du hast wahrscheinlich bemerkt, dass du nicht nur an einer Kette, sondern auch an einem Stromkabel hängst. Solltest du auf die Idee kommen zu schreien, werde ich den Strom einschalten. Er wird dich nicht töten. Aber er wird dir wehtun.«

Sie muss ja nicht wissen, dass nicht nur ich den Stromschlag auslösen kann, sondern auch sie selbst. Obwohl ich ihr den genial einfachen Mechanismus nur zu gerne zeigen würde. Aber sie soll sich ja allzeit von mir beschützt fühlen. Auch wenn ich gar nicht da bin.

»Wenn du mir nicht glaubst, kannst du es gerne ausprobieren. Willst du es ausprobieren?«

Sie schüttelt den Kopf.

»Aber ich.«

Ich verpasse ihr eine Ladung. Sie zuckt, schreit auf, beherrscht sich aber gleich wieder.

»Hast du das Prinzip verstanden?«

Sie nickt.

»Gut. Ich will, dass du etwas tust. Hörst du mich?«

Wieder ein Nicken.

»Auf dem Monitor vor dir erscheint gleich ein Text. Ich möchte, dass du ihn laut vorliest. Siehst du das kleine Mikro? Geh ruhig näher ran, damit man dich besser versteht. Und lies so, dass der Ernst deiner Lage rüberkommt.«

Ihr Mund bewegt sich, sie sagt etwas, aber ich kann sie nicht hören, weil der Lautsprecher immer noch aus ist. Ich weiß trotzdem, was sie gesagt hat, ich habe es von ihren Lippen gelesen.

Werde ich hier sterben?

»Nein, wirst du nicht, Vera.«

Sie schöpft Hoffnung, weil sie nur hört: *Du wirst nicht sterben.* Dabei habe ich bloß gemeint, dass sie nicht *hier* sterben wird. Nein, Vera, hier bist du nur aus nostalgischen Gründen. Weil hier alles begann. *The First Cut Is the Deepest.* Den alten Song kennst du sicher. Mit dir wird sich ein Kreis schließen. Aber sterben wirst du nicht hier, sondern in einem engen, finsteren Loch, und ich werde jeden Seufzer, jedes Stöhnen, jeden Atemzug von deinen Lippen saugen.

»Hier ist dein Text, Vera. Lies!«

21:23 Uhr

WIE HARMLOS DER UMSCHLAG doch wirkt in diesem Apfelblütenweiß. Wie weich und leicht er sich anfühlt mit seiner Wattierung. Selbst mit Inhalt wiegt er fast nichts. Und doch wird er mehrere Leben verändern. Für immer. Ich stelle mir vor, wie Linus ihn, wenn er von der Schule kommt, aus dem Briefkasten nimmt, ins Haus trägt und ablegt. Ahnungslos. Wie er eben ist, der beschränkte Junge. Mit dieser außergewöhnlichen, unübertroffenen Gabe, um die niemand ihn so sehr beneidet wie ich. Und die er so wenig zu schätzen weiß.

Ich stecke den Umschlag in die unbenutzte Plastiktüte und ziehe die Latexhandschuhe ab. Morgen fahre ich nach Frankfurt und werfe ihn in einen Briefkasten. Einen, wo es weit und breit keine Überwachungskameras gibt. Man muss höllisch aufpassen heutzutage. Wäre doch schade, wenn dieses Spiel aus Nachlässigkeit enden müsste, ehe es richtig begonnen hat. Obwohl es kein Spiel ist. Eher eine Lektion.

Eine von der Sorte: Wer nicht hören will, muss fühlen.

Noch 19 Tage

13:16 Uhr

Wieder nur der Anrufbeantworter. Das war jetzt schon der dritte Tag in Folge. Langsam machte Linus sich wirklich Sorgen. Wo steckte seine Mutter bloß? Wenn sie verreist war, wieso hatte sie nichts gesagt? Einfach so zu verschwinden war eigentlich nicht die feine Art. Oder nahm sie es ihm doch übel, dass er nach der Trennung nicht mit ihr gegangen war?

Er hatte es ihr erklärt. Tausend Mal. Und sie hatte gesagt, es sei in Ordnung. Sie bleibe seine Mutter. Er könne zu ihr kommen, wann immer er wolle. Dann hatte sie ihm einen Zweitschlüssel für ihr neues Haus in die Hand gedrückt, mit der Bitte, seinem Vater nichts davon zu verraten. *Unser kleines Geheimnis,* hatte sie mit einem verschwörerischen Lächeln gesagt. So wie das eigene Zimmer, das sie ihm bei sich eingerichtet hatte. Und das Musikzimmer mit dem nagelneuen Klavier. Aber er hatte es trotzdem gehört, in ihrer Stimme. Wie enttäuscht sie war. Wie verletzt. So, als hätte er die Familie verlassen und nicht sie.

Linus schob sein Handy in die Hosentasche.

Ein Blick auf die Uhr. Wo blieb Lucy bloß?

Helle Stimmen, die er mehr spürte als hörte, ließen ihn aufblicken. Er hatte sich nicht geirrt. Er irrte sich nie. Zwei Mädchen in schulterfreien Tops waren auf den Hof getreten. Keine von ihnen war Lucy.

Linus stöhnte.

Die Hitze war unerträglich, selbst hier im Schatten. Nicht nur, dass sie ihm den Schweiß aus den Poren trieb, sie drückte auch unangenehm auf seine Ohren und brachte dabei selbst einen Klang hervor. Oder gab es diesen Klang nur in seinem Kopf? Nein, er wusste, dass er die Hitze hörte. So wie Kälte. Oder Nebel. Und tausend andere Sachen, die sonst niemand hörte. Doch wen wollte er mit so was schon beeindrucken? Wieso konnte er kein Sport-Crack sein? Oder wenigstens ein Mathe-Genie? Selbst das wäre cooler gewesen.

Ein Geräusch sickerte in die dumpfe Stille, erst klang es wie feines Rieseln von Sand, dann, mit zunehmender Lautstärke, als würde der Sand zwischen Steinen zerrieben. Mit zusammengekniffenen Augen schaute Linus die Straße hinab, wo sich nach einer Weile aus der flirrenden Luft über der Kreuzung eine Gestalt formte, die auf einem Skateboard stand. Sie kam rasch heran. Ein Junge in Baggy Pants und mit einem Basecap auf dem Kopf. Linus kannte ihn, wenn auch nur vom Sehen. Und von dem, was man über ihn erzählte. Es war Benny. Lucys kleiner Bruder mit der großen Klappe.

Garantiert kein Zufall, dass er gerade jetzt hier aufkreuzte.

Das sah nach Ärger aus.

13:16 Uhr

»HUNDERTDREISSIG IST DAS ABSOLUTE LIMIT. Nimm es oder lass es, aber mach schnell.«

Unentschlossen knabberte Viola an ihrer Unterlippe, während ihre Fingerspitzen verliebt den Touchscreen des Smartphones streichelten.

Lucy unterdrückte einen Stoßseufzer und wünschte sich ans andere Ende der Welt. Oder wenigstens in den Schatten des Ahorns vor dem Schulhof, wo sie Linus schon viel zu lange warten ließ. Wann würde diese dumme Gans sich endlich entscheiden?

»Was überlegst du groß rum? Im Geschäft zahlst du locker drei- oder vier Mal so viel. Hundertdreißig ist praktisch geschenkt!«

»Das Teil ist geklaut, oder?«

Lucy verzog den Mund. Sie hasste Simon dafür, dass er sie dauernd in solche Situationen brachte. Wieso ließ sie sich nur immer wieder von ihm einspannen?

Auf dem Flur vor dem Mädchenklo wurden Schritte laut. Shit! Unverkennbar Hausmeister Hanke mit seinen klobigen orthopädischen Schuhen. Vor der Tür verklang das dumpfe Schlagen seiner Schritte, dafür wimmerten die Türscharniere. Doppel-Shit! Gleich würde er vor ihnen stehen, mit dem fiesesten Grinsen auf dem Gesicht, das man sich vorstellen konnte. Hankes Gang mochte behäbig sein, im Kopf war er ziemlich fit.

Viola erstarrte zur Salzsäule. Wahrscheinlich sah sie schon einen fetten Verweis in ihre pinkfarbene Seifenblasenwelt flattern. Und mit ihm jede Menge Stress.

Die hatte doch keine Ahnung, was echter Stress war!

Schon einmal hatte Hanke Lucy bei so einer Aktion erwischt, aber da hatte sie sich noch herausreden können. Was schwer genug gewesen war. Hanke hatte bereits Simons Realschulkarriere beendet, als er ihn beim Aufbrechen eines Spinds ertappte. Er machte kein Geheimnis daraus, dass Lucy in seinen Augen keinen Deut besser war. Oder sogar noch schlimmer. Weil ihr unschuldiges Aussehen und ihr unscheinbares Auftreten alle täuschte. Alle außer ihn. Dass Lucy davongekommen war, wurmte ihn. Deshalb lauerte er seither auf die Gelegenheit, sie doch noch zu überführen. War sein großer Tag heute gekommen? Die doofe Viola würde seinem Verhör bestimmt keine fünf Minuten standhalten.

Sie packte die dumme Nuss am Handgelenk, zerrte sie in eine Kabine und schloss hinter ihnen ab. Keine Sekunde zu früh, denn schon hatte der Hausmeister den Waschraum durchquert. Nur noch drei Meter und eine dünne Tür trennten sie von ihm.

»Hallo?« Hankes ölige Stimme. »Ist da jemand?«

Ein deutlich hörbares Schnüffeln. Sein Raucher-Radar.

Die zugesperrte Kabinentür war ihm bestimmt nicht entgangen. Keine Chance also, dass er einfach wieder verschwinden würde. Außerdem – das fiel ihr erst jetzt ein – lag ihre Schultasche neben dem Heizkörper. Totstellen war also keine Option. Was blieb sonst noch?

»Kann man hier nicht mal in Ruhe pissen?« Je derber, desto besser.

Sie sah vor sich, wie Hanke seine wulstige Unterlippe nach vorne schob. Das machte er immer, wenn er unsicher war.

»Bist du das, Lucy Sommer?«

»Wollen Sie rein? Bitte!« Sie drehte das Schloss auf. »Was der Direktor wohl dazu sagt, dass Sie Mädchen aufs Klo nachschleichen?«

»Ist ja gut«, gab er zurück und humpelte davon.

Als er weg war, lachte Viola erleichtert auf.

»Ganz schön abgebrüht. Respekt.«

»Was ist jetzt? Nimmst du das Handy oder nicht?«

»Wie viel noch mal? Hundertzwanzig?«

»Hundertdreißig.«

Viola kramte die Scheine aus ihrer Hosentasche. »Man sieht es dir nicht an, Lucy, aber du bist echt cool.«

Nee, bin ich nicht, dachte sie. Wenn ich cool wäre, wäre ich gerade bei Linus.

13:28 Uhr

»ICH WEISS GENAU, WER DU BIST, ALTER.«

Bennys Stimme war eine Mischung von Quietsch- und Krächzlauten, von unkontrollierten Aufschwüngen und Abstürzen. Offenbar war er mitten im Stimmbruch.

Linus wich seinem frechen Blick nicht aus, schwieg jedoch hartnäckig.

Aus der Nähe betrachtet, fand er viel von Lucy in Bennys Gesicht wieder: ihren kleinen Mund, das schmale Kinn und die spitze Nase. Doch durch die fliehende Stirn, die struppigen Haare, die unter dem Basecap herauslugten, und die leicht vorstehenden Schneidezähne wirkte er wie eine Karikatur seiner Schwester.

»Du bist der, der mit meiner Schwester rummacht, oder?«

»So würde ich das nicht nennen.«

Bennys Zeigefinger tippte gegen seine Brust. »Mir egal, wie du das nennst, Alter. Bild dir bloß nichts ein.«

Linus schob die Hände in die Hosentaschen und trat von einem Bein auf das andere. Er war jetzt schon viel ruhiger. Dieser krächzende Junge, der ein bisschen wie ein zerfledderter Papagei aussah, war eher zum Lachen als zum Fürchten.

»Was gibt's 'n da zu grinsen?«

Grinste er wirklich?

»Benny!«

Der Ruf kam vom Schulhof her. Lucy.

Fünf, vier, drei Sekunden, und sie war da. Das Warten auf sie war nur noch die Pause zwischen zwei Noten. Ein Teil der Musik. Und jetzt, als sie neben ihm stand – das schönste Gefühl auf der Welt.

»Lass Linus in Ruhe!« Sie fuhr ihren kleinen Bruder mit einer Heftigkeit an, die man ihr auf den ersten Blick gar nicht zutraute.

»Linus«, mokierte sich Benny kichernd. »So heißt doch nur ein Spasti.« Er wurde ernst, nahm die Kappe vom Kopf, kämmte mit den Fingern durchs platt gedrückte Haar und setzte sie wieder auf. »Simon schickt mich.«

»Bin gleich bei dir«, sagte Lucy zu Linus und schob ihren kleinen Bruder ein Stück weit fort.

Nicht weit genug.

Er wollte ihr Gespräch nicht belauschen. Trotzdem hörte er, wie Benny sagte: »Hast du die Kohle?« Mehrere Geldscheine wanderten von ihrer Hand in die seine. Was ging da vor sich? Ganz koscher wirkte es nicht. Als Benny das Geld in seine Hosentasche geschoben hatte, boxte Lucy ihn ohne Vorwarnung gegen die Schulter.

»Spinnst du! Das hat wehgetan!«, kiekste er und rieb sich die getroffene Stelle.

»Hau bloß ab. Und sag Simon: Das war das letzte Mal. Hanke hätte mich fast erwischt.«

Benny warf sein Skateboard auf die Straße, sprang darauf und rollte los. »Bitch …«, zischte er zwischen den Zähnen, aber das konnte außer ihm selbst nur Linus verstehen.

Lucy flüchtete in seine Arme. Sie musste den Kopf in den Nacken legen, um ihm ins Gesicht schauen zu können. Ihre grünen Augen funkelten ihn an.

»Sorry, dass ich zu spät war. Bist du sauer?«

Wie sollte er? Sie im Arm zu halten, entschädigte ihn für alles.

»Was war los?«

»Ach, nichts.« Sie schlug die Augen nieder. »Nur jemand, dem mein Bruder Geld geliehen hat.«

Die Worte klangen hohl. Dünn. Etwas höher als üblich. So klangen Lügen. Verstellung. Aber auch Verlegenheit und Scham. Was davon war es?

Linus war peinlich berührt. Weil sie etwas zu verbergen versuchte, ohne zu ahnen, dass das bei ihm nicht so einfach war. Und weil er, ohne es zu wollen, tiefer in ihr Leben eingedrungen war, als sie ihm erlaubte. Was gingen ihn ihre Geheimnisse an? Er wollte sie nicht erfahren. Nicht so.

14:24 Uhr

Linus hielt den Klingelknopf gedrückt, mindestens zehn Sekunden lang. Das dauernde *Ding-Dong*, das gedämpft aus dem Inneren des Hauses drang, fing an ihn zu nerven. Er ließ den Knopf los.

»Und jetzt?«, fragte Lucy.

Er griff in die Hosentasche, zog einen Schlüssel heraus, der an einem roten Bändchen hing, und schob ihn ins Schloss.

»Wir sehen bloß nach, was los ist. Danach gehen wir in den Park. Versprochen.«

»Hm«, machte sie nur, aber es klang wie: *Was soll schon los sein? Deine Mutter ist nicht zu Hause. So was kommt vor.*

Die Tür war abgeschlossen. Seine Mutter war also weggegangen. Er atmete auf. Die Sorge, sie könnte schwer verletzt irgendwo im Haus liegen, hatte sich erledigt. Er trat in den Flur. Lucy blieb einen halben Schritt hinter ihm.

Nach dem Brummen der Welt draußen wirkte die Stille hier drinnen betäubend. Er blickte sich um. Überall aufgeräumte Leere. Was hatte er erwartet?

Auf einem Tischchen stand das Telefon in der Station, ein rotes Lämpchen blinkte.

»Hallo? Mama?«

Keine Antwort. Wie erwartet.

»Sehen wir uns um.«

»Findest du das wirklich okay?«

»Wir wühlen ja nicht in ihren Sachen.«

Sie gingen in jedes der zahlreichen Zimmer. Keine Spur von seiner Mutter. Aber auch keine leeren Kleiderbügel in den Schränken und keine Lücken in den Reihen der Toilettenartikel, Duftflaschen und Schminksachen. Die mit Aufklebern bedeckten Koffer standen in der Abstellkammer. Verreist war sie anscheinend nicht. Auch das Auto stand an seinem Platz in der Garage. Das war allerdings merkwürdig. Linus' Mutter ging eigentlich keinen Meter zu Fuß.

14:42 Uhr

»MAMA, WO STECKST DU DENN? Melde dich doch!«

Die Stimme auf dem Band klang wie eine schlechte Kopie seiner wirklichen Stimme. Befremdlich. Er drückte den *Skip*-Knopf, um zu den nächsten Nachrichten zu springen. Die meisten stammten von ihm selbst, dazwischen war eine von Beatrice, einer alten Freundin seiner Mutter, und eine von Onkel Frido aus Mannheim. Ein paar Anrufer hatten einfach aufgelegt. Einmal fragte sein Vater, wie es so ginge. Obwohl er behauptete, keinen Kontakt zu ihr zu haben. Keine große Überraschung. Er hatte ihm das eh nicht geglaubt.

»Glaubst du, ich darf mir einen Joghurt nehmen?«, rief Lucy aus der Küche.

»Klar.«

Nach den neuen Nachrichten ging er zu den alten über, die seine Mutter noch nicht gelöscht hatte. Zum Glück war sie darin ziemlich nachlässig.

Lucy kam mit einem Maracuja-Joghurt in den Flur.

»Und?«

»Nichts so weit.«

»Der Mülleimer ist leer.«

Er sah sie an und verstand, was sie meinte. Bevor man für längere Zeit wegfuhr, brachte man den Müll raus. Also war sie doch verreist?

Eine Aufnahme, die nur aus einem Räuspern bestand, ließ Linus aufhorchen.

»Das kommt mir bekannt vor«, sagte er.

Lucy sah ihn erstaunt an. »Das Räuspern? Klang für mich wie jedes andere.«

Er ignorierte ihre Bemerkung, konzentrierte sich nur auf die Aufnahme. Doch es folgte bloß noch ein Piepen, danach Stille.

»Und jetzt?« Lucy löffelte weiter ihren Joghurt.

»Keine Ahnung. Ich kapier nicht, warum sie sich nicht meldet.«

»Was meint denn dein Vater?«

»Nichts. Wir reden nicht über meine Mutter. Oder so gut wie nicht. Das ist …«

Er brach mitten im Satz ab, denn er hatte etwas auf dem Boden bemerkt. Einen schwarzen Splitter, kleiner als eine Träne. Er hob ihn auf. Eine Seite war glatt poliert, die andere kantig und spitz. Anscheinend war er aus einem größeren Stück herausgebrochen.

»Was ist das?«, fragte Lucy.

»Keine Ahnung. Was denkst du?«

Er präsentierte ihr den Fund auf seiner Fingerspitze. Sie betrachtete ihn genau, wiegte unschlüssig den Kopf.

»Könnte Onyx sein.«

»Onyx?«

»Das ist so 'n Schmuckstein. Mein Opa hatte einen Ring mit so einem.«

Linus konnte sich nicht erinnern, an seiner Mutter jemals einen schwarzen Stein gesehen zu haben. Doch das musste nichts heißen, so genau kannte er sich in ihrer Schmuckschatulle auch wieder nicht aus. Er legte den Splitter neben das Telefon.

»Und jetzt?«, fragte Lucy noch einmal und leckte sich Joghurt von der Lippe.

15:32 Uhr

VERSONNEN BETASTETE ER IHR ROTES, lockiges Haar, das ihren halben Rücken bedeckte, während ihr Kopf an seiner Schulter ruhte. Kaum zwei Meter entfernt zogen tuschelnd die Wellen des kleinen Bachs vorüber, über ihnen wölbte sich die schmale Fußgängerbrücke. Die Welt schien ganz weit weg zu sein. Er war schon oft hier vorübergekommen, und doch hätte er dieses wildromantische Plätzchen unter der Brücke ohne Lucy nicht kennengelernt. »Hier hab ich schon als Kind gern gespielt«, hatte sie ihm erzählt, und er hatte sich vorgestellt, wie Klein Lucy mit einem Hofstaat aus Puppen und Einhörnern hier residierte.

»Wär es nicht toll, wenn wir hier unten wohnen würden?«, sagte sie, und das Echo ließ ihre Stimme noch voller klingen.

»Ja, ganz toll. Wie zwei Penner. Und unsere Adresse wäre: Unter der Brücke sieben.«

Sie lachte kurz auf, dann sagte sie: »So doch nicht. Eher wie …«

»Schon klar. Wie in einem romantischen Märchen.«

»Du bist doof.«

»Und du total süß.«

Sie schmiegte sich noch etwas enger an seine Schulter.

Er führte seine Hand an ihrem Rückgrat entlang, bis zum Ansatz ihres Pos, hielt kurz inne, schob seine Finger erst unter den Bund der Jeans, dann unter den ihres Slips. Ihre nackte Haut zu fühlen, erregte ihn, und es war ihm ein wenig unangenehm, dass sie das wohl auch spürte. Andererseits war es vielleicht gerade das, was sie spüren wollte, denn wieso sonst drückte sie ihren Oberschenkel so in seinen Schritt?

Er hörte sich selbst trocken schlucken, während ihm gleichzeitig der Schweiß aus den Poren zu rinnen begann.

Ob sie wohl schon Erfahrungen mit Jungs hatte? Nicht viele, sagte ihm sein Gefühl.

Er musste an seinen bisher einzigen, eher unglücklichen Versuch letztes Jahr im Schullandheim denken. Sonja Veth aus der Parallelklasse. Ihre Figur hatte ihm gefallen und ihr süßes Lächeln, doch er war nicht richtig in sie verliebt gewesen, und sie auch nicht in ihn. Vor allem die Neugierde hatte sie beide angetrieben, und da sich die Möglichkeit ergab und das eine oder andere Bier sie mutiger gemacht hatte, als sie eigentlich waren, wollten sie sie nicht einfach verstreichen lassen. Eine dumme Idee, wie sich zeigte. Er war von einer Sekunde auf die nächste stocknüchtern gewesen, hatte sich von da an selbst reden und atmen gehört wie einen Fremden, und dadurch wurde das Ganze rasch peinlich, weshalb sie es sein ließen, bevor groß was passiert war.

Mit Lucy sollte es anders sein. Und das würde es auch. Neben den Gefühlen für sie verblasste alles, was er jemals für ein Mädchen oder überhaupt einen Menschen empfunden hatte.

»Woran denkst du?«, fragte sie da, hob den Kopf und sah ihn an. Ihre Wangen glühten wie Abendrot.

»Nichts Bestimmtes.«

Er küsste sie zärtlich auf die Nasenspitze. Das Pulsieren in seinem Bauch wurde wuchtiger, eine neue Hitzewelle brandete an, und seine Ohren waren erfüllt vom Klang ihres weich fließenden Atems.

»Ich liebe dich, Linus Dorn.«

»Nicht so sehr wie ich dich, Luzia Sommer.«

»Ich liebe dich aber unendlich. Mehr geht nicht.«

»Doch. Unendlich und eins.«

Sie schob ihre Hand unter sein Shirt und die Brust hinauf. Über seinem Herzen hielt sie kurz inne, wie um dem Pochen unter der Haut nachzuspüren. Dann wanderte die Hand weiter, bis unter seine Achsel. Ihre Fingerspitzen kitzelten ihn ein wenig, doch es war schön. Erregend. Er wollte ihr näher sein, als er jemals irgendjemandem gewesen war. Er wollte –

»Was geht 'n hier ab!?«

Linus zuckte heftig zusammen, und doch nicht so sehr wie Lucy. Als hätte eine Schlange nach ihr geschnappt, schnellte ihre Hand unter seinem Shirt hervor. Sie setzte sich neben ihm auf, ihr Schatten fiel über ihn.

»Was willst du?«, fragte sie rau.

Der Typ trat näher. Er war einige Jahre älter als Linus, Anfang oder Mitte zwanzig.

»Woher weißt du überhaupt, dass ich hier bin?«

»Glaubst du, ich kenn deine Verstecke nicht?«

Lucy wandte sich an Linus. »Den einen Bruder von mir hast du heute ja schon kennengelernt. Das ist der andere: Simon.«

Die Ähnlichkeit war nur auf den zweiten Blick erkennbar. Simon war mittelgroß und gedrungen, über seinen dunklen Augen wölbten sich dichte Brauen. Obwohl er überlegen und lässig auftrat, klang er die ganze Zeit, als erhole er sich von einer Anstrengung.

»Mama braucht dich«, sagte er zu Lucy.

Die schnaubte genervt.

»Komm schon. Hoch mit dir!« Simon packte sie am Arm und zog sie auf die Beine wie ein unartiges Kind.

»He!« Linus sprang auf.

Simon fuhr herum, doch Lucy schob sich zwischen sie. »Lass gut sein«, bat sie erst Linus und dann ihren Bruder: »Du auch. Gehen wir.«

Sie schnappte sich ihre Schultasche und warf Linus über die Schulter einen Abschiedskuss zu.

Er trat unter der Brücke hervor und schaute den beiden nach. Während Lucy ihr Fahrrad aufschloss, das neben seinem an einen Laternenpfahl gekettet war, kehrte Simon um und kam zu ihm zurück.

»Hör mal, Junge«, sagte er und legte Linus die Hand in den Nacken, was seltsam wirkte, denn er war einen Kopf kleiner und musste daher zu ihm aufsehen. »Glaub bloß nicht, du kannst bei meiner naiven Schwester problemlos einen wegstecken, klar? Das läuft nicht.« Er drückte ihm die Fingernägel in die Haut, ließ ihn dann los und klopfte ihm auf den Rücken. »Wir haben uns verstanden. Nichts für ungut.«

»Pah«, machte Linus, als Simon weg war. Wenn er glaubte, ein paar markige Worte und ein Auftritt wie aus einem schlechten Gangsterfilm reichten, um ihn von Lucy fernzuhalten, täuschte er sich gewaltig.

16:07 Uhr

»BIST DU SAUER?«, FRAGTE SIMON.

Lucy saß mit eingezogenen Schultern und verschränkten Armen auf dem Beifahrersitz. Aus dem Kofferraum klang immer wieder das Klappern ihres Fahrrades, das Simon unsanft hineingeworfen hatte. Dass ausgerechnet er den Moralapostel spielte, war der reinste Witz. Aber es hatte keinen Sinn, mit ihm zu streiten. Immer drehte er sich alles so hin, wie er es brauchte.

»Er ist bestimmt ein netter Kerl, aber … Jungs in dem Alter wollen nur Mädels rumkriegen. Ist nun mal so. Sie können gar nichts dafür. Das sind die Hormone. Ich weiß das. Ich war genauso.«

Du bist noch immer so!, wollte sie schon protestieren, verkniff es sich aber.

»Klar, er sagt, dass er dich liebt und so. Wahrscheinlich glaubt er das auch. Aber kaum hat er dich gehabt, liebt er in null Komma nix eine andere.«

Seine Hand ging vom Schalthebel zu ihrem Gesicht, neckisch kniff er sie in die Wange. Doch sie zog ihren Kopf weg.

»Bloß dass sich so ein Schnösel an dir die Hörner abstößt, Kirsche, dafür bist du echt zu schade. Das lass ich nicht zu.«

Lucy rollte mit den Augen. Sie brauchte keinen Beschützer mehr. Sie war alt genug, auf sich selbst aufzupassen. Eigene Erfahrungen zu machen.

»Was ist jetzt eigentlich mit Mama?«

16:44 Uhr

DER RAUM LAG IN PECHSCHWARZEM Dunkel. Nur dort, wo der Rollladen nicht ganz schloss, sickerte ein schmaler Streifen Licht herein. Abgestandene, staubige Luft. Und diese Stille. Kein Laut. Nicht mal ein Atmen. Wie in einer Grabkammer.

»Lucy? Bist du das?«

»Ja, Mama.«

Den Weg von der Tür zum Bett fand sie im Dunkeln.

»Wie geht es dir?«

Keine Antwort, nur ein Schnauben. Dann: »Wo warst du? Schule ist doch schon lange aus.«

Sie schwieg. Wahrscheinlich wusste ihre Mutter längst über Linus Bescheid. Von Simon. Oder Benny.

»Ich dachte, du kommst überhaupt nicht mehr.«

Sie legte die Hand auf die dicke Daunendecke, unter der ihre Mutter begraben war. »Jetzt bin ich ja da, Mama. Hast du deine Medikamente nicht genommen?«

»Die helfen doch eh nicht.«

Natürlich halfen die Medikamente. Aber nur, wenn man sie rechtzeitig einnahm. Was sie aus irgendeinem Grund nicht tat.

»Ist es sehr schlimm?«

Nur ein tiefes Seufzen. Ihre Mutter griff nach ihrer Hand und drückte sie so fest, dass es wehtat.

Sie dachte an Linus. An das schöne große Haus seiner Mutter. An den Garten und das blitzblanke Auto in der Garage. An das Zimmer, das sie für ihren einzigen Sohn eingerichtet und das er noch nie genutzt hatte, genauso wenig wie das glänzende Steinway-Klavier im Musikzimmer. Eine andere Welt war das, unendlich weit weg von ihrer.

In der Ruhe dieser Gruft kamen ihr ihre Gedanken so laut vor, dass sie fürchtete, ihre Mutter könnte sie hören.

»Was ist das für ein Geruch?« Ihre Mutter zog Lucys Hand erst ganz unter ihre Nase und roch daran, um sie im nächsten Moment von sich wegzustoßen. »Igitt! Was ist das?«

Was meinte sie? Sie roch selbst an ihrer Hand. Und da spürte sie an ihren Fingerspitzen wieder Linus, seinen Herzschlag, die weiche Haut unter seinen Achseln.

»Wieso hast du dir nicht die Hände gewaschen? Du weißt doch, wie empfindlich ich bei einem Anfall bin. – Geh weg! Wasch dich! Und mach mir meinen Tee!«

»Ja, Mama.«

16:57 Uhr

SIE VERHARRTE REGUNGSLOS vor der Tür, starrte auf ihre Finger, die Linus berührt hatten, führte sie an die Nase und atmete tief ein. Ihr war plötzlich zum Heulen zumute. Wegen ihrer Mutter, ihren missratenen Brüdern, ihrem Vater; wegen Linus und dem Zimmer, das er nicht nutzte, so wenig wie den Flügel; wegen ihrer Liebe, die auf einmal so aussichtslos erschien und doch so schön war.

»Und?«

Das Wort, nur geflüstert und dennoch wie ein Schrei in der Stille.

Sie blickte auf.

Simon stand in der Küchentür und sah sie an.

Benny stand in der Tür zu seinem Zimmer und sah sie an.

Ihr Vater stand in der Tür zu seinem sogenannten Büro und sah sie an.

Sie sagte nichts, sondern ging an Simon vorbei in die Küche, um Teewasser aufzusetzen. Simon trat hinter sie, Benny trippelte herein, die Pantoffeln ihres Vaters schlurften über das Linoleum. Das *Und?* hing noch immer in der Luft.

»Sie will Tee«, brach sie das Schweigen, »und anscheinend weiß hier keiner außer mir, wie man Wasser zum Kochen bringt.«

16:57 Uhr

DER BLÜTENWEISSE, WATTIERTE UMSCHLAG stach zwischen der anderen Post, die den Schlitz des Briefkastens verstopfte, deutlich hervor. Linus zog den ganzen Packen heraus, klemmte ihn in den Gepäckträger und fuhr die Auffahrt hinauf.

Seit das Buch seines Vaters auf dem Markt war, wurde er mit Leserpost überschüttet. Einen solchen Erfolg hatte niemand erwartet. Wer interessierte sich schon für forensische Phonetik? Wer wusste überhaupt, was das war? Doch ein paar Auftritte und Interviews im Radio und Fernsehen hatten genügt, um aus dem Langweilerthema einen brennend interessanten Stoff zu machen. Analyse von Tondokumenten, Stimmenvergleiche, spektakuläre Fälle. Schon dachten die Leute, was sein Vater machte, wäre eine Art Ohren-*CSI*. Er galt als brillanter Kriminalist, Forensiker und Gehörgenie. Brillant war er, ein besonders feines Gehör hatte er auch, aber er war kein Kriminalist, sondern Professor für Phonetik, mit Schwerpunkt Stimmerkennung und Forensik. Nur gelegentlich half er bei Ermittlungen mit.

Linus legte die Post auf den Küchentisch und fischte den weißen Umschlag aus dem Haufen. Er war leicht wie Luft. Der Absender hatte die Anschrift nicht von Hand daraufgeschrieben, sondern auf weißes Papier ausgedruckt, ausgeschnitten und aufgeklebt. Manche Leute waren ganz schön umständlich. Linus tastete den Brief ab und erspürte zwischen der Polsterung einen schmalen, länglichen Gegenstand. Möglicherweise ein USB-Stick.

Sein Handy klingelte. *Lucy,* stand im Display. Er nahm ab.

»Wollte dich eh gleich anrufen«, sagte er. »Alles klar bei dir?«

»Alles gut. Und bei dir?« Die Freude, ihn zu hören, perlte durch ihre Stimme.

»Alles bestens. Was war denn mit deiner Mutter los? Hoffentlich nichts Schlimmes.«

»Sie hat schon ihr Leben lang Migräne. Total heftig. Und wenn sie einen Anfall hat, muss ich da sein.«

»Übel.«

»Und wie. – Hör mal, ich möchte mich für meine Brüder entschuldigen. Sie sind nicht so fies, wie sie rüberkommen. Sie meinen halt, sie müssten mich beschützen.«

Glaubte sie wirklich, dass das ihre Motive waren? Den beiden machte es einfach Spaß, ihre Schwester zu kontrollieren. Und die Eltern ließen sie anscheinend gewähren. Oder machten es vielleicht sogar genauso.

»Eigentlich ist das jetzt mein Job. Dich beschützen, meine ich.«

»Nee. Eigentlich ist das *mein* Job. Aber uns beide gibt es noch? Meine Brüder haben dich nicht abgeschreckt?«

»Deine Brüder sind mir egal. Ich will nicht mit ihnen zusammen sein, sondern mit dir.«

»Immer noch?«

»Natürlich.«

Nein, sie klang nicht so, als hätte sie ernsthaft befürchtet, er würde sie bloß wegen ihrer Brüder fallen lassen. Aber das aus seinem Mund zu hören, hob eindeutig ihre Stimmung.

»Alles wird gut«, sagte er, »wir sehen uns morgen bei der Probe.«

Er legte den weißen Umschlag, den er die ganze Zeit in der Hand gehalten hatte, zur anderen Post.

20:28 Uhr

»Hi, Pa.«

Linus folgte seinem Vater in die Küche, wo der ein Bier aus dem Kühlschrank holte und in großen Schlucken herunterstürzte. Dann deutete er auf den Küchentisch.

»Die heutige Post?«

Linus nickte.

Sein Vater schlurfte an den Tisch, stellte das halb geleerte Bier hin, blätterte flüchtig durch den Stapel Briefe und seufzte. »Hätte ich bloß dieses verdammte Buch nie geschrieben.«

Na klar, dachte Linus und grinste in sich hinein. Er wusste genau, wie stolz sein Vater auf seinen Erfolg war.

Jetzt nahm er das weiße Kuvert und betrachtete es von beiden Seiten. »Können die Leute nicht mal ihren Absender draufschreiben?«

»Weißt du zufällig, was mit Mama los ist? Ich quatsch ihr seit Tagen auf den AB und die Mailbox, aber sie meldet sich nicht.«

»Was fragst du mich?«

»Ich dachte halt …«

Den weißen Umschlag noch immer in der Hand, kam sein Vater näher.

»Wir müssen akzeptieren, dass deine Mutter jetzt ihr eigenes Leben hat und uns keine Rechenschaft mehr schuldig ist.«

Und das ausgerechnet von dir, dachte er, sagte aber: »Ich war heute bei ihr. In ihrem Haus.«

Sein Vater sah ihn irritiert an.

»Ich hab 'nen Schlüssel.« Er zog ihn aus der Hosentasche. Das rote Bändchen lag wie ein offener Schnitt über seinem Handballen. »Sie hat mir auch … ich hab dort ein Zimmer.« Das Klavier verschwieg er lieber.

»Warum hast du das nie erwähnt?«

»Sie wollte es nicht. Kennst sie ja. Ich war also heute bei ihr, und es wirkte irgendwie komisch dort. Weißt du zufällig, ob sie verreist ist oder so?«

Sein Vater drehte das weiße Kuvert in seinen Händen hin und her, betrachtete es und ertastete seinen Inhalt. Die Luftpolsterfolie wisperte unter seinen Fingern.

»Fühlt sich an wie ein USB-Stick. Wahrscheinlich soll ich wieder für einen wildfremden Leser irgendwas auswerten. Als ob ich sonst nichts zu tun hätte.«

Linus schnaubte genervt. »Pa!«

Da legte ihm sein Vater die Hand auf die Schulter. »Lass mich dir etwas über deine Mutter sagen. Du weißt, dass ich sie noch immer liebe, und die Trennung wollte sie, nicht ich. Sie ist eine gute Mutter, kein Zweifel, aber sie ist auch eine Frau, die …« Er suchte nach einer passenden Formulierung. »Die gerne Spielchen spielt. Erinnerst du dich noch, wie sie eine ganze Woche nicht mit uns geredet hat, weil wir … ich weiß gar nicht mehr, warum …«

»Wir wollten Urlaub in den Bergen machen und nicht am Meer.«

Er lachte auf. »Stimmt. Und jetzt diese Sache mit einem Zimmer für dich in ihrem Haus. Das ist völlig in Ordnung für mich, sie ist deine Mutter. Aber wieso macht sie ein Geheimnis daraus?«

Linus schwieg. Es stimmte. Sie hatte ihre Launen und Eigenheiten.

»Was ich sagen will, Linus: Mach dir keine Sorgen. Es hat deine Mutter schwer getroffen, dass du nicht mit ihr gegangen bist. Vielleicht ist ihr Abtauchen ihre Art, dich dafür zu bestrafen.«

Linus nickte. Wahrscheinlich hatte sein Vater recht. Sehr viel besser fühlte er sich aber nicht. Wieso ließ sie ihm erst die Wahl, wenn sie hinterher beleidigt war, weil er sich nicht für sie entschied?

»Genug für heute.« Sein Vater ging zum Küchentisch und legte das weiße Kuvert auf den Poststapel. »Das hat auch bis morgen Zeit.«

Noch 18 Tage

09:15 Uhr

Es war schwer, nicht den Verstand zu verlieren. Nicht in Panik zu geraten. Nicht auszurasten. Vor allem, da sie nicht einmal wusste, wie lange sie schon hier war, in diesem Gefängnis, in das nichts von außen herein-, und nichts von drinnen hinausdrang. Die Lampen in den Ecken erloschen nie, so wenig wie die Webcam an dem Laptop, durch die er sie beobachtete. Und durch die sie sich auf dem Display selbst zusah, wie durch seine Augen.

Was sah sie?

Eine Frau in einem Designerkostüm, mit einer Kette an den Füßen und einem Stromkabel am Körper. Zum Sitzen und Liegen hatte sie eine muffige alte Matratze. Hinter ihr stand eine chemische Toilette. Sie wollte lieber nicht daran denken, dass er sie auch beobachten konnte, wenn sie sie benutzte. Er kam nie herein, wenn sie wach war. Nur wenn sie schlief. Dann stellte er etwas zu essen und zu trinken hin, meist Sandwiches auf Papptellern und Wasser in Plastikflaschen, oder er räumte den Abfall weg.

Sie wusste nicht, ob er auch noch andere Dinge tat. Mit ihr. An ihr. Sie glaubte es nicht. Trotzdem checkte sie jedes Mal, ob etwas an ihr anders war: der Rock über die Knie geschoben, die Bluse aufgeknöpft, die Unterwäsche verrutscht. Es war nie etwas festzustellen. Und doch wurde sie das Gefühl nicht los, dass in der Zeit, in der sie geschlafen hatte, etwas mit ihr geschehen war.

Er wird mich nicht töten. Das sagte sie sich immer wieder. Er wird mich nicht töten. Es war ihr Mantra.

Was ließ sie das glauben?

Dass er sich nicht blicken ließ. Dass er seine Stimme verzerrte.

Oder tat er das nur, weil er wollte, dass sie hoffte? Weil Hoffnung sie gefügig machte?

Nein. Das wollte sie nicht denken.

Er würde sie nicht töten. Er würde sie nicht töten.

Aber irgendetwas würde er tun.

Irgendetwas.

16:25 Uhr

LUCY WAR FROH, dass die Probe vorbei war und sie endlich aus diesen blöden Klamotten rauskonnte. Minirock, Push-up-BH, enges, bauchfreies Top, Plateauschuhe – das war nicht ihr Ding. Dauernd verrutschte irgendwas oder kniff einen an allen möglichen Stellen. Und von wegen *Kostümprobe*! Spießrutenlauf hätte es besser getroffen. Bei dem Aufzug hätte sie gleich splitternackt auftreten können. Wie sie alle angestarrt hatten. Hatten ein paar Mädchen nicht sogar gekichert?

Solange es nur ums Singen gegangen war, war sie total entspannt gewesen. Aber das? Obwohl man es sich ja hätte denken können, wenn die doofe Zimmermann Regie führte. Die trug ja selbst dauernd so knappes Zeug und machte damit die ganz Schule kirre, einschließlich des Lehrerzimmers. Wieso hatte sie sich bloß überreden lassen, die Hauptrolle zu übernehmen? Die Nebenrolle des schüchternen Mauerblümchens im knielangen Rock und mit dem rosa Blüschen war doch wie für sie geschrieben.

»Du warst super!«

Linus' Augen glänzten, als er ihr das vom Keyboard aus zurief, kaum dass sie hinter der Bühne hervorgetreten war. Dann verabschiedete er sich eilig von den anderen Musikern und kam zu ihr.

»Ich will bloß noch weg hier«, sagte sie sofort.

»Was hast du denn? Du siehst klasse aus in dem Outfit. Alle waren total begeistert.«

»Ha-ha.«

»Nee, im Ernst. Ich schwör!«

Vielleicht hatte er ja recht. Aber sie wollte trotzdem nicht so angesehen werden, wie sie angesehen worden war. Auch von ihm nicht.

»Gehen wir. Bevor die Zimmermann mir rät, ich soll das in meinen Alltag einbauen.«

Das war ihr üblicher Spruch, wenn sie einem einen Rat gab: *Du solltest das in deinen Alltag einbauen.*

Linus zwinkerte. »Vielleicht solltest du das ja wirklich.«

»Jungs!« Sie rollte mit den Augen und ging los.

Kaum hatte sie vor der Mehrzweckhalle ihr Handy eingeschaltet, klingelte es schon. *Dieter,* stand im Display.

»Amor«, sagte sie in Richtung Linus und nahm ab. »Ich hasse dich!« Das galt Dieter.

Der lachte sein kehliges Lachen in ihr Ohr. »Wie ist es denn gelaufen, in Kostümen?«

»Alles super!«, rief Linus von der Seite.

Sie drehte sich von ihm weg. »Von wegen alles super! Alle haben mich angegafft, als wäre mir die Hose geplatzt. Ich komme mir in dem Outfit total bescheuert vor. Wieso hast du mich bloß dazu gebracht, mich für diese Rolle zu bewerben?«

»Deal ist Deal. Du bringst wenigstens ein bisschen Glanz in die albernen Songs. Und ich bin sicher, dass du alle umgehauen hast.«

Ein blöder Deal war das! Sie wünschte, sie und Linus hätten ihren Klavierlehrer nie zur musikalischen Leitung dieses bescheuerten

Musicals überredet. Wieso leitete die Zimmermann überhaupt die Theater-AG, wenn sie keine Ahnung von Musik hatte? Und wieso fand sich an zwei Schulen nicht wenigstens ein Musiklehrer, der den musikalischen Part übernahm? Wurden die nicht für so was bezahlt?

Sie hätte nicht vermutet, dass der feine Dieter so hinterhältig sein konnte. Bloß weil er sich opferte, wollte er sie auch leiden sehen. Dabei hätte er einfach Nein sagen können, wenn er diese Art Musik so schrecklich fand.

»Wo warst du heute eigentlich? Wir haben dich vermisst.«

»Ihr seid nicht mein einziges Projekt. Aber beim nächsten Mal bin ich wieder dabei. Versprochen. Ich muss aufhören. Grüß mir Linus.«

Er legte auf. Sie drehte sich zu Linus um. »Wusstest du, dass wir ein Projekt von Dieter sind?«, fragte sie scherzhaft, während sie das Handy einsteckte.

»Klar.« Er imitierte Dieters Stimme, seinen Singsang und den winzigen österreichischen Akzent: »Ihr sollt die Welt eines Tages mit lauter kleinen Mozarts und Beethovens beglücken. Nur deshalb habe ich euch verkuppelt.«

Sie schüttelte den Kopf, konnte sich ein Lächeln aber nicht verkneifen.

»Apropos Projekt«, sagte Linus da. »Ich würde dich nachher gerne meinem Vater vorstellen. Und später natürlich auch meiner Mutter, wenn sie wieder da ist. Keine Sorge, sie werden dich mögen.«

Ihr Lächeln versteinerte. Wie kam er plötzlich auf die Idee? Sie hatten noch kein einziges Mal über so was gesprochen.

»Ich mag deinen kleinen Platz unter der Brücke, wirklich«, schob er eilig nach. »Ist total romantisch und so. Aber bei mir könnten wir abhängen, Musik hören, fernsehen. Wenn mein Vater dich erst kennt, kannst du kommen und gehen, wie du willst. Er ist total entspannt.«

Das beruhigte sie kein bisschen. Seit sie das Haus seiner Mutter gesehen hatte, wusste sie, mit wem sie es bei seiner Familie zu tun hatte: mit feinen, gebildeten Leuten. Wie passte sie da rein? Bestimmt wimmelte es nur so von ungeschriebenen Regeln, von denen sie noch nie etwas gehört hatte, und von Fettnäpfchen, die sie überhaupt nicht bemerkte. Sie würde in eines nach dem anderen hineintapsen, und dann würden alle die Nase über sie rümpfen, über Lucy, den Tölpel.

Vielleicht auch Linus.

»Ich weiß nicht …«

Er zupfte an ihrem Ärmel. »Ach komm, Süße. Bitte. Immerhin kenne ich schon die Hälfte deiner Familie.«

Klasse! An die Begegnungen mit ihren Brüdern erinnert zu werden, machte die Entscheidung kein bisschen leichter. Ganz im Gegenteil.

17:09 Uhr

LINUS' ERSTER BLICK galt dem Briefkasten. Nichts ragte aus dem Schlitz. Also schon geleert. »Wir sagen einfach nur kurz Hallo. Alles total entspannt«, sagte er zu Lucy, die den ganzen Weg über sehr schweigsam gewesen war. Aber in seinem Bauch ging es plötzlich zu wie in einem Ameisenhaufen. Von wegen *alles total entspannt.* Gar nichts war entspannt. Am wenigsten er selbst. Sie war seine erste Freundin, seine große Liebe, und das hier machte es endgültig offiziell. Wieso wurde ihm das erst jetzt klar?

Als sie wenig später ihre Räder die Auffahrt hinaufschoben, entging ihm nicht, mit welchem Staunen Lucy das Haus und den großen Garten betrachtete. Das war so viel besser als alles, was sie aus den Sozialbauten kannte. Sie würde es hier mögen. Sich wohlfühlen. Es vielleicht bald als ihr zweites Zuhause ansehen. Der Gedanke machte ihn glücklich.

Als sie um die Ecke bogen, sah er, dass das Auto fehlte. Es stand weder vor dem Haus noch in der weit offenen Garage. »Mein Vater ist gar nicht da. Komisch …«

Lucy atmete hörbar aus.

Und auch er selbst wurde lockerer. Ein bisschen Aufschub bis zum großen Moment war nicht schlecht.

»Komm rein.«

Seltsam. Die Haustür stand einen Spalt offen. Noch seltsamer: Der Schlüssel seines Vaters hing am Schlüsselbrett. War er doch da? Linus horchte angestrengt in die Stille. Nichts. Da überfiel ihn ein unheimliches Déjà-vu.

»Pa? Hallo?«

Keine Antwort. Die absurde Vorstellung, dass nach seiner Mutter auch sein Vater einfach so verschwunden sein könnte, blitzte in ihm auf.

Blödsinn! Er war bestimmt nur kurz weg, um irgendwas zu besorgen.

Ein Unbehagen blieb.

»Ich ruf ihn mal an.«

Er holte sein Handy heraus, wählte per Kurzwahl. Dem Tuten in dem einen Ohr folgte mit etwas Verzögerung ein Klingeln in der Küche. Sein Vater hatte das Handy liegen lassen.

Sein Vater hatte das Handy liegen lassen?!

Das war eigentlich völlig unmöglich. Zumindest war es noch nie passiert.

Für alles gab es eben ein erstes Mal, beschwichtigte er sich selbst.

»Er wird schon kommen.« Er steckte sein Handy ein und ging voraus in die Küche. »Was willst du trinken?«

»Egal. Was du trinkst.«

Ihre Worte drangen kaum zu ihm durch, etwas anderes hatte sein Interesse auf sich gezogen: die Post auf dem Küchentisch. Die Briefe vom Vortag lagen nahezu unberührt da, die Briefe von heute aber waren wirr durcheinander über den ganzen Tisch verteilt. Nur ein Umschlag war geöffnet: der weiße, wattierte.

»Stimmt was nicht? Linus?«

Lucys Stimme, wie ferner Hall.

Er wandte sich ihr halb zu. »Was?«

»Du bist auf einmal so komisch.«

»Alles gut. Ich will nur was nachsehen …«

Er ging zum Tisch und nahm das weiße Kuvert. Schaute hinein. Es war leer.

Hatte das etwas zu bedeuten?

Wieso sollte es?

Er ließ das Kuvert fallen und wandte sich um. Zu Lucy. Seiner Lucy.

»Alles gut«, wiederholte er. »Was wolltest du trinken?«

»Egal.«

»Cola?«

Sie nickte.

Er ging zum Kühlschrank und schenkte die Getränke ein. Alles würde sich in Wohlgefallen auflösen. Ganz bestimmt. Vielleicht wollte sein Vater ihn ja überraschen. Damit, dass seine Mutter wieder aufgetaucht war und zu ihnen zurückkehren würde und alles wieder so sein würde wie früher. – Nein, vermutlich war das zu schön, um wahr zu sein. Doch wäre etwas geschehen, etwas Schlimmes, hätte sein Vater ihn längst verständigt.

17:32 Uhr

LUCY IN SEINEM ZIMMER ZU SEHEN war wie eine Erleuchtung für ihn. Ihren scheuen Atem zu hören, hier, und ihre tastenden Schritte auf dem Teppich. Es war, als habe er das Zimmer am Morgen als Kind verlassen, um nun mit ihr als ein anderer zurückzukehren. Vielleicht noch nicht gerade als Mann, aber doch erwachsener. Echos künftiger Ereignisse hallten zu ihm herüber wie Geräusche aus einer tiefen, dunklen Höhle: Hier auf der durchgesessenen Couch würde er mit ihr fläzen und Musik hören, Filme gucken, Spiele spielen. Er würde sie küssen, berühren und irgendwann auch mehr. Hier würde es passieren, und ihn erfüllte nicht nur ein erwartungsfrohes Glücksgefühl, sondern auch Angst, denn erst jetzt wurde ihm klar, wie groß das war, was gerade mit ihm passierte.

»Nicht schlecht«, sagte sie nur und strich mit den Fingerspitzen über den Bezug des Sofas.

»Ich möchte hier gerne was verändern. Vielleicht kannst du mir ja Tipps geben.«

»Klar.«

Sie ging ein paar Schritte im Zimmer herum. Steuerte plötzlich auf den Schreibtisch zu. Anscheinend hatte sie ihr Foto bemerkt, das halb unter der Schreibunterlage hervorlugte. Sie legte den Finger darauf. »Ich bin wohl dein schmutziges Geheimnis.« Aber die Röte auf ihren Wangen zeigte ihm, dass sie das ganz gerne war.

»Es wird sogar noch schmutziger. Schau mal.« Er nahm zwei Karten vom Schreibtisch, die an einer Stiftebox gelehnt hatten, und hielt sie ihr hin. »Kennst du die beiden?«

»Die sind doch von den *Peanuts*, oder?«

»Genau. Linus …« Er sprach seinen Namen englisch aus. »Und Lucy. Wie wir.«

»Witzbold.« Sie lächelte verhalten.

»Keine Sorge, ich hab keine Schmusedecke. Zum Schmusen hab ich ja dich.« Er drückte ihr einen Kuss auf die Lippen.

Dann stellte er die Karten zurück an ihren Platz.

In diesem Moment vernahm er einen Ton, so dünn wie ein Haar. Das Tor an der Einfahrt.

Sofort kehrte die Nervosität zurück.

»Mein Vater kommt.«

Sie lauschte und sagte: »Ich hör nichts. Bist du sicher?«

»Hundertpro. Wir gehen besser runter.«

Sie kamen im Wohnzimmer an, als der Wagen vor das Haus rollte und der Motor erstarb. Beinahe im selben Augenblick wurde die Autotür aufgerissen und gleich wieder heftig zugeschlagen, eilige Schritte, dann ebenso die Haustür: aufgerissen, zugeschlagen.

»Linus?! Linus!«

Eher ein Hilfeschrei als ein Rufen.

»Ich bin hier, Pa. Im Wohnzimmer.«

Lucy drängte sich an ihn, er nahm ihre Hand, die kalt und feucht war.

Im nächsten Moment flog die halb offene Tür ganz auf, und Linus' Vater stand vor ihnen. Sein Gesicht war gerötet, sein Blick unstet, der Mund stand offen, so als habe er etwas sagen wollen, es sich aber in letzter Sekunde verboten. Linus nicht allein vorzufinden, überraschte ihn offenbar, aber so sehr? Er wirkte wie jemand, der tief erschrocken, tief verunsichert war.

»Pa, das ist Lucy. Eine Freundin. Also, nicht irgendeine Freundin. Sie ist *meine* Freundin, und ...«

»Ja, ja«, fiel ihm sein Vater ins Wort. »Wieso bringst du einfach jemanden mit? Hättest du nicht vorher anrufen können?«

Irgendetwas lief hier ganz und gar nicht nach Plan.

»War nur so ein spontaner Einfall. Ich dachte halt ... sie ist meine Freundin und du ... würdest sie gerne kennenlernen ...«

»Ja, ja, irgendwann, aber nicht jetzt.«

Lucy wirkte wie versteinert. Total eingeschüchtert. Was war nur mit seinem Vater los? Auch wenn er sie aus irgendeinem Grund nicht leiden konnte, musste er doch nicht so unfreundlich sein.

»Entschuldige mal, Pa …!«

»Junge Dame, du siehst ja, es ist gerade nicht so günstig. Also bitte …« Er wies mit der Hand zur Tür, seine Finger wippten auffordernd, als ginge es darum, einen lästigen Vertreter loszuwerden.

Stumm und blass machte Lucy einen Schritt zur Tür. Er hielt sie fest. Er war kurz davor, zu explodieren. Wie konnte sein Vater ihr das nur antun! Wie konnte er *ihm* das antun!

»Das ist echt das Letzte!«, schrie er ihn an. »Wenn Lucy geht, gehe ich mit.«

»Du bleibst hier, Herrgott!«, schrie jetzt auch sein Vater. »Wir müssen reden! Sofort!«

Lucy zog ihre Hand aus seiner. »Lass nur«, hauchte sie tonlos. »Wir sehen uns morgen.«

Was sollte er tun? Sie gehen lassen? Mitkommen? Seinen Vater verärgern oder seine Freundin enttäuschen?

Sie war schon an der Tür, als er ihr doch noch folgte. Da packte ihn die breite Hand seines Vaters an der Schulter und hielt ihn zurück. Sein Mund kam so nahe an sein Ohr, dass er den heißen Atem an Hals und Nacken entlangkriechen spürte. Ein merkwürdiges Gefühl, und es wandelte sich in Entsetzen, als sein Vater ihm, am ganzen Körper bebend, zuflüsterte: »Es ist etwas passiert …«

17:58 Uhr

SIE HATTE NICHT GEWOLLT, dass Linus ihretwegen mit seinem Vater Streit bekam. Deshalb war es besser gewesen, dass er blieb und die Situation klärte. Trotzdem war sie enttäuscht. Erst hatte er getönt, er werde mit ihr gehen, und dann war er doch geblieben, nachdem ihm sein Vater etwas zugeflüstert hatte. Eine Drohung? Jedenfalls etwas, das ihm wichtiger war als sie.

Mit einem fetten Kloß im Hals schob sie das Fahrrad hinab zur Ausfahrt. In ihrem Kopf lief alles noch einmal ab wie ein schlechter Film: Der Vater, wie er in der Tür stand. Sein fast schon verstörter Blick. Linus, der erst für sie eintrat und dann einen Rückzieher machte. Sie zur Tür brachte. Und dort anscheinend ganz vergaß, sie zu küssen. Bloß ein knappes Tschüs, sonst nichts. Was war passiert? Wie hatte das nur so schiefgehen können?

Und nun stand sie auch noch vor dem verschlossenen Tor und kam nicht hinaus. Keiner hatte daran gedacht, es ihr zu öffnen. Sollte sie hinübersteigen? Wie eine Diebin? Eine Unerwünschte, die sich eingeschlichen hatte und entdeckt worden war? Sie wollte hier bloß noch weg. Aber ihr Fahrrad! Wie kriegte sie das auf die andere Seite des Tors?

Zorn flammte in ihr auf. Sie packte die Gitterstäbe und rüttelte an ihnen.

»So 'ne Scheiße!«

Es dauerte ein paar Sekunden, dann setzte das Tor sich in Bewegung. Anscheinend hatte Linus sich doch noch an sie erinnert und die Fernsteuerung betätigt. Mit einer Erleichterung in der Brust, die sich wie ein Schmerz anfühlte, schaute sie über die Schulter, in der Hoffnung, dass er vielleicht in der Auffahrt stand und ihr nachsah. Doch da war niemand.

Bedrückt stieg sie auf und fuhr die Straße hinab. Zu beiden Seiten hohe Zäune und Hecken, dahinter Villen und frei stehende Häuser. Wenn ich irgendwo hier wohnen würde, dachte sie, hätte sein Vater mich nicht so einfach vor die Tür gesetzt. Egal, was passiert ist.

Aber sie wohnte nicht hier. Sie wohnte auf der anderen Seite der Stadt, in den *Sozialbauten*, wie die Mietshäuser dort nur genannt wurden, mit so einem abfälligen Unterton.

Hatte Simon recht? Konnte das mit ihr und Linus nur schiefgehen? Rechnete sie nicht sogar selbst die ganze Zeit schon damit?

Warum traf es sie dann trotzdem mit einer solchen Wucht?

Warum tat es trotzdem so weh?

Warum konnte sie nicht verhindern, dass sie hier und jetzt, mitten auf der Straße, anfing zu weinen?

18:04 Uhr

Er wollte nicht hineingehen. Wollte nicht wissen, was passiert war. Es musste etwas Schreckliches sein, so wie sein Vater aussah. Wie er sich benommen hatte. Wahrscheinlich ging es um seine Mutter. Um wen sonst?

»Linus?«

Keine Chance. Er musste hineingehen. Musste es anhören. Die Worte, die vielleicht alles für immer verändern würden. Noch mehr, als es sich seit der Trennung seiner Eltern ohnehin schon verändert hatte.

Mit schleppendem Gang kehrte er zurück ins Wohnzimmer. Von Schritt zu Schritt spürte er seinen Körper, spürte er sich selbst weniger.

»Hast du sie rausgelassen?«

Er nickte bloß.

»Tut mir leid, dass ich so …« Sein Vater atmete schwer.

Je weniger ihm sein eigener Körper bewusst war, desto mehr der seines Vaters. Der Schweiß, der aus dem ergrauenden, aber immer noch dichten Haar über die hohe Stirn rann. Der breite Brustkorb, der sich hob und senkte, als atme er gegen einen erdrückenden Widerstand an. Der rundliche Bauch.

»Erinnerst du dich an den weißen Umschlag in der Post von gestern?«

Wieder ein Nicken.

»Deine Mutter wurde … sie ist … sie wurde entführt.«

Entführt. Das Wort drang in Linus ein. Ein Fremdkörper in seiner Welt. In seinem Leben. Dieses Wort gehörte in fremde Leben, über die in den Nachrichten berichtet wurde. Oder in erfundene Welten in Fernsehkrimis.

Sein Vater redete weiter: »Auf dem Stick in dem Umschlag war eine Audiodatei, auf der deine Mutter sagt …«

Seine Stimme war bisher erstaunlich fest geblieben, doch jetzt brach sie. Tränen schossen in seine Augen, er wischte mit der Hand darüber.

»Es wird alles gut, Linus«, sagte er plötzlich. »Ich verspreche es dir.«

Seine Stimme klang nicht so, als würde er daran glauben. Eher so, als wolle er es sich selbst einreden. Und ihm.

»Ich brauche jetzt etwas zu trinken. Was Hochprozentiges. Wie ist es mit dir?« Ein kurzes Zögern, dann: »Also, einen Schuss in die Cola oder so?«

Linus ging nicht darauf ein. Dennoch, die Betriebsamkeit, die sich nun bei seinem Vater einstellte, löste auch seine innere Anspannung etwas. Er machte einen Schritt. Spürte sich wieder. Und konnte wieder denken. Zumindest ein wenig.

»Und es stimmt auch? Es ist wahr?«

Sein Vater stand mit der Whiskyflasche in der Hand da und drehte sich zu ihm um. »Du hast doch die letzten Tage immer davon gesprochen, dass sie nicht zu erreichen ist.«

»Und du hast gesagt, dass das nichts bedeutet.«

Ein schnelles Schulterzucken.

»Ich war zur Sicherheit eben noch in ihrem Haus.«

Hatte er richtig gehört?

»*In* ihrem Haus?«

»Sie war nicht da. Und du hattest recht: Es sieht dort aus, als sei sie seit Tagen weg.«

»Wie bist du *in* ihr Haus gekommen?«

»Mit deinem Schlüssel. Gut, dass du mir gestern davon erzählt hast.«

»Du hast in meinen Sachen gewühlt?«

»Ich musste nicht wühlen, er lag ja in deinem Kleingeldteller auf dem Schreibtisch. Ist das jetzt wirklich das Problem?«

Linus schlug die Augen nieder. Jetzt? Nein. Ein Problem? Ja. Er biss sich auf die Unterlippe, hörte überdeutlich, wie sein Vater die Flasche aufschraubte – dieses feine Schaben von dünnem Blech auf Glas, das ihm die Nackenhaare aufstellte – und eine beträchtliche Menge Whisky erst in sein Glas und dann in seine Kehle glucksen ließ. Linus' Nerven waren wie überspannte Saiten an einem Instrument.

»Wie hat sie sich angehört?«

Sein Vater schwieg.

»Und was sagt sie?«

»Das, was der Entführer wollte. Wir sollen alles tun … keine Polizei … solche Dinge eben. Willst du es hören?«

Er ignorierte die Frage. »Und sonst?«

»Nichts.«

»Keine … Forderungen oder so was?«

Sein Vater schüttelte den Kopf. »Das ist oft so. Es ist ein Psychospiel. Je mehr bei uns die Nerven blank liegen, desto besser funktionieren wir für ihn. Oder für sie, meist sind es mehrere.«

»Dann können wir gar nichts tun?«

»Nur warten.«

Etwas in ihm sackte schwer nach unten, als schieße alles Blut sturzbachartig in die Beine. Der Kopf dagegen … alles fing an, sich zu drehen und …

18:24 Uhr

Er fand sich auf der Couch wieder, mit hochgelagerten Beinen, sein Vater war über ihn gebeugt.

»Geht's wieder?« Ein Hauch von Whiskyatem streifte sein Gesicht und machte ihn endgültig wach.

»Was ist passiert?«

»Du bist umgekippt.«

»Wirklich?«

Dann fiel ihm alles der Reihe nach wieder ein: Lucy, sein Vater, die schlimme Nachricht, seine Mutter … entführt.

Er hörte sich selbst eine Weile beim Atmen zu, dann sagte er: »Du wirst doch alles tun, damit Mama freikommt, oder? Ich meine, auch wenn ihr nicht mehr …«

»Was denkst du denn? Ich habe nie gewollt, dass sie geht. Und wer weiß, vielleicht hat diese Sache, bei allem Schrecklichen, am Ende auch was Gutes, weil sie uns wieder zusammenbringt.«

Er setzte sich auf und warf sich in die Arme seines Vaters. Die Vorstellung, dass sie am Ende dieses Schreckens wieder eine Familie sein könnten, entzündete tatsächlich ein Fünkchen Hoffnung in ihm. Sie blieben lange so, es tat gut, einander zu haben, in dieser unmöglichen Situation. Sein Vater würde das irgendwie in Ordnung bringen. So, wie er immer alles in Ordnung gebracht hatte.

23:01 Uhr

»SCHLÄFST DU SCHON?«

Sie schaute zur Tür, wo im Gegenlicht der Flurbeleuchtung die Silhouette ihres Vaters stand. Was wollte er? Hatte er sie weinen gehört?

Eigentlich wäre sie am liebsten allein gewesen und hätte auf den Anruf gewartet, der nicht kommen würde, aber sie sagte trotzdem: »Kann nicht einschlafen.«

Er zog bedächtig die Tür hinter sich zu, machte auch kein Licht, sondern kam im Halbdunkel zu ihr herüber. Irgendetwas knackte unter seinem Tritt. Hoffentlich keine CD, dachte sie matt. Ehe sie etwas sagen konnte, saß er schon neben ihr auf der Bettkante.

»Ich weiß, dass es meine Schuld ist«, sagte er nach einer Weile.

»Was?«

»Dass du unglücklich bist. Und deine Brüder. Dass sie so sind, wie sie sind.«

Sie setzte sich auf. »Nein, Papa, das stimmt nicht.«

»Doch, doch. Deine Brüder hätten eine viel stärkere Hand gebraucht als meine, und du … Siehst du, ich weiß nicht mal, was du gebraucht hättest.«

Natürlich hatte er recht. Sie konnte sich nicht erinnern, dass er jemals für irgendjemanden da gewesen war. Er hatte immer nur von früh bis spät in seiner Kammer, seinem sogenannten Büro, gehockt, auf mehreren Bildschirmen die Börsenkurse verfolgt und gekauft und verkauft. Nur eben ohne Geld. Ohne Einsatz. Alles war fiktiv. Ein Spiel.

»Simon hat mir von dem Jungen erzählt, in den du … mit dem du … du weißt schon …«

Sie nickte. War ja klar. Bald wusste es die ganze Straße. Und weil Linus anders war als die Leute hier, würde es heißen, dass sie sich für was Besseres hielt. Egal.

»Ich will nicht, dass du enttäuscht wirst, Lucy. Und eines kann ich dir sagen: Diese Leute sind nicht besser als wir. Sie haben nur mehr Geld. Und wo sie es herhaben – wer weiß das schon immer so genau.«

Sie presste die Lippen aufeinander. Hoffentlich ließ er nicht wieder eine seiner Tiraden gegen die Reichen vom Stapel.

»Wenn ich Geld gehabt hätte, die letzten Jahre, wir würden auch da draußen in einer Villa wohnen. Mein System funktioniert. Ich kann es dir zeigen. Du kannst es nachprüfen.«

Nicht auch noch das System! Nicht jetzt!

»Ich bin müde, Papa.«

»Natürlich. Ist ja auch schon spät. Ich wollte nur … Egal. Gute Nacht.«

Er küsste sie auf die Stirn, so wie er es immer getan hatte, als sie noch ein kleines Mädchen gewesen war. Aber es war eine Geste, die nicht mehr stimmte. Hatte sie das je?

An der Tür drehte er sich noch einmal um und sagte: »Ich würde alles tun, wirklich alles, damit du glücklich wirst, Kirsche.«

»Ich weiß, Papa. Gute Nacht.«

Kaum hatte er das Zimmer verlassen, da vibrierte und blinkte ihr Handy auf dem Nachttisch. Ihr Herz schlug wild, als sie den Kopf hob, um zu sehen, wer es war. Und noch ein wenig mehr, als sie im Display den geliebten Name las: *Linus*.

Die Finger, die das Handy hielten, zitterten.

»Ja?« Nur ein Flüstern.

»Hab ich dich geweckt?«

»Nein. Kann nicht schlafen.«

»Ich auch nicht.«

»Zu stickig …«

Mit etwas Verzögerung: »Ja, genau. Stickig.«

Schweigen. Sie hielt den Atem an. Eine kleine Ewigkeit lang.

»Ich wollte mich entschuldigen. Für meinen Vater. Er war heute … nicht gut drauf irgendwie. Sonst ist er echt okay.«

»Was war denn?« Sie biss sich auf die Unterlippe. Hatte sie ein Recht, das zu fragen?

»Wegen meiner Mutter.«

Langes Schweigen, das sie beendete, indem sie sagte: »Ist schon okay. Kann ich verstehen. So eine Trennung ist für ihn bestimmt … schwer zu verkraften. Ich würde …« Sie stockte. Was wusste sie schon über Trennungen?

»Was würdest du?«, fragte Linus, als sie nicht weitersprach.

»Keine Ahnung. Durchdrehen.«

Er schwieg. Hatte sie zu viel gesagt? Wirkte sie zu unsicher? Sie war so ungeschickt. So unfähig. So dumm.

»Sehen wir uns morgen nach der Schule? Am üblichen Platz?«

»Glaub schon.«

Das klang vage. So wie das ganze Gespräch. Linus wirkte, als wäre er mit dem Kopf woanders. Vermutlich bei der Sache, die sie nicht wissen durfte.

»Hab dich lieb«, sagte er dann doch.

»Ich dich auch.«

»Ich leg jetzt auf.«

Ein Knacken in ihrem Ohr, und er war weg.

Sie sank aufs Bett, behielt das Handy in der Faust.

Alles schmeckte nach Abschied.

Sein Alter hasst mich, dachte sie. Dagegen komm ich nicht an, so wie Linus ihn vergöttert. Nicht auf lange Sicht.

Das Atmen fühlte sich an, als wälze sie Steine in der Brust.

Ich heul aber nicht mehr, dachte sie und wischte sich schnell über die Augen.

Noch 17 Tage

07:32 Uhr

Linus sass in der Küche, stocherte in seinem Müsli herum und brütete dumpf vor sich hin. Er hatte die halbe Nacht wach gelegen und sich mit der Vorstellung gequält, dass seine Mutter in ihrem Gefängnis gerade Todesängste ausstand. Irgendwann hatte der Schlaf ihn überwältigt, doch die Bilder und Ängste verfolgten ihn weiter. Jetzt fühlte er sich nur noch müde und schwer.

»Gehst du zur Schule?«

Er blickte auf. Sein Vater stand in der Küchentür. Blass wie ein Geist.

»Warst du die ganze Nacht wach?«

»Nein, bin früh aufgestanden.« Seine Stimme klang matt. Wahrscheinlich hatte er die Audiodatei wieder und wieder durch seine Analyseprogramme laufen lassen, stundenlang, bis Sätze und Wörter sich in einen diffusen, sinnentleerten Klangnebel auflösten. Wie hielt er das nur aus? Er selbst hätte es nicht geschafft, sich die Aufnahme auch nur ein einziges Mal anzuhören. Ein Glück, dass sein Vater das auch nicht von ihm erwartete.

»Und? Irgendwas …?«

Sein Vater atmete schwer. »Nichts.« Er machte einen Schritt herein. »Ich habe an das Telefon ein Aufnahmegerät angeschlossen. Sollte ich im Keller sein und jemand mit unterdrückter Rufnummer ruft an, dann schaltest du es ein, bevor du abhebst, klar?«

Er nickte.

»Ich zeig dir nachher, wie es geht. Ist eine reine Vorsichtsmaßnahme. Die rufen bestimmt nicht an. Sonst hätten sie es längst getan. Und das haben sie aus gutem Grund gelassen. Sie wissen, mit wem sie es zu tun haben.«

»Schon klar.«

»Es wäre mir lieber, du würdest nicht zur Schule gehen, Linus.«

»Und was soll ich hier?«

Den ganzen Tag mit seinem Vater in der gläsernen Stille des Hauses zu sitzen und auf etwas zu warten, von dem sie nicht einmal wussten, was es war – nein, das würde er nicht aushalten. In der Schule war man zumindest abgelenkt. Außerdem wollte er Lucy sehen.

»Wie du meinst.« Sein Vater schaute auf die Uhr. »Schaffst du das überhaupt noch? Ach komm, ich bring dich hin.«

Wenig später fuhren sie Richtung Schule. Das Schweigen zwischen ihnen war erfüllt von unausgesprochenen Gedanken. Wie hatte das alles passieren können? Wäre es auch passiert, wenn seine Eltern sich nicht getrennt hätten? Wieso gaben die Menschen nicht mehr aufeinander acht? Wieso konnte man jemanden verlieren, einfach so?

Linus schaute aus dem Seitenfenster, wo die Hecken und Gartenzäune von Familien vorüberzogen, aus denen niemand entführt worden war. Diese Leute wussten gar nicht, wie glücklich sie waren.

Das Radio ging an. Ein Klassik-Sender.

»Oder stört es dich?«, fragte sein Vater.

»Nein, lass ruhig.«

Beethoven, *Mondscheinsonate.* Passte ja zu der tristen Stimmung.

Knapp zehn Minuten später bogen sie in die Schulstraße ein. An der Realschule scannte Linus den Schulhof nach Lucy ab. Um fünf nach acht war natürlich niemand mehr zu sehen. Schon gar nicht Lucy, pünktlich, wie sie war. Gleich daneben das Gymnasium, ein Betonbau mit viel Glas. Die wuchtigen Blumentröge vor dem Eingang wurden gerade vom Hausmeister gewässert.

Der Wagen stoppte.

»Soll ich dich heute Mittag wieder abholen?«

»Ich nehme den Bus. Eigentlich hab ich nachher noch Klavierstunde. Geh ich aber vielleicht nicht hin. Mal sehen.«

»Na gut.«

Seine Finger umfassten den Türgriff.

»Kontrollier regelmäßig dein Handy«, trug ihm sein Vater auf. »Wenn es was gibt, schicke ich dir eine SMS.«

Linus stieg aus, warf den Rucksack über eine Schulter und ging auf den Eingang zu. Er wunderte sich, dass er seinen Vater nicht wegfahren hörte, und wandte sich um. Der Wagen stand mit laufendem Motor da. Es sah so aus, als telefoniere sein Vater.

11:43 Uhr

QUÄLEND LANGSAM VERSTRICH der Vormittag. Linus sah sich selbst dabei zu, wie er Linus imitierte. Den Linus, dessen Mutter nicht entführt worden war. Den Linus, den es nicht mehr gab. Wenn er nicht an seine Mutter dachte, dachte er an Lucy. Lucy, die er nach dem Unterricht treffen würde. Der er nach dem Unterricht etwas vormachen würde. Die er nach dem Unterricht belügen musste, wenn sie ihn fragte, was mit ihm los war. Und das würde sie, denn sie war viel zu feinfühlig, um nicht zu bemerken, dass sein Leben über Nacht aus den Fugen geraten war.

»Jetzt beruhigen wir uns mal, Herrschaften, damit wir anfangen können.«

Linus schaute auf. Er hatte gar nicht bemerkt, dass Muckwitz schon da war. Nachdem der Lärmpegel auf ein Hintergrundrauschen gesunken war, begann er, Fakten und Daten zum Ersten Weltkrieg an die

Tafel zu schreiben. Dröger war nur noch sein Vortrag. Statt des entstehenden Tafelbildes schrieb Linus die Zahlen von 45 bis 1 untereinander an den Rand seines Heftes, und sobald eine Minute vergangen war, strich er eine Zahl durch. Yannick stieß ihn an und flüsterte: »Stummer Countdown, was?«

Als er gerade die 30 durchgestrichen hatte, hupte sein Handy in die atmende, seufzende, raschelnde Stille hinein. Eine SMS. Wie vom Stromschlag getroffen, fuhr er zusammen. Er hatte total vergessen, das Ding stummzuschalten. Muckwitz schaute böse in seine Richtung.

»Linus!«

»Das war nicht meins.«

»Dann zeig doch mal her.«

Schneller, als man *Blöder Vollidiot* sagen konnte, stand Muckwitz vor ihm und hielt die Hand auf.

»Vielleicht war's doch meins.«

Muckwitz grinste. »Gib einfach her.«

Umständlich holte Linus sein Handy aus der Hosentasche. Was, wenn die Nachricht von seinem Vater war?

»Ich muss erst sehen, worum's da geht.«

Doch ehe er den Touchscreen aktivieren konnte, hatte Muckwitz ihm das Gerät schon aus der Hand gerissen.

»Handys aus im Unterricht! Das gilt auch für dich.« Damit wandte er sich ab und stolzierte davon. »Du kannst es dir nach der Mittagspause im Büro des Direktors abholen.«

Schlagartig hellwach, sprang Linus auf. Sein Stuhl kippte nach hinten und fiel polternd zu Boden.

»Geben Sie mir mein Handy zurück!«, schrie er. »Sofort!«

Muckwitz blieb stehen und drehte sich ganz langsam um. Die Adern an seiner Schläfe schwollen beängstigend an. »Sag mal, tickst du noch richtig, Junge? Was glaubst du, wer du bist?«

Linus bebte vor Zorn, doch er beherrschte sich. Mit Muckwitz zu streiten, brachte gar nichts. Also gab er den Reuigen.

»Entschuldigung. Tut mir leid! Ich brauch mein Handy nur ganz kurz. Die Nachricht könnte wichtig sein. Lebenswichtig.«

»Lebenswichtig sogar!«, höhnte Muckwitz. »So wie euer ganzer Facebook- und Twitter- und was weiß ich für Kram. Alles lebenswichtig.« Seine Miene wurde bedrohlich. »Wenn du dich jetzt nicht sofort auf deinen Hintern setzt, junger Mann, fliegst du raus. Ist das klar?!«

Du bescheuertes Arschloch, dachte Linus.

Oder hatte er es laut ausgesprochen?

Anscheinend, so wie Muckwitz plötzlich guckte. Wie bei einem wütenden Stier blähten sich seine Nasenlöcher.

»Wie nennst du mich?« Er deutete mit dem ausgestreckten Arm zur Tür. »Raus mit dir! Das wird Folgen haben, mein Lieber!«

Linus reagierte nicht. Bis Muckwitz brüllte, wie er noch nie gebrüllt hatte: »Raus hier! Sofort!«

13:07 Uhr

ALS LUCY AM TREFFPUNKT hinter der Schule ankam, war Linus noch nicht da. Vielleicht kommt er gar nicht, war ihr erster Gedanke. Aber dann hörte sie den Gong des Gymnasiums, der verkündete, dass sein Unterricht erst jetzt zu Ende war.

Nervös knabberte sie an ihrem Daumennagel. Ihr Blick schweifte über das brachliegende Feld, das sich vor ihr ausbreitete, verlor sich zwischen Sträuchern und Unkraut. Der Rauswurf von gestern steckte ihr noch tief in den Knochen.

Wo blieb er denn? Wieso kam er nicht?

Sie schaute auf die Uhr. Erst drei Minuten vergangen seit dem Gong.

Da nahm sie in ihrem Rücken ein Huschen wahr, und ehe sie reagieren konnte, packten zwei kräftige Hände sie von hinten an den Hüften und hielten sie fest. Sie schrie auf vor Schreck und wollte sich befreien. »Buh!«, pustete da jemand in ihr Ohr.

Es war Linus.

So ein Idiot!

Aus dem Klammergriff wurde eine Umarmung. Sie drehte sich zu ihm um und gab ihm einen Klaps auf die Schulter.

»Spinnst du? Mach das nie wieder! Außer du willst mich umbringen.«

Er küsste sie, und schon war alles verziehen. Und alle Sorgen waren auch vergessen. Er war bei ihr. Er liebte sie. Als sei es für die Ewigkeit. Und vielleicht war es das ja doch.

Als er sich von ihr löste und sie in sein Gesicht sah, erschrak sie. Es wirkte so müde. So leer. Und auch seine Stimmung war plötzlich eine ganz andere.

»Gib mir mal dein Handy«, verlangte er. »Ich muss dringend wo anrufen.«

»Warum nimmst du nicht deins?«

»Muckwitz hat es mir abgeknöpft. Die dumme Sau.«

»Wieso das denn?«

»Nicht so wichtig. Gibst du's mir jetzt oder nicht?«

Sein fordernder Ton irritierte sie. »Klar. Hier.«

Er schnappte es ihr regelrecht aus der Hand, entfernte sich ein gutes Stück und machte mit gedämpfter Stimme seinen Anruf. Offenbar sollte sie nicht mitkriegen, worum es dabei ging. Nach ein paar Minuten kehrte er zurück und gab ihr das Telefon wieder.

»Alles okay?«

»Ich musste nur kurz was mit meinem Vater klären.«

Die Erwähnung seines Vaters stieß ihr wie eine Faust in die Magengrube.

»Wann kriegst du dein Handy zurück?«

»Der Arsch gibt es erst nach der Mittagspause im Direktorat ab. Das ist reine Schikane.«

Er kam ein Stück näher und legte seine Hände auf ihre Schultern.

»Wegen gestern noch mal. Meinem Vater tut es leid, dass er so zu dir war. Er hat nichts gegen dich. Er kennt dich ja gar nicht. Und er ist keiner, der Leute verurteilt, die er nicht kennt. Es ist nur … etwas passiert. Etwas, das ihn total aus der Spur gebracht hat. Das hatte rein gar nichts mit dir zu tun.«

Sie atmete auf. Anscheinend war alles doch nicht so schlimm, wie sie befürchtet hatte.

Aber warum wirkte Linus so bedrückt? An der Unterlippe kauend stand er vor ihr.

»Du kannst über alles mit mir reden, Linus.« Sie nahm seine Hand.

»Darüber nicht.«

»Wenn du mir vertraust, schon.«

14:13 Uhr

LINUS VERLIESS DAS BÜRO des Schulleiters mit seinem Handy in der Hosentasche. Im Gegensatz zu Muckwitz war Direktor Weidgans ein verständnisvoller Typ, der Linus gut leiden konnte. Als er ihm von dem emotionalen Stress durch die Trennung seiner Eltern erzählte, nickte er mitfühlend. Und nachdem Linus versprach, sich bei Muckwitz zu entschuldigen, bekam er sein Handy zurück. Um einen schriftlichen Verweis würde er aber trotzdem nicht herumkommen. Darauf würde Muckwitz bestehen.

Meinetwegen, dachte Linus, wenn's ihn glücklich macht. Ein Verweis war gerade seine kleinste Sorge.

Auf dem Schulhof machte er das Handy an. Er musste die Klavierstunde absagen, denn dafür war er nicht in der Stimmung. Außerdem wollte er endlich sehen, von wem die SMS stammte, die ihm so großen

Ärger gebracht hatte. Als er den Namen des Absenders las, setzte sein Herz einen Schlag aus.

Mama.

Er öffnete die SMS.

Hallo, Linus, komm um 14:30 Uhr zum Brunnen auf dem St.-Georgs-Platz. Ich muss dringend mit dir reden. Über deinen Vater. Sag ihm nichts von dem Treffen, ja? Mama.

Linus war wie vor den Kopf geschlagen. Was hatte das zu bedeuten? War seine Mutter frei? Weshalb ein Treffen in der Stadt und nicht in ihrem Haus? Warum dieser verschwörerische Ton? Was wollte sie ihm über seinen Vater sagen? Er überlegte, ihn anzurufen und ihm alles zu erzählen, entschied sich aber dagegen. Das konnte er immer noch tun, wenn er wusste, was los war.

Ein Blick auf die Uhr. Schon zehn vor halb drei! Wie dumm, dass er kein Fahrrad hatte. Zu Fuß würde er es niemals rechtzeitig schaffen. Versuchen musste er es trotzdem.

Er rannte los. Über die Straße, hinein in eine schmale Gasse. Seine Schritte, sein Keuchen hallten von den Fassaden wider. Er verfluchte seinen Rucksack, das Auf und Ab der Bücher und Hefte nervte tödlich. Und jetzt fingen auch noch seine Muskeln höllisch zu brennen an.

Egal. Nicht darüber nachdenken. Weiter!

Und wenn hinter der angeblichen Entführung etwas ganz anderes steckte? Etwas, das er sich jetzt noch überhaupt nicht vorstellen konnte? Doch was sollte das sein? Einen Moment hielt er sogar das Undenkbare für möglich: dass seine Mutter gleich mit einem breiten Grinsen vor ihm stehen und ihm entgegenrufen würde: »Reingefallen!«

Schon von Weitem hörte er die Turmuhr der St.-Georgs-Kirche zweimal schlagen. Halb drei. Es würde seiner Mutter doch nicht auf ein paar Minuten ankommen. Er nahm die letzten Kräfte zusammen und rannte noch ein wenig schneller.

Als er den St.-Georgs-Platz erreichte, schweißgebadet und völlig entkräftet, blieb er stehen und schnaufte aus. Ins helle Plätschern des Springbrunnens gellte das Lachen von Kindern, die sich am Wasser vergnügten. Ein Typ, etwas älter als er, hockte auf dem Rand des Brunnens und telefonierte. Auf der anderen Seite, halb verdeckt von der Wasserfontäne: eine Frau. Offenbar wollte sie gerade gehen.

»Mama, ich bin hier!«

Er lief los. Als er bei ihr war, sah er in ein verdutztes Gesicht.

»Entschuldigung. Ich …«

Sie war es nicht.

Erschöpft sackte Linus auf den Brunnenrand nieder und ließ seine Hände ins kühlende Wasser hängen. Das Planschen der Fontäne hinter ihm klang wie höhnisches Gekicher.

Hatte er sie verpasst? Oder war sie gar nicht hier gewesen? Aber wieso dann die SMS? Er nahm sein Handy und wählte per Kurzwahl ihre Nummer. Nicht dass er sich viel davon erhoffte. Aber irgendwas musste er einfach tun. Während er noch damit rechnete, dass gleich die Mailbox ansprang, hörte er ganz in der Nähe ein Handy klingeln. Dieser Klingelton – eine Klavierversion von *Somewhere Over the Rainbow* – war ihm nur zu bekannt: Es war der Klingelton seiner Mutter.

Woher kam er? War sie noch irgendwo hier? Vielleicht vorne in der Eisdiele? Nein, von dort kam die Melodie nicht. Woher dann? Er ließ sich von ihr wie von einem unsichtbaren Faden ziehen und landete schließlich vor einem Abfalleimer. In einer durchsichtigen Plastiktüte erblickte er das blinkende Handy seiner Mutter.

Er beendete die Verbindung und holte die Tüte samt Telefon heraus. Ein Schauder lief durch ihn hindurch. Nicht seine Mutter war hier gewesen. Sondern der Entführer. Er hatte von ihrem Handy aus die SMS verschickt, um ihn herzulocken. Doch wozu? Was sollte er hier? Was versprach der Typ sich davon, einen Siebzehnjährigen zu verarschen?

Der Idiot muss voll krank im Kopf sein, dachte er, und diese Erkenntnis machte ihm nicht gerade Mut. Verrückte waren unberechenbar. Und darum besonders gefährlich.

Da klingelte sein Handy. Aus irgendeinem Grund war sein erster Gedanke, dass der Entführer ihn anrief, um ihm irgendwelche Erklärungen oder Anweisungen zu geben. Doch im Display stand: *Benkert, Dieter.*

Die Klavierstunde! Mist! Er hatte sie nicht abgesagt. Dieter war bestimmt total sauer.

»Sorry, Dieter, ich hab's verbockt«, entschuldigte er sich, ehe Dieter ihm Vorwürfe machen konnte. »Ich wollte dich eben anrufen.«

»Ach was«, kam es verschnupft zurück. »Wo steckst du denn?«

»Noch in der Schule. Drum kann ich auch nicht länger reden. Ich melde mich später. Tut mir wirklich sehr, sehr leid.«

»Na ja«, sagte Dieter beleidigt und legte auf.

Er rief seinen Vater an. Der nahm schon nach dem ersten Läuten ab, so als habe er den Anruf erwartet. Linus erzählt von der SMS und dem Fund. Sein Vater war außer sich.

»Das könnte eine Falle sein!«, rief er aufgeregt. »Wieso hast du mich nicht gleich angerufen?! Rühr dich nicht von der Stelle, hörst du? Ich komme sofort!«

Linus legte auf. Eine Falle? Daran hatte er gar nicht gedacht.

Mit einem flauen Gefühl im Bauch ließ er seinen Blick über den Platz schweifen. Der junge Typ saß immer noch auf dem Brunnenrand und telefonierte. Aber nun kam es Linus so vor, als beobachte er ihn dabei aus dem Augenwinkel. Die Frau vor der Boutique war harmlos, doch was machte der Mann dort an der Ecke? Wartete er bloß auf jemanden, oder …?

14:52 Uhr

WO SCHAUT ER DENN HIN? Sucht er jemanden? Mich etwa? Ich bin hier, Linus! Hier drüben. Aber hier kannst du mich natürlich nicht sehen. Hab keine Angst! Wenn ich dich holen wollte, hätte ich das längst getan. Nein, mach dir darum keine Sorgen. Wir beide werden ein anderes Spiel spielen. Aber eines, das mindestens genauso verlockend ist. Das hier war nur der Probelauf. Du hast gut mitgespielt. Das gefällt mir. Das macht Lust auf mehr.

15:19 Uhr

»WENN DU WIEDER SO EINE SMS KRIEGST«, sagte sein Vater nun schon zum x-ten Mal, »dann rufst du mich sofort an, klar?«

»Ja, ja.« Sein Vater hatte natürlich recht. Er hatte nicht nachgedacht. Aber wie lange wollte er noch darauf rumreiten?

»Nicht auszudenken, wenn er dich auch noch verschleppt! Wir wissen nicht, was das für ein Irrer ist. Und was er plant.«

Linus schaute aus dem Seitenfenster des Wagens. Dass er Lucy von der Entführung erzählt hatte, behielt er lieber für sich. Obwohl er ihr vertraute, bereute ein Teil von ihm, dass er sich nicht an die Anweisung gehalten hatte. Gleichzeitig war er erleichtert. Die Art, wie Lucy danach mit ihm gesprochen und ihn getröstet hatte, zeigte ihm, dass er sich in das richtige Mädchen verliebt hatte.

Der Wagen kam vor der Einfahrt zum Stehen. Sein Vater betätigte die Fernbedienung des Tors. Stumm sahen sie zu, wie es sich öffnete. Als sie die Auffahrt hinaufrollten, sagte noch immer keiner ein Wort. Vor der Eingangstür angekommen, hielt sein Vater an. Er zog die Latexhandschuhe aus dem Verbandskasten an, die er schon benutzt hatte, als er die Tüte mit dem Handy ins Auto gelegt hatte. Dann nahm er sie vorsichtig und ging damit ins Haus. Im Flur sagte er beiläufig: »Ach ja, wir haben übrigens Besuch.«

Besuch? Wer konnte das sein? Gespannt trat Linus ins Wohnzimmer.

»Da ist ja mein Patenkind!« Die Stimme rollte wie Donner durch den Raum. Vom Sofa erhob sich ein stattlicher, beinahe kahlköpfiger Mann und kam mit ausgestreckter Hand auf ihn zu. Frank Volkmann, sein Taufpate. Erst als er seinen etwas zu festen Händedruck spürte, erinnerte er sich, dass Frank beim Bundeskriminalamt arbeitete. Er und sein Vater hatten dort zusammen Fälle gelöst, bis Frank eine andere Abteilung als Chef übernommen und sein Vater sich mehr der Arbeit an der Uni zugewandt hatte.

Da dämmerte ihm, was hier los war. Vielsagend schaute er zu seinem Vater.

»Du hast recht, dein Patenonkel ist nicht zufällig hier.« Er wandte sich an Frank und hielt die Tüte hoch. »Das hier ist Veras Handy. Es lag in einem Papierkorb, da, wo der Mistkerl Linus hingelockt hat. Linus hat es gefunden.«

Frank nickte. »Ich lasse es untersuchen. Wird ein paar Tage dauern.«

»Wir sollten doch keine Polizei einschalten«, wandte Linus ein.

»Frank ist inoffiziell hier«, erklärte sein Vater, während er die Wegwerfhandschuhe abzog. »Er weiß einfach am besten, wie wir uns verhalten sollen. Er ist ein Profi. Und ein Freund der Familie.«

Freund der Familie – dass ich nicht lache!, dachte Linus. Ganz bestimmt ist er kein Freund von mir. Dafür hatte Frank ein paarmal zu oft Dinge versprochen und nicht eingehalten. Was war denn geworden aus seinem »Ich bin immer für dich da«? Eine Reihe von Kurzbesuchen, die irgendwann sang- und klanglos abbrach. Dazu Anrufe voller Verlegenheitspausen, die schließlich auch aufhörten. Geburtstagskarten mit Gutscheinen für Unternehmungen, die nie eingelöst wurden. Weil es immer gerade jetzt nicht passte. Nicht dass Linus großen Wert darauf gelegt hätte. Was nervte, war nur diese verlogene Pate-und-Freund-der-Familie-Show.

Frank machte einen großen Schritt auf Linus zu und legte ihm die schwere Hand auf die Schulter. »Keine Sorge, wir waren vorsichtig. Ich hab mein Auto am Bahnhof abgestellt und dort ein Taxi genommen, damit der Typ mein Wiesbadener Kennzeichen nicht sieht, falls er das Haus beobachtet.«

»Ihr denkt, der Entführer beobachtet uns?«

»Ausgeschlossen ist es nicht.«

»Und was wollt ihr tun?«

»Alles, was in unserer Macht steht, und zwar so, dass der Entführer nichts merkt. Das Leben und die Sicherheit deiner Mutter haben oberste Priorität.«

Da war er wieder: dieser falsche Ton, den Linus schon als kleiner Junge in allem, was Frank von sich gab, wahrgenommen hatte. Ein Missklang, der im Gewebe glatter, souveräner Formulierungen nur umso deutlicher auffiel. Er wusste damals wie heute nicht, was genau dieses Falsche war, aber er hatte instinktiv eine stille Abneigung gegen Frank gefasst und beibehalten. Dass der Kontakt zu ihm immer spärlicher geworden und schließlich ganz abgerissen war, war ihm nur recht gewesen.

»Wir bringen dir deine Mutter zurück, Linus«, sagte Frank nun, »das kannst du ruhig als ein Versprechen nehmen.«

Versprich nichts, was du nicht halten kannst, dachte Linus.

Noch 16 Tage

16:10 Uhr

»Wo steckt eigentlich der liebe Linus?«

Während der gesamten Probe hatte Lucy es geschafft, Dieter aus dem Weg zu gehen, doch hier am Ausgang konnte sie nicht einfach wieder umdrehen. So wie er sich anhörte, war er noch immer sauer, weil er am Keyboard hatte einspringen müssen.

»Ich weiß nicht mehr als du«, sagte sie.

Dieter kam näher. Viel zu nah. Er roch nach Schweiß und einem Duft, der für ihren Geschmack ein wenig zu feminin war.

»Er wird doch nicht abspringen, zwei Wochen vor der Premiere? Seine letzte Klavierstunde hat er auch sausen lassen. Irgendwas stimmt da nicht.« Seine wasserblauen Augen versuchten sie zu durchdringen.

Sie schaute zu Boden und machte einen kleinen Schritt nach hinten. »Ich hab keine Ahnung, echt nicht. Ich weiß nur, dass er mit der Trennung seiner Eltern nicht gut klarkommt.«

»Wir haben alle unsere Probleme. Er soll sich nicht so hängen lassen.«

Idiot, dachte sie. Zum Glück war er nur so, wenn ihm etwas gegen den Strich ging. Ansonsten war er schwer in Ordnung. Kümmerte sich. Und berechnete nur den halben Stundensatz, wenn man zwar talentiert, aber chronisch knapp bei Kasse war.

»Wieso redet er nicht mit mir, wenn es ihm schlecht geht?« Dieter wirkte nicht mehr nur genervt, sondern enttäuscht. »Einfach wegzubleiben, ohne ein Wort – das ist doch keine Art.«

»Ich richte es ihm aus.«

Schon komisch, dachte sie auf dem Weg zu den Fahrradständern. Gestern Abend hatte Linus noch gesagt, er werde zur Probe kommen. Ob es was Neues zu seiner Mutter gab? Vielleicht was Schlimmes?

Sie blieb vor ihrem Motorroller stehen und sah ihn an. Wie dumm sie doch war. Hatte sie wirklich geglaubt, sie könnte Linus in seiner Lage mit ihrem tollen Fahrzeug beeindrucken? Einem Fahrzeug, das sie nur selten benutzte, weil sie sich kaum den Sprit dafür leisten konnte und weil alle es für geklaut hielten, obwohl Simon es ihr nachweislich gekauft hatte, als Geschenk zum sechzehnten Geburtstag? Anscheinend war sie ganz schön unsensibel. Oder Simon hatte doch recht, wenn er sagte: Verliebt sein macht dumm. Vielleicht ganz gut, dass Linus nicht da war.

Linus …

Es bedeutete ihr viel, dass er ihr von der Entführung erzählt hatte, trotz des Verbots. Gab es einen größeren Vertrauensbeweis? Wenn Simon das wüsste, würde er anders reden.

Sie checkte ihr Handy. Keine SMS, keine entgangenen Anrufe, nichts. Sie wählte Linus' Nummer, erreichte aber wieder nur seine Mailbox. »Hier ist Lucy. Es ist total okay, wenn du mit keinem reden willst, auch nicht mit mir. Aber wenn doch, dann melde dich. Ich bin immer für dich da. Lieb dich.«

Bitte ruf mich an, Linus, dachte sie flehentlich und legte auf.

16:21 Uhr

»Hier ist Lucy.« Ein kurzes Zögern. »Es ist total okay, wenn du mit keinem reden willst, auch nicht mit mir. Aber wenn doch, dann melde dich. Ich bin immer für dich da. Lieb dich.«

Er machte das Handy wieder aus und legte es neben sich auf den Hocker. Anscheinend war die Probe rum. Kein Wort dazu, wie sie gelaufen war. Das war ihr anscheinend nicht mehr wichtig. Ihr ging es nur um ihn. Unüberhörbar, wie sie versuchte, stark zu sein. Damit er schwach sein konnte. Nicht zu drängeln, obwohl ihre Stimme vor Sehnsucht vibrierte. Und vor Sorge. Und Angst. Auch Dieter hatte eine Nachricht auf der Mailbox hinterlassen. Er hatte vor allem genervt geklungen, weil er am Keyboard hatte einspringen müssen. Aber da war noch etwas gewesen. Etwas, das er nicht einordnen konnte. Egal. Kümmerte ihn nicht. Das alles war unendlich weit weg.

Und Lucy? War die auch unendlich weit weg?

Seine Mutter war ihm nah. Schmerzhaft nah. Er hätte viel früher in ihr Haus kommen sollen, um auf dem Klavier zu spielen, das sie für ihn gekauft hatte. Wieso tat er es jetzt, da sie ihn nicht hören konnte? Ein Wintertag vor ein paar Jahren fiel ihm ein, er war mit ihr an dem kleinen Baggersee gewesen, um zu testen, ob das Eis schon trug. Seit einigen Tagen war es klirrend kalt, die Eisschicht glatt und hart wie ein Spiegel. Vorsichtig einen Fuß vor den anderen setzend, tasteten sie sich voran. Bis er es hörte. Das Knacken war nur ganz fein, aber er war sich sicher. »Noch nicht«, sagte er zu ihr, »es trägt noch nicht«, und sie kehrten um. Wieso musste er jetzt ausgerechnet an diesen belanglosen Moment denken? Lag eine Bedeutung darin?

Er ließ seine rechte Hand kurz über der Klaviatur schweben, dann schlug er nacheinander drei Akkorde an: a-Moll, d-Moll, E^7. Er stellte sich die Klänge wie kleine, durchsichtige Vögel vor, die durch die offene Tür in alle Ecken des Hauses flatterten, um schließlich ihr flüchtiges Leben auszuhauchen und wieder in die Stille zurückzusinken, aus der sie genommen waren.

Lucy …

Nein, sie war nicht unendlich weit weg. Und es war richtig gewesen, sie ins Vertrauen zu ziehen. Sein Vater hatte sich ja auch nicht an das Verbot gehalten. Dass er Frank angerufen hatte, war zwar einerseits verständlich, aber andererseits … Er mochte Frank einfach nicht, und er spürte, dass auch sein Vater ihn trotz aller angeblichen Vertraulichkeit nicht mochte. Die beiden waren wie zwei Virtuosen, die ihr Musikstück mit perfekter Technik, aber ohne Gefühl spielten. Und war das nicht immer schon so gewesen? Lucy dagegen – selbst wenn sie manchmal nicht ganz aufrichtig war, so spürte er bei ihr keine Falschheit bei den Dingen, auf die es ankam.

Klick.

Er horchte auf.

Was war das gewesen?

Klick.

Das kam von der Haustür. Ein Schwall dumpfer Straßengeräusche schwappte herein. Dann fiel die Tür wieder ins Schloss. Wer immer das da unten war, er hatte einen Schlüssel. Woher? Der Entführer hatte natürlich einen: den von seiner Mutter. Aber würde er wirklich so dreist sein, am helllichten Tag hier hereinzuspazieren? Und wozu? Oder war es am Ende –

Sein Herz machte einen Satz. War es seine Mutter? Hatte sie es geschafft, wegzulaufen? Oder war sie freigelassen worden?

Er sprang auf, lief los. Mama!, wollte er schon rufen, aber dann hörte er etwas, das ihn zusammenzucken und auf halbem Weg zwischen Klavier und Tür wie schockgefroren verharren ließ.

Schritte. Unten in der Diele waren Schritte. Aber sicher nicht die seiner Mutter. Sie waren viel zu schwer. Das waren männliche Schritte. Hatte er sie nicht schon einmal irgendwo gehört? Fester Tritt, ohne einen Anflug von Unsicherheit. Er war zu aufgeregt, um klar zu denken.

Stimmen. Verschiedene. Irgendwann die seines Vaters. Dann seine eigene. Mehrfach. Vom Band. Der Mann hörte den Anrufbeantworter ab. Stand wohl regungslos daneben, denn es war sonst nichts zu vernehmen, bis auf … Hörte er ihn wirklich atmen? Oder eher etwas wie ein Schluchzen? Unmöglich. Oder doch? Ein Piepen beendete die Aufnahmen.

Ein stimmhaftes Räuspern.

Die Stimme, die Schritte … ja, er kannte sie. Aber woher?

Er kam nicht darauf. Sein Kopf war wie blockiert.

Die Schritte setzten wieder ein. Wanderten unten umher. Durchs Wohnzimmer, wo sie auf dem Parkett lauter klangen. Zurück in den Flur. In die Küche. Der Kühlschrank öffnete sich schmatzend.

Der Mann suchte etwas. Nur was?

Vielleicht hatte er bei der Entführung etwas verloren, das ihn verriet und das er sich nun zurückholen wollte.

Und was, wenn der Kerl bei seiner Suche auch ins obere Stockwerk kam? In dieses Zimmer? Sein Herz sackte ab. Wenn er die Tür zumachte und abschloss, würde der andere sie aufbrechen? Würde er in Kauf nehmen, Spuren zu hinterlassen?

Vorsichtig hob er einen Fuß, setzte ihn wieder auf. Das Quietschen der Gummisohle seines Sneakers auf dem Parkett kam ihm unendlich laut vor. Hatte der Mann es gehört? Noch ein Schritt. Zu laut. Viel zu laut! Selbst sein Herzschlag. Er streckte den Arm aus. Bekam die Türklinke zu fassen. Bewegte sie vorsichtig. Hatte die Tür in den Angeln gequietscht, als er sie vorhin geöffnet hatte? Er erinnerte sich nicht mehr.

Ein Anfall von Panik kam über ihn. Er machte einen Satz nach vorne. Knallte die Tür zu. Drehte den Schlüssel um.

Dem erleichterten Aufatmen folgte die erschreckende Erkenntnis: Er saß in einer Falle, und die war soeben zugeschnappt.

16:25 Uhr

WIESO NUR FIEL ES IHR plötzlich so schwer, Dinge zu akzeptieren? Sie hatte doch bisher auch alles mehr oder weniger klaglos akzeptiert. Dass sich in ihrer Familie jeder nur um sich selbst kümmerte. Dass Simon sie für seine miesen Geschäfte einspannte. Dass niemand sie darin unterstützte, etwas aus ihrem Leben zu machen. Was sie aber gerade gar nicht akzeptieren konnte, war, dass Linus sich nicht meldete. Weil es ihr beinahe körperlich wehtat, nicht zu wissen, was mit ihm los war.

Trotzdem war es falsch gewesen, zu ihm nach Hause zu fahren, um ihn vielleicht wenigstens vor dem Tor oder an einem der Fenster zu sehen. Das war ihr bereits klar gewesen, als sie sich auf den Weg zu ihm machte. Es war ihr auch klar gewesen, als sie, halb verdeckt von einem parkenden Kleintransporter, beobachtet hatte, wie Linus' Vater ans Tor kam und die Post holte, einen weißen Umschlag aus den Sendungen herauszog und lange betrachtete, um schließlich zügig zurück ins Haus zu gehen. Es musste ja nichts bedeuten. Ihr Gefühl aber sagte ihr, dass es sehr wohl etwas bedeutete. Wahrscheinlich eine neue Nachricht des Entführers.

Und jetzt?

Wie nie zuvor wünschte sie sich, es gäbe jemanden, dem sie ihr Herz ausschütten könnte. Jemanden in ihrer Familie. Oder eine Freundin. Aber während sie an den trostlosen Häuserblocks ihres Viertels entlangfuhr, wo von Monat zu Monat immer mehr Rollläden unten blieben, wurde ihr bewusst, dass es niemanden gab und auch nie so jemanden gegeben hatte. Sie war ihr ganzes Leben lang allein gewesen. Bis sie Linus gefunden hatte.

Vor Simons Garage stellte sie den Motorroller ab und öffnete das Tor. Täuschte sie sich, oder wurde Simons Kram wirklich mit jedem Tag mehr? Was er wohl alles in diesen Kisten, Schachteln und Taschen aufbewahrte? Besser, sie wusste es nicht. Spätestens wenn der wahre Garagenbesitzer auftauchte, würde alles auffliegen. Manchmal bewunderte sie fast Simons Mut. Einfach eine leer stehende Garage aufzubrechen und in Besitz zu nehmen, indem man am Tor ein neues Schloss einsetzte … das traute sich nicht jeder.

Bis zum Haus musste sie zwei Querstraßen laufen. Als sie näher kam, bemerkte sie Simons Wagen am Bordstein. Er saß hinter dem Steuer, Benny lehnte am offenen Fenster, ein Bein auf dem Boden, das andere auf dem Skateboard hin- und herfahrend. Und war das auf dem Beifahrersitz wirklich ihr Vater? Wie lange war es her, dass sie ihn außerhalb der Wohnung gesehen hatte? Bestimmt eine Ewigkeit. Er verließ ja kaum einmal sein Büro. Die drei schienen über etwas zu beraten. Angespannt. So als heckten sie irgendwas aus.

16:37 Uhr

HILFE. ER MUSSTE HILFE HOLEN. Seinen Vater anrufen. Wieso dachte er erst jetzt daran?

Er griff nach seinem Handy, aber die Hosentasche war leer. Richtig. Es lag ja noch auf dem Klavierhocker. Er wandte sich um. Dabei hörte er von draußen ein metallisches Klicken. Hörte es sich so an, wenn eine Waffe entsichert und gespannt wurde? Er wich zurück.

»Hallo? Wer ist da?«

Mitten in der Bewegung hielt er inne.

Die Stimme.

Jetzt wusste er, wem sie gehörte!

»Frank? Bist du das?«

»Linus?«

Schlagartig fiel die Anspannung von ihm ab. Er ging zur Tür und schloss auf. Ausnahmsweise war er froh, Frank zu sehen, auch wenn der ihn anschaute, als wäre er derjenige, der hier nichts zu suchen hatte. Er hatte tatsächlich seine Dienstpistole in der Hand, war aber schon dabei, sie wieder zu sichern.

»Was machst du hier?«

»Das Gleiche wollte ich dich fragen. Wie bist du überhaupt ins Haus gekommen?«

Frank lächelte fein. »Fragst du das im Ernst?«

Wollte er damit behaupten, dass jeder BKA-Typ einen Dietrich dabeihatte? So wie andere Leute Flaschenöffner oder Taschenmesser? Oder verarschte er ihn bloß?

Frank steckte die Waffe in den Holster unter seinem Sakko.

»Und du, wie bist du reingekommen?«

Merkte er gar nicht, wie anmaßend diese Frage war? Er zuckte jedenfalls mit keiner Miene. Idiot!

»Ich hab ein Fenster eingeschlagen. Was denkst du denn? Mit einem Schlüssel natürlich! Hat Mama mir gegeben. Das hier ist für mich nämlich auch so eine Art Zuhause, klar?«

Sie standen beide immer noch unbewegt da, zwischen sich die Türschwelle.

»Weiß Pa eigentlich, dass du hier bist? Was willst du hier überhaupt?«

Frank schob die Hände in die Hosentaschen. »Zu Frage eins: Nein. Er war unterwegs, als ich weg bin. Zu Frage zwei: Spuren.«

»Und? Schon was gefunden?«

Frank schüttelte den Kopf. »Ist ziemlich aussichtslos, so ohne Spezialisten und ohne Technik. Und solange kein offizieller Fall daraus wird, kann ich keine anfordern. Wir sollten wirklich überlegen …«

»Nein!« Er rief es lauter als beabsichtigt. »Keine Polizei! Und auch sonst nichts, was Mama in Gefahr bringt. *Nichts mehr!*«

Frank schnaufte genervt, sagte aber nichts. Wahrscheinlich waren das für ihn bloß die Empfindlichkeiten eines dummen Jungen, um die man sich besser nicht kümmern sollte.

»Wenn Mama wegen euch auch nur einen Tag oder eine Stunde länger leiden muss, verzeihe ich euch das nie! Nie!«

»Und was, wenn …?« Frank beendete den Satz nicht.

»Was meinst du?«

»Das weißt du verdammt genau.«

Wusste er nicht! Oder? Es dauerte ein paar Sekunden, bis eine fiese kleine Stimme in seinem Kopf es ihm zuflüsterte: Was ist, wenn deine Mutter länger leiden muss – oder Schlimmeres! –, weil die Polizei *nicht* geholt wurde? Wer trägt dann die Verantwortung?

Franks Augen blitzten auf, anscheinend hatte er bemerkt, dass die Botschaft angekommen war. Drecksack! Oder hatte er recht?

»Schauen wir uns gemeinsam um«, schlug Frank vor. »Vier Augen sehen mehr als zwei.«

Sie gingen nach unten, Frank voraus, er einen Schritt dahinter. Auf der Treppe sagte er: »Ich war vor ein paar Tagen schon mal hier und hab mich umgesehen. Wir haben nichts gefunden.«

Frank wandte den Kopf halb nach hinten. »Wir?«

»Eine Freundin war noch dabei.«

»Verstehe.«

Was gab's da zu grinsen? Gar nichts verstand er. Gar nichts! Und dass er gleich so was annahm, sagte mal wieder einiges über ihn aus. Lucy und er hatten keine Sekunde daran gedacht, die Situation auszunutzen und im verlassenen Haus seiner Mutter rumzumachen.

Am Treppenabsatz blieb Frank stehen, drehte sich plötzlich um und schaute Linus an.

»Was ist?«

»Ich hab nie verstanden, was du gegen mich hast, Linus.«

»Ich? Gar nichts. Es ist nur, weil es hieß: Keine Polizei.«

»Ich meine nicht nur jetzt. Du warst schon immer so abweisend.«

»Das bildest du dir ein.«

Natürlich stimmte das nicht, aber was sollte er sonst sagen?

»Jedenfalls … Ich bin nur hier, um zu helfen.«

»Klar, wie immer.«

Frank hatte sich kein bisschen verändert. Tauchte hier auf und weckte alle möglichen Erwartungen. Doch es passierte nichts, außer dass er wieder verschwand. Was blieb, war eine miese Stimmung. Hatte eigentlich irgendjemand Frank wirklich gemocht? Oder ihn vermisst, wenn er nicht da war? Sein Vater? Seine Mutter? Er hatte sie jedenfalls nie über ihn reden hören. Nie. Schon eher über ihn schweigen.

Er schaute an Frank vorbei ins Leere. Ehe die peinliche Stille zu lange andauerte, fiel ihm zum Glück noch etwas ein: »Wir haben übrigens doch was gefunden beim letzten Mal.«

»So? Was denn?«

»Das hier.« Er ging zum Telefontischchen, auf dem er den schwarzen Splitter abgelegt hatte, den Lucy und er gefunden hatten – und zuckte zurück. »Moment mal.«

»Was?«

»Es ist weg.«

»Was denn?!«

»Hier lag ein Splitter. Von einem schwarzen Onyx oder so. Und jetzt ist er weg.«

»Einem Onyx, sagst du? Kennst du dich da so gut aus?«

»Ich nicht, aber …«

»Versteh schon.« Frank trat einen Schritt heran. »Ich war hier am Telefon. Hab den AB abgehört. Da lag aber nichts. Vielleicht auf dem Boden.«

Sie suchten alles rund um das Telefon ab. Frank kontrollierte sogar die Sohlen seiner Schuhe, um sicherzugehen, dass er sich den Splitter nicht ins Profil getreten hatte. Vergebens. Er blieb verschwunden.

»Ärgerlich.« Frank wischte sich die Hände an der Hose ab. »Wer könnte ihn weggenommen haben? Wer war in der Zwischenzeit hier?«

»Mein Vater.«

»Wir fragen ihn.«

Da klingelte Franks Handy.

»Ja?« Er lauschte einige Sekunden, dann sagte er: »Linus ist hier bei mir. Wir kommen sofort.« Er legte auf. »Das war er.«

»Gibt's was Neues?«

»Allerdings.«

»Jetzt sag schon!«

»Ein neuer USB-Stick. Eine neue Aufnahme.«

17:12 Uhr

»KANNST DU MIR SAGEN, was hier los ist?«

Lucy hatte versucht, sich an der offenen Küchentür vorbei zurück in ihr Zimmer zu schleichen. Aber wenn es darum ging, Dinge zu hören, die sie nicht hören sollte, hatte ihre Mutter Ohren wie ein Luchs. Im Morgenmantel stand sie an der Anrichte, mit dem Rücken zu Lucy. Das Haar hing in Strähnen auf ihren Rücken herab.

»Keine Ahnung. Was meinst du?«

Hoffentlich geht es nicht um Linus, dachte sie.

»Dauernd dieses Getuschel. Schrecklich. Und wenn ich dazukomme, sagt keiner was.«

Aufatmen. Zum Glück nicht das Linus-Thema.

»Geht mir nicht anders. Die haben immer irgendwas am Laufen.«

»Deine Brüder, ja. Aber jetzt auch noch dein Vater.«

Ihre Mutter drehte sich zu ihr um. Drei Tage hatte der Anfall gedauert, drei Tage, in denen sie ihr Bett kaum verlassen hatte. Sie sah aus, als sei sie durch die Hölle gegangen. Blass, eingefallen, zehn Jahre älter, als sie eigentlich war. Ein Bild des Jammers.

In diesem Moment flog die Wohnungstür auf, Simon, Benny und ihr Vater kamen polternd herein. Sie drückten sich an Lucy vorbei und verteilten sich im Raum: Ihr Vater fiel auf einen Stuhl am Esstisch; Benny, die Faust immer wieder in die Handfläche schlagend, lehnte sich in eine Ecke; Simon stellte sich an die Anrichte, wo seine Mutter sich ihm sofort zuwandte, ihrem Liebling. Dem alles verziehen wurde.

»Was treibt ihr nur«, sagte sie matt.

»Nichts, was dir Kummer machen könnte.« Er strich ihr eine Haarsträhne aus dem Gesicht. »Geh duschen, Mama.«

Lucy wollte sich gerade verdrücken, als Simon rief: »Warte!«

Nachdem die Badezimmertür hinter ihrer Mutter zugefallen war, kam er zu ihr. »Ich hab noch mal nachgedacht. Wegen deinem … Freund.«

»So?« Sie schob die Hände in die Hosentaschen.

»Für mich ist es okay. Dass du dich mit ihm triffst, meine ich.«

»Ach ja? Und wieso auf einmal?«

»Weil es eh nichts bringt, dir irgendwas ausreden zu wollen. Wo die Liebe hinfällt …« Er lächelte vieldeutig.

Sie kannte ihren Bruder zu gut, um nicht zu wissen, dass das nur die halbe Geschichte war. »Was willst du von mir?«

Simon lachte laut auf. »Ach, Kirsche, warum denkst du immer, dass ich Hintergedanken habe?«

»Weil es immer so ist.«

Er sah sie mit seinem Großer-Bruder-Blick an, der schon lange nicht mehr funktionierte.

»Ich muss noch wo hin. Wir reden später.«

Das sagte er immer, wenn er ihr ausweichen wollte.

Und dieses Später kam so gut wie nie.

17:34 Uhr

WÄHREND FRANK WARTETE, bis das Tor zur Seite rollte, riss Linus schon die Autotür auf und rannte zum Haus. Nach dem klimatisierten Innenraum des Autos pappte die Hitze wie Gelee an der Haut. Gelee, das auch seine Lungen verstopfte und das Atmen erschwerte. Gelee, das wie Pfropfen in seinen Gehörgängen saß.

Sein Vater wartete im Flur. »Linus …« Es war nur ein Hauch, die düstere Miene verdunkelte sich noch ein wenig mehr. Linus wollte etwas sagen. Etwas fragen. Aber die Worte steckten im Hals fest.

Sein Vater kam zu ihm und nahm ihn kurz, aber fest in den Arm.

»Was ist … diese Aufnahme … was ist …?« Sein Herzschlag wummerte bis unter die Kopfhaut.

»Ich weiß selbst nicht, was ich davon halten soll. Keine neue Botschaft. Nur … Geräusche …«

»Geräusche …? Was denn für …?«

»Atemgeräusche. Stöhnen. Seufzen. Willst du es hören?«

Reflexartig schüttelte er den Kopf. Nein, er wollte es nicht hören. Auf keinen Fall!

»Ist schon gut, Linus. Völlig okay.«

Da trat Frank in den Flur. Eilig, aber ohne Hektik. Wie er diese Beherrschtheit hasste.

»Und?«

Ein Wort nur, aber eines wie ein Nadelstich.

Erst als sein Vater die Hand von seiner Schulter nahm, bemerkte er, dass sie die ganze Zeit dort gelegen hatte.

»Gehen wir runter«, sagte er zu Frank.

Das Schlagen der Sohlen hallte in Linus' Ohren, als Frank mit seinem Vater Richtung Kellertreppe ging. Dort blieb er stehen, drehte sich um und schaute ihn an.

»Was ist mit ihm? Kommt er nicht mit?«

»Wozu?«

»Hört er nicht von uns allen am besten?«

Ein Zucken verzerrte für einen Moment das Gesicht seines Vaters, seine Hand schloss sich um Franks Arm.

»Wir brauchen ihn nicht, sag ich. Klar?«

Frank nickte und sah ihn noch einmal an. Lange. Fragend. Dann wandte er sich ab, die beiden Männer verschwanden in den Keller.

Stumm blieb Linus zurück.

Was ist mit ihm? Kommt er nicht mit?

Sätze, die in ihm nachklangen, während er ins Zwielicht starrte, in das die Kellertreppe führte. Und aus dem heraus ihn immer noch Frank anzusehen schien.

Noch 14 Tage

23:22 Uhr

»Zehntausend«, sagt Klöppler. »Keinen Cent weniger.«

Er versucht, wie ein knallharter BKA-Typ zu klingen. Ein knallharter, korrupter BKA-Typ. Einer, dem alles scheißegal ist. Einer, der's draufhat. So wie im Kino eben. Aber ich höre genau, wie unsicher er ist, dieses armselige, larmoyante Würstchen. Er hat Angst, dass der Preis zu hoch ist und unser Geschäft in letzter Sekunde platzt. Ich könnte ihn auf fünftausend herunterhandeln, wenn ich wollte. Aber wieso sollte ich das tun? Ist ja nicht mein Geld, mit dem ich ihn bezahle.

»Gut«, sage ich. »Wie machen wir's?«

»Erst das Geld.«

»Schon klar. Wie? Wo?«

»Nur Hunderter, in einem Umschlag. Den werfen Sie in meinen Briefkasten. Meine Adresse haben Sie ja.«

»Wird etwas dauern. Ich muss das Geld erst beschaffen.«

»Eilt nicht. Wenn ich es habe, schicke ich Ihnen eine E-Mail mit der Audiodatei als Anhang.«

»Aber keine komprimierte Scheiße, klar? Oder so einen MP3-Mist.«

»Ist PCM-Wave gut genug für Sie? Wir sind doch keine Amateure.«

Besser geht's nicht. »Ist okay.«

»Sie sollten in den Umschlag einen Zettel mit einer E-Mail-Adresse legen, an die ich die Datei schicken kann.«

»Logisch.«

Nach einem Moment Stille traut er sich endlich zu fragen, was ihn die ganze Zeit schon interessiert: »Was wollen Sie eigentlich damit anstellen?«

»Müssen Sie nicht wissen.«

»Dachte ich mir schon. Na gut. Ich warte auf das Geld.«

Er legt auf.

Ich nehme Ohrstöpsel und Mikro ab und entferne das Handy aus dem akustischen Koppler, ziehe überall die Stecker und räume Koppler und Kabel ins Handschuhfach. Wahrscheinlich ist der Aufwand überzogen, der Idiot hätte meine Stimme auch ohne den ganzen Aufwand nicht wiedererkannt, nach den paar Treffen und mit der Musik im Hintergrund. Aber man weiß nie. Außerdem hat er, genau wie ich, das Gespräch vielleicht aufgezeichnet.

Ich muss mich einen Moment zurücklehnen. Das kalte Licht, das vom Display des Laptops ausstrahlt, versetzt mich in einen Zustand der Entrücktheit. Ist das nicht wunderschön? Die Nacht, der leere Parkplatz, die Sträucher dahinter. Was ist das eigentlich für Zeug? Ginster? Im Dunkeln ist es sowieso nicht zu erkennen. Ich kurble das Fenster herunter. Die Nachtluft mit ihren schweren Gerüchen fließt herein wie warmer Sirup. Die Grillen zirpen ein Konzert. Und das alles nur für mich. Die Welt liegt mir zu Füßen.

Aber etwas fehlt noch, um es perfekt zu machen.

Ich hole den USB-Stick aus der Brusttasche und stecke ihn in einen Port am Laptop. Ein Fenster öffnet sich auf dem Display, ich lasse mir die Dateien anzeigen, klicke das *Best-of* an. Die Erwartung erregt mich.

Ein erster Atemzug. Noch einer. Da hat sie geschlafen. Da stöhnt sie. Wahrscheinlich hat sie geträumt. Vielleicht was Erotisches? Uuhh! Jetzt spricht sie gleich. »Was wollen Sie von mir?«, sagt sie. »Bitte, lassen Sie mich frei … Ich muss stark sein. Es wird vorübergehen. Irgendwann ist es vorbei.« Ich höre nicht mehr auf den Inhalt ihrer Worte, nur noch auf den Klang ihrer Stimme. Sie ist jetzt schon so viel weicher als am Anfang. Langsam schmilzt sie, ganz langsam, und das ist so wunderbar. Ein Wunder, ja, das ist es.

Scheinwerferkegel schneiden sich in die Dunkelheit. Irgendwer fährt auf den Parkplatz. Sofort bin ich wieder nüchtern. Stoppe die Datei. Kurble das Seitenfenster hoch. Ich starte den Motor und mache die Scheinwerfer an. Langsam fahre ich aus der Parkbucht.

Das andere Auto hat angehalten. Ich beobachte es im Rückspiegel. Ein Polizeiauto, wenn ich nicht irre. Wollen die was von mir? Jetzt halten sie an. Ein Polizist steigt aus. Ich lasse den Wagen weiterrollen. Keine Hektik, die verdächtig wirken könnte. Einer der Polizisten stellt sich an einen Strauch. Wie es aussieht, um zu pissen.

Ich lache auf. Er muss nur pissen. Alles ist gut.

Ich gebe Gas und fahre auf die leere Autobahn. Weich gleite ich durch die samtige Dunkelheit.

Das Leben könnte so schön sein. Und das wird es auch, wenn die Welt mein Werk erst kennenlernt. Ein Werk, das sich im Verborgenen verbreiten wird. Das nicht aufgehalten werden kann. Wunderbares Internet! Und dann werde ich selbst es Richard und Linus vorspielen, und sie werden mehr und tiefer hören als alle anderen. Sie werden begreifen, was es wirklich bedeutet. Sie müssen einfach.

Natürlich werden sie es nicht zugeben. So wenig, wie ich zugeben kann, dass ich der Schöpfer bin. Aber insgeheim, ohne es auszusprechen, werden wir uns verstehen. Und alles wird verziehen sein. Ihre Kränkungen, ihre Spitzen und Überheblichkeiten mir gegenüber. Der Hochmut des Vaters wird gebrochen sein, weil die Welt erkannt hat, was für ein Lügner er ist, und auch der Sohn wird zerstört sein, sodass er meine hingehaltene Hand ergreifen kann. Vielleicht werde ich der einzige Mensch sein, den sie dann noch haben. – Schluss! Ich muss aufhören, in Phantasien zu schwelgen. Es gibt noch zu viel zu tun.

Als Erstes muss ich etwas Geld verdienen. Spielgeld.

Noch 12 Tage

14:52 Uhr

»Du bist heute nicht bei der Sache, Lucy«, bemerkte Dieter, während sich die letzten Klavierklänge verflüchtigten. »Stimmt was nicht?«

Lucy trat von einem Bein aufs andere und heftete ihren Blick auf Dieters Hände, die eben noch über den Tasten geschwebt hatten und nun auf seinen Oberschenkeln ruhten. Sie wusste selbst, dass sie im Mittelteil des Songs das Tempo verschleppt hatte.

»Alles okay«, antwortete sie zögerlich. »Es ist nur …«

Er drehte sich zu ihr. »Was denn?«

Sie blickte auf und sah ihn an. »Ich soll dir von Linus was ausrichten. Er kommt erst einmal nicht mehr zu den Klavierstunden. Und beim Musical steigt er auch aus.«

»Was?!« Dieter strich mit einer schnellen Bewegung sein welliges blondes Haar hinters Ohr. »Wieso das denn? Und wieso sagt er es mir nicht selbst?«

Lucy seufzte. Jetzt kam der schwierigste Teil. »Er ist im Moment echt schlecht drauf. Totale Krise. Schon dir zu sagen, was los ist, würde ihn total überfordern. Aber es tut ihm echt leid, und wenn er sich wieder gefangen hat, kommt er auch wieder. Ganz bestimmt.«

Dieter stand auf, schob die Hände in die Taschen und ging im Zimmer auf und ab. Er schaute sie nicht an, sondern irgendwo ins Leere. Offenbar arbeitete es in ihm. So als wisse er nicht, ob er sauer oder mitfühlend reagieren sollte. Schließlich blieb er vor ihr stehen.

»Es enttäuscht mich ein wenig, dass er mir das nicht selbst sagt. Aber gut, das muss ich wohl akzeptieren. Ist es wirklich nur wegen seinen Eltern? Oder gibt's noch was anderes?«

»Nur die alte Sache«, sagte sie rasch.

»Seltsam. Ich hatte den Eindruck, dass er sich in der Situation eingerichtet hat. Ist ja auch schon eine Weile her.«

Was sollte sie dazu sagen? Sie konnte nur hoffen, dass er ihr die Geschichte glaubte und nicht weiter nachfragte. Was allerdings nicht zu ihm passte. Er wollte immer ganz genau wissen, was seine Schüler bedrückte.

»Ich könnte mit seinen Eltern reden, wenn das hilft«, schlug er vor. »Ich kenne seine Mutter ja ganz gut, seinen Vater auch.«

»Das wäre Linus bestimmt nicht recht«, sagte sie rasch.

Dieter nickte. Dann trat er noch einen Schritt näher und sah sie eindringlich an. »Und wie geht es dir damit?«

Sie zuckte mit den Schultern, vermied den Augenkontakt, sondern schaute auf ihre abgewetzten Sneakers. »Ich versuche ihn halt zu unterstützen, so gut ich kann. Ihn aufzufangen.«

»Das ist schön.« Er tätschelte ihre Schulter. »Linus ist ein äußerst sensibler Mensch. Mehr, als er selbst zugeben würde. Er möchte sein wie alle anderen. Aber das ist er nicht. Er ist was Besonderes.«

»Das weiß ich.«

Er lächelte fein. »Natürlich. Wer wüsste das besser als du.« Nach kurzem Zögern fuhr er fort: »Hat er dir erzählt, dass er ein unglaublich präzises Gehör hat? Besser noch als das seines Vaters?«

Sie schwieg. Vermutlich merkte Dieter ihr ohnehin an, dass sie es nicht gewusst hatte.

»Er registriert jeden noch so kleinen Misston, jede Unaufrichtigkeit. Was für eine Qual muss es für ihn gewesen sein, mit anzuhören, wie die Liebe seiner Eltern zerbricht, ohne wirklich zu verstehen, was vor sich geht; und ohne etwas dagegen tun zu können. Er hat oft mit mir darüber geredet, wie sehr ihn diese Gabe manchmal belastet. Ich finde, da ist er ein bisschen undankbar, auch wenn ich ihn natürlich verstehe.«

Sie fühlte sich unbehaglich. Wieso erzählte er ihr das? Um sie zu warnen?

Zum Glück klingelte es in diesem Moment an der Tür. Vermutlich der nächste Schüler, denn die Stunde war seit fünf Minuten vorbei. Sie erhob sich, Dieter folgte mit etwas Verzögerung. Eilig nahm sie die Noten vom Klavier und packte sie in ihre Tasche, während Dieter in den Flur ging, um zu öffnen. Er blieb an der Tür stehen und verabschiedete sie dort.

»Sag Linus, er kann sich jederzeit bei mir melden, wenn er Rat braucht oder irgendwas sonst. Ich bin immer für ihn da.«

»Mach ich.«

Ein flüchtiger Händedruck noch, dann war sie draußen – und atmete erleichtert durch. Das war geschafft. Anscheinend hatte er das mit Linus' großer Krise geglaubt. Stimmte ja auch. Nur der Grund dafür eben nicht. Also nur eine halbe Lüge.

15:37 Uhr

LINUS LEHNTE AM SCHMIEDEEISERNEN Geländer der Fußgängerbrücke im Park und hielt nach Lucy Ausschau. Ob sie ihn für einen Feigling hielt, weil er Dieter nicht selbst gesagt hatte, dass er den Unterricht abbrach und auch aus dem Musical ausstieg? So wie Frank ihn für einen Feigling hielt, weil er sich die Aufnahmen seiner Mutter nicht anhörte? Und vielleicht auch sein Vater? War er das: ein Feigling?

Da drang das leise Klappern eines Schutzblechs an sein Ohr. Lucy? Sekunden später bog sie auf ihrem Fahrrad um ein Gebüsch und rollte den staubigen Weg zur Brücke herab. In die Freude, sie zu sehen, mischte sich ein süßer Schmerz. Sie war so viel stärker und mutiger als er. Wahrscheinlich wusste sie selbst nicht, wie stark und mutig sie war.

Er lief ihr entgegen, winkte ihr, sie winkte zurück. Schließlich bei ihm, sprang sie vom Rad, er küsste sie und vergaß für den Moment alles, was ihn bedrückte. Doch als ihre Lippen sich lösten, war es sofort wieder da.

»Gibt's was Neues bei dir?«, fragte Lucy.

Er schüttelte den Kopf. Nach ein paar Sekunden sagte er: »Es war blöd von mir, dass ich dich bei Dieter vorgeschickt hab. Ich ruf ihn später selbst an.«

»Brauchst du nicht, ich hab ihm alles gesagt.«

»Und? Wie hat er es aufgenommen?«

»Verständnisvoll. Ein bisschen enttäuscht war er, aber das legt sich.«

»Tut mir echt leid, dass ich dich da vorgeschoben hab, Lucy«, sagte er noch einmal. »Es ist nur … Wenn ich mit ihm geredet hätte, hätte er sofort den Seelentröster spielen wollen und nicht lockergelassen. Und ich bin nun mal ein schlechter Lügner.«

»Im Gegensatz zu mir, meinst du?«

»Was? Nein!« Autsch! Er spürte, wie er rot wurde.

»Schon gut.« Sie lächelte. »War echt kein Problem.«

Lucy kettete ihr Fahrrad an die Laterne, an der schon das seine hing. Dann verschwanden sie unter die Brücke. Sie setzten sich auf die nackte Erde und lauschten dem Plätschern des Baches. Irgendwann legte sie ihre Hand auf die seine und ließ den Kopf auf seine Schulter sinken. Wollte sie, dass er sie in den Arm nahm, sie küsste und streichelte? Er wollte es ja auch, aber er konnte nicht. Nicht, solange seine Mutter nicht frei war. Erst dann war auch er wieder frei, diese Dinge zu tun.

Lucy hob den Kopf und zog auch die Hand zurück. »Dieter hat mir erzählt, dass du ein supergutes Gehör hast«, sagte sie. »Stimmt das?«

Er seufzte. Sein erster Gedanke: Wieso muss Dieter ihr das erzählen? Sein zweiter: Wieso nicht? War ja nichts, woraus man ein Geheimnis machen musste.

»Schon«, antwortete er vage.

»Warum hast du mir das nie erzählt?«

»Keine Ahnung.« Er hob ein Steinchen auf und drehte es zwischen den Handflächen. »Hat sich nicht ergeben.«

»Hörst du wirklich, wenn jemand … na ja, nicht ganz aufrichtig ist oder … was verbirgt …?«

Er warf das Steinchen ins Wasser. Mit einem überraschend satten Plumps versank es im unsteten Wispern der Wellen.

»Ich bin kein Superheld und kein Mutant oder so was. Aber es stimmt schon irgendwie. Ich höre halt manche Dinge genauer als andere. Und ich höre, wenn etwas … nicht passt. Meistens, nicht immer. Aber ich kann keine Gedanken hören oder so.«

»Trotzdem cool. Dann sollte man besser nicht hinter deinem Rücken flüstern. Und immer schön ehrlich sein.«

Sie ließ es wie einen Scherz klingen, aber aus einer tieferen Schicht drang auch ein leises Unbehagen. Ein Unbehagen, dem sein eigenes wie ein Echo zu antworten schien.

»Sollte man nicht sowieso immer ehrlich sein?«, fragte er.

Sie schob ihren Arm unter den seinen und legte den Kopf auf seine Schulter.

»Natürlich sollte man das.«

Sie verstummten wieder, saßen einfach nur da, und Linus fand das schön. Ein paar Takte lang glaubte er in der Stille sogar ihren Herzschlag zu hören. Aber das bildete er sich bestimmt nur ein.

Da klingelte das Handy in seiner Hosentasche. Er nahm es heraus.

Sein Vater. Gab es was Neues? Bebend vor Anspannung nahm er ab. Der Empfang war hier unter der Brücke schlecht. Zwischen Rauschen und Knacken verstand er nur eines: »Komm sofort nach Hause!«

16:42 Uhr

Diesmal war es keine Audiodatei, sondern ein Brief. Liniertes weißes Papier in einem grauen Umschlag. Worte, Silben und einzelne Buchstaben waren aus einer Zeitung ausgeschnitten und aufgeklebt worden, sodass sie eine Botschaft ergaben. Wie das Klischee eines Erpresserbriefes lag er auf dem Esstisch, daneben der Umschlag. Linus' Vater hatte sofort erkannt, was er vor sich hatte, deshalb hatte er ihn nur mit Latexhandschuhen angefasst. Linus fand dieses überlegte Vorgehen zugleich bewundernswert und befremdlich.

»Der Anfang vom Ende«, sagte sein Vater. Nur seine Stimme verriet die innere Anspannung. »Vom guten Ende«, fügte er eilig hinzu.

Obwohl er sich da noch längst nicht sicher war, spürte auch Linus Erleichterung. Eine Forderung. Endlich etwas Handfestes. Etwas, das diese Erstarrung aufbrach, die sie alle schon seit einer gefühlten Ewigkeit lähmte.

Fünfzigtausend Euro In 100 Euro Scheinen nicht nummeriert nicht markiert Bis morgen! Anweisungen folgen!

Die Türklingel zerriss die Stille.

»Das wird Frank sein.«

Trotzdem legte sein Vater lieber eine Zeitung über den Brief, ehe er hinausging, um zu öffnen. Als er weg war, trat Linus an die Tischkante und fixierte die Stelle auf der Zeitung, unter der der Brief lag. Die fünfzigtausend Euro zu beschaffen, sollte für seinen Vater kein Problem sein. Und dann kam seine Mutter frei. Und alles wurde wieder gut. Oder? Es ging nicht immer so aus. Er wusste das. Auch wenn sein Vater noch so viel Optimismus verbreitete.

Draußen im Flur erklang die Stimme seines Vaters, dann die von Frank, beide zugleich nervös und energisch. Ihre schweren Schritte auf den Steinfliesen, rasch näher kommend, die angelehnte Tür, die aufflog. Franks Blick, der ihn nur streifte, nicht mehr.

»Wo ist er?«

»Hier.« Linus zog die Zeitung weg.

»Hat ihn jemand angefasst?«

»Nein«, schaltete sich sein Vater ein, »nur den Umschlag. Aber ich hab beim Öffnen die hier getragen.« Er zog die Latexhandschuhe aus der Hosentasche. »Da drüben in der Box sind auch welche für dich.«

Frank nahm ein Paar heraus. »Wenn er so gründlich ist wie bei den Sticks und bei Veras Handy, werden wir nichts Brauchbares finden«, sagte er, während er sie überstreifte. »Die waren geradezu steril. Gehst du mal zur Seite, Junge?«

Junge!, dachte Linus empört, schluckte den Ärger aber gleich wieder runter und ließ ihn an den Tisch.

»Und sonst?«, fragte sein Vater. »Die Aufnahmen?«

»Nichts Besonderes so weit.«

Frank nahm den Brief und betrachtete ihn genau.

Die beiden Männer waren ganz in ihrem Element. Linus stand daneben und fühlte sich überflüssig.

»Er verliert keine unnötigen Worte, das muss man ihm lassen«, sagte Frank, nachdem er den Brief untersucht hatte.

»Klar. Jedes Wort macht Arbeit.«

Linus' Vater hielt Frank eine Klarsichthülle für den Brief hin, danach eine zweite für den Umschlag. Erst dann schien er sich an Linus zu erinnern. Er trat an ihn heran, fasste ihn an beiden Schultern und sagte: »Alles wird gut, Linus. Deine Mutter ist bald wieder bei uns. Ganz sicher.«

Er sagte es, als wäre es schon eine Tatsache. Aber das war es nicht.

Es war nur eine Hoffnung. Vielleicht nicht einmal das, vielleicht war es auch nur Selbstbetrug. Ein Gedanke überfiel ihn, so plötzlich, dass er ihn nicht mehr abwenden konnte. Ein zutiefst erschreckender Gedanke: *Vielleicht ist Mama längst tot.*

Noch 11 Tage

12:04 Uhr

Der Haufen sah viel kleiner aus als erwartet. Fünfzigtausend Euro in Hundertern – das waren nur fünf schmale Geldbündel, die locker in eine der kleineren Handtaschen seiner Mutter gepasst hätten. Linus griff sich eines der Bündel und blätterte die Scheine durch wie ein Daumenkino.

»Mama ist bald wieder bei uns.« Sein Vater nahm ihm das Geldbündel aus der Hand und legte es zurück auf den Stapel. »Also … ich meine, sie ist bald wieder frei«, verbesserte er sich.

Nachdem sie zusammen noch ein paar Sekunden auf das Lösegeld geblickt hatten, steckte sein Vater die Bündel zurück in die Ledertasche, in der er sie aus der Bank gebracht hatte. Beinahe gleichzeitig schauten sie auf die Uhr. Es war kurz nach Mittag. Wo blieb der Briefträger heute bloß?

»Was ist eigentlich mit dem Mädchen, das du neulich mitgebracht hast. Du sagtest, sie ist deine Freundin, richtig?«

Linus war nicht in der Stimmung, ausgerechnet jetzt über Lucy zu sprechen. Außerdem schnitt sein Vater das Thema sowieso nur an, weil er nicht wusste, was sie sonst reden sollten.

»Nicht jetzt«, antwortete er nur.

Sein Vater nickte. Nach ein paar Sekunden fügte er hinzu: »Du hast ihr aber nichts von all dem hier erzählt, oder?«

Ein leises Summen ließ sie beide aufhorchen. So klang der kleine

Elektromotor am E-Bike des Briefträgers. Froh, dass er um die Lüge herumkam, sagte Linus: »Die Post!«

Sie warteten in der offenen Haustür, lauschten ungeduldig dem metallischen Schrammen der Klappe am Briefkasten, dem Schniefen des Postboten, einem unterdrückten Fluch, als eine Sendung offenbar nicht in den Schlitz wollte, und schließlich dem Quietschen des Fahrradständers, dem das anschwellenden Summen des E-Bikes folgte.

Während all diese Geräusche in ihn eindrangen, sah Linus zu, wie sein Vater die Latexhandschuhe überzog. Dass seine Hände dabei so ruhig bleiben konnten. So viel Selbstbeherrschung hätte er auch gerne gehabt. Seine eigenen Hände zitterten beim Aufschließen des Briefkastens heftig, er hatte Mühe, den Schlüssel ins Schloss zu bekommen. Endlich gelang es, er sperrte auf, und sein Vater nahm den Packen aus Briefen und Werbesendungen heraus. Das Kuvert, auf das sie mit so brennender Ungeduld warteten, war leicht zu identifizieren. Es sah genauso aus wie das vom Tag zuvor.

Wieder im Haus, legte sein Vater alles auf dem Küchentisch ab, fischte den Umschlag heraus und schnitt ihn mit dem Brieföffner auf. Das Rascheln des Papiers, das Schneidegeräusch des Metalls, das schwere Atmen seines Vaters – all das kam Linus unnatürlich laut vor.

Wie die letzte Nachricht war auch diese aus Buchstaben und Wörtern zusammengesetzt, die aus einer Zeitung ausgeschnitten und auf ein liniertes weißes Blatt geklebt worden waren. Ehe Linus die Botschaft jedoch lesen konnte, drehte sein Vater sich von ihm weg.

Was sollte das? Wollte er ihn schonen? Was stand da?

»Das … das kann doch nicht …«, murmelte sein Vater für sich.

»Was denn, Pa? Lass sehen!«

Sein Vater zögerte, ehe er den Zettel auf den Tisch legte. »Nicht anfassen, hörst du?«

Linus starrte die aufgeklebten Wortschnipsel an, die wie unsichere Seiltänzer auf den Zeilenlinien zu balancieren schienen. So oft las er sie, dass sie vor seinen Augen fast schon verschwammen.

bring das Geld heute Abend um 10 in den Park unter die Fußgängerbrücke Linus weiß wo Dort ablegen und verschwinden!

Linus soll es bringen Nur er!!

Wenn alles gut geht ist die Frau morgen frei!

Wenn nicht, wird sie büßen!

»Was meint er für eine Fußgängerbrücke? Wieso ist er so sicher, dass du das weißt?«

Linus schaute auf.

»Was?« Er hatte schon verstanden, er brauchte bloß ein paar Momente, um sich zu sammeln. Es gab im Park nur eine einzige Fußgängerbrücke, mit der er etwas verband. Aber woher wusste der Entführer davon?

»Red schon, Junge! Was soll das bedeuten?«

»Ich war da in letzter Zeit ein, zwei Mal.«

»Und?«

»Nichts und. Er muss mich … beobachtet haben.«

»Dich? Wieso sollte er dich …?«

»Keine Ahnung.«

Sein Vater packte ihn an den Schultern, und einen Moment lang schien es, als wollte er ihn schütteln. Doch er tat es nicht.

»Was hat das zu bedeuten, Linus? Erst diese falsche SMS, jetzt das … Was wollen die von dir?!«

Er konnte nicht antworten. Sah sich selbst im ratlosen Blick seines Vaters.

»Warst du alleine da?«

»Mit Lucy. Wir haben dort … na ja … Es ist ihr Lieblingsplatz …«

»Verstehe.« Die Hände ließen ihn zuerst los, danach die Augen. »Wie lange geht denn das mit dir und dieser Lucy schon?«

»Nicht lange. Paar Wochen. Wir waren bis jetzt auch erst zweimal dort.«

Sein Vater wandte sich wieder dem Brief auf dem Tisch zu. »Das gefällt mir nicht. Das gefällt mir gar nicht. Und schon heute Abend. Er lässt uns keine Zeit.«

»Zeit? Wofür brauchen wir Zeit? Wir haben das Geld hier. Je schneller er es kriegt, desto besser für Mama.«

Sein Vater wandte den Kopf, sah ihn an, als wüsste er nicht, was er meinte. »Ja, ja, natürlich. Wahrscheinlich sind es mehrere. Es müssen mehrere sein. Und sie beobachten uns. Uns alle. Das ist ja wohl klar jetzt.«

Linus betrachtete wieder den zusammengestückelten Brief. Eigentlich war es ziemlich schlau von den Erpressern, ihn für die Übergabe auszuwählen. Ein Teenager war nicht so gefährlich wie ein Erwachsener. Und vor allem würde sein Vater vorsichtiger sein, wenn auch noch die Sicherheit seines Sohnes auf dem Spiel stand.

»Mach dir keine Sorgen, Linus«, sagte sein Vater da. »Du musst das nicht tun. Ich lasse es nicht zu. Unter keinen Umständen!«

21:09 Uhr

SORGENVOLL SCHAUTE LINUS IN DIE anrückende Wolkenfront. Der Himmel war inzwischen schwefelgelb, die Hitze so drückend, dass das Atmen zur Qual wurde. Hagel, hatte sein Vater gesagt, würde Hagel geben. Einen Hagelsturm sogar. Der Wetterdienst hatte eine Unwetterwarnung herausgegeben. Es war lebensgefährlich, sich in so ein Gewitter zu stürzen. Aber Linus hatte zu seinem eigenen Erstaunen keine Angst mehr. Nicht vor dem Sturm. Nicht vor der Geldübergabe.

Er dachte nur an seine Mutter. Daran, was sie gerade durchmachte. Was war dagegen schon ein Gewitter?

»Linus?«, kam es aus dem Haus.

Er ging durch die Terrassentür ins Wohnzimmer.

Sein Vater tigerte neben dem Telefon auf und ab. »Ich versteh das nicht«, sagte er und wischte sich den Schweiß mit einem Stofftaschentuch von der Stirn. »Die müssen die Übergabe doch abblasen. Sehen die nicht, dass ein Gewitter aufzieht?«

»Du hast doch gehört, was Frank gesagt hat. Es wird niemand anrufen, Pa.« Sie schickten schließlich deshalb Briefe, damit niemand ihre Stimmen hörte und aufzeichnete. Diese Vorsicht würden sie jetzt nicht aufgeben. »Soll ich mal los so langsam?«

Sein Vater trat vor ihn hin, fasste ihn an beiden Schultern und sah ihn eindringlich an. »Du legst das Geld ab und kommst sofort wieder nach Hause. Klar? Kein unnötiges Risiko! Kein falsches Heldentum.«

Er nickte.

»Wenn dir was passiert, dann verzeih ich mir nie, dass ich das zugelassen hab. Und Frank nicht, dass er mich dazu überredet hat.«

»Wir haben keine andere Wahl, Pa.«

Sein Vater umarmte ihn so fest, dass er glaubte, gleich zu ersticken.

»In ein, zwei Stunden bin ich wieder da.«

Er nahm die Ledertasche mit dem Geld, steckte sie in seinen Rucksack und schlüpfte in die Schulterriemen. Wie ein Schatten folgte ihm sein Vater nach draußen, zu seinem Fahrrad. Auf den Schleichwegen, die er kannte, würde er es locker in zwanzig Minuten bis zur Brücke im Park schaffen. Blieben gut zehn Minuten Puffer für unvorhergesehene Zwischenfälle. Er schaute in den Abendhimmel, der aussah, als stünde er in Flammen. Die Wirkung war bombastisch, doch nie hatte er ein Gewitter weniger gebrauchen können als jetzt. Wird schon gut gehen, dachte er.

»Hier!« Sein Vater hielt ihm den Helm hin, der meist unbeachtet an der Garderobe liegen blieb. Er mochte die blöde Plastikschüssel nicht, aber heute war es vielleicht keine schlechte Idee, sie aufzusetzen.

»Pass auf dich auf«, sagte sein Vater.

Sie umarmten sich noch einmal. Dann schwang er sich aufs Rad und fuhr los.

21:46 Uhr

Er wusste, dass die Ruhe bloß ein Atemholen vor dem großen Sturm war, denn die Luft knisterte nur so vor Elektrizität, die nach Entladung suchte. Ohne das Licht der Straßenlaternen wäre es längst stockfinster gewesen. Egal, wie sehr seine Oberschenkel brannten; wenn er bei der Brücke sein wollte, bevor der Sturm anfing, musste er dringend Gas geben. Er blendete den Schmerz aus, konzentrierte sich auf das Knirschen der Fahrradkette und das Abrollgeräusch seiner Reifen und behielt den Blick starr nach vorne gerichtet.

Endlich tauchte der Park vor ihm auf. Und doch zu spät, denn schon begannen die ersten Windböen an ihm zu zerren. Als er auf den Spazierweg unter den Bäumen einbog, brach das Unwetter wie auf ein Kommando mit Getöse los. So ein Mist! Am besten, er ignorierte das bedrohliche Knacken im Geäst über sich einfach. Er raste den Weg hinab, so schnell er konnte. Wenigstens waren bei diesem Wetter keine Spaziergänger unterwegs. Da krachte es über ihm, nur Augenblicke später sah er im flackernden Schein seines Fahrradlichtes etwas herabstürzen. Ein abgebrochener Ast. Reflexartig zog er die Bremsen. Das war gerade noch mal gut gegangen. Doch wie weiter? Besser querfeldein, auf der Wiese war zumindest der Blick freier, und es konnte nichts auf ihn herabfallen.

Allerdings gab es hier andere Gefahren. Der Wind trieb nicht nur Zweige und ganze Äste vor sich her, sondern alle möglichen Gegenstände. Von den Maulwurfshügeln und Mulden ganz abgesehen. Da, endlich! Im Schlaglicht eines Blitzes erkannte er ungefähr hundert Meter vor sich die Brücke. Im nächsten Moment schlug etwas Hartes gegen seinen Helm. Gleich danach ein Treffer an der Schulter. Und da noch einer, diesmal an der anderen Schulter. Hagelkörner, so groß wie Tischtennisbälle. Sie knallten nun zu Hunderten und Tausenden auf ihn herab.

Bloß weg hier! Er trat kräftig in die Pedale. Im Sperrfeuer des Hagelschauers holperte er über Stock und Stein, auf die Brücke zu, die nur verschwommen zu erkennen war. Ein plötzliches Unbehagen: War das überhaupt die richtige? Ja? Ganz sicher war er nicht. Auch nicht, ob er es überhaupt lebend bis dorthin schaffen würde.

Er schaffte es. Sprang vom Bike, ließ es einfach fallen und rannte die letzten Meter. Im Schutz der Brücke schaute er sich um. War er richtig? War er. Erst jetzt streifte er den Helm ab und sackte keuchend auf den Boden, mit einem Gefühl, als wäre er nur knapp der Hölle entkommen.

Wie spät es wohl war? Er zückte sein Handy, aktivierte das Display. Kurz vor zehn. Perfekt in der Zeit. Er holte die Ledertasche mit dem Geld aus dem Rucksack. Wo sollte er sie deponieren? Wo würde der, der sie holte, sie sofort sehen? Schließlich legte er sie zwei Schritte vom Bach entfernt ab und beschwerte sie mit einem Stein. Damit war sein Job erledigt. Jetzt musste er nur noch verschwinden, damit der Entführer in Ruhe das Geld abholen und seinen Teil der Abmachung erfüllen konnte.

Zum Glück ging der Hagel bereits in Regen über. Einen Moment wartete er noch, dann machte er sich fertig. Als er ins Freie trat, fröstelte er. Das Gewitter hatte eine deutliche Abkühlung gebracht. Er lief zu seinem Fahrrad, sprang auf und düste los.

Was als Regen begonnen hatte, wurde zum Sturzbach. Er fuhr wie blind. Plötzlich ein metallisch klingender Knall, erst verschlug es ihm den Lenker, dann blockierte das Vorderrad, das Hinterrad hob ab, er hing in der Luft, ewig, kam es ihm vor, dann schlug er irgendwo auf, und dann wurde die Nacht um ihn herum noch viel, viel schwärzer …

22:11 Uhr

ER ÖFFNETE DIE AUGEN, und die Schwärze wich zurück. Aber nur eine Handbreit. Unablässig prasselte der Regen auf ihn herab. Was war passiert? Warum lag er hier? Warum tat ihm alles weh? Er stützte sich auf und schaute sich um. Sein Fahrrad lag auf der Erde und daneben etwas wie ein Tisch, mit einem seiner drei Beine in den Speichen des Vorderrads. Der Tisch konnte auch ein Grill sein. Okay, nicht nachdenken, was ein Grill in den Speichen seines Bikes machte. Viel wichtiger: Was jetzt?

Erst mal die Umgebung checken. Sekunden später zuckte ein Blitz. In dem grellen Licht sah er einen Bach, über den eine Fußgängerbrücke führte. Jemand in einem Regenumhang verschwand gerade unter der Brücke. Mit dem Donnerschlag, der dem Blitz folgte, fiel ihm alles wieder ein. Warum er hier war, was der Typ dort machte, was das alles sollte.

Unter Schmerzen setzte er sich ganz auf. Der Typ – das war der Entführer seiner Mutter. Oder einer von ihnen. Er holte das Geld. Was, wenn er und seine Komplizen einfach damit verschwanden, ohne zu sagen, wo sie ihre Geisel festhielten? Dann würde niemand seine Mutter je finden. Und niemand dafür bestraft.

Es konnten höchstens zwei Minuten vergangen sein, als der Typ wieder unter der Brücke hervortrat und den flachen Abhang zum Weg hinaufstieg.

Vielleicht kommen wir dem Entführer nie mehr so nah, wie ich ihm jetzt bin, dachte er. Vielleicht reißt die letzte Verbindung zu Mama gleich ab. Für immer.

Sein Herz schlug ihm bis in den Hals. Sollte oder besser *musste* er sich dem Typen nicht an die Fersen heften?

Wieder erhellte ein Blitz für ein oder zwei Sekunden die Nacht. Lange genug, um den Typen im Regenumhang auf dem Weg zu sehen.

Kein unnötiges Risiko, hörte er die Worte seines Vaters in seinem Kopf. *Kein falsches Heldentum.*

Und hatte er nicht recht? Was konnte ein Siebzehnjähriger schon machen? Er war schließlich nicht James Bond. Und der oder die Entführer würden ihr Wort schon halten. Man musste das einfach glauben. Oder?

22:22 Uhr

DIE GÖTTER MÜSSEN MICH lieben für das, was ich tue, sonst hätten sie nicht dieses herrliche Gewitter geschickt. Wie es blitzt und kracht – sie scheinen da oben ihre Freude zu haben! Zum Glück ist es hier unter der Brücke trocken. Die Übergabe müsste eigentlich gelaufen sein. Wie lange braucht das Geld wohl von der anderen Brücke bis hierher? Meine Testläufe haben bei ruhigem Wetter stattgefunden. Eigentlich müsste es bei der höheren Wassermenge schneller gehen. Andererseits … im Bach treiben Hindernisse. Äste und Abfälle. Ich muss aufpassen, dass ich meine Fracht nicht übersehe. Ist sie das da vorne? Sieht jedenfalls aus wie eine Frischhaltebox. Besser, ich halte den Kescher bereit.

Sie ist es. Sie muss es sein. Sie schwappt im unruhigen Wasser herum. Trotzdem, es dürfte kein Problem sein, sie einzufangen.

Hab ihn, meinen fetten, kastenförmigen Fang! Das hat schon mal geklappt. Bleibt nur die Frage, wie es um die Ehrlichkeit der Menschen bestellt ist.

Ich ziehe den Deckel von der Plastikbox ab, das Geld liegt wie abgemacht in verschließbaren Frischhaltetüten. Jedes Bündel in einer Tüte. Vier Tüten, vier Bündel. Vierzigtausend Euro. Zehntausend hat er behalten, wie abgemacht. Scheint alles zu passen.

Noch 10 Tage

06:29 Uhr

Ihr Herz schlug wild, als er den obersten Knopf ihrer Bluse öffnete. Und gleich noch einen. Erst jetzt fiel ihr auf, dass es dieselbe weiße Bluse war, die sie auch an ihrem ersten Schultag getragen hatte. Er beugte sich zu ihr herab und küsste ihre nackte Haut. Atemlos lag sie da und ließ es geschehen, in einer Mischung aus Angst und Lust. Was würde er als Nächstes tun? Da bemerkte sie einen lang gezogenen, glitzernden Kegel, der unter der Zimmerdecke schwebte. Was war das? Ihre Schultüte? Sie streckte sich danach, konnte das Ding aber nicht erreichen.

Ehe sie es richtig erkennen konnte, plärrte neben ihr ein schrilles, ohrenbetäubendes Gebimmel, sie fuhr hoch und … atmete auf! Sie war in ihrem Bett. Allein. Es war heller Morgen, und was da so plärrte, war ihr Wecker, ein uraltes Monstrum mit der scheußlichsten Klingel, die man sich vorstellen konnte. Ein gezielter Schlag knockte ihn aus. Sie ließ sich zurück ins Kissen fallen und schloss die Augen. Was für ein seltsamer Traum. Der zärtliche Junge war natürlich Linus gewesen. Seine Küsse hatten sich so echt angefühlt. Genau wie die Erregung, die sie in ihr ausgelöst hatten und die nun allmählich abebbte. Aber was sollte die spießige Bluse bedeuten? Und die Schultüte?

Vermutlich bedeutete der Traum gar nichts, außer dass sie sich nach Linus sehnte. Und dass sie sofort aufstehen musste, um nicht zu spät zur Schule zu kommen.

Sie hatte sich gerade aufgesetzt, da klingelte auf dem Nachttisch ihr Handy.

»Linus! Na endlich!«

»Sorry, dass ich mich gestern nicht mehr gemeldet hab«, entschuldigte er sich sofort. »War ganz schön was los hier.« Er klang aufgekratzt.

»Du meinst wegen dem Gewitter?«

»Nee. Es gab letzte Nacht eine Geldübergabe. Und was der totale Hammer ist: Ich sollte das Geld überbringen.«

»Du?« Spätestens jetzt war sie endgültig wach.

»Es kommt noch krasser.« Seine Stimme vibrierte vor Aufregung. »Du errätst nie, wohin ich das Geld bringen sollte.«

»Sag schon.«

»Zu unserem Platz. Unter der Brücke im Park, du weißt schon.«

Natürlich wusste sie, welchen Ort er meinte. Wieso ausgerechnet dort? Es gab im Park bestimmt ein halbes Dutzend solcher Brücken.

»Und deine Mutter?«

»Soll heute freikommen. Kannst dir ja vorstellen, wie angespannt wir sind.«

»Klar, aber … Warum ausgerechnet unser geheimer Platz? Das kapier ich nicht. Das kann doch kein Zufall sein.«

»Bestimmt nicht. Anscheinend haben die jeden von uns genau ausgekundschaftet.«

»Die? Es sind mehrere?«

»Das wissen wir natürlich nicht, aber es sieht so aus.«

Sollte das heißen, dass jemand sie und Linus beobachtet hatte? Und nicht nur im Park, sondern immer und überall? Bei den ersten Annäherungen? Dem ersten Kuss? Nein, das wollte sie sich lieber gar nicht vorstellen.

»Sehen wir uns später noch?«, fragte sie.

»Keine Ahnung. Ich melde mich. Mach's gut.«

»Du auch.«

Nachdem sie einen Kuss ins Telefon gehaucht hatte, legte sie auf. Wie gerne wäre sie jetzt bei ihm gewesen. Doch sie musste in die Schule. Und es war schon zehn vor sieben. Höchste Zeit, in die Gänge zu kommen.

Um kurz nach halb acht schob sie ihr Fahrrad auf die Straße. Sie wollte gerade aufsteigen, doch dann ließ etwas sie zögern. Der Mann, der in der kleinen Bäckerei gegenüber seinen Kaffee trank, dort am Stehtisch – hatte er nicht bis eben zu ihr herübergeschaut und erst jetzt schnell den Blick abgewandt? Beobachtete er sie etwa? Ein Schauder lief ihr über den Rücken. Aber wieso sollte jemand sie beobachten? Die Entführer interessierten sich für Linus, nicht für sie. Wahrscheinlich bildete sie es sich nur ein. War ja auch kein Wunder, dass man bei alldem langsam paranoid wurde.

Sie stieg auf und fuhr los. Bevor sie an der Kreuzung abbog, sah sie sich noch einmal um. Der Mann stand jetzt vor der Bäckerei und schaute ihr nach. Mit dem Handy am Ohr.

12:34 Uhr

LINUS' FINGER BEWEGTEN SICH auf der Klaviatur, als führten sie ein Eigenleben. Die Musik half zumindest ein bisschen, das Warten erträglicher zu machen. Und vielleicht brachte es ihm seine Mutter ja schneller zurück, wenn er ihre Lieblingsstücke rauf und runter spielte.

Das war natürlich Unsinn.

Er merkte, dass ihm der zweite Satz von Beethovens *Pathétique* noch ein wenig schwermütiger geriet als sonst. Egal, seiner Mutter konnte das Stück sowieso nicht schwermütig genug sein. Und er schaffte es einfach nicht, sich zu konzentrieren. Immer wieder schossen ihm störende Gedanken in den Sinn und lenkten ihn ab. Außerdem horchte ein Teil von ihm darauf, ob sich etwas im Haus regte, ob das Telefon oder die Türglocke klingelte, wohin die rastlosen Schritte seines Vaters liefen. Deshalb entging es ihm auch nicht, als sein Vater hinter ihm in die offene Tür trat, dort eine Weile stand und ihm zuhörte. Die letzte Note war noch am Verklingen, da klatschte er in die Hände.

»Sehr schön. Wirklich sehr schön.« Er kam näher. »Wie geht es dir heute? Tut der Rücken noch weh?«

»Halb so wild.« Er spürte die Folgen des Sturzes noch in den Knochen, wollte aber nicht klagen.

»Du warst wirklich sehr tapfer gestern. In jeder Hinsicht.«

Linus zuckte bloß mit den Schultern. Dann drehte er sich auf dem Klavierhocker herum, sodass er seinen Vater ansehen konnte. »Wann, glaubst du, hören wir was? Von Mama, meine ich. Es ist ja schon Mittag.«

Sein Vater zögerte, ehe er sagte: »Ich muss dir was erklären.«

Er horchte auf. Das hörte sich nicht gut an. Was war los?

»Du warst gestern nicht alleine im Park.«

»Äh … das weiß ich. Der Typ, der das Geld …«

»Den meine ich nicht.«

Er verstand nicht.

»Es waren auch ein paar Polizisten da. Versteckt. Um auf dich aufzupassen. Damit du nicht auch noch gekidnappt wirst.«

Polizei? Er hatte mit der Polizei gesprochen?!

Bestimmt steckte Frank dahinter. Der hatte schon die ganze Zeit drauf gedrängt, endlich die Polizei einzuschalten.

Ehe er etwas sagen konnte, fuhr sein Vater fort: »Dich zu beschützen war aber nicht der einzige Grund.«

»Was denn noch?«

»Diese Geldforderung. Sie passt einfach nicht ins Bild. Wenn's wirklich um Geld ginge, wäre der Betrag viel höher gewesen.«

»Und was bedeutet das?«

»Auch wenn sie das Geld haben, werden sie deine Mutter nicht freilassen. Die einzige Chance, an sie heranzukommen, war dieser kurze Kontakt bei der Geldübergabe. Den mussten wir nutzen. Verstehst du? Die Polizisten sind dem Kerl, der das Geld abgeholt hat, gefolgt.«

Seine Überlegungen letzte Nacht waren also doch nicht so dumm gewesen. Aber wieso hörte sein Vater sich so unentschlossen an? So wachsweich? Und wieso eierte er derart herum? Da war eindeutig was faul.

»Und wo ist der Typ jetzt? Und Mama, wo ist die?«

Sein Vater schlug kurz die Augen nieder. »Das wissen wir noch nicht. Aber die Polizei überwacht den Kerl, und irgendwann wird er Kontakt zu seinen Komplizen aufnehmen. Und dann haben wir sie alle. Und Mama ist frei.«

Wenn er davon so überzeugt war, wieso zitterte seine Stimme? Wieso wirkte er so nervös? Und wieso hatte er nicht sofort erzählt, was los war?

»Und wenn sie merken, dass wir uns nicht an die Anweisungen gehalten haben? Dass wir die Polizei geholt haben? Wenn sie in Panik geraten und Mama was antun?«

Sein Vater fasste ihn an den Schultern und sah ihn beschwörend an. »Das darfst du nicht einmal denken! Und zwar, weil es nicht passieren wird!«

Linus schwieg. Der Typ im Regenumhang stand ihm plötzlich vor Augen, er hatte das Trommeln des Regens im Ohr, spürte die Nässe auf der Haut. Er hasste diesen Mistkerl und seine Komplizen mehr als je zuvor. Was waren das nur für Menschen, die anderen so etwas antaten?

»Wenn nicht um Geld … worum geht es dann?«, fragte er.

Sein Vater wandte den Blick ab. »Das werden wir noch erfahren.«

Mehr für sich fügte er hinzu: »Und es wird uns nicht gefallen, fürchte ich …«

Da klingelte das Handy in der Hosentasche seines Vaters. Hastig holte er es heraus und schaute auf das Display. »Frank.« Er nahm ab. Obwohl er das Telefon fest ans Ohr drückte und sogar ein paar Schritte zur Seite machte, hörte Linus Franks Stimme wie ein feines, immer wieder unterbrochenes Summen. »Ach so. – Verstehe. – Ist gut. – Bis gleich.« Das war alles, was sein Vater sagte. Der Tonfall war eindeutig: Irgendwas war nicht so gelaufen wie erhofft.

»Was ist?«

Sein Vater steckte das Handy ein. »Kein Grund zur Sorge. Es hat eine Verhaftung gegeben. Frank kommt gleich vorbei, um uns alles zu berichten.«

12:43 Uhr

Der Polizeiwagen hielt im Schatten des Ahorns an. Ein paar Sekunden später stiegen zwei Streifenbeamte aus, ein untersetzter Mann und eine Frau mit einem blonden Zopf. Während sie den Schulhof überquerten, wirkte es, als checkten sie die Fenster der Klassenzimmer ab. Was die wohl hier wollten?

Lucy schaute wieder zur Tafel, über die sich ein endlos langes Gleichungssystem zog, und kaute auf ihrem Stift. Es war nicht das erste Mal, dass die Polizei vor der Schule vorfuhr. Hier wurde öfter mal was geklaut. Und erst vor ein paar Wochen hatte es einen Einbruch in den Computerraum gegeben. Zum Glück war bisher noch nie jemand ihretwegen hier gewesen. Trotzdem ergriff sie jedes Mal, wenn sie ein Polizeiauto vor der Schule anhalten sah, ein mulmiges Gefühl, und sie hörte Hausmeister Hanke in ihrem Hinterkopf säuseln: *Der Krug geht so lange zum Brunnen, bis er bricht.*

Zehn Minuten später klopfte es an der Tür. Auf das »Ja?« von Mathe-

Lehrer Balldauf trat ausgerechnet Hausmeister Hanke herein. Er flüsterte kurz mit dem Lehrer, der dann über die Köpfe der Klasse hinweg zu ihr schaute. »Kommst du mal, Lucy? Da ist jemand, der dich sprechen will.«

Scheiße, dachte sie nur und stand auf.

»Pack ruhig deine Sachen zusammen«, sagte Hanke mit diesem spitzen Grinsen, das er immer aufsetzte, wenn er einem Schüler was anhängen konnte. »Für dich ist der Unterricht zu Ende.«

Was meinte er damit?

Sie packte ihren Rucksack und ging durch die Bankreihen zur Tür. Dabei versuchte sie, das Getuschel zu überhören und die Blicke zu übersehen. Was natürlich unmöglich war.

»Mitkommen«, sagte Hanke draußen auf dem Flur im Kommandoton.

»Und wohin? Aufs Mädchenklo?«

Seine Augen blitzten böse. »Deine Frechheiten vergehen dir noch! Wir sollen ins Büro des Rektors.«

»Warum denn? Was hab ich gemacht?«

»Der Krug geht eben so lange zum Brunnen, bis er bricht.« Da war er ja, sein uralter Spruch. »War nur eine Frage der Zeit, Lucy Sommer. Nur eine Frage der Zeit.«

Sie atmete durch und konzentrierte sich darauf, klare Gedanken zu fassen. Was hatte Simon ihr für solche Fälle mit auf den Weg gegeben? Wenn überhaupt, dann nur eingestehen, was nicht zu leugnen war. Ansonsten: Schweigen. Auf seine Rechte pochen. Geschwister mussten nicht gegeneinander aussagen. Das nannte man Zeugnisverweigerungsrecht. Solche schwierigen Wörter kannte Simon. Aber so einfache Wörter wie *Anstand* und *Ehrlichkeit* waren ihm fremd.

Noch ehe sie das Rektorat erreichten, schrillte die Glocke durch die Gänge. Nur Sekunden später sprangen die Türen auf, und die Schüler strömten heraus. Die Gänge hallten wider von ihren Stimmen und ihrem Getrampel. Einen Augenblick lang dachte sie daran, einfach im Strom unterzutauchen und zu verschwinden. Klumpfuß Hanke hätte sie nie und nimmer eingeholt. Aber was hätte das gebracht?

Im Vorzimmer des Rektorats warteten schon die Sekretärin, der Rektor und die beiden Polizisten.

»Luzia Sommer?«, fragte die Frau mit dem blonden Zopf.

Lucy nickte.

»Wir bitten Sie, zu einer Zeugenbefragung mitzukommen.«

Nur eine Zeugenbefragung? Sie war keine Verdächtige? Aber worüber hätte sie schon eine Aussage machen können? Sie hatte weder ein Verbrechen noch einen Unfall beobachtet. Es konnte nur um Simon gehen.

»Was ist denn los?«, fragte sie vorsichtig.

»Das erfahren Sie noch. Bitte.«

Die Polizistin berührte mit der einen Hand sanft Lucys Ellenbogen, während sie mit der anderen zur Tür wies.

Hanke wirkte ein wenig enttäuscht, wahrscheinlich weil sie nicht in Handschellen abgeführt wurde. Aber es war für sie auch so schlimm genug, von zwei Polizisten durch den Flur und über den Schulhof geführt zu werden, während die ganze Schule zusah. Sie kam sich vor wie eine Kriminelle. Und als sie sah, wie Viola das geklaute Handy, das sie vor nicht einmal zwei Wochen bei ihr gekauft hatte, hastig in den Rucksack fallen ließ, wurde ihr bewusst: Sie fühlte sich zu Recht so. Sie *war* eine Kriminelle.

13:21 Uhr

»DAS GANZE IST LEIDER nicht so gelaufen, wie wir uns das vorgestellt haben«, sagte Frank als Erstes. »Die Kollegen hier vor Ort, die die Observation durchgeführt haben, sind darin nun mal keine Profis.«

Er gab sich abgeklärt. Schaute Linus und seinem Vater unverwandt in die Augen. So als wäre alles unter Kontrolle. Mehr oder weniger. Wahrscheinlich gab es Schulungen, in denen man solche Strategien lernte. Schulungen mit Titeln wie: *Wie verarscht man Angehörige, wenn man Mist gebaut hat?* Kalter Zorn erfüllte Linus. Für wie dumm hielt er sie eigentlich? Alles, was er sagte, klang nach Rechtfertigung. Nach Scheitern. Nach Versagen.

»Mit anderen Worten: Ihr habt es vermasselt«, sprach sein Vater das Unüberhörbare aus. »Ihr habt keine Ahnung, wo Vera steckt. Ob sie überhaupt noch ...« Er unterbrach sich selbst, ein kurzer Seitenblick auf Linus.

»Sie lebt, ganz sicher«, versicherte Frank. »Und wir finden sie. Es ist nur ... einer der Beamten ist der Zielperson aufgefallen, und damit war die Observation aufgeflogen. Die Kollegen hatten keine andere Chance mehr, als die ganze Mischpoke zu schnappen. Aber wir bügeln das aus, keine Sorge. Die werden jetzt alle verhört.«

»Wie viele sind es denn?«

»Drei. Vier.«

»Und was soll das bringen? Von denen redet bestimmt keiner.«

»Irgendwann reden sie alle.«

»Hör doch mit diesen Phrasen auf! Willst du mich verarschen?! Ein bisschen was verstehe ich auch davon!«

Sie sahen sich in die Augen, einen intensiven Moment lang, in dem ihre Gesichter wirkten wie von einem grellen Blitz erleuchtet. Schließlich wandte Linus' Vater sich ab und ging ein paar Schritte in Richtung Fenster. Es wirkte, als habe er kurz vergessen, dass außer ihm und Frank noch jemand im Raum war. Erst nach einer Weile drehte er sich wieder um. Die Hilflosigkeit in seinem Blick machte Linus mehr Angst als alles andere.

»Und wie geht es jetzt weiter?«, fragte er Frank.

»Wir vernehmen sie alle einzeln. Irgendwann macht einer einen Fehler. Immer. Ich muss dann auch los.«

»Was sind das eigentlich für Leute?«, warf Linus ein, um endlich auch etwas zu sagen.

Frank sah nicht ihn, sondern seinen Vater an, als er sagte: »Es ist eine ganze Familie mit krimineller Vorgeschichte, aber wir wissen noch nicht, wer wie tief in der Sache drinsteckt. Ich komme wieder, wenn wir fertig sind, und bringe euch auf den aktuellen Stand.«

14:24 Uhr

DIE POLIZEI IST IMMER DER FEIND. Egal, wie nett ein Bulle dir tut. Je netter, desto hinterhältiger. Diese uralte Warnung von Simon vergaß Lucy keine Sekunde, während sie mit der jungen Polizistin in einem Flur des Polizeipräsidiums darauf wartete, dass endlich jemand Zeit für sie hatte. Die Polizistin hieß Tanja und war vor Jahren auch auf Lucys Schule gegangen. Nachdem sie so ziemlich alle Lehrer durchgehechelt hatten, fragte Lucy: »Kannst du mir nicht wenigstens sagen, warum ich hier bin?«

Tanja sah sie mit treuen blauen Augen an. »Würde ich ja gerne, wenn ich es wüsste. Aber so was erfahren wir von der Streife nicht.« Das konnte man ihr glauben – oder auch nicht. »Hast du denn gar keine Ahnung, worum es gehen könnte, Lucy?«

Ahnungen hatte sie viele. Aber die würde sie der netten Tanja bestimmt nicht auf die Nase binden. Deshalb schüttelte sie nur den Kopf.

In diesem Moment hallten Schritte den Flur herab. Lucy schaute in die Richtung, aus der sie kamen, und sah eine zierliche, erstaunlich modisch gekleidete Frau, flankiert von zwei Männern. Einer der Männer schob einen ziemlichen Bierbauch vor sich her, der andere war fast vollständig kahl und überragte alle um mindestens einen Kopf.

Wow, dachte sie beeindruckt, dieses Aufgebot kann doch nicht für mich sein?

War es aber. Die Frau trat vor sie hin und sah sie an. »Luzia Sommer?«

Sie nickte gleichermaßen beeindruckt und eingeschüchtert.

»Ich bin Kriminalhauptkommissarin Kerstin Stelter, das sind die Kollegen Hauser und Volkmann.« Sie wies erst auf den dicken, dann auf den kahlen Mann. »Reden wir drinnen weiter. – Danke, Kollegin, Sie können gehen.«

Tanja zwinkerte Lucy aufmunternd zu und verschwand.

Im Büro wurde Lucy ein Stuhl vor einem Schreibtisch zugewiesen, Kerstin Stelter nahm ihr gegenüber Platz, die beiden Männer hielten sich im Hintergrund. Noch bevor das erste Wort gesprochen war, kam Lucy sich unter den Blicken dieser Übermacht endgültig vor wie eine Schwerverbrecherin. Nachdem sie ihr etwas zu trinken angeboten und Lucy mit einem Kopfschütteln abgelehnt hatte, begann Kerstin Stelter: »Ich weise Sie ausdrücklich darauf hin, dass Sie nur als Zeugin befragt werden, Frau Sommer. Haben Sie das verstanden?«

Lucy nickte. Kam nicht oft vor, dass Erwachsene sie siezten.

»Wir hätten gerne ein paar Auskünfte zu Ihren Brüdern Benedict und Simon und zu Ihrem Vater. Selbstverständlich können Sie als Schwester beziehungsweise Tochter die Aussage verweigern.«

»Müssen Sie mir nicht erst sagen, worum es überhaupt geht?«

Kerstin Stelters Augen verengten sich. »Das machen wir schon, Frau Sommer. Keine Sorge.« Sie lehnte sich in ihrem Bürostuhl zurück. »Es geht, kurz gesagt, darum, dass wir Ihre Brüder und auch Ihren Vater verdächtigen, Frau Vera Dorn entführt zu haben und seit knapp zwei Wochen festzuhalten.« Sie machte eine kleine Pause und fügte dann hinzu: »Sollte sie nicht mehr leben, dann …«

Lucy hörte nicht mehr zu. Ihr war, als schieße ihr gesamtes Blut binnen Sekunden in ihren Bauch. Sie konnte kaum denken. Vera Dorn? Das war doch Linus' Mutter! Und ihre Brüder und ihr Vater sollten …? Ihr wurde schwarz vor Augen.

»Das … nein … unmöglich …«, stammelte sie.

Kerstin Stelter redete unverdrossen weiter. »Fakt ist, dass Ihr Bruder Benedict das Lösegeld aus der Erpressung am für die Übergabe vereinbarten Ort abgeholt hat. Aber für eine Entführung wie diese ist er mit seinen knapp vierzehn Jahren natürlich zu jung. Er war nur ein Handlanger. Fragt sich, von wem. Was würden Sie an unserer Stelle denken?«

Lucys Hände krampften sich um die Armlehnen ihres Stuhls. Die Frau war verrückt. Völlig verrückt. Simon und Benny machten so einige Dummheiten, ja, aber eine Entführung …? Nie im Leben! Und welche Rolle sollte ihr Vater bitte bei dem Ganzen spielen? Der ging doch kaum aus der Wohnung. Den überforderte doch schon ein Einkauf im Supermarkt!

»Sie spinnen ja …« Sie hätte es am liebsten hinausgeschrien, doch sie hauchte es nur kraftlos.

»Sonst haben Sie dazu nichts zu sagen?«

Lucy schüttelte den Kopf und brachte nur noch hervor: »Ich sag nichts mehr … gar nichts …«

Kerstin Stelter nickte. Damit hatte sie wohl gerechnet. Was würde sie jetzt tun?

»Andere Frage: Wussten Sie, dass Vera Dorn entführt wurde?«

Lucy blickte auf. Aus dem Gesicht der Polizistin war nicht zu lesen, wohin diese Frage führte. »Ich … äh …«

»Das heißt wohl, dass Sie davon wussten. Darf ich fragen, wie Sie es erfahren haben? Und von wem?«

16:17 Uhr

LINUS STÜRMTE DIE TREPPE HERAB. Er hatte das Brummen des Motors sofort erkannt. Frank war wieder da. Hoffentlich mit guten Nachrichten. Sein Vater stand schon, genauso erwartungsvoll wie er, in der Haustür.

Frank kam nicht allein. Er hatte Bescheid gesagt, dass er eine Kollegin mitbringen werde. Eine äußerst fähige Frau angeblich. Sie war zierlich und etwa im Alter von Linus' Mutter. Für eine Polizistin im Dienst war sie ziemlich sexy gekleidet mit dem engen, knielangen Rock und den hochhackigen Schuhen. Und für seinen Geschmack war sie auch ein bisschen zu stark geschminkt. So sollte eine fähige Kripobeamtin aussehen? Sie wirkte eher, als hätte sie einen kurzen Zwischenstopp zwischen zwei Cocktailbars eingelegt. An dem Eindruck konnte auch die schwere Aktentasche, die über ihrer Schulter hing, wenig ändern.

»Kriminalhauptkommissarin Kerstin Stelter«, stellte Frank sie vor. »Sie ist der Boss. Ich berate nur.«

Zu seiner Überraschung begrüßte Kerstin Stelter nicht als Erstes seinen Vater, sondern kam sofort auf ihn zu und hielt ihm die Hand hin. »Du bist Linus, richtig?« Wie sie ihn ansah, während sie das sagte. Und wie ihre Stimme dabei klang. Gar nicht nach Cocktailbar. Eher nach: Mach mir nichts vor, Junge, ich weiß Bescheid. Und dann dieser feste, unnachgiebige Händedruck. Ihm wurde ganz mulmig.

An seinen Vater gewandt, sagte sie: »Ich hab übrigens Ihr Buch gelesen, Herr Dorn. Außerordentlich beeindruckend.«

Unter anderen Umständen hätte sein Vater sich bestimmt für das Kompliment bedankt, so aber ging er nicht darauf ein, sondern sagte nur: »Reden wir im Wohnzimmer.«

»Wenn Sie erlauben«, wandte Kerstin Stelter ein, »würde ich gerne zuerst mit Linus sprechen. Allein.«

Linus tauschte einen verwunderten Blick mit seinem Vater, ehe sie beide Kerstin Stelter ansahen.

»Was kann Linus Ihnen schon sagen?«

»Frank wird es Ihnen erklären.«

Linus wurde noch mulmiger zumute. Wie sich das alles anhörte! Als hätte er irgendwas angestellt.

»Wenn Sie meinen«, antwortete sein Vater zögernd, »und wenn Linus nichts dagegen hat …«

Linus tat cool. »Kein Problem.« Brauchte ja niemand zu merken, wie unwohl er sich fühlte.

Sie gingen in die Küche, Kerstin Stelter machte die Tür hinter ihnen zu und stellte ihre Tasche auf einem Stuhl ab.

»Ist es in Ordnung, wenn ich dich duze?«

»Klar.«

Sie standen sich einen Moment schweigend gegenüber. Ihr Parfüm roch gut, so ähnlich wie das seiner Mutter.

»Muss schlimm sein für dich. Die ganze Situation.«

»Schon. Wissen Sie, wo sie ist?«

»Leider nein.«

Wenigstens ihr Bedauern hörte sich echt an. Trotzdem fühlte er sich immer unbehaglicher. Diese Frau war nett, aber in ihrer Freundlichkeit lag etwas Lauerndes.

»Ich fand das übrigens sehr mutig von dir, dass du gestern das Lösegeld überbracht hast, noch dazu bei dem Gewitter. Ich hätte mich da nicht rausgetraut, auf dem Fahrrad.«

Er schob die Hände tief in die Taschen. »Doch, hätten Sie. Wenn Ihre Mutter entführt worden wäre und nicht meine.«

Sie nickte. »Du weißt ja inzwischen, dass wir auch da waren. Wir haben gewartet, bis jemand das Geld abgeholt hat, und sind dem Kerl gefolgt. Leider hat er uns bemerkt.«

»Erzählen Sie mir was Neues.« Zum Beispiel, was Sie von mir wollen, fügte er in Gedanken hinzu. Wollte sie ihn vielleicht erst mal nervös machen, bevor sie mit ihrem eigentlichen Anliegen herausrückte? Wenn ja, dann war sie mit ihrem Plan auf einem guten Weg. »Wer ist denn nun dieser Typ aus dem Park?«

»Sein Name ist Benedict Sommer.«

Benedict Sommer? Sie meinte doch nicht etwa Lucys Bruder Benny? Unmöglich. Benedict hießen viele, und Sommer war ein Allerweltsname. Das war Zufall, reiner Zufall.

»Kennst du ihn?« Sie packte ihn, nicht mit Händen, sondern mit den Augen. Ließ ihn nicht mehr los. »Linus?«

Seine Brust wurde enger. Wenn sie schon so fragte, wusste sie die Antwort längst. Also doch Lucys verdorbener kleiner Bruder?

Schlagartig wurde ihm heiß. Ja, er glühte unter dem gnadenlosen Blick dieser Kerstin Stelter. Wie lange wollte sie ihn noch rösten?

»Benny Sommer«, murmelte er, »ja, den kenne ich. Aber nur vom Sehen.«

»Und seine Schwester Luzia – die kennst du etwas besser, oder?«

Ihm war inzwischen so heiß, dass er Angst hatte zu schmelzen. In Strömen lief ihm der Schweiß herab. Seine Gedanken waren völlig blockiert. Was wollte diese Frau ihm mit alldem sagen? Dass Benny seine Mutter entführt hatte? Das war doch lächerlich! Er war vielleicht eine fiese Ratte, gut möglich, aber so was war für ihn tausend Nummern zu groß.

»Lucy ist meine Freundin«, gab er zu. »Das wissen Sie bestimmt längst.«

Sie nickte. »Der Bruder deiner Freundin hat das Lösegeld abgeholt, das ist Fakt. Wir haben die Wohnung durchsucht und zehntausend Euro bei ihm gefunden. Natürlich ist er nur ein Laufbursche. Der oder die Entführer haben ihn benutzt, weil er noch keine vierzehn und damit strafunmündig ist. Und diese Leute haben nicht nur den Rest des Geldes. Sie haben auch deine Mutter.«

»Und wer sind diese Leute?«

»Wenn wir das wüssten … Vielleicht ist sein Bruder Simon einer von ihnen. Oder sein Vater. Oder die beiden zusammen sind es. Oder es ist noch jemand ganz anders im Spiel.«

»Und Lucy?«, sprach er aus, was in der Luft lag. »Ist sie auch dabei? Läuft es darauf hinaus?«

»Ich weiß nicht, welche Rolle sie bei dem Ganzen spielt. Fakt ist nur: Niemand sonst wusste von der Entführung. Niemand außer den Entführern selbst, deinem Vater, Frank Volkmann – und dir.«

»Na schön«, platzte es aus ihm heraus, »ich hab's Lucy erzählt. Ich musste einfach mit jemandem reden.«

Jemandem, den ich liebe, fügte er in Gedanken hinzu, jemandem, dem ich vertraue und bei dem ich mich geborgen fühle.

Kerstin Stelter blieb ungerührt. »Wann hast du ihr davon erzählt?«

»Kurz nachdem ich es selbst erfahren habe. Sie hat mir versprochen, dass sie es für sich behält.«

»Ich nehme an, ihr habt später immer wieder darüber geredet.«

»Natürlich. Sie wollte wissen, wie es mir geht. Sie war total besorgt.« Er brauchte eine weitere Sekunde, bis er begriff, worauf sie hinauswollte. Die Erkenntnis traf ihn mit der Wucht eines Faustschlags. »Sie denken, Lucy hat mich ausgehorcht?«

»Ich weiß es nicht, Linus.« Kerstin Stelter machte einen Schritt auf ihn zu. »Was meinst du? Hältst du das für möglich?«

Er wollte überlegen, aber er konnte nicht. Sein Kopf war wie benebelt. Das Denken wie festgefroren. Nein, unmöglich. Es konnte nicht sein. Es *durfte* nicht sein.

»Mir ist klar, was das für ein Schock für dich ist. Du hast ihr vertraut. Denk einfach über alles nach. Versuch dich zu erinnern. An Kleinigkeiten, die du davor nicht beachtet hast, die jetzt aber einen neuen Sinn ergeben.«

Er wusste nicht, was sie meinte. Aber dass er über Lucy und alles, was mit ihr zusammenhing, nachdenken würde, musste sie ihm nicht sagen.

»Du brauchst dir jedenfalls keine Vorwürfe zu machen. Auch wenn du mit ihr darüber gesprochen hast, heißt das nicht, dass du deiner Mutter geschadet hast.«

Nicht Lucy, flehte er die ganze Zeit weiter. Nicht sie!

Aber dann fiel ihm das Getuschel mit Benny vor der Schule ein und ihre Unterwürfigkeit gegenüber Simon. Und hatte er nicht öfter in ihrer Stimme gehört, dass sie nicht ganz aufrichtig war? Dass sie etwas vor ihm verbarg? Waren es diese Dinge, die Kerstin Stelter meinte? Dinge, die jetzt vielleicht einen neuen Sinn ergaben? Dinge, die er gehört und gespürt hatte, die er aber nicht wahrhaben wollte? War es nicht so, dass er Lucy, in der Tiefe seines Herzens, von Anfang an misstraut hatte?

16:25 Uhr

LUCY HATTE LIEBER DARAUF VERZICHTET, unter den Blicken der gesamten Nachbarschaft aus einem Streifenwagen zu steigen. Deshalb hatte sie sich nicht von der Polizei nach Hause bringen lassen. Doch wie sie nun merkte, hätte das keinen großen Unterschied mehr gemacht. Den Blicken der Nachbarn war anzumerken, dass die Polizei bei ihrer Aktion nicht gerade diskret gewesen war. Die Wohnung selbst sah aus, als hätte eine Bombe eingeschlagen. Alle Schubladen waren aufgerissen, der Inhalt ausgeräumt, die Möbel weggerückt. Und inmitten dieses Chaos stand ihre zerzauste Mutter, hilflos wie ein kleines Kind, mit verweinten Augen. Als sie Lucy erblickte, hellte sich ihr Gesicht auf, verschattete sich aber im nächsten Moment schon wieder.

»Sie haben alles durchwühlt«, sagte sie. »Was soll das denn?«

»Ich weiß es nicht, Mama.«

Sie umarmten sich. Ihre Mutter fing an zu weinen. Lucy jedoch war nicht traurig. Sie war zornig. Sie wusste nur noch nicht genau, auf wen.

Nach einer Weile beruhigte sich ihre Mutter wieder.

»Warst du auch bei der Polizei?«, fragte sie.

»Ja. Sie haben mich aus der Schule geholt.«

»Armes Kind! Was sind das nur für Leute. Können die denn alles mit uns machen? Einfach so?«

»Was ist mit dir?«

»Tausend Mal haben sie mir dieselben Fragen gestellt. Tausend Mal. Am liebsten würde ich sterben.«

»Sag doch nicht so was, Mama. Ruh dich aus, sonst kriegst du bloß wieder deine Migräne. Ich räum das alles auf.«

Ihre Mutter nickte. Doch sie blieb, wo sie war, starrte apathisch vor sich hin. »Sie haben zehntausend Euro gefunden. Sagen sie. Bei Benny. Sie behaupten, er war an einer Entführung beteiligt. Und Simon und dein Vater auch. Simons Auto haben sie mitgenommen zur … Das ist doch …« Sie lächelte bitter, wie über einen zynischen Scherz, schüttelte den Kopf.

»Wo steckt Benny eigentlich?«

»Noch bei der Polizei. Dürfen die ihn überhaupt so lange festhalten? Er ist doch noch ein Kind.«

»Das wird sich alles aufklären, Mama. Sie kommen bald frei. Alle drei.«

»Glaubst du wirklich?«

Sie wusste nicht, was sie glaubte. Aber was sollte sie sonst sagen, wenn sie ihre Mutter nicht noch tiefer in die Verzweiflung stürzen wollte? Wieso war ihre Mutter nur so schwach? So hilflos? So zerbrechlich? Dabei war sie doch die Erwachsene. Aber wie alle anderen auch verließ sie sich darauf, dass Lucy schon alles zusammenhalten würde irgendwie.

»Geh, Mama. Ich mach das schon.«

Ihre Mutter wandte sich ab. Als sie an der Tür war, rief Lucy ihr nach: »Eines noch.«

Ihre Mutter blieb stehen, drehte sich um.

»Ist Papa wirklich vorbestraft? Bei der Polizei haben sie das behauptet.«

Ihre Mutter winkte ab. »Das war lange vor eurer Zeit. Da hat er noch gearbeitet. Ich meine, richtig. Als Buchhalter. Wir hatten Geldsorgen, und deshalb hat er in die Firmenkasse gegriffen. Nur um sich was zu leihen. Er hätte es zurückgezahlt. Dein Vater ist kein unehrlicher Mensch. Er ist nur eben … na ja, wie er halt ist.«

Sie schlurfte davon wie ein geschlagener Hund.

Lucy blieb stehen, bis sie die Schlafzimmertür zuschnappen hörte. Im gleichen Moment sank sie in sich zusammen. War plötzlich unendlich müde. Sie schleppte sich in ihr Zimmer und stand auch hier vor einem Chaos. Die Polizei hatte alles auf den Kopf gestellt. Ihre Klamotten lagen auf dem Bett oder am Boden, die Bücher im Regal waren verschoben oder umgekippt, der Inhalt der Schreibtischschubladen lag auf der Tischplatte. Sie stellte sich vor, wie fremde Hände in ihren Dingen wühlten, und es fühlte sich an, als taste eine feuchte, kalte Hand ihre nackte Haut ab. Ein Würgen befiel sie. Sie rannte in den Flur, wollte ins Bad, aber das Würgen hörte zum Glück auf.

Sie kehrte in ihr Zimmer zurück und fiel aufs Bett. Schloss die Augen. Dachte an Linus. Er würde erfahren, oder wahrscheinlich wusste er schon, dass Benny das Geld abgeholt hatte und dass die Polizei so ziemlich ihre gesamte Familie verdächtigte, an der Entführung beteiligt zu sein. Wie würde er darauf reagieren? Würde er ihr trotzdem weiter vertrauen? Ihr glauben, dass sie mit alldem nichts zu tun hatte? Oder hasste er sie jetzt?

Schade, dachte sie, es war so schön mit Linus. Die beste Zeit meines verkorksten Lebens. Nur leider zu kurz.

Was war das für ein Schmerz in ihrer Brust? Als atme sie mit Glasscherben in den Lungen. Schlimmer. Immer schlimmer. Unerträglich. Sie musste schreien. Den Schmerz hinausschreien. Sie schrie in ihr Kissen. Die Tränen kamen. Und sie wollten gar nicht mehr aufhören.

16:40 Uhr

LINUS WICH DEN BLICKEN seines Vaters aus, als er zusammen mit der Kommissarin ins Wohnzimmer trat. Sein Vater wusste inzwischen bestimmt Bescheid. Doch statt auf ihn ging er auf Kerstin Stelter los.

»Sie haben es verbockt!«, schrie er sie an. »Wenn Vera was passiert, ist das allein Ihre Schuld.« Ein Seitenblick traf Frank. »Und deine.«

Linus wartete auf den Vorwurf an seine Adresse, doch der blieb aus. Vorerst.

Kerstin Stelter ließ die Anschuldigung ungerührt an sich abperlen. »Heben wir uns das für später auf, und fassen wir zusammen, was wir haben.« Sie ließ eine kleine Pause, ehe sie fortfuhr: »Benny Sommer will durch seine Schwester von der Entführung erfahren haben und auch davon, dass es keine Lösegeldforderung gab. Das hat ihn angeblich auf die Idee gebracht, den Erpresserbrief zu schicken. Aus eigenem Antrieb, ohne fremde Hilfe. Ein Trittbrettfahrer.«

»Das ist doch Schwachsinn!«

Linus erschrak. Er hatte seinen Vater noch nie so laut erlebt. So außer sich. Unheimlich war das. Beängstigend.

Umso bemerkenswerter erschien ihm die Coolness, mit der Kerstin

Stelter erwiderte: »Natürlich ist das Schwachsinn. Zumal wir von den fünfzigtausend Euro nur zehntausend gefunden haben. Wo der Rest abgeblieben ist, will uns der kleine Pisser nicht verraten.«

»Und was wollen Sie jetzt machen?«

»Wir lassen sie alle laufen.«

»Das ist nicht Ihr Ernst.«

»Müssen wir. Ist aber auch besser so. Reden wird keiner von denen. Deshalb bringen sie uns in Freiheit mehr als in U-Haft.«

Linus erwartete wieder eine heftige Reaktion seines Vaters, doch diesmal blieb er ruhig. Anscheinend sah er ein, dass Kerstin Stelter recht hatte.

»Und was ist mit der Mutter und dem Mädchen? Was spielen die für eine Rolle?«

»Lucy hat damit nichts zu tun!«, rief Linus.

Sein Vater sah ihn mit einem mitleidigen Blick an. »Bist du dir da wirklich sicher?«

Er schlug die Augen nieder. Und schwieg.

»Mutter und Tochter werden selbstverständlich in die Observierung einbezogen. Entscheidend aber sind der Vater und die Söhne. Unser bestes Ass im Ärmel ist, dass sie sich klüger vorkommen, als sie sind. Solche Leute machen Fehler. Immer. Das ist Fakt.«

In die Stille hinein, die nun einkehrte, fragte Linus: »Und was, wenn keiner von denen weiß, wo Mama ist? Wenn sie wirklich nur Trittbrettfahrer sind? Was dann?«

Kerstin Stelter kam auf ihn zu und legte ihm die Hand auf die Schulter. »Das sind keine reinen Trittbrettfahrer. Irgendjemand hat die fehlenden vierzigtausend Euro. Und zu dem werden sie uns über kurz oder lang führen.« Sie schaute zu Frank. »Wir sollten dann langsam wieder los.«

Frank nickte.

»Wir tun alles, was wir können, um Ihre Frau zu finden«, versprach Kerstin Stelter noch einmal. »Aber Sie wissen ja selbst …«

Linus' Vater ergriff die hingehaltene Hand eher missmutig und nur kurz. Frank klopfte ihm auf die Schulter.

»Wird schon werden. – Linus.« Nur ein Nicken zum Abschied.

Dann blieben Linus und sein Vater allein im Wohnzimmer zurück.

Linus setzte sich auf die Rückenlehne des Sofas. Von draußen drang das sonore Brummen des Motors herein.

Sein Vater sagte nichts. Er stand nur da, am anderen Ende des Raumes, und schüttete Linus mit seinem Schweigen zu, so als sollte er daran ersticken.

»Warum, Linus? Warum?«

Er klang nicht verärgert oder wütend, sondern enttäuscht. Was viel schlimmer war.

Linus konnte ihn nicht ansehen. Er schaute nur auf die Spitzen seiner Sneakers, schob beide Hände in die Hosentaschen. »Du hast Frank auch von der Entführung erzählt, obwohl du nicht durftest«, wandte er kleinlaut ein.

»Das ist doch etwas völlig anderes!«

Ja, das stimmte, es war etwas anderes.

»Lucy ist meine Freundin. Ich hab ihr vertraut. Ich …«

Er konnte nicht weiterreden.

»Macht ja nichts. Wenn wirklich die ganze Familie beteiligt ist, hast du ihnen wahrscheinlich nichts erzählt, was sie nicht schon vom Entführer wussten.« Ein schwacher Trost. Sein Vater wandte sich ab, blieb dann aber mitten in der Bewegung stehen, drehte sich schließlich zurück. »Es versteht sich hoffentlich von selbst, dass du das Mädchen nicht mehr wiedersehen wirst.«

22:13 Uhr

LUCY SASS MIT ANGEZOGENEN Beinen auf dem Bett. Um sie herum verdichtete sich die Dunkelheit von Minute zu Minute, während der Himmel über den Dächern gegenüber noch matt leuchtete. Vor einer Stunde hatten zwei Polizisten Benny nach Hause gebracht. Sie wollte ihn weder sehen noch mit ihm sprechen. Deshalb hatte sie sich in ihr Zimmer eingeschlossen und auf alles Klopfen und Fragen einfach nicht reagiert.

Das Klingeln ihres Handys riss sie aus der inneren Lähmung, in der sie nun schon seit Stunden verharrte. Sie nahm das Handy vom Nachttisch und schaute auf das leuchtende Feld, das einen bläulichen Schimmer ausstrahlte. *Linus,* stand dort.

Sie erschrak. Sie hatte nicht damit gerechnet, dass er sich jemals wieder melden würde. Was hatte er ihr noch zu sagen? Was, außer Beschimpfungen und Flüchen? Was sollte sie machen? Einfach warten, bis es zu klingeln aufhörte? Oder ein letztes Mal seine Stimme hören, selbst wenn sie ihr hässliche Dinge sagte?

Sie tippte auf *Anruf annehmen.*

»Hallo?«

»Ich bin's.«

Die Traurigkeit in seiner Stimme überwältigte sie beinahe.

»Warum hast du es nicht für dich behalten? Du hast es mir versprochen.«

»Ich weiß, aber … Was soll ich sagen? Es ist passiert. Es tut mir leid.«

Einen Moment herrschte tiefe Stille, sie fragte sich schon, ob die Verbindung abgebrochen war, aber dann sagte er: »Vielleicht hast du dein Versprechen ja auch gar nicht gebrochen. Vielleicht lügst du mich jetzt an und deckst bloß deine Brüder. Und wer weiß, wen sonst noch.«

»Ich decke gar niemanden, Linus. Es war so, wie ich es gesagt habe. Es tut mir alles sehr, sehr leid!«

»Warum kannst du es mir nicht wenigstens erklären? Ich will es doch nur verstehen.« Er war lauter geworden, doch er wirkte nicht zornig, sondern verzweifelt.

»Mehr kann ich aber nicht sagen, Linus. Wirklich nicht. Meine Brüder und mein Vater haben nichts mit der Entführung deiner Mutter zu tun. Das schwör ich dir.«

»Schwör lieber nicht. Ich finde das so was von …«

»Linus, ich –«

Er legte auf.

Sie ließ sich zurück aufs Bett fallen.

Okay, das war's also. Das war die Geschichte von Lucy und Linus, sie endete hier auf diese unschöne Weise.

Natürlich hätte sie ihm bestätigen können, dass sie weder Benny noch sonst jemandem von seinem Geheimnis erzählt hatte. Nie, nie, nie hätte sie das getan, lieber hätte sie sich die Zunge herausreißen lassen. Aber es ging nun mal auch um ihre Familie. Simon, Benny, ihre Eltern – sie waren alles andere als perfekt. Aber keiner von ihnen war ein Entführer. Das wusste sie einfach.

23:48 Uhr

HUT AB. WACKER GESCHLAGEN gestern im Park, noch dazu bei dem Gewitter. Ob er es auch ein bisschen genossen hat? Er ist ganz der Vater, unser Linus. Genau wie er hält er sich für unerhört schlau und allen anderen überlegen. Es wird ja auch mal was Großes aus dem Jungen. Was Bedeutendes. Bei diesem außerordentlichen Talent, für das ihn alle so bewundern. In der Tat. Es wird etwas Besonderes aus ihm. Aber erst nachdem ich ihn geformt habe. Noch ist er nichts weiter als ein dummer Junge. Ein Junge, der seine Lektion nicht lernen will. So wenig wie der Vater. Der glaubt auch, er kommt einfach so durch mit seinen Lügen und kann sich aufs hohe Ross setzen und auf jeden herabblicken von da oben. Kommt er aber nicht. Kann er aber nicht. Sie fühlen sich groß, aber ich werde ihnen zeigen, wie klein sie sind, und erst dann –

»Alles in Ordnung bei dir?«

Ich zucke zusammen. Schaue hoch. Sie steht vor mir und sieht mich an. Der Luftstrom aus dem Ventilator streichelt ihr Haar so zärtlich, wie ich es gerne täte.

»Alles bestens. Wieso fragst du?«

»Ich hatte den Eindruck, dass etwas dich … beschäftigt.«

Ich winke ab. »Nicht der Rede wert.«

Sie kehrt zurück an den Tresen, wo sie ein Glas Fruchtsaft stehen hat.

»Zahlen!«, ruft der Typ, der die ganze Zeit den Spielautomaten gefüttert hat.

Ich schaue auf die mitternächtliche Straße. Es ist herrlich, hier zu sitzen.

Meine Lust zu spielen wächst. Der Typ am Automaten hat ja keine Ahnung, was ein richtiges Spiel ist.

Wie sieht es aus, Linus? Bereit für die nächste Runde?

Noch 9 Tage

06:35 Uhr

»Linus? Bist du das?«

Die Worte berührten ihn wie Finger, die vorsichtig auf seine Schultern tippten. Er blieb stehen. Das war sein Vater gewesen. Er war also auch schon auf. Aber irgendwas stimmte nicht.

»Kommst du mal? Ich bin im Bad.«

Nein, er klang nicht so, als wollte er ihn bloß bitten, die Kaffeemaschine anzuwerfen.

Die Tür war angelehnt. Er schob sie vorsichtig auf.

»Alles okay bei dir?«

Sein Vater saß im Pyjama auf dem Rand der Badewanne und sah ihn mit tiefen Sorgenfalten auf der Stirn an. »Hörst du das auch?«

Er horchte, aber da war nichts Ungewöhnliches. Er schüttelte den Kopf.

»Wirklich nicht? Da ist kein Pfeifen?«

»Nein.«

Sein Vater sackte noch ein wenig mehr in sich zusammen. »Mist.«

»Was ist denn los?«

»Ich hab dauernd so ein Pfeifen im Ohr. Wenn das bloß kein Tinnitus ist. Das können wir jetzt gar nicht gebrauchen.« Er stocherte mit den Fingern in beiden Ohren, schlug sachte darauf, schüttelte den Kopf, aber der Ton ließ sich offenbar nicht verscheuchen. »Wird schon wieder werden«, machte er sich selbst Mut.

Linus wusste nicht, wohin mit sich. Er blieb noch eine Weile stehen, entschied sich dann aber fürs Gehen, weil sein Vater nichts mehr sagte, sondern den Elektrorasierer aus dem Spiegelschrank holte.

Der Morgen lockte ihn ins Freie. Im Garten begrüßte ihn sein Kamerad aus Kindheitstagen: der alte Apfelbaum, der nach allen Seiten seine Äste ausbreitete. Er trug schon Äpfel, aber sie waren noch längst nicht reif. Wie wunderbar der erwachende Tag doch klang. Nicht nur die Vögel in den Bäumen und Sträuchern, alles schien zu singen. Allem schien eine eigene Melodie innezuwohnen. Da war die sanft durch die Blätter streifende Brise, hier und da das feine Knarren eines Astes, das Rascheln unter einem Strauch – all das verschmolz zu einer Sinfonie reiner, klarer Töne.

»Auch schon auf?«

Nackte Füße streiften hinter ihm durchs feuchte Gras.

Frank war noch unrasiert und ungekämmt, sein Hemd stand halb offen. Er hatte also hier übernachtet.

»Ist übrigens nett, deine Freundin. Und sie mag dich wirklich.«

Machte es ihm Spaß, in den Wunden anderer herumzustochern? Er würde nichts dazu sagen. Den Gefallen würde er ihm nicht tun.

»So wie sie geheult hat. Ich merk sofort, wenn mich jemand verarschen will. Bei ihr war's echt.« Frank schob die Hände in die Hosentaschen. »Du willst wohl nichts mehr mit ihr zu tun haben?«

Selbst wenn, was ging es ihn an?

»Ich kann verstehen, dass du von ihr enttäuscht bist. Aber …«

»Wieso sagst du nicht einfach, was du willst?«

Frank kam noch einen Schritt näher. »Du hast ja mitgekriegt, dass wir Lucys Brüder und ihren Vater laufen lassen. Wir überwachen die ganze Mischpoke natürlich, ihre Telefone, alles. Aber das werden die sich denken. Und da kommst du ins Spiel.«

»Ich?«

»Niemand glaubt, dass deine Lucy direkt an der Entführung beteiligt ist. Aber wenn sie was weiß, wird sie es der Polizei nicht sagen. Dafür ist der familiäre Druck einfach zu groß. Mit dir redet sie vielleicht schon eher. Oder sie wird versuchen, für dich was rauszukriegen. Sie hat was wiedergutzumachen, verstehst du?«

»Du spinnst doch.«

»In den Wind schießen kannst du sie später immer noch, wenn dir danach ist. Jetzt solltest du an ihr dranbleiben.«

08:07 Uhr

JEMAND BERÜHRTE IHRE WANGE. Streichelte sie sanft. Träumte sie noch, oder war das real?

»Na, Kirsche, noch so müde?«

Sofort schlug sie die Augen auf. Wie ein fahler Mond hing Simons Gesicht über ihr. Ein unrasierter Mond, der offenbar auch die Zähne noch nicht geputzt hatte.

Sie schüttelte seine Hand ab und rutschte an die Wand. Auf Nettigkeiten von Simon konnte sie verzichten.

»Sie haben dich also rausgelassen.«

»Klar. Und Papa auch. Wir haben ja nichts verbrochen.«

Sie stieg an ihm vorbei aus dem Bett, griff sich die Bürste von der Kommode und fing an, ihr zerzaustes Haar zu kämmen. Er sah ihr eine Weile stumm zu, dann begann er: »Haste echt super gemacht, Kirsche. Bin richtig stolz auf dich. Bist ein kluges Mädchen.«

Bin ich nicht, dachte sie. Natürlich war ihr sofort klar gewesen, dass Benny behaupten würde, sie hätte ihm von der Entführung erzählt. Sie war ja die einzige Verbindung zu den Dorns. Aber war es wirklich klug gewesen, Bennys dreiste Lüge mit einer weiteren Lüge zu decken? Nein, bescheuert war es gewesen. Aber was hätte sie anderes tun sollen? Sie konnte ihre Brüder doch nicht hängen lassen.

Sie drehte sich zu Simon um, der immer noch auf der Bettkante saß, und streckte ihm die Haarbürste drohend entgegen. »Sag mir, was los ist! Sonst ziehe ich meine Aussage zurück!«

Simon sprang auf, packte ihr Handgelenk und drückte es so fest zusammen, dass sie die Bürste mit einem Aufschrei fallen ließ.

»Droh mir nicht! Klar? Was bildest du dir ein! Bitch!«

Er ließ sie los.

Seine Aggressivität war verpufft, er kniff die Augen zusammen, rieb sich die Nasenwurzel. »Sorry, Kirsche. Meine Nerven. Na ja, die Nacht im Knast.«

Hoffentlich gehen ihm die Nerven nicht gleich wieder durch, dachte sie, aber sie musste eines wissen: »Was ist mit Linus' Mutter? Hast du sie …?«

»Laber doch kein Scheiß!«, brauste er sofort wieder auf. »Ich entführ doch keinen! Oder mach bei so was mit.« Er zögerte einen Moment, dann sagte er: »So ein Typ hat mich angerufen. Ich kannte den gar nicht. Er hat von einer Entführung geschwafelt und dass es keine Lösegeldforderung gibt und dass man da locker absahnen kann, wenn man schnell ist.«

»Und wieso ruft der dich einfach an? Woher hatte er deine Nummer?«

»Die haben viele. Eine Menge Jobs laufen über Empfehlung. Und ich bin so was wie der Mann für besondere Fälle.« Er setzte ein schiefes Grinsen auf.

»Du musst der Polizei sagen, was du weißt. Das ist keine deiner kleinen krummen Touren, das ist eine richtig krasse Sache.«

»Ich bin doch nicht behämmert. Wenn ich zu den Bullen geh, bin ich erledigt. Außerdem weiß ich nichts. Ich hab den Typ nie gesehen, er ruft immer nur an. Mit unterdrückter Nummer.«

Sie sah ihn forschend an. »Also der große Unbekannte.«

»Genau.«

»Kennt der die Entführer?«

»Kann ich mir nicht vorstellen.«

»Ach. Und warum nicht?«

»Dann hätte er die Sache ganz anders eingefädelt. Der wollte bloß 'nen schnellen Euro machen, genau wie ich.«

»Wozu hat er dich dann gebraucht?«

»Einer bringt den Tipp, der andere das Know-how. So läuft das.«

Sie glaubte ihm. Er war kein Entführer. Trotzdem hätte sie ihm am liebsten eine geklebt. »Und was ist mit Linus und seinem Vater? Und mit seiner Mutter? Habt ihr an die auch mal gedacht?!«

Simon zuckte nur die Schultern. »Tut mir ja alles furchtbar leid, aber was soll ich machen? Ich weiß nicht, wo die Alte steckt oder wer sie sich geschnappt hat. Jeder muss gucken, wo er bleibt.«

Glaubte er den Mist, den er da von sich gab, eigentlich selbst?

»Und Papa? Was weiß der?«

Simon schnaubte nur verächtlich. »Gar nichts.«

»Was habt ihr dann neulich bequatscht in deinem Auto, vorm Haus? Ich hab euch gesehen.«

Er winkte ab. »Ach, das. Wir wollten dir und Mama einen Trip nach Hamburg spendieren. Zum Musical. Weil du doch Musicals so liebst. Wir wussten bloß nicht, was. *König der Löwen* oder *Phantom der Oper*. Aber das hat sich ja jetzt erst mal erledigt.«

11:12 Uhr

»KANN ICH DICH ALLEINE LASSEN, Linus? Das Taxi zum Krankenhaus ist da.«

Linus' Vater hatte den Briefträger abgewartet, aber es war keine neue Nachricht vom Entführer eingegangen. Nun musste er sich endlich untersuchen lassen, denn der Ton in seinen Ohren wurde immer lauter.

Er versuchte, sich nicht anmerken zu lassen, wie schlecht er sich fühlte, aber Linus kannte ihn zu gut, um es ihm nicht doch anzusehen.

»Soll ich nicht mitkommen?«

Sein Vater schüttelte den Kopf. »Einer muss die Stellung halten, falls … Ich bin so bald wie möglich wieder da.«

Er lauschte den Schritten seines Vaters, dem Schlagen der Autotür, dem Brummen des Motors, als der Wagen sich entfernte. Dann war er allein. Allein mit sich und der Stille.

Er ging in die Küche. Stand an der Anrichte. *Tick-tack, tick-tack*, machte die alte Uhr an der Wand. Nahm einen der grünen Äpfel aus der Obstschale und rollte ihn auf der Arbeitsplatte hin und her.

Niemand schien wirklich daran zu glauben, dass seine Mutter bald freikam. Oder überhaupt irgendwann. Nicht, wenn die Polizei sie nicht durch irgendeinen neuen Hinweis fand und befreite. Und wenn dieser Hinweis nicht kam? Wie würde es dann weitergehen? Würde es eine neue Lösegeldforderung geben? Oder würden sie einfach nichts mehr von den Entführern hören? Würden sie und seine Mutter einfach verschwunden bleiben? Ein für immer ungelöstes Geheimnis? Er konnte sich nicht vorstellen, wie man mit so einer Ungewissheit leben sollte.

Das Piepen seines Handys ließ ihn so heftig zusammenzucken, dass er den Apfel über die Kante der Anrichte schubste. Mit einem dumpfen Knall schlug er auf den Bodenfliesen auf und rollte weg.

Er nahm das Handy aus der Hosentasche, um zu sehen, von wem er eine SMS erhalten hatte. *Unbekannter Absender,* stand im Display. Er öffnete die Nachricht und las:

Ihr habt die Polizei eingeschaltet, obwohl ihr das nicht solltet. Keine gute Idee. Jetzt muss deine Mutter ein wenig länger bleiben. Bestimmt vermisst du sie sehr. Aber wer nicht hören will, muss fühlen. Hoffentlich bist du diesmal klüger. Du wirst etwas bekommen. Nur du. Niemand darf etwas davon erfahren. Nicht mal dein Vater. Sonst siehst du deine Mutter nie wieder.

11:17 Uhr

»Was hab ich dir nur getan? Wieso quälst du mich so?«

Ich halte die Aufnahme an. Immer stellen sie diese Frage. Was ist nur so bedeutsam daran? Was würde ihnen eine Antwort bringen? Fänden sie Trost darin, wenn ich ihnen sagen würde: Ich hab dich gezielt ausgesucht? Oder: Du bist nur das Opfer eines dummen Zufalls, es hätte auch jede andere treffen können? Die einzige Wahrheit, auf die es für sie noch ankommt, kennen sie doch. Oder sie sollten sie zumindest ab einem gewissen Zeitpunkt kennen, wenn sie nicht gerade zu denen gehören, die bis zum letzten Atemzug hoffen. Sie sterben, weil ich es will. Das ist die einzige Wahrheit, die ihnen bleibt.

Na ja, in deinem Fall, liebe Vera, kommt doch noch etwas hinzu. Aber das braucht dich nicht zu interessieren.

Schluss jetzt mit diesen Gedanken. Dafür ist keine Zeit mehr. Ich habe zu tun. Dinge vorzubereiten. Als Erstes müssen die Bodenbretter heraus. Es ist viel zu lange her, dass ich da unten war. Wenn ich nur daran denke, kribbelt es sofort. Als würde ich ein Bett für die Hochzeitsnacht schmücken. Netter Gedanke.

Ich löse die Schrauben mit dem Akkuschrauber und hebe ein Brett nach dem anderen heraus. Die hölzerne Abdeckung darunter liegt noch genauso da, wie ich sie in Erinnerung hatte. Natürlich. Wieso auch nicht? Wer sollte etwas verändert haben? Ich halte den Atem an und hebe sie ab. Ist schon viel zu lange her, dass hier jemand lag. Die Letzte hätte allerdings früher wegmüssen. Die war schon halb verwest, als ich sie rausgeholt hab. Der Gestank geht nie mehr ganz raus. Ich hoffe, du bist nicht zimperlich, Vera.

Ich darf nicht vergessen, die Schallisolierung zu überprüfen. Die Verkabelung sowieso. Und dann muss ich die Luftzufuhr checken. Den Ventilator. Die Rohre. Bei dem Ungeziefer überall weiß man nie, ob nicht irgendwo was verstopft ist.

Wenn ich mir die Grube so ansehe … Vera ist ja ziemlich schlank. Es hätte neben ihr locker noch jemand Platz.

Faszinierender Gedanke. Vielleicht zu kompliziert.

Trotzdem.

Dass ich da nicht schon früher drauf gekommen bin.

Ich wüsste ja schon jemanden, den ich schrecklich gerne hierhaben würde …

13:04 Uhr

LUCY WAR GANZ SICHER GEWESEN, dass sie nie wieder von ihm hören würde. Und doch hielt sie nun ihr klingelndes und blinkendes Handy in der Hand, und im Display stand sein Name: *Linus*. Was wollte er noch von ihr?

Sie nahm ab. »Ja …?«

»Ich bin's. Stör ich?«

»Nein, gar nicht.«

Ihr Herz hüpfte wie wild in ihrer Brust. Er klang nicht aufgebracht oder beleidigt. Aber auch nicht wie immer. Natürlich nicht.

»Ich dachte, wir sollten noch mal reden.«

Ihre Kehle wurde schlagartig eng. War vielleicht doch nicht alles aus? Sie räusperte sich so heftig, als hätte sie sich verschluckt, dann sagte sie mit noch immer rauer Kehle: »Klar. Find ich gut. Wann denn?«

»Wie wär's nach deiner Musical-Probe?«

»Da geh ich heute nicht hin. Hab schon abgesagt. Wir können uns gleich treffen.«

»Okay.«

»Und wo?«

»Vielleicht im Park? An unserem Platz?«

Sie wunderte sich, dass er ausgerechnet diesen Treffpunkt vorschlug. Es war ja längst nicht mehr nur ihr Platz. Es war auch der Ort einer Geldübergabe, an der ihr dummer Bruder beteiligt gewesen war. Lag in der Wahl dieses Treffpunkts vielleicht eine unausgesprochene Botschaft?

»Meinetwegen. In einer halben Stunde?«

»Passt. Bis gleich.«

Wenig später schob sie ihr Fahrrad auf den Bürgersteig. In einem der parkenden Autos bemerkte sie einen Mann, der Zeitung las. Zweifellos ein Polizist. Auffälliger ging es wirklich nicht.

Noch vor der verabredeten Zeit erreichte sie die Brücke. Keine zwei Minuten später kam Linus. Ihn wiederzusehen, nach allem, was passiert war, war zugleich ein großes Glück und ein tiefer Schmerz. Wenn dies nun ihr letztes Treffen, ihr letztes Gespräch war? Wenn er sich nur mit ihr verabredet hatte, um ihr endlich ins Gesicht zu sagen, dass es aus war? Dass sie die größte Enttäuschung seines Lebens war? Was könnte sie ihm darauf erwidern?

»Hi«, grüßte er knapp.

Einen Moment schien es, als wolle er sie umarmen, sie war schon fast dabei, sich an seine Brust sinken zu lassen, doch dann vollendete er die Bewegung nicht, und sie wich zurück.

»Es tut mir alles so leid. Ich hab einen Riesenfehler gemacht.«

»Ja, das hast du.« Er kickte mit der Schuhspitze ein Steinchen weg. »Aber deinem kleinen Bruder hast du nichts erzählt, oder? Du sagst das bloß, um wen anderen zu schützen. Lass mich raten: Simon?«

Ihr Blick fiel zu Boden, ihre Finger hielten sich krampfhaft an der Gürtelschlaufe ihrer Jeans fest. Vielleicht lag seine Annahme ja auf der Hand. Aber es blieb trotzdem eine Annahme. Und die Art, wie er mit ihr sprach, fand sie ziemlich dreist. Fast schon überheblich.

Sie blickte wieder auf und sah ihm in die Augen. »Du bist sauer auf mich. Und du hast recht damit. Außerdem machst du gerade was

Schlimmes durch, was mir total leidtut. Aber fair finde ich das trotzdem nicht.«

»Was findest du nicht fair?«

»Dass wir automatisch die Bösen sind, bloß weil wir –«

»Was?«

Sie überlegte einen Moment, aber dann wurde ihr klar, dass sie nicht hier war, um mit ihm zu streiten. Vielleicht wollte er das, aber sie nicht. Deshalb sagte sie nur: »Egal.« Und nachdem sie ihre innere Erregung halbwegs beschwichtigt hatte, fragte sie: »Wie geht es dir?«

Er zuckte mit den Schultern. »Kannst du dir ja vorstellen. Jetzt hat mein Vater auch noch einen Hörsturz.«

»Oh, mein Gott. Schlimm?«

»Er hat keine Schmerzen oder so. Aber ein Ohr ist fast taub, und dass er nicht mehr richtig hört, ist für ihn total schrecklich. Vor allem jetzt. Er muss von Montag an jeden Tag ins Krankenhaus und kriegt Infusionen. Aber es kann dauern, bis es wieder normal wird.«

»Irgendwas Neues von deiner Mutter?«

Er schüttelte den Kopf. »Nichts.«

»Es tut mir so leid.«

Sie legte ihre Hand auf seine Brust. Er wich nicht zurück. Aber er kam ihr auch nicht entgegen. Schweigend standen sie sich eine ganze Weile gegenüber. Eine Umarmung, ein Kuss gar erschien genauso unmöglich, wie die Verbindung zu lösen. Je länger es dauerte, desto mehr wurde sie von ihren Gefühlen überwältigt. Tränen stiegen in ihre Augen.

»Und wir? Was ist mit uns?«

Natürlich gab es für ihn jetzt wichtigere Fragen. Aber sie konnte die Ungewissheit nicht länger ertragen.

»Keine Ahnung.«

»Dann es ist nicht aus?«

Er schüttelte nur den Kopf. Ein klares Bekenntnis war etwas anderes. Doch mehr konnte sie im Moment wohl nicht erwarten.

»Aber du vertraust mir nicht mehr, oder?«

»Du musst mir eben dabei helfen.«

»Und wie?«

Er schaute ihr ins Gesicht.

»Indem du für uns rausfindest, was deine Brüder wissen.«

22:57 Uhr

SIE LAG EINGEZWÄNGT DA, der Regen trommelte unablässig auf den Kofferraumdeckel. Nicht mehr lange, dann würde sie frei sein. Er hatte es ihr versprochen. Und wieso sollte er dieses Versprechen nicht halten? Sie hatte alles so gemacht, wie er es verlangt hatte. Die ganze Zeit über und auch heute. Hatte sich genau an die Anweisungen gehalten, die er ihr durchgegeben hatte: Auf den Bauch legen, Augen zu und das Gesicht ins Kissen drücken, Hände auf den Rücken legen. Sie hatte sich die Handschellen und die Fußkette anlegen und die blickdichte Kapuze über den Kopf ziehen lassen. Sie hatte sich auch nicht gewehrt, als er mit seinen Fingerspitzen vorsichtig ihre Kniekehlen betastete. Und wenn er noch mehr getan hätte, hätte sie auch das über sich ergehen lassen. Sie war an einem Punkt, an dem nur noch eines zählte: überleben. Linus wiedersehen. Ihr Haus. Ihr altes Leben. Aber er hatte nichts weiter gemacht. Einen Moment lang hatte sie das Gefühl gehabt, dass er fast genauso viel Angst vor ihr hatte wie sie vor ihm.

Wie lange waren sie schon unterwegs? Stunden? Minuten? Sie hatte ihr Zeitgefühl längst verloren. Ihr Schmerzempfinden nicht. Die Schultergelenke taten weh, und ein Bein kribbelte, als liefen Millionen Ameisen hindurch. Aber das würde vorübergehen. Alles würde vorübergehen. Bestimmt brachte er sie an einen Platz im Nirgendwo, um sie dort auszusetzen. Das verschaffte ihm einen Vorsprung. Sie sah sich schon über Felder oder durch einen Wald laufen, auf ein Licht zu – ein Bauernhof vielleicht oder ein Forsthaus –, und schließlich klopfen, dann öffnete jemand, und sie würde ihren Namen nennen, würde sagen, dass sie entführt worden war und unbedingt telefonieren musste.

Der Wagen wurde langsamer und hielt schließlich an. Der Motor erstarb. Außer dem Trommeln des Regens war nichts zu hören. Dann das Zuschlagen einer Autotür. Der Autoschlüssel im Schloss des Kofferraums. Der Deckel sprang auf, Regentropfen trafen ihre nackte Wade. Er sagte nichts, und doch glaubte sie seine Stimme zu hören, jene verfremdete Stimme, deren Klang sie verabscheuen gelernt hatte, und diese Stimme sagte in ihrem Kopf: *Wir sind da.*

Noch 8 Tage

07:12 Uhr

Dem Gewitter vor zwei Tagen hatte der Ast noch getrotzt, aber der Sturm von letzter Nacht war zu viel für ihn gewesen. Wie ein amputierter Arm lag er auf der Erde, und jetzt zeigte sich: Innen hatte der Ast angefangen morsch zu werden. Die Blätter und die unreifen Äpfel, die noch daran hingen, sahen frisch aus und waren doch zum Sterben verurteilt. Linus berührte die faserige Bruchstelle. Keine fünf oder sechs Jahre war es her, da hatte er auf dem Ast herumgeturnt. Er erinnerte sich gut, wie sehr er das Rauschen und Knacken im Baum gemocht hatte, wenn er, allen Warnungen zum Trotz, bei Wind hochgeklettert war. Wie bei einem Konzert hatte er sich gefühlt, mitten unter den Orchestermusikern.

»Armer Apfelbaum.« Sein Vater kam von der Terrasse herüber und blieb neben ihm stehen. »War er nicht wie ein Freund?«

»Es ist ja nur ein Ast, nicht der ganze Baum.«

Natürlich, der Anblick war traurig. Aber seit wann gab sein Vater sich Sentimentalitäten hin? Und was glitzerte da in seinen Augenwinkeln? Tränen? Wann hatte er ihn zuletzt weinen sehen? Überhaupt jemals? Jedenfalls nicht, als seine Frau ihn verlassen hatte. Da war er nur verstummt. Und jetzt Tränen für einen Baum?

Vielleicht ist Mama bald wieder bei uns, dachte er. Doch er sagte es nicht. So wie er auch von der SMS nichts gesagt hatte. Niemandem. Diesmal würde er sich an die Anweisungen halten. Gut möglich, dass die Entführer ihn wieder nur verarschten. Sogar sehr wahrscheinlich. Aber trotzdem würde er alles tun, was von ihm verlangt wurde. Er würde seine Mutter nicht noch mehr in Gefahr bringen.

Sie gingen nach drinnen, wo Frank gerade mit einem kleinen Löffel Kaffeepulver aus der Dose in den Filter der Maschine schaufelte. Er hielt inne, sah Linus und seinen Vater ein paar Sekunden lang an und wandte sich dann wieder dem Kaffee zu. Was er sich dachte, blieb sein Geheimnis. Alles, was er sagte, war: »Hat ordentlich gerumst letzte Nacht. – Wie geht es dir heute, Richard?« Als Linus' Vater nicht reagierte, wandte Frank sich erneut um und wiederholte lauter: »Wie geht es dir?«

»Nicht gut.«

»Das sind die Nerven. Der Stress.«

Linus' Vater wiegte den Kopf. »Mir ist schwindlig. Ich leg mich wieder hin.«

»Einen Augenblick noch. Wir haben was zu bereden.«

Linus und sein Vater tauschten einen besorgten Blick, dann setzten sie sich an den Küchentisch. Frank schaltete die Kaffeemaschine an und kam zu ihnen. Er setzte sich jedoch nicht, sondern stellte sich nur hinter einen Stuhl, seine kräftigen Hände stützten sich auf die Lehne. Während im Hintergrund die Kaffeemaschine zu gurgeln begann, sagte er: »Da die Entführer jetzt ohnehin wissen, dass die Polizei im Spiel ist, wäre das der richtige Zeitpunkt, an die Öffentlichkeit zu gehen. Nur so finden wir Zeugen, die uns weiterhelfen können. Und die Presse ist eh schon auf unsere Aktivitäten aufmerksam geworden und stellt Fragen.«

»Nein!«, rief Linus sofort. Bestimmt würden die Entführer denken, er hätte sich wieder nicht an die Anweisungen gehalten und das mit der SMS verraten.

Sein Vater schwieg.

»Wenn wir sie unter Druck setzen, machen sie vielleicht einen Fehler«, gab Frank zu bedenken.

»Und wenn der Fehler ist, dass sie Mama umbringen?«

Linus' Worte hinterließen eine tiefe Stille, in der das Röcheln der Kaffeemaschine nur umso lauter wirkte.

»Linus hat recht«, sagte sein Vater. »Das Risiko ist zu groß. Wir wissen nicht, mit wem wir es zu tun haben.«

Frank nickte. »In Ordnung. Aber der Presse müssen wir was sagen, sonst fangen die an, selbst zu recherchieren.« Linus wollte schon wieder protestieren, doch Frank hob die Hände. »Keine Sorge, wir bitten sie, erst mal nichts zu schreiben. Daran halten sich in solchen Fällen alle. Schließlich geht es um ein Menschenleben.«

Das beruhigte ihn.

»Sonst noch was?«, fragte sein Vater und stand auf.

»Nichts.«

Er schlurfte davon.

»Dann sind es also nur noch wir beide«, sagte Frank.

Das hörte sich irgendwie merkwürdig an, fand Linus.

»Da dein Vater ausfällt, werde ich dich morgen brauchen.«

»Mich? Wozu denn?«

»Wir haben beim BKA vor ein paar Tagen eine neue Software bekommen, von den Kollegen vom FBI. Damit lassen sich aus einer Aufnahme noch differenzierter Störgeräusche herausfiltern. Wenn die überarbeiteten Dateien da sind, musst du sie abhören. Wir brauchen dein Gehör.«

»Okay«, hörte Linus sich selbst antworten, »sag einfach Bescheid, wenn ihr so weit seid.«

Verdammt cool klang das. Aber er war nicht cool. Überhaupt nicht. Seine Mutter zu hören, in dieser schrecklichen, demütigenden Situation – allein die Vorstellung war der reinste Horror.

09:54 Uhr

IRGENDWAS BRÜTETE SIMON AUS. Lucy kannte ihn gut genug, um das zu spüren. Er wirkte nervös. Getrieben. Tigerte schon den ganzen Vormittag durch die Wohnung. Dauernd schaute er auf die Uhr, so als warte er darauf, dass etwas Bestimmtes passierte. Um kurz vor halb elf nahm er plötzlich seinen Wohnungsschlüssel und schob ein Handy in die Hosentasche, das sie noch nie bei ihm gesehen hatte. Wahrscheinlich eines seiner billigen Prepaidhandys, die er für Notfälle versteckte. Wortlos verließ er damit die Wohnung. Wo ging er hin?

Sie wollte ihm schon nach, da klingelte ihr eigenes Handy. Die Nummer im Display kam ihr bekannt vor, aber sie konnte sie nicht zuordnen. Als sie abnahm, bereute sie sofort, den Anruf nicht weggedrückt zu haben. Die Zimmermann! Was wollte die denn? Sie hatte ihr doch gestern schon erklärt, dass die Sache mit der Polizei ein Riesenmissverständnis gewesen war und dass sie nur die eine Probe auslassen würde, weil sie gerade so viel um die Ohren habe.

»Ich mach mir Sorgen um dich«, sagte die Zimmermann, »aber auch um unser Projekt. Erst springt Linus ab, jetzt wackelst du.«

»Ich wackle nicht, Frau Zimmermann. Echt nicht.«

»Du wirkst aber sehr unkonzentriert in letzter Zeit.«

»Können wir das ein andermal besprechen? Ich hab jetzt gerade keine Zeit, zu telefonieren …«

»Du bist unersetzbar, Lucy. Du hast die Hauptrolle, und es gibt keine Zweitbesetzung. Ohne dich kein Musical. Also vergiss nicht, wie hart wir alle gearbeitet haben in den letzten Wochen und Monaten.«

Sie war also unersetzbar. Unter anderen Umständen hätte sie sich geschmeichelt gefühlt. Im Moment waren ihr das Musical und ihre Rolle aber völlig egal. Und die Zimmermann auch. Sie wollte nur wissen, wohin Simon ging. Trotzdem sagte sie so ruhig wie möglich: »Keine Sorge, ich lasse Sie nicht hängen.«

»Dein Wort in Gottes Ohr. Dann kommst du am Dienstagnachmittag?«

»Klar«, sagte sie, legte auf und dachte dabei: Mal sehen.

Sie schlich den Flur hinab. Da ging neben ihr Bennys Tür auf. Er war ihr in den letzten Tagen aus dem Weg gegangen, und das war auch besser gewesen. Sonst hätte es vielleicht Hiebe auf ihn geregnet. Immerhin schien ihn die Begegnung mit der Polizei ein wenig kleinlauter gemacht zu haben. Anscheinend begriff er so langsam, dass das alles kein Spiel war.

»Is' was?«, fuhr sie ihn an.

Er schüttelte nur verschreckt den Kopf und kehrte an seine Playstation zurück.

Endlich im Treppenhaus, hörte Lucy das Knarren der Tür zum Speicher. War das Simon? Oder nur der Hausmeister? Sie schlich die zwei Stockwerke hinauf. Die Tür war angelehnt, sie schloss schon lange nicht mehr richtig. Von drinnen hörte sie Simons Stimme. Anscheinend telefonierte er, und er klang ziemlich aufgebracht.

»Es wird keine Polizei da sein, haben Sie gesagt. Von wegen! Die Bullen haben hier alles auf den Kopf gestellt, meine ganze Familie wurde verhört, und ich und mein Vater haben eine Nacht im Knast verbracht. Unter *total easy* stell ich mir was anderes vor!« Stille. Lucy hielt den Atem an. »Wenn Sie das sagen … Aber damit das klar ist: Die zehntausend, die die Bullen mitgenommen haben, ersetzen Sie mir, und den Rest, den Sie versprochen haben, krieg ich auch, klar? Das ist der Deal!« Wieder war es einen Moment still. Lucys Herz schlug wie wild. Wie konnte Simon nur so sein? Wieso ließ er den Mist, den er gebaut hatte, nicht auf sich beruhen? Scheiß auf das Geld! »Okay. Das finde ich. Und ich will das ganze Geld, klar? … Keine Sorge, die Bullen werden gar nicht merken, dass ich weg bin. Aber von jetzt an keine Überraschungen mehr!«

So wie es sich anhörte, stand ein Treffen zwischen Simon und seinem geheimnisvollen Unbekannten bevor. Lucy hätte zu gerne gewusst, wer das war. Aber hier würde sie nichts mehr erfahren, denn das Gespräch war offenbar zu Ende. Sie wollte schon weg, als sie erneut Simons Stimme hörte.

»Siggi? Ich brauch dein Auto. Heute Nacht. Meine Karre wird noch von den Bullen gefilzt.« Ein paar Herzschläge lang Stille, dann: »Du weißt, dass du mir noch was schuldest. Und wenn ich eine Leiche transportieren will, geht's dich auch nichts an, klar? Leg den Schlüssel auf den linken Vorderreifen. Ich hol den Wagen um zehn.«

13:05 Uhr

LINUS' VATER SASS MIT zurückgelegtem Kopf und geschlossenen Augen im Ohrensessel. Schlief er? Die Infusion, überhaupt der ganze Krankenhausaufenthalt, hatte ihn erschöpft. Am liebsten hätten die Ärzte ihn dabehalten, aber davon wollte er nichts wissen. Linus stellte die Teetasse so leise wie möglich auf dem Beistelltischchen ab. Obwohl er das in seinem Zustand unmöglich gehört haben konnte, schlug sein Vater die Augen auf.

»Ich hab dir Tee gemacht.«

»Das ist lieb. Danke.«

Es war nur ein Flüstern.

Seine Mutter hatte schon recht, wenn sie immer über ihn geklagt hatte. Als Kranker war er empfindlich wie ein rohes Ei. Und wehleidig, übersensibel, launisch. Diesmal allerdings war er vor allem in sich gekehrt und deprimiert.

»Es tut mir wirklich leid«, sagte er nach einer kurzen Weile zu Linus. »Das mit deiner Freundin, meine ich. Aber wir täuschen uns alle mal in einem Menschen.«

Linus biss sich auf die Unterlippe. Hatte er sich wirklich in Lucy getäuscht? Die halbe Nacht hatte er darüber nachgedacht. In manchen Momenten hätte er sie am liebsten geschüttelt. Aber dann hatte er versucht, die Sache aus ihrem Blickwinkel zu betrachten. Sie stand zu ihren Brüdern, weil sie nicht glauben wollte, dass die was mit der Entführung zu tun hatten. War das so unverständlich? So unverzeihlich?

»Hast du dich denn in Mama getäuscht?« Die Worte waren schon ausgesprochen, ehe er sich ganz bewusst wurde, was er da eigentlich fragte.

Sein Vater wandte sich der Tasse zu, drehte sie am Henkel etwas herum, befühlte das dünne Porzellan. Noch zu heiß anscheinend.

»Wenn sie ein Irrtum war, dann einer von der Sorte, die man nicht bereut. Aber, nein, sie war kein Irrtum.«

»Warum ist sie gegangen, Pa?«

Vielleicht war ja endlich der Moment gekommen, in dem er auf diese Frage mehr bekam als die Standardantwort, man hätte sich eben auseinandergelebt. Was sollte das eigentlich bedeuten?

Sein Vater lehnte den Kopf an den Sessel und schloss die Augen. Also wieder keine Antwort. Aber dann sagte er doch noch etwas: »Ich hätte dir das gerne erspart, Linus. Den ganzen verdammten Mist.«

21:30 Uhr

Es war kein Problem für Lucy, ungesehen von den Polizisten, die um das Haus herum auf der Lauer lagen, zu verschwinden. Die Keller des gesamten Sozialbaus waren durch Feuerschutztüren miteinander verbunden. Zwar mussten diese Türen stets abgeschlossen sein, aber auf beiden Seiten lagen die passenden Schlüssel, versteckt auf einem Sicherungskasten oder einem Heizungsrohr. So gelangte Lucy ans andere Ende des Wohnblocks und von dort durch eine letzte Eisentür ins Freie. Sie schaute auf die Uhr. Es war kurz nach halb zehn.

Noch war es nicht Nacht, aber die Dunkelheit verdichtete sich rasch.

Die wenigen funktionierenden Laternen gossen ein kaltes weißes Licht aus. Lucy sah sich um und ging los. Bis zu den Garagen, wo Siggi seinen Kombi parkte, waren es zwei Straßen. Wenn bloß die Skateboarder dort nicht noch abhingen.

Sie hatte Glück. Vor den Garagen herrschte sommerliche Ruhe. Nur die Grillen zirpten in den Gärten. Siggis alter dunkelblauer BMW Kombi parkte vor der Garage. Lucy hielt sich so lange wie möglich im Schatten einer Hecke. Am Auto angekommen, spähte sie durch das Fenster in den Kofferraum. Die Abdeckung war zu. Blieb nur zu hoffen, dass darunter genug Platz für sie war. Zum Glück war sie eher zierlich.

Sie holte den Autoschlüssel vom linken Vorderreifen, entriegelte mit einem Knopfdruck alle Türen, öffnete die Heckklappe und löste die Abdeckung, die sich wie ein Rollo selbst aufrollte. Zum Verschließen der Türen verwendete sie wieder die Fernsteuerung, die Blinklichter flammten kurz auf, die Zentralverriegelung knackte dumpf. Nun legte sie den Schlüssel zurück an seinen Platz, stieg in den Kofferraum und zog die Heckklappe von innen zu. Das Schloss rastete ein. Zuletzt zog sie die Abdeckung vor, sodass man sie von außen nicht sehen konnte.

Bis hierhin hatte ihr Plan geklappt. Simon würde in zehn Minuten kommen und hoffentlich nicht in den Kofferraum schauen, sondern gleich losfahren. Um sich mit seinem großen Unbekannten zu treffen. Der Halbsatz, den er zu Siggi am Telefon gesagt hatte, wurde in ihr laut: *Und wenn ich eine Leiche transportieren will …* Nein, das hatte er bestimmt nur so dahingesagt. Simon würde niemals einen Mord decken.

22:17 Uhr

LUCY FÜRCHTETE, SIE WERDE gleich ersticken. Und durch und durch nass geschwitzt war sie auch. Dabei waren sie kaum zehn Minuten unterwegs. So leise wie möglich löste sie die Abdeckung und ließ sie langsam nach hinten rollen. Endlich Luft! Sie wagte es sogar, sachte den Kopf zu heben und einen Blick nach draußen zu riskieren. Es schadete sicher nicht, sich so viel wie möglich von der Route zu merken. Trotz der Dunkelheit erkannte sie die Strecke. Hier ging es zur Bundesstraße.

Etwas später setzte Simon den Blinker und bog links ab. Richtig vermutet. Er nahm die Bundesstraße in Richtung Frankfurt. Sie zog den Kopf wieder ein, versuchte die taub werdenden Glieder zu ignorieren und hoffte, dass er nicht die ganze Strecke bis nach Frankfurt fuhr. Nach einer gefühlten Ewigkeit, aber noch lange vor der Großstadt, hörte sie erneut das *Tick-tack* des Blinkers. Hoffentlich war es nicht mehr weit. Gleich danach zog der Wagen nach rechts, auf eine Abbiegespur. Wo waren sie hier? Wo ging es hin? Sicher in keine Ortschaft, sonst hätte sie durch das Heckfenster Fassaden oder Dächer sehen müssen. Aber in die Pampa ging es auch nicht, denn die Straßen waren von Laternen gesäumt.

Nach wenigen Minuten bremste Simon ab. Während der Wagen langsamer wurde und schließlich anhielt, zog sie vorsichtig die Abdeckung wieder vor, schaffte es im Dunkeln allerdings nicht, sie einzuhängen, und behielt sie deshalb in der Hand.

Der Motor verstummte.

Sie atmete kaum noch, ein heftiger Schweißausbruch überfiel sie. Wie ging es jetzt weiter? Wo war der große Unbekannte?

Simon stieg aus. Sie wartete ein paar Sekunden, ehe sie die Abdeckung langsam nach hinten fahren ließ. Ihr Herz war nur noch ein heftiges Wummern in ihrer Brust. Vorsichtig schob sie den Kopf über den Rand des Seitenfensters. Im Licht der Straßenlaternen sah sie einen schattenhaften Simon auf ein mindestens zwei Meter hohes Gatter zugehen. Das restliche Gelände war, soweit sie es überblicken konnte, von einem Maschendrahtzaun umgeben. Was dahinterlag, ließ sich aus ihrer Position nicht erkennen. Wie es aussah, betrat Simon das Gelände auch gar nicht, er ging am Zaun entlang und verschwand irgendwann in der Dunkelheit. Ob sich dort noch ein weiterer Zugang befand? Vielleicht ein Loch im Zaun?

Sie scannte die von orangefarbenem Laternenlicht getränkte Nacht. Niemand weit und breit. Auch kein Auto. War der große Unbekannte gar nicht hier? Mist! Auch wenn der Typ, wie Simon sagte, selbst nur ein Trittbrettfahrer war, musste er irgendwie von der Entführung erfahren haben – und das war vielleicht die Spur zu den Entführern. Oder zumindest eine, die bewies, dass Simon mit der Entführung nichts zu tun hatte.

Moment! Was war das da drüben zwischen dem Gestrüpp? Dort hatte sich doch gerade etwas bewegt. Oder jemand? Sie strengte die Augen an, filterte die Dunkelheit. Nein, alles ruhig. Wahrscheinlich bloß der Wind.

Simon kehrte zurück. Viel zu bald, als dass er allzu weit weg gewesen sein konnte. Er hatte etwas in der Hand. Eine Tasche oder eine Tüte. Offenbar hatte er die nur abgeholt. Sie zog den Kopf ein und die Abdeckung vor. Zum Glück ging er nicht an den Kofferraum, sondern stieg auf den Fahrersitz. Ein Rascheln, er griff in die Tüte und holte etwas heraus.

»Na also«, murmelte er zufrieden, »geht doch.«

23:17 Uhr

EINEN FILMPREIS GEWINNE ICH mit dem kleinen Clip sicher nicht, und zum Youtube-Star wird der liebe Simon damit auch nicht. Aber das muss ja auch nicht sein. Hauptsache, man kann diesen eingebildeten Möchtegernganoven eindeutig erkennen. Nicht zu fassen, was diese hochauflösenden Kameras heutzutage leisten, selbst bei so schlechtem Licht. Und sind dabei so winzig.

Zum Glück hat Simon unter der Straßenlaterne das Gesicht zu mir rübergewandt. Jetzt kannst du nicht mehr leugnen, dass du hier warst, du Idiot, und wenn die Polizei erst mal weiß, was das hier für ein Ort ist – und das wird sie über kurz oder lang erfahren –, hast du richtig Probleme.

Vielleicht würde man dir die Geschichte vom großen Unbekannten sogar glauben, aber das ändert nichts dran, dass du ziemlich tief in der Scheiße sitzt. Morgen früh hast du das hübsche Filmchen auf deinem Handy – und ich hab dich in der Hand. Dann wirst du endgültig nach meiner Pfeife tanzen, mein Freund, und zwar ohne Murren und Drohen.

Noch 7 Tage

11:16 Uhr

Das Brummen des Motors eilte voraus und erreichte Linus, lange bevor der Wagen selbst die Auffahrt heraufkam. Begierig auf jede Neuigkeit, lief er an die Tür, wo er gegen die Hitze stieß, die wie eine Mauer vor ihm stand. Müde rollten die schweren Reifen auf die Pflastersteine. Frank stieg aus und kam auf ihn zu. In seiner Hand klimperte fast verschämt der Schlüsselbund, der einmal Linus' Mutter gehört hatte, bevor sie ausgezogen war. In der anderen hatte er einen Stapel Briefe. Inzwischen wurde die Post zur Polizei umgeleitet und dort ausgewertet.

»Irgendwas Neues?«

»Nada. Und bei dir?« Franks Schuhsohlen wischten über die beiden Treppenstufen, als er an ihm vorbei nach drinnen ging.

»Nichts.«

»Dein Vater da?«

»Nee, kriegt gerade seine Infusion.«

Frank legte die Post an der Garderobe ab und holte einen USB-Stick aus der Hosentasche. »Ich hab die neu bearbeiteten Aufnahmen vom BKA. Komm, fangen wir an.«

Linus ließ ihm den Vortritt. Nervosität kroch ihm tausendfüßig unter die Haut. Aber das zählte nicht. Er drängte sie weg und folgte Frank in den Keller. Ihre Schritte hallten durch das Treppenhaus und durch den Flur, viel lauter als sonst, fand Linus, so als wäre das Haus plötzlich größer geworden. Das Klingen von Schlüsseln, das sanfte Knacken eines Schlosses. Samtweich schwang die Tür des Audioraums in den Angeln, das Brüllen der Schritte auf den steinernen Bodenfliesen im Gang verwandelte sich auf dem Teppich in andächtiges Flüstern. Über ihren Köpfen gingen Neonröhren an. Das heilige Reich seines Vaters, immer abgeschlossen, seit er denken konnte. Ein Wunder, dass er Frank den Zweitschlüssel gegeben hatte.

»Technisch bin ich auf dem neuesten Stand«, betonte er immer voller Stolz, »selbst das BKA ist kaum besser ausgerüstet. Trotzdem, am Ende ist alle Technik nie so gut wie das menschliche Gehör.« Er meinte damit natürlich vor allem das seine.

Linus sackte in einen der beiden Bürostühle und sah zu, wie Frank die Computer hochfuhr. Als er zur Eingabe eines Passwortes aufgefordert wurde, holte er einen Zettel aus der Hosentasche, den er offenbar von Linus' Vater hatte. *19L0nd0n96*, las Linus. London 1996 – das waren das Jahr und der Ort seiner Zeugung, wie seine Mutter ihm mal erzählt hatte. Der Zugang wurde freigegeben. Als Frank den USB-Stick in einen Port steckte, öffnete sich auf einem der Bildschirme ein Fenster, das die vorhandenen Dateien anzeigte.

»Dann wollen wir mal«, sagte Frank und schob Linus den Kopfhörer hin. »Wir fangen mit der letzten Aufnahme an.« Er klickte auf die Datei mit dem Titel: *3 Kopie 2.wave.*

Die Kopfhörer umschlossen seine Ohren wie Muscheln, darin leises Rauschen: sein eigener Blutkreislauf. Es wurde lauter, als er die Augen schloss. Einen Moment lang stand er wieder im Flur und schaute seinem Vater und Frank nach, wie sie die Treppe hinabgingen, und durch die lichtgesprenkelte Schwärze hinter seinen Augen hallte Franks Frage: *Kommt er nicht mit?* Jetzt war er hier, und er würde tun, was er tun musste. So, wie er das Lösegeld in den Park gebracht hatte, trotz Sturm und Gefahr. Es gab keinen Grund, ihn wie ein rohes Ei zu behandeln, da hatte Frank schon recht. Punkt für ihn.

Eine Berührung an der Schulter, er schlug die Augen auf. Franks Lippen formten ein Wort, unter den Kopfhörern konnte er ihn nicht hören, aber er verstand trotzdem: Fertig? Er nickte, sah, wie Frank auf *Play* drückte, und machte die Augen wieder zu.

Flimmern. Feines Rauschen. Eine Blase, die ihn umgibt. Dehnbar wie eine Gummihaut. Irgendwo. Nirgendwo. Dunkelheit, die in seine Ohren rieselt. Sein Gehör tastet sich voran, tiefer in die finstere Leere. Ein Laut strömt herein. Atem. Jemand atmet. Ein. Aus. Ein. Aus. Weit weg. Und zugleich so nah. Matt. Erschöpft. Fließend, aber zäh und schwach wie Tropfen, die aus einem umgekippten Becher rinnen. Es ist vor ihm, er kann es genau orten. Und zugleich ist es überall. Dringt durch die Ohren in ihn ein. In seinen Kopf. Seinen Körper. Jemand liegt da, schlafend, vielleicht bewusstlos. Geschunden. Ermattet. Immer klarer tritt aus dem Dunkel ein Schatten hervor. Ein Körper. Eine Frau. Aus dem schwarzen Rauschen empfängt er etwas. Etwas, das in ihn hineinfährt wie ein Splitter unter die Haut. Der Schreck schießt durch ihn hindurch. Was war das? Ein Seufzen. Ein tiefes Seufzen. Und darin ein Rest ihrer Stimme, der es tönen lässt. Diese Stimme – plötzlich so fremd. Er erkennt sie nicht mehr. Sie ist eine andere geworden. Er hat sie verloren. Sie ist verloren!

Seine Hand fuhr hoch zu den Kopfhörern, riss sie herunter. Er hielt das nicht aus. Musste hier weg. Sofort! Als er aufspringen wollte, wurde er an der Schulter gepackt und nach unten gezogen. Er schaute in Franks Gesicht. Es war wie eine Mauer, an der es kein Vorbei gab.

»Für so was haben wir jetzt keine Zeit.«

»Arschloch!«

Linus sprang auf und rannte hinaus. Doch schon vor der Tür erlahmte sein Fluchtimpuls. Er blieb stehen. Atmete durch. Mehrmals. Tief in den Bauch. Frank hatte recht. Für so was hatten sie keine Zeit. Er würde sich zusammenreißen. Nicht wegrennen, sondern tun, was nötig war.

Wortlos kehrte er in den Raum zurück und setzte sich wieder an seinen Platz.

»Ich weiß, das ist heftig«, sagte Frank. »Zum Glück wird es von Mal zu Mal besser. Du hörst das Atmen, das Seufzen und denkst die ganze Zeit bloß: Das ist meine Mutter. Aber du musst vergessen, dass es deine Mutter ist. Zumindest für diese paar Sekunden, die die Aufnahmen dauert. Du musst ganz kühl analysieren, was du hörst.«

Wahrscheinlich hatte er recht. Ganz bestimmt sogar. Trotzdem gefielen ihm Franks Worte nicht.

»Kannst du das? Vergessen, dass es Mama ist?«

Franks Blick wich aus. Es dauerte einen Moment, bis er sagte: »Mit analytischer Kälte hilfst du Vera viel mehr als mit jeder Gefühlsaufwallung. Es geht nicht um dich. Oder um mich. Was wir fühlen und was nicht.« Er wandte sich dem Computer zu. »Machen wir mit der nächsten Aufnahme weiter.«

Linus setzte die Kopfhörer auf und schloss die Augen. Nach ein paar Sekunden öffnete sich der Raum abermals, er klang ein wenig anders als vorhin. Das konnte daran liegen, dass ein anderes Mikro verwendet worden war. Und dann hörte er sie, er war wieder völlig unvorbereitet, und es traf ihn wieder wie ein Nackenschlag.

»Richard … ich wurde entführt …«

Es war die Stimme seiner Mutter.

11:23 Uhr

LUCY SASS AUF DER HÜFTHOHEN Mauer am Rande des Schulhofs und schaute gedankenverloren ins Leere, während sie appetitlos auf einem Bissen kaute, den sie eben von ihrem Apfel genommen hatte. Um sie herum schwirrten die Stimmen von ein paar Mädchen, aber sie bekam von ihrem Schwatzen nichts mit, und es interessierte sie auch nicht. Erst als eine von ihnen sie in die Schulter stieß, schreckte sie auf.

»Die Tussi da will anscheinend zu dir«, sagte sie, und ein anderes Mädchen witzelte: »Ist das deine Bewährungshelferin?« Alle lachten.

Was will die denn hier?, dachte Lucy. Es war die Kripobeamtin, die sie bei der Polizei vernommen hatte. Wie hieß die noch mal? Steller oder Stellmann oder irgend so was.

Wie zwitschernde Spatzen machten die Mädchen sich davon, sie allein blieb zurück, biss noch einmal in ihren Apfel und wartete auf die auch heute wieder topgestylte Frau.

»Hallo, Lucy«, sagte sie, als sie bei ihr war, »ich nehme an, du erinnerst dich an mich.«

»Klar. Bloß Ihr Name …«

»Kerstin Stelter.«

Sie nickte. Genau, das war's.

»Ich wollte mal mit dir reden. Allein.«

Die Polizistin setzte sich neben sie auf die Mauer, etwas zu nah, wie sie fand. Für ihren Geschmack hatte sie ein bisschen zu viel von ihrem Duft aufgetragen. Kein billiger, immerhin.

»Ich halte dich für ein vernünftiges Mädchen, Lucy. Du willst bestimmt nichts Schlechtes. Und du liebst Linus.«

Je netter ein Bulle ist, desto mehr musst du aufpassen, fiel ihr wieder der Rat von Simon ein. Sie ging innerlich noch ein bisschen mehr in Habachtstellung.

»Aber du bist natürlich auch eine gute und loyale Schwester«, fügte Kerstin Stelter nach einer kurzen Pause hinzu.

»Und?«

»Nur damit das klar ist: Ich halte dich für völlig unschuldig an dem, was deine Brüder abgezogen haben. Was immer das ist. Und ich verstehe deinen Konflikt.«

War ja auch nicht wahnsinnig schwer zu verstehen. Aber was wollte sie dann von ihr? Mit welchem Trick wollte sie sie aufs Glatteis locken?

»Du würdest alles tun, um Linus' Mutter zu retten. Das weiß ich. Du würdest aber auch alles tun, um deine Brüder zu schützen. Die Frage ist, ob beides zusammen möglich ist.«

Nicht, wenn die Polizei vorher alles verdarb. Die kriegten ja nicht mal eine Observierung hin, die einem nicht sofort auffiel. Dafür wussten sie bei Leuten wie Simon und Benny sofort Bescheid. Wozu da noch fragen, wenn alles scheinbar so gut passte?

Die Pausenglocke schrillte über den Hof. Endlich. Sie stand auf, die Polizistin ebenfalls.

»Ich muss rein.«

Sie wandte sich schon ab, doch Kerstin Stelter hielt sie am Unterarm fest.

»Warte!«

Sie sah die Kommissarin an. Wieso war sie bloß so sicher, dass ihre Brüder Komplizen der Entführer waren? Sie hatte keinen einzigen Beweis. Oder reichte es als Beweis, dass ihre Familie in den Sozialbauten wohnte? Ob sie wohl auch gleich die ganze Familie in die Mangel genommen und die Wohnung auf den Kopf gestellt hätte, wenn Benny ein kleiner arroganter Schnösel aus Linus' Nachbarschaft gewesen wäre?

»Ich wollte dir nur sagen«, meinte Kerstin Stelter, »dass es eine Lösung für deinen Konflikt gibt.«

Worauf wollte sie hinaus?

»Wenn du etwas weißt oder irgendwas erfährst, das uns helfen könnte, Linus' Mutter zu finden, dann ruf mich an.« Sie holte eine Visitenkarte aus einer Tasche in ihrem Rock und hielt sie ihr hin. »Da steht auch meine private Handynummer drauf. Sag deinen Brüdern: Wenn sie wirklich nur Handlanger sind, setze ich mich dafür ein, dass sie glimpflich davonkommen. Vorausgesetzt, sie reden mit uns. Jetzt. Das ist ein Versprechen. Verstehst du?«

»Natürlich versteh ich das. Ich bin doch nicht blöd. Sie sind die, die nicht versteht. Glauben Sie, ich würde hier dumm rumstehen und mir diesen Quatsch von Ihnen anhören, wenn ich irgendwas wüsste, was Linus' Mutter hilft? Sie haben echt keine Ahnung!«

12:21 Uhr

»GEHT'S WIEDER?«

Linus hätte die Pause nicht gebraucht. Aber Frank hatte darauf bestanden. Hatte so getan, als hätte er sowieso rasenden Hunger. Seit wann war er so mitfühlend? Oder war er nur so rücksichtsvoll, weil er ihn für einen Schwächling hielt und Angst hatte, dass er zusammenklappte? Oder ausflippte? Eigentlich war es ja auch zum Ausflippen – seine Mutter so zu hören, ihre Angst und Verzweiflung …

»Alles okay«, sagte er und ließ sich auf seinen Stuhl fallen, »ich war nur … überrascht.«

Demonstrativ setzte er die Kopfhörer auf.

Frank setzte sich ebenfalls an seinen Platz. »Dann in die nächste Runde.«

Linus schloss die Augen, blendete alles aus und konzentrierte sich nur auf das, was er hörte.

Ein leises Knacken. Wie eine Tür, die aufspringt. Ein magnetischer Raum öffnet sich. Zieht alles in sich hinein. Sein Gehör überlässt sich dem akustischen Nebel, vermisst die Distanzen darin: zu den Wänden, zur Decke, zum Boden. Ein Ton ist in allem, ein unverkennbarer, einmaliger. Der jetzt stumm ist. So wie der Ton, auf den eine Saite gestimmt wird, in ihr ist, auch wenn niemand sie anschlägt. Da. Da ist es. Das Atmen. Träges Wasser, das an einem flachen Ufer ausläuft. Kommt. Geht. Kommt, geht. Darin, wie ein Stück rissiges Treibholz, ein Stöhnen. Der Raum schwingt. Hauchzart. Verebbt. Das leise Knacken. Die Tür schnappt zu.

Linus schlug die Augen auf, schnaufte durch und nahm den Kopfhörer ab. Frank rief die nächste Audiodatei auf.

»Schon irgendwas rausgehört, was dir beim letzten Mal entgangen ist?«

»Nicht wirklich.«

»Lass dich nicht vom Atmen ablenken. Horch in die Ecken der Aufnahme hinein. Verstehst du, was ich meine?«

»Glaub schon.«

Er setzte die Kopfhörer auf und schloss die Augen.

Die Tür geht auf. Die Blase aus schwarzem Rauschen weitet sich. Der stumme Ton. Wie soll er ihn erfassen? Ist er das? Er tastet sich in den Raum. Der Raum tastet sich in ihn. Eins werden. Der Ton. Der Eigenton. Mitschwingen. Die Ecken. Die Wände. Die Decke. Der Boden. Der Ton werden, der in allem ist. Weitertasten. In den Ton hinein. Etwas kommt ihm entgegen. Aus der Mitte. Was ist da? Ein Rauschen. Aber nicht so wie das Grundrauschen. Es liegt darüber. Ausstrecken. Er muss sich danach ausstrecken. Anfassen. Zupacken. Nicht mehr loslassen! Nicht mehr …

»Ein Ton«, rief er, »da ist ein Ton! Eine Art Rauschen!«

Er wurde immer aufgeregter. Und sicherer. Und je sicherer er sich fühlte, desto deutlicher hörte er es.

Als die Aufnahme zu Ende war, riss er sich den Kopfhörer herunter und sah Frank an. Auch Frank wirkte elektrisiert, obwohl er unübersehbar versuchte, seine Aufregung zu verbergen.

»Kannst du ausschließen, dass dieses Rauschen vom Mikro kommt oder sonst wie aus der Technik?«

»Hundertpro.«

»Oder dass du es dir nur einbildest? Weil du unbedingt was hören willst?«

»Das ist ein richtiges, echtes Geräusch! Eine viel befahrene Straße vielleicht oder ein Motor. Oder ein rauschender Bach.«

Frank nickte. »Super. Das ist etwas. Das hilft uns weiter. Checken wir, ob es auf allen Aufnahmen drauf ist.«

13:26 Uhr

DER MOTOR UNTER IHREM Hintern knatterte wie eine Million wütender Killerbienen. Die Vespa war am Limit. Fuhr sich aber ganz ordentlich, das Ding. Auf Nummer sicher zu gehen und nicht ihren eigenen Roller für die Fahrt zu nehmen war in jedem Fall das Beste gewesen. Die Bullen hatten ja auch die Garage durchsucht, und vielleicht hatten sie an ihrem Gefährt einen Peilsender oder so was angebracht. Sie an deren Stelle hätte das garantiert gemacht. Sicherheitshalber hatte sie auch ihr Handy zu Hause liegen gelassen.

Sie würde wohl mit dem pickligen Lukas irgendwann ein Eis essen müssen. Oder mehr, wenn es nach ihm ging. Sie hatte ihn bewusst im Unklaren gelassen, was möglich war und was nicht. Es tat ihr zwar leid, dass sie ihm falsche Hoffnungen gemacht hatte, bloß damit er ihr seine Vespa lieh und keinem was davon erzählte, aber sie konnte auf so was jetzt keine Rücksicht nehmen.

Vor ihr tauchte eine Hinweistafel auf: *Gewerbegebiet Lengbach 2 km*. Man sah es aber schon deutlich vorher. Und sie war sich absolut sicher, dass sie hier richtig war. Viele Flächen waren unbebaut, ein paar Gebäude waren verlassen und gammelten vor sich hin, nur in einigen tat sich was: eine Spedition, eine Autowerkstatt, ein Baumarkt, ein Supermarkt und ein Getränkehändler. Wie Inseln lahmer Geschäftigkeit in einer riesigen Brache.

Lucy bog ab und folgte der Route, die Simon genommen hatte. Ein Stück geradeaus, dann links, dann rechts. So kam sie an ein Gelände, das sie von letzter Nacht sofort wiedererkannte, denn es war alles da: das rostige Gatter, der überwucherte Maschendrahtzaun, die freien Bauplätze ringsherum. Nur dass sich dahinter eine Art Werks- oder Lagerhalle befand, hatte sie gestern in der Dunkelheit nicht gesehen. Sie hielt an, löste den Kinnriemen und schob den Helm in den Nacken. Was war das für ein Rauschen? Hörte sich an wie ein Bach.

Nach einer Weile startete sie die Vespa wieder und fuhr weiter. Ein Stück vor ihr lockte ein Getränkemarkt mit dem Angebot der Woche: Zu jedem Kasten Helles gab es einen künstlerisch gestalteten Bierkrug. Wer kann dazu schon Nein sagen, dachte sie und gab Gas. Ein paar Autos parkten vor dem trostlosen Flachbau, von drinnen hörte man das Klirren von Flaschen. Sie stellte die Vespa ab, nahm den Helm vom Kopf und spazierte rein. Es gab auch gekühlte Getränke. Sie entschied sich für eine Zitronenlimo und ging damit an die Kasse.

»Kann ich die gleich hier trinken?«

»Klar.«

Der Typ war kaum älter als zwanzig. Auf dem Namensschild an seinem Hemd las sie *Jens Tillmann*. Sie war wohl eine willkommene Abwechslung in Jens' eintönigem Arbeitstag, vielleicht stand er ja auf zierliche Rothaarige mit Sommersprossen. Zumindest huschte sein Blick immer wieder über sie hinweg. Nachdem sie bezahlt hatte, blieb sie bei ihm stehen, schraubte die Flasche auf und nahm einen Schluck. Durch die gläserne Eingangstür war die heruntergekommene Halle zu sehen.

»In der Bruchbude da drüben könnte man eine super Abrissparty feiern«, sagte sie scheinbar beiläufig.

Er grinste. »Würde wahrscheinlich gar keinem auffallen. Hier ist voll tote Hose.«

»Echt? Aber da muss doch mal jemand sein. Das gehört doch einem.«

»Darfst du mich nicht fragen. Gesehen hab ich da jedenfalls noch nie jemanden. Vor zwei Jahren war ein Reifenlager drin, aber das hat sich dann auch schnell erledigt. In Groningen haben sie kurz nach dem hier auch ein Gewerbegebiet aufgemacht, das liegt näher zur Autobahn, drum ist das hier der totale Flop. Ich hab natürlich keine Ahnung, was nachts los ist. Vielleicht kommen dann ja die Zombies raus.«

Er grinste.

Lucy verließ den Getränkemarkt, lehnte sich an die Vespa und schaute zu der Halle hinüber. Und jetzt? Was sollte sie tun?

13:27 Uhr

»Und du bist dir ganz sicher?«

Alles in Franks Gesicht war angespannt. Wie oft hatte er diese Frage in der letzten Stunde gestellt? Bestimmt tausend Mal! Und bestimmt tausend Mal hatte Linus sich die Aufnahmen inzwischen auch angehört. Mit immer demselben Schluss: Da war ein Rauschen im Hintergrund. Auch seinen Vater, der eben aus dem Krankenhaus zurückgekommen war, hatte die Nachricht aus seiner Lethargie gerissen. Die matten Augen hatten plötzlich wieder Glanz. Endlich ein Lichtblick. Eine Spur. Hoffnung.

Aber wie konnte er sich sicher sein? In dem Bereich, in den sein Gehör sich vortastete, gab es nichts Sicheres. Er hörte etwas, und dann stellte sich dazu ein Bild ein. Wenn Frank dieses Bild meinte, dann war er sicher, was er sah: rauschendes Wasser. Kein richtiger Wasserfall. Eher etwas wie eine Schleuse.

»Denke schon.«

Frank klopfte ihm kraftvoll auf die Schulter. Dann holte er sein Handy raus, legte es aber gleich wieder weg. Kein Empfang. Er griff nach dem Festnetztelefon und wählte eine Nummer. Es konnte höchstens ein Mal geläutet haben, denn schon sagte er: »Kollegin, wir haben vielleicht was. Wir suchen nach einem Gebäude, an dem ein Bach vorüberfließt oder wo eine Schleuse in der Nähe ist. Abgeschiedene Lage bevorzugt. Ich bin gleich bei euch.«

Das Gespräch war beendet. Frank stand auf. Linus beneidete ihn ein wenig. Er konnte etwas tun. Sie dagegen konnten nur warten.

»Wenn wir endlich mal ein bisschen Glück haben«, sagte Frank noch, »ist Vera schon bald frei.«

Frei … Linus wagte es kaum, das Wort zu wiederholen, aus Angst, es wie einen Schmetterling zu verscheuchen. Das Wort und die Hoffnung, die es bedeutete.

13:37 Uhr

SIE WÜRDE NUR VERSUCHEN, einen Blick auf das Gelände zu erhaschen, nicht mehr. Am besten von der Rückseite her. Ungefähr hundert Meter nach der Zufahrt zur Halle zweigte ein Feldweg ab, der über eine kleine Brücke und zwischen staubigen Getreidefeldern hindurch zu einem Wäldchen führte. Nicht immer konnte Lucy den Schlaglöchern ausweichen, in denen noch der Regen des letzten Unwetters stand, meterhoch spritzte das graue Pfützenwasser dann links und rechts von ihr auf. Bei einer Gruppe von Sträuchern hielt sie an und nahm den Helm ab. Der schwere, trockene Geruch des Getreides stieg in ihre Nase. Von hier aus hatte sie einen guten Blick, und mit dem Feldstecher ihres Vaters würde ihr nichts entgehen.

Da war wieder das Rauschen, diesmal deutlicher als beim ersten Mal. Logisch, hier war sie dem Bach viel näher. Wenn sie es richtig sah, verlief er genau auf der Rückseite des Geländes, auf dem die Halle stand. Sie holte das Fernglas unter dem Sitz hervor und schaute hindurch. Das mit der guten Sicht war schon mal ein Irrtum gewesen. Dichter Bewuchs, der sich am Maschendrahtzaun hochrankte, verstellte den Blick. Sie musste näher ran.

Die Augen fest auf die Halle geheftet, damit ihr dort ja nichts entging, marschierte sie los. Das Rauschen des Baches wurde immer lauter. Hinter der Brücke verließ sie den Weg und ging durch verdorrtes Gras weiter zum Maschendrahtzaun und daran entlang. Einen Meter unter ihr floss der Bach. Das Rauschen kam, wie sie nun erkannte, nicht von ihm selbst, sondern von einer kleinen Schleuse, an der das Wasser aus einem Kanal eingeleitet wurde und aus einer Höhe von etwa einem Meter herabfiel. Schließlich blieb sie stehen und schob das Gestrüpp vor ihrem Gesicht auseinander, um auf die andere Seite des Zauns zu sehen.

Bis zur Halle waren es ungefähr zwanzig oder dreißig Meter. Gras und Gestrüpp schossen aus rissigem Asphalt auf. Vereinzelt lagen alte Reifen herum. An der Halle selbst bröckelte großflächig der Putz ab. Das Tor war mit einem schweren Vorhängeschloss gesichert, die beiden großen Fenster mit Brettern vernagelt. Alles sah aus, als wäre hier schon seit Jahren niemand mehr gewesen. Das perfekte Versteck für eine Geisel.

Was, wenn Linus' Mutter hier war? Wenn Simons großer Unbekannter doch der Entführer war, ohne dass Simon selbst das wusste?

Sie trat einen Schritt zurück und betrachtete den Zaun. Nicht gerade Alcatraz, dachte sie. Stellenweise hatte der Rost den Draht schon so zerfressen, dass man mit bloßen Händen ein Loch aufreißen konnte. Sollte sie sich da drinnen mal umsehen? Wenn Linus' Mutter tatsächlich hier festgehalten wurde, hatte sie bestimmt einen Bewacher, wahrscheinlich sogar mehrere. Was die wohl machten, wenn sie ungebetenen Besuch kriegten? Was hätte sie an deren Stelle getan? Versucht, den Störenfried abzuwimmeln, natürlich. Möglichst ohne Verdacht zu erregen. Damit die Polizei nicht auf den Plan gerufen wurde.

Lucy streifte am Zaun entlang und tat so, als wäre sie bloß neugierig auf diese alte Bruchbude. Sollte sie auf dem Gelände jemanden antreffen, würde sie ihm eine halbwegs plausible Geschichte auftischen. Zum Beispiel, dass sie auf der Suche nach einer Location für einen Zombiefilm war, den sie mit ihrer Film AG drehen wollte.

Riskant blieb es natürlich trotzdem, denn es gab keine Garantie, dass Entführer sich immer vernünftig verhielten. Darum klopfte ihr das Herz auch bis in die Haarspitzen. Sie hätte kaum mehr Angst haben können, wenn da drinnen echte Zombies auf sie gewartet hätten.

13:49 Uhr

SIE WEINT. SIE DACHTE, sie kommt frei. Kaum zu fassen. Nach alldem dachte sie wirklich, sie kommt frei. Dass sie nur von einem Versteck in ein anderes geschafft wurde, hat etwas in ihr zerstört. Ihren Glauben? Etwas in der Art. Davor hat sie zwar auch schon oft geweint. Aber darin lag bei aller Verzweiflung immer auch Kraft. Protest. Aufbegehren. Selbst in den dunkelsten Momenten hat sie nie aufgegeben.

Jetzt ist ihr Weinen nur noch ein Wimmern. Wie das Flüstern eines lauen Herbstwindes, der noch den Sommer in sich trägt und doch schon zu viel vom Winter weiß.

Es ist immer wieder überraschend, wie tief es mich berührt, sie so zu hören. Fast möchte ich mit ihnen weinen. Wie zu einem bewegenden Musikstück. Einmal habe ich wirklich geweint. Ein Mal. Es ist nie mehr wie beim ersten Mal. Mein Gott, es hat mich damals fast erschlagen. Nie hätte ich gedacht … vieles hatte ich erwartet, erhofft … aber nie hätte ich gedacht, dass es … dass es so ist …

Sie ist bald bereit für das Bett. Die Gruft. Der Klang der Worte: Bett … Gruft … Er lässt mich schaudern. Ja, bald ist auch sie reif dafür. Aber noch nicht ganz. Sie muss sich nicht nur ergeben, sie muss auch glauben, dass sie das Schlimmste schon hinter sich hat. Dass das, was noch kommt, nicht schlimmer sein kann als alles, was hinter ihr liegt. Wenn sie dann erfahren, dass der größte Horror eigentlich noch kommt … Wie die Angst ihnen dann noch mal Kraft gibt, wie ihre Schreie und Seufzer dann klingen – niemand hat das je gehört, niemand außer mir. Und zuletzt das große Finale, unspektakulär eigentlich, aber gerade deshalb so eindrucksvoll, so bewegend … Ein echter Höhepunkt.

Was sind das für Geräusche? Hört sich an, als sei jemand draußen. Wahrscheinlich bloß wieder ein streunender Hund. Ich schaue trotzdem besser mal nach.

13:53 Uhr

Als sie an der Ecke ankam, an der Simon in der Nacht zuvor verschwunden war, fiel ihr das Loch im Zaun sofort auf. Trotzdem glaubte sie nicht, dass Simon auf dem Gelände der Halle gewesen war. Dafür war er zu schnell zurückgekommen. Das entlastete ihn schon mal, egal wer oder was sich in der Halle befand.

Sie nahm allen Mut zusammen und schlüpfte durch die Lücke im Maschendraht hindurch. Drinnen entdeckte sie zwischen Disteln und Gestrüpp ein Stück von einer rostigen Eisenstange und hob es auf. Um nicht den Eindruck zu erwecken, sie schleiche sich an, verhielt sie sich so auffällig wie möglich, rüttelte an allen Türen, hämmerte gegen die vernagelten Fenster und rief: »Uuuuhhh! Zombie! Aaaahhh! Zombie!« Ziemlich albern. Aber es half, die Angst zu vertreiben. *Je mehr ihr die Rolle lebt, desto weniger Lampenfieber habt ihr. Weil die Figur, die ihr verkörpert, eben keine Angst hat.* Die Tricks der Zimmermann funktionierten also nicht nur auf der Bühne.

Nach all den verschlossenen Türen und Toren war sie überrascht, als sie auf eine offene Tür stieß. Ihr Herz sackte ab. Was sollte sie tun? Vielleicht wartete drinnen jemand mit einem Knüppel. Oder mit einem Sack, um ihn ihr über den Kopf zu ziehen. Ihre Knie verwandelten sich in Wackelpudding. Sie musste da nicht reingehen. Konnte einfach verschwinden. Hatte sie nicht genug gesehen? Nein, hatte sie nicht. Wenn sie jetzt kniff, würde sie sich das später vorwerfen, und sie würde bestimmt keine ruhige Minute finden, bis sie zurückkam und beendete, was sie begonnen hatte. Da konnte sie es auch gleich tun.

Okay, Mann hinter der Tür, dachte sie. Aufgepasst! Sie stieß die schwere Eisentür mit voller Wucht nach hinten, die knirschte und quietschte jämmerlich in den Angeln, bis das Metall gegen die Wand knallte. Gleichzeitig stürmte Lucy rein und schrie: »Ich mach dich platt, du Zombiesau!« Bloß nicht aus der Rolle fallen.

Sie sah sich hektisch um und wartete auf eine Reaktion. Doch sie hörte nur ihr eigenes Echo. Erleichtert atmete sie durch.

Es dauerte ein paar Sekunden, bis ihre Augen sich an die düstere Umgebung angepasst hatten, denn alle Fenster waren vernagelt. Nur durch die Tür und verdreckte Oberlichter sickerte schmutziges Licht herein. Mit voll aufgedrehten, nach allen Seiten offenen Antennen lief sie durch das Gebäude. Dabei wusste sie selbst nicht so genau, wonach sie Ausschau halten sollte. Linus' Mutter würde sie hier jedenfalls nicht finden, das war inzwischen ziemlich klar. Aber vielleicht fand sich ja wenigstens ein Hinweis auf Simons großen Unbekannten.

Es gab mehrere verschieden große Lagerräume, und je weiter sie ans hintere Ende der Halle kam, desto deutlicher wurde das Rauschen der Schleuse. Mehr gab es hier nicht, aber es war trotzdem ein wenig gruselig. Als sie schließlich wieder unversehrt ins Freie trat, atmete sie erleichtert auf. Keine Geisel, keine Entführer und nicht die geringste Spur, die Simon mit alldem in Verbindung brachte. Oder seinen großen Unbekannten. Trittbrettfahrer, alle beide. Das war endlich mal eine gute Nachricht.

17:13 Uhr

Das Klopfen an ihrer Tür und die Art, wie sie danach aufgeschoben wurde, waren so sacht, dass es nur ihre Mutter sein konnte.

»Stör ich?«

Sie schüttelte den Kopf. »Was gibt's denn?«

Ihre Mutter kam herein und schaute sich nach einem Sitzplatz um, aber alle Stühle waren mit Klamotten belegt. Deshalb ließ sie sich auf der Bettkante nieder.

»Es ist wegen Simon.«

»Was ist mit ihm?«

Wenn ihre Mutter es schon spürte, musste es ja sehr auffällig sein.

»Er ist heute so ... ich weiß auch nicht ...« Sie schaute in alle Ecken, so als hoffe sie, dort die Worte zu finden, die ihr fehlten, nur um den Satz dann mit einem hilflosen Schulterzucken zu beenden.

Lucy selbst war Simon heute noch nicht begegnet, sie konnte daher nicht sagen, was ihre Mutter meinte.

»Irgendwie bedrückt wirkt er«, sagte diese schließlich doch. »Ich glaube, er hat ein Problem.«

»Mama! Simon *hat* kein Problem, er *ist* sein eigenes Problem. Wieso siehst du das nicht?«

Sie ging darauf nicht ein, natürlich nicht, Simon war nun mal ihr Liebling, dem sie alles verzieh. Stattdessen sagte sie nur: »Sprich du doch mal mit ihm. Wenn er mit jemandem redet, dann mit dir.«

Wie kam sie denn darauf? Simon hörte auf niemanden, aber am allerwenigsten auf seine kleine Schwester. Das hatte er aus seiner Sicht auch gar nicht nötig. Von der Schule fliegen, Sachen klauen und verschieben, illegale Pokerrunden organisieren – das hielt er für eine Karriere. Wie sollte man so jemandem was erklären? Selbst wenn man ihn liebte und wusste, dass er nicht immer so gewesen war.

»Reden kann ich ja mal mit ihm«, sagte sie, »aber ich glaub nicht, dass es viel bringt.«

Ihre Mutter ließ einen Stoßseufzer los. »Ich muss mich sofort hinlegen. Bist du auch so erledigt? Dieses Wetter! Diese Schwüle! Die bringt mich noch um.«

Sie erhob sich von der Bettkante und wehte auf die gleiche schattenhafte Weise, in der sie das Zimmer betreten hatte, wieder hinaus.

Nachdenklich blieb Lucy zurück. Was für Probleme konnte Simon jetzt noch haben? Für ihn war es doch super gelaufen. Er hatte sein Geld gekriegt, der Rest war ihm vermutlich egal. Die Polizei jedenfalls konnte ihm nichts anhaben, solange sie nur Benny am Wickel hatten. Und der war nicht strafmündig und damit fein raus. Zumindest in Simons schlichter Planung. Dass die Polizei das Jugendamt einschalten könnte, kam darin sicher nicht vor.

Als sie Simon einige Zeit später nach Hause kommen hörte, sprang sie auf und ging in den Flur, um ihn abzufangen. Sie fand ihn hinter der Wohnungstür stehend, den Blick auf den Boden geheftet, so als sei er tief in Gedanken. Erst nach ein paar schweren Seufzern bemerkte er, dass sie da war.

»Alles okay?«

Er schnaubte bitter. »Nichts ist okay, Kirsche. Gar nichts.«

»Was ist denn los?«

Er sah sie nur an, mit dem traurigsten Blick, den sie seit Jahren an ihm gesehen hatte, kam auf sie zu, kniff sie in die Wange und sagte: »Ich bin voll am Arsch, Kirsche. Voll am Arsch.«

»Was soll das heißen?« Er wollte an ihr vorbei, aber sie hielt ihn an der Hand fest. »Lass mich dir helfen, Simon.«

»Zu spät.«

Er entzog ihr seine Hand und verschwand in die Küche. Sollte sie ihm nach? Sie blieb unentschlossen stehen und hörte, wie der Kühlschrank erst auf-, dann zuging und wie eine Flasche Bier zischend geöffnet wurde. Eine Stille lag plötzlich in der Wohnung, so als wäre jemand gestorben.

21:04 Uhr

FRANK KAM IN BEGLEITUNG von Kerstin Stelter. Ihre Mienen waren ernst. Linus blieb auf der Treppe stehen, sein Vater lehnte mit einer Hand in der Wohnzimmertür. Erwartungsvolles Schweigen.

»Nichts«, sagte Frank. Seine Stimme klang hohl.

»Das stimmt nicht ganz«, verbesserte Kerstin Stelter.

Linus atmete ein wenig auf. Das hieß zumindest, dass keine Leiche gefunden worden war. Aber was meinte sie mit *nicht ganz*?

»Gehen wir ins Wohnzimmer. Ich brauch jetzt was zu trinken.«

Frank ging voraus und bewegte sich schnurstracks auf die Hausbar zu. Der Rest von ihnen stand da wie Figuren in einer dieser Kunstinstallationen. Die Luft vibrierte vor Anspannung, das Glucksen des Sherrys, der in Franks Glas fiel, wirkte in dieser Stille unnatürlich laut.

»Sonst noch jemand?«

Keine Antwort.

Kerstin Stelter sagte schließlich: »Wir haben alle Orte und Gebäude in entsprechender Lage überprüft. Wir dehnen den Radius so lange aus, bis wir fündig werden.«

»Vielleicht sind wir das ja schon.« Frank nahm einen kräftigen Schluck. Mit der anderen Hand holte er einen durchsichtigen Plastikbeutel aus der Hosentasche.

»Das haben wir in einer leer stehenden Halle gefunden. Schon mal gesehen?«

Linus kam näher. Sein Vater nahm den Plastikbeutel und betrachtete den Inhalt. Er war sich anscheinend nicht sicher, ob er den Gegenstand darin schon mal gesehen hatte. Linus dagegen erkannte ihn sofort.

»Das ist ein Knopf von Mamas neuem Chanel-Kostüm.«

Alle sahen ihn erstaunt an. »Bist du sicher?«, fragte Frank.

»Sie hat es mir noch gezeigt, bevor sie …«

Frank nahm das Tütchen, betrachtete den Knopf ein paar Sekunden auf eine Weise, die Linus wie eine stille Andacht vorkam, und steckte ihn dann ein.

»Habt ihr dort noch was gefunden?«, fragte sein Vater.

»Äh … ja …«

Frank und Kerstin Stelter tauschten einen raschen Blick.

»Jetzt sagt schon«, verlangte Linus' Vater ungehalten.

»Blut«, sagte Kerstin Stelter, »auf dem Boden.«

Linus' Herz setzte einen Schlag aus.

Noch 6 Tage

09:32 Uhr

Linus spielte den *Valse Frontenac* noch ein wenig weicher als sonst. Schon seltsam, dachte er. Vor Jahrhunderten hatte jemand diesen Walzer erfunden, und mehr war von diesem namenlosen Menschen auch nicht geblieben als diese Folge einfacher, flüchtiger Töne. Wenn sie gut drauf war, hatte seine Mutter ihn manchmal an beiden Händen genommen, ihm ihr schönstes Lächeln geschenkt und gefragt: »Darf ich bitten?« Und dann hatten sie durchs Wohnzimmer getanzt, um die Möbel herum, in Kreisen und Drehungen. Ewig hätte er so mit ihr tanzen können. Ewig. Aber die Musik endete jedes Mal, und danach hatte wieder die Stille das Haus im Griff, die wie das Warten war auf etwas, das dann doch stets als Überraschung kam. Mit einem Knall.

»Ich gehe weg, Linus.« Das war so ein Knall gewesen. Der größte Knall überhaupt. Draußen tanzten Schneeflocken vom Himmel. Drinnen gefror die Luft. »Ich gehe weg, Linus, nicht von dir, aber von deinem Vater. Es funktioniert nicht mehr. Das ist manchmal so. Ich hole dich später nach. Versprochen. Aber jetzt muss ich raus hier.« Jedes Wort ein kleiner Knall innerhalb des großen. Die Koffer waren längst gepackt gewesen. Alles geplant und vorbereitet. Sie war in ihr Auto gestiegen und davongefahren.

Noch lange danach war sein Vater stumm und starr wie ein Felsen gewesen. Ein Felsen, der vor innerer Spannung knirschte. Aber er war nicht zersprungen, er war ganz geblieben. Zumindest äußerlich.

Mitten im Stück hielt Linus inne, die letzten Töne verebbten. Ein inneres Frösteln erfasste ihn. Was, wenn von seiner Mutter auch nur ihre Worte und ihr Atmen auf diesen Tonaufnahmen des Entführers bleiben würden? So wie der Walzer von dem unbekannten Komponisten?

Nein! Sie lebt! Erst wenn sie ihre Leiche gefunden haben, erst dann werde ich …

Sein Vater, Frank, die Kommissarin – alle sagten sie, dass der Fleck auf dem Boden der Halle nichts zu bedeuten habe. Das Blut stammte zwar von seiner Mutter, das stand inzwischen fest, aber es musste nichts heißen. Der Fleck war nicht besonders groß, sie konnte sich bloß leicht verletzt haben. Das Knie aufgeschürft. Oder eine Fessel hatte sich in ein Hand- oder Fußgelenk geschnitten. Die Suchmannschaften, die Leichenspürhunde, die die Umgebung absuchten – nur das übliche Vorgehen unter den gegebenen Umständen. *Das übliche Vorgehen unter den gegebenen Umständen.* Polizeisprache konnte grausam sein in ihrer Nüchternheit.

Er ließ kurz die Hände über den Klaviertasten schweben, dann begann er wieder von vorne mit dem *Valse Frontenac.*

Alle lobten ihn in den höchsten Tönen. Sein Vater. Kerstin Stelter. Sogar Frank. Er könne stolz auf sich sein, sagten sie. Nur ihm und seinem unglaublichen Gehör sei es zu verdanken, dass die Halle gefunden worden war. Hätte er das Rauschen an der Kanalschleuse nicht gehört, wären sie nie auf das Versteck gekommen. Das Rauschen, das eigentlich unhörbar war – für *Normalsterbliche,* wie Frank sich ausdrückte. Irgendwie war er ja auch stolz, dass er hatte helfen können. Aber dieser Stolz fühlte sich schal an. Seine Mutter blieb verschwunden, und sie hatten keine Ahnung, wo sie sein könnte.

Sein Handy hupte. Eine SMS. Seine Hände erstarrten über den Tasten. Er wagte nicht nachzusehen, von wem die Nachricht stammte, aus Angst, es könnten wieder die Entführer sein.

11:28 Uhr

LUCY SASS AUF DEM RAND des Brunnens und schaute immer wieder zum Ende der Gasse. Hoffentlich war Linus bald da, sie hatte nur die eine Freistunde, und ihr Biolehrer war oberpingelig, wenn es um Pünktlichkeit ging. Die Turmuhr der St.-Georgs-Kirche schlug ein Mal. Halb zwölf. Da war er ja endlich! Radelte aus der Gasse und über den Platz. Plötzlich kamen ihr die wenigen Tage seit dem letzten Treffen vor wie eine Ewigkeit. Eine Menge war passiert in dieser Zeit. Aber was nicht passiert war, war dies: dass sie aufgehört hätte, ihn zu lieben.

Sie stand auf und winkte ihm zu, und als er sie bemerkte, winkte er zurück und trat heftig in die Pedale. Unmittelbar vor ihr sprang er nach einer Vollbremsung vom Rad. Sie sah ihn an, einmal mehr verwundert darüber, dass dieser wunderbare, supergeniale Typ sich ausgerechnet in sie verliebt hatte. Hinter ihr plätscherte munter der Brunnen, so als wollte er sie mit Applaus ermutigen, ihr Glück nicht zu schnell aufzugeben.

»Ganz schön dreist«, sagte Linus. »Zwei Tage lang kein Ton, und dann einfach so eine SMS. *Sei um die und die Zeit da und da.*«

War er wirklich sauer? Oder zog er sie nur auf?

»Ich dachte halt …«

»Schon okay.«

Er schob sein Bike auffällig langsam zu einem Fahrradständer, es wirkte fast so, als wolle er Zeit schinden. Seine betonte Lässigkeit verunsicherte sie. Vielleicht wäre es doch besser gewesen, erst mal zu telefonieren. Die Stimmung zu testen. Doch nur seine Stimme zu hören, ohne Gesicht und ohne Körper – sie hatte geglaubt, das nicht zu ertragen.

»Ich wollte dich einfach sehen. Sorry …«

Das hatte jetzt ein wenig zu beleidigt geklungen. Dabei war sie eigentlich bloß verunsichert.

»Ist echt okay. War nur ein Witz.« Er grinste, aber es wirkte angestrengt.

Wenn alles normal gewesen wäre, hätte er sie spätestens jetzt in den Arm genommen und geküsst. Aber es war nicht normal. Deshalb standen sie nur unschlüssig da und machten gar nichts. Als es allmählich peinlich wurde, ließen sie sich auf den Brunnenrand nieder.

»Es gibt was Neues«, brach Linus das Schweigen. »Zu meiner Mutter.«

»Echt? Was denn?«

»Eine Lagerhalle wurde gefunden, wo sie eine Weile war. So eine alte Bruchbude. Die Tonaufnahmen von ihr sind dort entstanden.« Er sprach abgehackt und nicht wie jemand, der sich über etwas freute.

Lagerhalle?, echote es in Lucy. *Bruchbude?* Konnte es sein, dass er den alten Kasten meinte, den sie gestern abgecheckt hatte? Aber nein, es gab bestimmt unzählige solcher runtergekommener Wracks. Und in dem von gestern war garantiert schon ewig niemand mehr gewesen. Obwohl ein kleiner nagender Zweifel sie fragte, woher sie das eigentlich so genau wissen wollte.

»Ich hab die Polizei darauf gebracht«, erzählte Linus weiter. »Weil ich was auf den Aufnahmen gehört hab. Das Rauschen von Wasser.«

Der Bach. Die Schleuse. Also doch?

»Und weiter? Was ist mit ihr?!« Mit angehaltenem Atem erwartete sie die Antwort.

Er zuckte mit den Schultern. »Keine Ahnung. Wir waren zu spät. Also alles irgendwie wie vorher.«

Was bedeutete all das? Was folgte daraus? Sie konnte im Moment nicht mehr klar denken. War Simon also doch tiefer verstrickt, als sie angenommen oder sich vielleicht nur eingeredet hatte? *Alles irgendwie wie vorher.* Nein. Ganz und gar nicht. Auch wenn sie es in ihrem Schreck noch nicht richtig überblickte.

Linus wandte ihr das Gesicht zu. »Und du? Was hast du rausgekriegt?«

»Ich … äh … was?« Was meinte er damit? Wusste er, dass sie dort gewesen war? Nein, unmöglich! Oder?

»Wolltest du nicht deine Brüder …?« Statt den Satz zu vollenden, sah er sie nur erstaunt an.

Sie konnte sich nicht erinnern, ihm etwas versprochen zu haben. Schon gar nicht, für ihn und die Polizei den Spitzel zu spielen. Musste sie ihm etwa erst beweisen, dass sie auf seiner Seite stand? Dass sie nicht so verkommen war wie ihre Brüder? Dass sie seiner Liebe würdig war? Was hatte dieser enttäuschte Blick zu bedeuten? Erwartete er Dankbarkeit dafür, dass er sich mit ihr eingelassen hatte, trotz ihrer Herkunft? Er hatte ihr nie das Gefühl gegeben, dass sie in seinen Augen nicht gleichwertig war, aber vielleicht war sie auch nur zu verliebt gewesen, um es zu bemerken. Obwohl Groll in ihr schwelte, schwieg sie. Jetzt war nicht der richtige Zeitpunkt, das auszudiskutieren. Aber vergessen würde sie es nicht.

»Schon gut«, sagte Linus schließlich und wandte sich ab.

»Ich will dir wirklich helfen«, beteuerte sie, aber sie merkte selbst, wie verzagt sie klang.

»Ist okay. Ich dachte nur …«

»*Was* dachtest du?« Das hatte dafür etwas schärfer geklungen als beabsichtigt.

Irritiert sah er sie an. »Nichts.«

11:47 Uhr

SCHWEIGEND SASSEN SIE DA und starrten vor sich hin. Hinter ihnen plätscherte der Brunnen, aber in seinen Ohren klang es wie Getuschel hinter vorgehaltener Hand. Lucys schroffer Ton eben hatte ihn verunsichert. Obwohl die ganze Zeit schon so etwas mitgeschwungen hatte.

Etwas Angespanntes. Etwas wie ein stiller Vorwurf. Doch was hätte sie ihm vorzuwerfen gehabt? Es musste etwas anderes sein. Er wandte seinen Blick zur nahen Eisdiele.

»Lust auf ein Eis?«

»Ich muss gleich wieder in die Schule. Ich hab nur die eine Stunde. Und du warst zu spät.«

»Sorry. Echt schade.«

Sie standen auf. Er holte sein Fahrrad und begleitete sie ein Stück. Irgendwie war er enttäuscht, er wusste selbst nicht genau, warum. Von ihr, weil sie nichts herausgefunden hatte? Weil sie es vielleicht gar nicht wollte? Weil sie weiter ihre Brüder schützte? Er spürte einen Anflug von Zorn in sich aufsteigen, unterdrückte ihn jedoch sofort wieder. Nein, er wollte und er würde nicht glauben, dass sie etwas zurückhielt, was seine Mutter retten konnte, bloß wegen ihrer Brüder. Aber sie hatte einen Fehler begangen, indem sie Benny in Schutz nahm. Sie hatte etwas gutzumachen. Das wusste sie doch. Musste sie wissen. Es war die stillschweigende Bedingung dafür, dass sie überhaupt noch zusammen sein konnten, nach allem. Die einzige Chance für ihre Liebe. Wie hätte ihr das nicht klar sein können?

»Weiter gehe ich besser nicht«, sagte er. Hinter der nächsten Ecke würden die beiden Schulen in Sicht kommen, und er wollte nicht gesehen werden.

Sein Handy klingelte in der Hosentasche. Er holte es heraus und schaute, wer anrief. »Dieter.« Er nahm ab. »Ist gerade schlecht, Dieter, ich ruf dich in zwei Minuten zurück.« Damit legte er gleich wieder auf. Wenn Dieter erst einmal ins Reden kam, war er schwer zu bremsen.

»Ich muss dann jetzt …«

Lucy stand nur da. Ohne was zu machen. Sollte er sie trotzdem küssen? Eine Sekunde lang oder auch zwei fragte er sich, was werden würde, wenn sich herausstellen sollte, dass sie ihn belog und viel mehr wusste, als sie zugab. Sie zu hassen war jenseits von allem, was er sich vorstellen konnte. Aber er wusste, dass auch Menschen, die einander mal geliebt hatten, irgendwann Hass für den anderen empfinden konnten. Hatten seine Eltern sich jemals gehasst, während der Trennung oder davor?

»Was ist mit dir?«, fragte Lucy.

»Nichts.« Nun küsste er sie doch, aber nur flüchtig, dann ging sie auch schon davon.

Nachdem sie hinter der Ecke verschwunden war, rief er Dieter zurück. Der schien auf den Anruf gewartet zu haben, denn er nahm sofort ab.

»Na endlich!«

»Was ist denn los? Du hörst dich total gestresst an.«

»Gestresst? Ich bin die Ruhe in Person. Es lag nur heute etwas vor meiner Tür. Für dich. Ich wüsste gerne, was das bedeuten soll.«

War das sein Ernst oder bloß wieder einer seiner schrägen Witze?

»Hallo? Bist du noch da?«

»Klar. Was … ist es denn?«

»Soll das heißen, du weißt gar nichts davon? Das wird ja immer schöner.«

Er konnte sich nicht vorstellen, wieso jemand etwas für ihn an seinen Klavierlehrer schickte. Wer würde so etwas machen, noch dazu ohne ihm vorher Bescheid zu sagen? Niemand, außer vielleicht …

»Bist du noch da?«

»Ja, ja. Es ist ein Päckchen, oder?«

»Nein, es ist ein Blumenstrauß. Natürlich ist es ein Päckchen!«

»Okay, ich weiß wieder, was es ist«, log er. »Ich hole es ab. Bin gleich bei dir.«

12:46 Uhr

DER KARTON IN DIETERS HAND war nicht besonders groß, der Deckel mit Plastikklebeband befestigt. Es waren weder Briefmarken darauf noch der Aufkleber eines Paketdienstes. Schon wie sein Name angebracht war, verriet Linus, dass das Päckchen von den Entführern kam: Er war nicht von Hand geschrieben, sondern ausgedruckt, so wie die Entführer es auch bei ihren bisherigen Sendungen getan hatten. Diesmal stand unter dem Namen allerdings keine Adresse, dafür der Vermerk: *PERSÖNLICH!* Die Frage, wieso sie das Päckchen nicht an ihn geschickt, sondern vor Dieters Tür abgelegt hatten, beantwortete sich von selbst: Sie ahnten, dass alle Post inzwischen durch die Hände der Polizei ging, und wollten kein Risiko eingehen. Dass sie seinen Klavierlehrer als Zwischenstation gewählt hatten, zeigte, wie schlau und wie gut informiert sie waren.

»Was ist da drin?«, fragte Dieter misstrauisch. »Ich hoffe, nichts Verbotenes.«

Die Holzdielen knirschten unter seinen Füßen, als Linus von einem Bein aufs andere trat. Er versuchte, locker zu erscheinen.

»Natürlich ist da was Verbotenes drin. Was denkst du denn? GTA 4.«

»GTA 4? Was soll das sein?«

»*Grand Theft Auto* 4. Ein Spiel für die Playstation. Frei ab achtzehn. Hat ein Kumpel für mich klargemacht.«

»Und bei mir vor der Tür abgelegt.«

»Genau. War meine Idee. Hab leider vergessen, dir Bescheid zu geben. Außerdem wollte er erst nächste Woche liefern.«

Hoffentlich merkte Dieter nicht, wie sehr er schwitzte. Und hoffentlich verstrickte er sich mit seinen improvisierten Lügen nicht in allzu offensichtliche Widersprüche.

»Zum Unterricht kommst du nicht mehr, weil es dir angeblich nicht gut geht. Aber für so ein blödes Spiel hast du die Nerven.«

Linus versuchte ein möglichst betroffenes Gesicht zu machen. »Das ist nur Ablenkung.«

»Verstehe. Und wieso trefft ihr euch nicht einfach irgendwo in der Stadt, und er gibt es dir? Wäre doch viel einfacher.«

»Schon.« Eine verdammt gute Frage. Und eine schweißtreibende dazu. »Der Typ hat immer Stress und nie Zeit.«

»So, so. Ich könnte dich bitten, es hier vor meinen Augen aufzumachen, das weißt du.«

»Schon mal was von Postgeheimnis gehört?«

»Na, wenn du mich schon als Postlager missbrauchst.«

»Ach komm, Dieter, chill mal.«

Er hoffte, dass das lässige Grinsen ihm wenigstens halbwegs gelungen war. Doch die Art, wie Dieter ihn ansah, gefiel ihm nicht. Seine wasserblauen Augen schienen alles zu durchdringen.

»Mir ist es egal, wenn du dir irgendwelchen verbotenen Kram schicken lässt, solange es keine Drogen sind oder so ein Scheiß. Das ist es doch nicht, oder?«

Linus ließ zwei Finger hochschnellen. »Ich schwör.«

Dieter zögerte immer noch, und allmählich fand Linus, dass er ein bisschen zu viel Wind machte. Oder genoss er es, ihn zu triezen?

»Na gut«, sagte Dieter da, »hier hast du's.«

Er nahm den Karton entgegen. Okay, ein bisschen zu schwer für ein Computerspiel. Und zu groß sowieso. Aber von solchen Sachen hatte Dieter zum Glück keine Ahnung.

»Dann verschwinde ich besser mal. Und sorry, dass ich dich damit überfallen hab.«

Dieter nahm ihn am Unterarm. »Ich bin noch nicht fertig. Wir sollten mal ein paar Takte reden.«

Er unterdrückte einen Seufzer. Für so was hatte er jetzt keine Zeit. Er musste dieses Päckchen öffnen. Sofort! Trotzdem stieß er Dieter lieber nicht vor den Kopf. So besorgt, wie er immer war, rief der noch seinen Vater an und erzählte ihm von der geheimen Sendung.

»Geht klar, aber ich hab nicht viel Zeit.«

Dieter ging voraus ins Musikzimmer. Überall lagen haufenweise Notenbücher und -hefte. Seine Freundin aus Frankfurt war wohl eine ganze Weile nicht da gewesen. Das merkte man sonst immer daran, dass die Wohnung sauber und aufgeräumt war. Weil nirgendwo anders Platz war, ließ Linus sich auf dem Klavierhocker nieder, Dieter setzte sich in einen mürrisch knirschenden Korbstuhl, den er sich frei gemacht hatte. Unter dem dazugehörigen Tisch stapelten sich alte Zeitungen.

»Willst du mir nicht endlich sagen, was mit dir los ist?« Dieters Singsang wurde noch ein wenig melodischer. Und sein Blick tat so, als durchschaue er ihn wie eine Glaswand.

»Keine Ahnung, was du meinst.«

»Du kommst nicht mehr zum Unterricht. Du schmeißt das Musical. Du gehst nicht mehr zur Schule seit – wie lange schon?«

Linus schaute zu Boden und biss sich auf die Unterlippe. Er wusste selbst, wie das aussah.

»Was ist mit dir los? Oder besser mit deiner …«

Linus schaute mit einer ruckartigen Bewegung auf. Hatte Dieter gerade *Mutter* sagen wollen? Woher sollte er davon wissen?

»Du kannst mir alles erzählen. Ich weiß, dass irgendwas mit deiner Mutter los ist.«

»Ach was. Woher denn?«

»Die Polizei war bei mir. Sie haben mich nach ihr gefragt. Wann ich sie zum letzten Mal gesehen hab. In welchem Verhältnis ich zu ihr stehe. Solche Sachen eben. Nur Routine, haben sie behauptet und dabei sehr geheimnisvoll getan. Aber für mich hörte es sich an, als würde sie vermisst. Wird deine Mutter vermisst?«

Linus spürte, wie er innerhalb von Sekunden heftig errötete. Er wandte den Blick ab und tat so, als betrachte er das gerahmte Foto von Dieters etwas altbacken aussehender Freundin auf dem Fensterbrett.

»Oder Schlimmeres?«

Der Korbstuhl knirschte, als Dieter sich vorlehnte.

Wenn die Polizei geheimnisvoll getan hatte, war es sicher besser, dass auch er nichts sagte.

»Die Trennung meiner Eltern … das ist alles nicht so … einfach für alle. Aber da ist nichts …«

»Hat dein Vater irgendetwas getan?«

Linus schaute auf. Sein Vater? Was meinte er damit? Worauf wollte er hinaus? Etwa darauf, dass sein Vater seiner Mutter etwas angetan hatte?!

»Mein Vater hat überhaupt nichts getan!«, empörte er sich. »Ihm geht's gerade nicht gut, weil er einen Hörsturz hatte. Ich weiß nicht …«

»Entschuldige. War nur so ein Gedanke. Ich mache mir nun einmal Sorgen.« Dieter streckte den Arm aus, seine Hand berührte Linus' Knie.

»Meine Mutter war weg, wir wussten nicht wo, da hat mein Vater sie vermisst gemeldet. Aber inzwischen hat sie angerufen. Alles wieder gut.«

Ob Dieter die Lüge durchschaute? Anzusehen war ihm nichts. Aber spätestens wenn er ein wenig darüber nachdachte, würde er merken, dass die Ausflüchte alle nicht richtig zusammenpassten. Und dann würde er wieder fragen. So war Dieter. Immer sehr um ihn bemüht. Was ja eigentlich eine nette Eigenschaft war. Nur eben manchmal nervig.

»Du weißt hoffentlich, dass du jederzeit zu mir kommen kannst, Linus. Egal, was es ist. Und ich kann auch ein Geheimnis bewahren.«

»Gut zu wissen.« Linus stand auf. »Ich muss los. Pa fragt sich bestimmt schon, wo ich bleibe.«

Dieter erhob sich ebenfalls, der Korbstuhl ächzte erleichtert auf. Da klingelte Linus' Handy. Er holte es aus der Hosentasche und nahm ab.

»Wo steckst du denn, Herrgott noch mal?!« Es war Frank, und er war außer sich.

»Musste mal raus und was besorgen. Was ist denn?«

»Ich hab eben deinen Vater gefunden. Im Flur. Bewusstlos.«

13:12 Uhr

LUCY SCHLENDERTE DIE STRASSE hinab, mit hängendem Kopf und den Blick fest auf die Spitzen ihrer Chucks geheftet. Bis vor Kurzem war sie noch gerne in die Schule gegangen, aber seit ihr Leben auf dem Kopf stand, kam ihr ein Tag öder vor als der andere. Der heutige war besonders schlimm gewesen. Die Begegnung mit Linus hing ihr noch nach. Und die Sache mit der verfallenen Halle.

Linus' Mutter war also doch dort gewesen. Und Simon auch, vorgestern Nacht. Ob sie da schon fort gewesen war? Machte das einen Unterschied? Simon war zum ersten Mal bei der Halle gewesen, sie erinnerte sich, dass er sich den Weg hatte beschreiben lassen müssen. Und er war nicht in der Halle drin gewesen, dafür war er zu schnell zurück zum Auto gekommen. Aber genauso sicher stand jetzt fest: Sein großer Unbekannter war der Entführer. Oder zumindest einer von ihnen. Wusste Simon das? Kümmerte es ihn?

Sie musste ihn dazu bringen, endlich mit der Polizei zu reden und alles, was er wusste, zu sagen. Sie holte ihr Handy heraus, um ihn anzurufen.

»Luzia Sommer?«

Lucy schaute hoch und sah vor sich eine Polizistin. Es war die mit dem langen blonden Zopf, die sie schon mal von der Schule abgeholt hatte. Tanja. Die so freundlich gewesen war. Oder auch nur freundlich getan hatte. Jetzt jedenfalls sah sie genauso streng und förmlich aus wie ihre Uniform.

»Was ist?«

»Mitkommen.«

»Bin ich verhaftet?«

»Nee. Warum?«

Lucy steckte das Handy weg und ging auf den Streifenwagen zu, der am Bordstein parkte. Der Wagen war ihr vorher schon aufgefallen, aber sie hatte ihn nicht weiter beachtet. In letzter Zeit schwirrten ja dauernd mehr oder weniger auffällig Polizisten um sie und ihre Familie herum. Tanja hielt ihr die Tür auf.

»Ich nehme an, du darfst mir wieder nicht sagen, was los ist, oder?«, fragte sie im Wagen.

»Sie werden noch mal einvernommen. Alles Weitere erfahren Sie, wenn wir da sind.«

Okay, man war also wieder per Sie.

13:52 Uhr

KEIN INFARKT. ZUM GLÜCK. Ein Kreislaufkollaps vielleicht. Oder nur ein Schwächeanfall. Was schlimm genug gewesen wäre. Müde schaute Linus' Vater aus dem Kissen, in das sein Kopf tief eingesunken war. Er wirkte angeschlagen. Nur seine Abneigung gegen Krankenhäuser und sein unbedingter Wille, so schnell wie möglich von hier zu verschwinden, gaben ihm Auftrieb.

»Ein paar Tage wirst du wahrscheinlich bleiben müssen«, wiederholte Linus, was der Arzt eben schon erklärt hatte. »Nur für Untersuchungen. Wir müssen doch wissen, was es war.«

»Das kann ich dir sagen. Ich bin umgekippt. Ganz einfach. Hab den ganzen Tag noch nichts gegessen.« Die Finger seines Vaters trommelten nervös auf der Decke.

»Du musst vernünftig sein.«

Ich will dich nicht auch noch verlieren, dachte er, und sofort danach versetzte es ihm einen Stich ins Herz. *Auch noch?*

»Was hast du gesagt?« Sein Vater hob den Kopf und legte die Stirn in Falten.

Linus erhob seine Stimme. »Vernünftig. Du musst vernünftig sein, Pa.«

»Ja, ja. Dieses verdammte Pfeifen im Ohr macht mich noch wahnsinnig.« Er deutete in Linus' Richtung. »Was hast du da eigentlich in deiner Tüte?«

Dieter hatte ihm eine Tüte für das Päckchen gegeben. Er hatte ihn auch zum Krankenhaus gefahren.

»Nur etwas von Dieter. Die Polizei war übrigens bei ihm. Wusstest du das?«

»Nein, aber es überrascht mich nicht. In so einem Fall wird immer das Umfeld der entführten Person überprüft. Reine Routine.«

Entführte Person – wieso redete er plötzlich so gestelzt?

Da klopfte es, und im nächsten Moment ging auch schon die Tür auf. Eine Krankenschwester kam mit einem Infusionsbeutel herein. »Da kommt mein Nachschlag zum Mittagessen«, sagte Linus' Vater, doch es klang nicht wie ein Scherz, sondern bloß genervt.

Linus stand auf. Der Beutel mit dem Päckchen schlug gegen seinen Unterschenkel, wie um ihn zu drängen, keine weitere Zeit zu verlieren. »Ich geh dann mal.« Er beugte sich zu seinem Vater hinab, der hob den Oberkörper kurz an, um eine Umarmung anzudeuten. Er war eindeutig erschöpfter, als er glaubte oder zumindest allen weismachen wollte. »Das wird wieder, Pa.«

»Na klar! Was denkst du denn?«

14:02 Uhr

DIESMAL WAR ES NICHT DAS BÜRO DER Kommissarin. *Vernehmungsraum 1* hatte draußen neben der Tür auf einem Schild gestanden. Ein Tisch, ein paar Stühle, Mikrofone. Der berühmte große Spiegel, den es in Filmen immer gab, fehlte, vielleicht brauchte man ihn nicht, weil ohnehin in allen Ecken Kameras angebracht waren. Die Jalousien an den Fenstern waren heruntergelassen, die Lamellen schräg gestellt. Wie blitzende Schwerter schnitten die Sonnenstrahlen in den Raum.

Die geschminkten Augen der Kommissarin, dieser Kerstin Stelter, und die kalten Augen des BKA-Typen sahen sie an. Lucy verschränkte die Arme vor der Brust und ließ den Oberkörper nach hinten gegen die Stuhllehne fallen.

»Fangen wir an«, begann die Stelter. »Du bist als Zeugin hier reingekommen, Lucy, und ich hoffe, du gehst auch als Zeugin wieder raus. Und zwar als eine, die uns was zu sagen hatte.«

Was sollte das denn bedeuten? Als was sollte sie denn sonst rausgehen? Als Angeklagte? Sie schaute zu dem BKA-Typen, aber dessen Gesicht verriet ungefähr so viel wie eine nackte Betonwand.

Die Stelter schlug eine Mappe auf, die sie mitgebracht und bedeutsam vor sich hingelegt hatte, und schob ein paar Fotos über den Tisch.

»Warst du da schon mal?«

Lucy musste sich nicht mal vorbeugen, um zu erkennen, was auf den Fotos zu sehen war: die verfallene Halle. Sie zuckte trotzdem mit den Schultern.

»Willst du dir die Fotos nicht erst mal richtig ansehen?« Der BKA-Typ schob sie noch ein wenig näher heran.

Wenn sie so fragten, wussten sie, dass sie dort gewesen war. Aber vielleicht waren sie sich nicht ganz sicher. *Nur zugeben, was nicht zu leugnen ist.*

»Gibt doch Tausende von solchen Bruchbuden. Kann schon sein, dass ich auch mal an der vorbeigekommen bin. Wo ist das denn?«

»Das weißt du verdammt genau! Du wurdest bei dieser hier gesehen. Erst gestern. Du warst also zumindest in der Nähe. In einem Getränkemarkt, um genau zu sein. Man hat dich identifiziert, also brauchst du es gar nicht zu leugnen. Du hast dich auffällig für die Halle interessiert, sagt der Zeuge. Und überhaupt: Was macht ein Mädchen wie du in so einer Gegend?«

»Was labern Sie dann rum, wenn Sie eh wissen, dass ich dort war.« Sie nahm das Foto, schaute es kurz an und hatte plötzlich den modrigen Geruch abgestandener Luft in der Nase. Sie ließ das Bild wieder fallen. »Ich war bloß so in der Gegend. Ohne Grund. Wirklich. Ich bin rumgefahren, hab Durst gekriegt und im Getränkemarkt eine Limo getrunken. Da hab ich auch ein wenig gequatscht, mit dem Typen.«

»Und sonst nichts?«

Lucy überlegte. Bestimmt hatten sie die Halle inzwischen komplett auf den Kopf gestellt. Und da sie hier und da auch was angefasst hatte, hatten sie vielleicht Fingerabdrücke von ihr gefunden. Besser, sie erzählte gleich alles.

»Ich hab mir die Bruchbude noch von innen angesehen.«

»Ach«, warf der BKA-Typ ein, »eben hast du das Gebäude nicht mal erkannt, und jetzt warst du sogar drinnen.«

»Ist das ein Problem?«

Sie sah ihm in die Augen. Der Ärger war nicht nur gespielt, der Typ war echt sauer.

»Gut sieht es nicht aus«, beantwortete die Stelter ihre Frage. »Denn genau in dieser Halle wurde Vera Dorn zeitweise festgehalten. Das ist eine gesicherte Tatsache. Und dass du dich dort ebenfalls aufgehalten hast, ist schon ein merkwürdiger Zufall.«

»Zufälle gibt es eben.« Sie senkte den Blick und fuhr mit dem Nagel über die Tischplatte. Ihr Mund war trocken, aber sie wollte nicht nach etwas zu trinken fragen. Sie wollte weg. So schnell wie möglich. Mit Simon reden. Sofort. Es half niemandem, wenn sie ihn an die Polizei verriet, er würde einfach alles leugnen. Aus Prinzip. Weil die Polizei nun mal ein rotes Tuch für ihn war. Sie musste ihn davon überzeugen, sich zu stellen und auszupacken.

»Warum bist du eigentlich nicht mit deinem eigenen Roller gefahren?«, mischte sich jetzt wieder der BKA-Typ ein.

Sie schaute nur kurz hoch. Sein Blick kam ihr vor wie ein Röntgenapparat, der sie durchleuchtete. Aber das war vielleicht auch nur Show. Wahrscheinlich lernten sie auf irgendwelchen Kursen und Fortbildungen, wie sie gucken mussten, um Leute einzuschüchtern. Und es funktionierte, ihr wurde schlagartig heiß, und sie fing an, unter den Achseln zu schwitzen. Woher wussten sie, dass sie nicht mit ihrem eigenen Roller unterwegs gewesen war? Entweder, weil sie wirklich einen Peilsender angebracht hatten, oder weil der Kerl im Getränkemarkt ihnen erzählt hatte, dass sie eine rote Vespa gefahren hatte.

»Ich wollte mal was anderes ausprobieren.« Sie versuchte, so lässig wie möglich zu wirken. »Drum hab ich die Spritztour ja überhaupt gemacht. Um die Vespa zu testen.«

»So, so. Weißt du, wie das für mich aussieht? Du hast irgendwas erfahren, wahrscheinlich von einem deiner Brüder, und wolltest die Halle abchecken. Und damit niemand merkt, dass du wegfährst, hast du dir einen Roller ausgeliehen. So war's doch, oder?«

»Nein, so war's nicht.«

Sie saßen sich eine Weile schweigend gegenüber. Wieso sagten die beiden nichts? Waren ihnen die Fragen ausgegangen? Oder war das noch so ein Psychotrick, um sie zu verunsichern?

»Du bist mit Linus befreundet, oder?«, sagte da der BKA-Typ. »Ist es dir völlig egal, was aus seiner Mutter wird? Und wie es Linus damit geht?«

Sie schaute auf, wandte den Blick zum Fenster. Obwohl die Lichtschwerter sie gar nicht trafen, hatte sie das Gefühl, von ihnen in Streifen geschnitten zu werden.

»Es ist mir überhaupt nicht egal.« Sie merkte selbst, dass ein Zittern in ihre Stimme getreten war. »Wenn ich irgendwas tun könnte, würde ich es tun. Aber ich kann nichts tun.«

Zumindest nicht, solange ich hier sitze und Zeit verschwende.

»Und wieso glaube ich dir das nicht?«

Sie tauschte einen kurzen Blick mit dem BKA-Typen. »Ihr Problem. Ich hab jetzt keine Lust mehr. Ich will nach Hause. Dürfen Sie mich eigentlich festhalten, ohne meinen Eltern was zu sagen?«

Der BKA-Typ fuhr ruckartig hoch und verließ den Raum. Die Tür schlug ins Schloss. Hatte man ihm gar nicht angesehen, dass er dermaßen geladen war. Die Stelter nahm die Fotos, legte sie zurück in die Mappe und klappte sie zu. »Wir brauchen noch deine Fingerabdrücke, zum Abgleich. Dann kannst du gehen.«

14:11 Uhr

WAS MACHEN DIE POLIZEIAUTOS HIER? Die Absperrbänder? Die Uniformierten? Männer in weißen Overalls. Wahrscheinlich Kriminaltechnik. Was soll das? Hat Simon was ausgeplaudert? So dumm kann selbst er nicht sein. Er weiß doch, dass die Bullen sich zuerst an ihn halten werden, und wenn ich ihnen dann noch das kleine Filmchen zuspiele, ist er ganz geliefert. Jetzt bloß keine Panik. Ich fahre langsam vorbei. Niemand beachtet mich. Ein Blick in den Rückspiegel. Keiner, der mein Kennzeichen notiert. Wieso auch?

Vielleicht weiß man beim Getränkemarkt mehr. Ich biege in den Parkplatz ein und stelle den Wagen ab.

Hinter der Kasse steht ein junger Kerl. *Jens Tillmann* steht auf seinem Namensschild. Ich nehme zwei große Flaschen Cola und gehe an den Tresen.

»Was ist denn da drüben los?«, frage ich so beiläufig wie möglich. »Die ganze Polizei und so. Gab's einen Mord?«

»Keine Ahnung. Leichenwagen war bis jetzt keiner da. Krankenwagen auch nicht.« Er scannt die beiden Flaschen ein. »Aber sie haben die ganze Gegend abgesucht. Mit Suchtrupps. Und Hunden.«

Ich reiche ihm einen Fünfeuroschein. »Sachen gibt's.«

Die Kasse springt auf. Er zählt mein Wechselgeld ab, legt erst den Bon in meine Hand und dann die Münzen darauf. Ich stecke alles in die Hosentasche, gehe mit den beiden Flaschen zu meinem Auto und steige ein.

Suchtrupps. Hunde. Sie wissen also, dass Vera hier war. Wenn nicht von Simon, woher haben sie es dann?

Ich starte den Motor und fahre auf die Straße. Wieder vorbei an der alten Halle. Den Polizisten.

Es fängt an in meinem Bauch zu kribbeln.

Sollte Linus …?

Der Gedanke fasziniert mich.

Könnte wirklich etwas auf den Dateien sein, das Linus gehört hat? Etwas, das die Bullen hierhergeführt hat? Viel eher als gedacht. Als geplant. Aber was? Nein, nein. Unmöglich. Nicht Linus. Der Junge hört zwar viel, aber er versteht zu wenig. Es ist ein Jammer! Er könnte Gedanken hören, wenn er wollte. Das heißt, wenn er nicht so feige wäre. Er ist nur ein Hündchen, dem ich Bälle zuwerfe, um ihm was beizubringen. Der pfuscht mir nicht ins Handwerk. Etwas anderes hat sie hergeführt. Vielleicht irgendein dummer Zufall. Wie auch immer, die Änderung im Ablauf ist kein Problem. Von hier führt keine Verbindung mehr zu mir. Kein Grund also, nervös zu werden.

14:33 Uhr

LINUS NAHM SICH EIN BEISPIEL daran, wie sorgsam sein Vater und Frank mit allen Sendungen umgegangen waren, um nur ja keine Spuren zu zerstören. Er zog Latexhandschuhe an und schnitt das Klebeband mit einem Teppichmesser auf. Wahrscheinlich hätte er sich die ganze Sorgfalt sparen können. Die Entführer hatten an den bisherigen Sendungen keine Spuren hinterlassen, wieso sollte es hier anders sein?

Nachdem er das gesamte Klebeband der Länge nach durchschnitten hatte, hob er vorsichtig den Deckel ab. Er wusste nicht, womit er gerechnet hatte, aber sicher nicht damit, dass ihn sein Vater aus der Paket-Box heraus anlächeln würde. Mit diesem Lächeln, das auf Tausenden Buchumschlägen im ganzen Land zu sehen war. Wieso schickten ihm die Entführer das Buch seines Vaters?

Er nahm es heraus und schlug den Umschlag zurück. Keine Botschaft. Keine zynische Widmung. Nichts. Beim Durchblättern bemerkte er, dass im hinteren Teil des Buches Seiten zusammengeklebt waren. Unter der obersten davon ließ sich ein Hohlraum ertasten, in dem etwas lag.

Da hörte er ein Auto forsch die Auffahrt hochfahren und vor dem Haus abrupt bremsen. Sekunden später flog die Haustür auf.

»Linus! Wo steckst du? Komm her!«

Frank hörte sich ziemlich aufgebracht an. Was war passiert?

Linus legte das Buch zurück in die Box, streifte die Latexhandschuhe ab und schob alles zusammen unters Bett. Dann lief er nach unten. Frank stand in der Küche und trank Eistee direkt aus der Flasche. Als er sie absetzte, war sie leer. »Diese Hitze bringt mich noch um.«

»Was ist denn los?«

»Dieses Mädchen … diese Lucy … deine Freundin – hast du bei der eigentlich was rausgekriegt?«

Er schob die Hände in die Hosentaschen. »Bis jetzt nicht.«

»Sieht unschuldig aus wie von Raffael gemalt, ist aber kein Deut besser als ihre Brüder.«

»Was ist denn los?«

Frank schaute ihn an, als verurteile er nicht nur Lucy, sondern auch ihn. »Sie war gestern in der alten Halle. Verstehst du? Sie wurde gesehen, gar nicht lange bevor unsere Leute kamen. Das kann doch kein Zufall sein. Auch wenn sie uns das weismachen will. Für wie blöd hält die uns?! Fragt sich bloß, was sie dort gewollt hat.«

Linus war völlig perplex. Er verstand überhaupt nicht, was Frank ihm damit sagen wollte.

»Jetzt guck nicht so. Ist doch klar, was das zu bedeuten hat. Deine kleine Freundin weiß sehr viel mehr, als sie zugibt. Vielleicht ist sie nicht direkt an der Entführung beteiligt, aber sie deckt ihre Brüder bis zum bitteren Ende. Egal, was mit deiner Mutter ist. Eine Mischpoke ist das. Ohne Gewissen, ohne Skrupel.« Frank boxte gegen die leere Plastikflasche, sie flog quer durch den Raum und landete unter dem Tisch. Dann sah er Linus an, erst mit einem bösen, dann mit einem mitleidigen Blick. »Tut mir leid für dich, dass deine erste Freundin gleich so ein Fehlgriff war. Du hast was Besseres verdient.«

15:02 Uhr

IHR HANDY KLINGELTE. LINUS. Wahrscheinlich hatte er erfahren, dass sie gestern bei der alten Halle gewesen war. Ohne ihm was davon zu erzählen. Hieß das schon, ihn zu belügen? Wo verlief die Grenze? Das Handy verstummte. Sie nahm es und schaltete es aus.

Was passierte hier eigentlich? Mit ihr? Mit Linus? Mit allen? Es kam ihr vor, als liefen sie auf einen Abgrund zu, sehenden Auges, wie diese Lemminge, die angeblich zu Tausenden über die Klippe sprangen, aus irgendeinem verborgenen Antrieb heraus. Sie wollte kein Lemming sein.

Da hörte sie, wie die Wohnungstür aufging. Ihr Vater und Benny waren auch wieder von der Polizei in die Mangel genommen worden, aber schon seit einer halben Stunde zu Hause, ihre Mutter hatte sich mit Migräne in den Schutz ihres abgedunkelten Schlafzimmers verabschiedet. Es konnte also nur Simon sein. Endlich! Seine Schritte polterten durch den Flur, und schon flog die Tür ihres Zimmers auf. Er sah abgekämpft aus. Nur noch ein Schatten seiner selbst. Und zugleich stierte der Zorn aus seinen Augen. Wenn er so war, musste man sich in Acht nehmen. Dann war er zu allem fähig.

»Mitkommen!«

Er packte sie am Handgelenk und zog sie aus der Wohnung. Zwei Stockwerke hoch, hinauf zum Speicher, wo er die angelehnte Tür mit der Faust aufschlug und sie hineinstieß.

»Was soll ich hier?«, fuhr sie ihn an.

»Mit mir reden. Unten ist vielleicht alles verwanzt seit der Durchsuchung.« Er packte sie am Handgelenk und drückte zu. »Die Bullen haben gesagt, dass du bei dieser alten Halle warst. Woher wusstest du davon? Sag schon! Sofort!«

Als sie nicht gleich antwortete, stieß er sie gegen das Holzgatter, hinter dem der Hausmeister irgendwelchen Kram hortete. Das Vorhängeschloss an der Tür stach beim Aufprall in ihre Seite.

»Spionierst du mich aus? Bist du ein Polizeispitzel?«

»Blödsinn!«

»Aber woher wusstest du es?«

»Ist doch egal.«

»Das ist nicht egal!«

Sie ignorierte den Schmerz in der Seite, seine Wut, ihre Angst. Jetzt bloß nicht weich werden.

»Du hast nur eine Chance, wie du aus der Sache herauskommst. Erzähl der Polizei alles, was du weißt.«

»Spinnst du? Wenn ich das mache, geh ich in den Knast. Dann bleibt alles an mir hängen! Die suchen doch nur nach einem Idioten, dem sie das unterschieben können, weil sie den anderen nicht kriegen. Und den kriegen sie nie, der ist nämlich schlauer als die.«

Was meinte er damit? Kannte er den Entführer so gut? War er an der Entführung vielleicht sogar beteiligt? Nein, unmöglich!

»Diese Kommissarin ... Sie sagt, sie setzt sich für dich ein, aber du musst denen alles sagen.«

»Was soll die Scheiße denn?!«, fuhr er auf. »Seit wann machst du Deals mit den Bullen?«

Sie hatte ihn noch nie so gesehen. So verzweifelt. Es machte ihr Angst. Sie versuchte, ruhig zu bleiben und es sich nicht anmerken zu lassen. Was schwer war, bei dem, was sie ihm noch zu sagen hatte.

»Das ist deine letzte Chance, Simon. Wenn du bis morgen früh nicht zur Polizei gehst und denen alles erzählst, mach ich es. Und ich weiß einiges.« Das war ein wenig geblufft, aber vielleicht ließ er sich ja davon beeindrucken.

»Bist du jetzt total durchgeknallt?!«, schrie er. »Du stellst mir kein Ultimatum! Du nicht!«

Es ging so schnell, dass sie gar nicht mitbekam, was passierte, bis etwas Warmes von ihrer Lippe rann und sie plötzlich den Geschmack von Eisen im Mund hatte. Sie lag auf dem Boden, wieso lag sie auf dem Boden? Erst da spürte sie den Schmerz im Gesicht, und dann gingen auch schon die Lichter aus.

15:13 Uhr

Wieder nur die Mailbox. Sie wollte also nicht mit ihm reden. Na, egal. Was sollte es? Was trauerte er ihr nach? Sie war eine Enttäuschung. Die größte seines Lebens. Sie hatte ihn hintergangen und verraten. Hatte er nicht die ganze Zeit gespürt, dass etwas bei ihr nicht stimmte? Es schon in ihrer Stimme gehört? Aber er hatte auch etwas anderes gehört. Hatte es zumindest geglaubt. Etwas, das ihm Hoffnungen gemacht hatte. Dass sie die Chance nutzen würde, ihren Fehler auszubügeln. Offenbar war das nur Wunschdenken gewesen. Er musste lernen, den echten Wahrnehmungen zu vertrauen. Nach ihnen zu handeln. Und vielleicht würde er eines Tages auch noch lernen, Lucy für ihre Falschheit zu hassen. Im Moment schob er all das beiseite. Er hatte Wichtigeres zu tun. Das Buch wartete darauf, näher untersucht zu werden. Frank war zwar noch im Haus, aber er würde ihn nicht stören.

Er streifte sich die Latexhandschuhe wieder über, holte das Päckchen unter dem Bett hervor und nahm das Buch heraus. Mit dem Teppichmesser durchstach er die festgeklebte Seite über dem ausgeschnittenen Loch und fand dahinter einen USB-Stick. Wahrscheinlich wieder eine Audiodatei. Er wollte sie sich sofort anhören – und zögerte dann doch. Wenn nun etwas weit Schrecklicheres darauf war als alles, was sie bisher zu hören bekommen hatten? Und wäre es nicht sowieso vernünftiger, den Stick Frank und der Polizei zu übergeben? Mit ihren technischen Möglichkeiten konnten sie viel mehr damit anfangen. Die Entführer würden nie erfahren, dass er sich nicht an ihre Anweisung gehalten hatte. Oder? Das Dumme war: Solange er nicht die leiseste Ahnung hatte, wer sie waren, konnte er nicht sicher sein.

Er steckte den Stick in seinen Laptop, und Sekunden später war seine Annahme Gewissheit: Es befand sich eine Audiodatei darauf, die mit der Nummer 0 benannt war. Die Aufnahme dauerte im Vergleich zu den früheren ziemlich lange: drei Minuten und vierunddreißig Sekunden. Am besten hörte er wenigstens kurz hinein, um danach zu entscheiden, ob er sie Frank übergab. Er stöpselte seine Kopfhörer in den Laptop, dann klickte er auf *Play.*

15:26 Uhr

NUR GANZ ALLMÄHLICH kam sie zu sich. Selbst die kleinste Bewegung ihres Kopfes wurde von einem heftigen, dumpfen Schmerz in ihrem Schädel beantwortet. Wo war sie? Als sie es endlich schaffte, die Augenlider ein wenig zu heben, erkannte sie, dass sie auf dem Speicher lag. Neben ihr hockte Simon, den Rücken tief gebeugt und das Gesicht in den Händen vergraben.

»Was ist denn …?«

Simon blickte hoch. In seinen Augen glänzten Tränen. Seine düstere Miene hellte sich etwas auf. »Gott sei Dank, du bist wach!« Seine Finger streichelten über ihre Wange.

»Aua«, machte sie.

Simon zog reflexartig die Hand zurück. Es war nicht nur die Wange, die ganze Gesichtshälfte tat ihr weh.

»Ich wollte dich nicht schlagen, Kirsche«, beteuerte er weinerlich, »echt nicht. Ich war nur so …«

Sie befühlte erst mit der Zunge, dann mit einem Finger ihre Lippe. Ziemlich dick. Verkrustendes Blut.

»Du musst mir verzeihen, Kirsche. Und ich verspreche dir, dass das nie mehr vorkommt. Nie mehr!«

Er hatte sie geschlagen. Jetzt fiel es ihr wieder ein. Sie war gefallen. Worum war es noch mal gegangen?

»Aber du kannst so was nicht machen, weißt du. Das geht nicht.«

»Was hab ich denn gemacht?«

»Mit den Bullen irgendwelche Deals aushandeln. Für die spionieren. Du meinst es ja gut. Du denkst, du hilfst mir damit. Aber das tust du nicht. Ich sitz auch so schon tief genug in der Scheiße. Ich brauch nicht noch so was.«

Nun kehrten weitere Erinnerungen zurück. Die alte Halle. Die Vernehmung bei der Polizei. Das Treffen mit Linus. Alles.

»Vor allem kannst du mir kein Ultimatum stellen, Kirsche. Das kannst du einfach nicht machen.«

Ihr Widerstandsgeist erwachte und drängte den Schmerz und die Benommenheit zurück. Sie versuchte, sich aufzusetzen, und als es ihr nicht so recht gelingen wollte, half er ihr.

»Hast du Linus' Mutter entführt? Oder dabei geholfen?«

»Quatsch!«

»Weißt du was darüber? Oder über die, die das gemacht haben?«

»Ist doch völlig egal! Die buchten mich ein! Kapierst du das nicht?«

In dem Moment wurde ihr etwas über ihn klar. Er war nicht der starke große Bruder, den sie in ihm gesehen hatte. Er war schwach. Und das war er immer gewesen. Sonst wäre er nicht den Weg gegangen, den er gegangen war.

»Ich lag im Kofferraum. Als du zu der alten Halle gefahren bist. In der Linus' Mutter gefangen gehalten wurde. Am Tag danach bin ich noch mal hingefahren und hab mich dort umgesehen.«

In seine Stirn zeichnete sich schon wieder eine tiefe Furche. Ein deutliches Zeichen, dass die innere Erregung wuchs.

»Im Kofferraum? Ich versteh gar nichts. Wie bist du da reingekommen? Woher wusstest du …?«

»Ich hab dein Telefongespräch auf dem Speicher mitgehört. Zufällig«, fügte sie rasch hinzu.

»Du hast keine Ahnung, was du da tust, Kirsche! Der Typ, der mich zu der Halle bestellt hat, hat mich dort gefilmt. Er hat mir die Aufnahme geschickt. Da erkennt mich jeder drauf! Jeder!«

Sie erinnerte sich wieder, dass sie vom Auto aus eine Bewegung im Gebüsch gesehen hatte. Wahrscheinlich hatte der Entführer dort gelauert.

»Dann wusstest du also doch, dass Linus' Mutter dort versteckt war?«

»Wusste ich nicht! Das hat er mir erst jetzt verraten. Wenn die Polizei das in die Hände kriegt, bin ich geliefert. Kapierst du das?«

Sie nahm Simons Hand und beschwor ihn: »Du bist sowieso geliefert. Siehst du das nicht? Aus der Sache kommst du nur wieder raus, wenn du zur Polizei gehst. Wenn du alles tust, um Linus' Mutter zu finden. Und du kannst nur hoffen, dass sie noch lebt.«

»Die lebt garantiert nicht mehr!«

Sie sah ihn an. Der Respekt, den sie einmal für ihn gehabt hatte, war dahin. Alles, was sie jetzt noch fühlte, war Mitleid. Und sogar ein wenig Ekel.

»Stell dich und hilf der Polizei, Simon. Es bleibt bei dem, was ich gesagt hab: Wenn du es nicht tust, tu ich es.«

Er sprang auf, lief vor ihr auf und ab und wischte sich dabei immer wieder mit beiden Händen über das Gesicht.

»Okay, okay«, sagte er voller Unruhe, »du hast recht. Ich geh zu den Bullen. Aber heute nicht mehr. Nicht mehr heute. Lass mir die Nacht noch, um mich zu sortieren. Ich brauch Zeit, um mich zu sortieren, verstehst du?«

»Gut. Bis morgen früh. Wir können auch gemeinsam hingehen.«

»Gemeinsam. Super Idee. Das ist toll. Das machen wir.« Simon kam näher und beugte sich zu ihr herab. »Na, komm hoch.«

Er fasste unter ihre Achsel und half ihr auf die Beine. Sie hätte es inzwischen auch alleine geschafft, sie war wieder klar genug, auch wenn ihr Kopf noch heftig schmerzte.

»Kannst du mir einen Gefallen tun?«, sagte er auf dem Weg nach unten. »Wenn jemand dich fragt, wie das passiert ist mit deinem Gesicht – kannst du dann sagen, du wärst hingefallen oder irgendwo gegengelaufen oder so was? Die Alten brauchen doch nicht zu wissen, was los war.«

»Klar. Kein Problem. Kann ich machen.«

»Danke, Kirsche. Danke für alles.«

Vor der Wohnungstür sagte Simon: »Schaffst du den Rest alleine? Ich muss weg, was erledigen. Ein paar Dinge in Ordnung bringen, bevor ich morgen reinen Tisch mache. Wär das okay?«

»Sicher. Klar.«

Simon wollte schon gehen, kehrte aber noch mal um und küsste sie auf die Stirn. »Verzeih mir bitte, Kirsche. Alles. Du bist eine super Schwester. Und ich ein beschissener Bruder. Aber so ist es eben. Ich hab dich lieb.«

»Ich dich auch. Und es wird alles gut.«

»Na klar. Was denn sonst?«

15:28 Uhr

ALSO NOCH MAL. Er klickte auf *Play.* Wieder das laute Krachen. So als habe jemand das Mikro gegen eine Wand geschlagen oder auf den Boden geknallt. Danach folgte ein akustisches Gewitter aus Rauschen und Knistern und Knacken, und unter diesem Getöse war bei genauem Hinhören eine Stimme auszumachen, die ziemlich aufgebracht wirkte. Was sie sagte, war auch beim wiederholten Anhören nicht zu verstehen gewesen. Nicht einmal für ihn, den Jungen mit dem angeblich perfekten Gehör. Aber in einem Punkt war er sich ziemlich sicher: Es war die Stimme eines Mannes, nicht die seiner Mutter. Was hatte diese Aufnahme mit ihr zu tun? Warum schickten die Entführer sie ihm? Hielten sie noch andere Menschen gefangen? Warum schrie der Mann so? Wurde er misshandelt? Worum ging es bei dieser Sache überhaupt?

Linus kopierte die Datei auf seine Festplatte, dann entfernte er den Stick. Wenn er die Aufnahme über die Computer seines Vaters laufen ließ, konnte er bestimmt mehr daraus entnehmen. Aber dazu musste er warten, bis Frank fort war. Und dann darauf hoffen, dass er den Raum nicht abgeschlossen hatte.

Einstweilen untersuchte er das Buch weiter. Vielleicht waren ja noch andere Botschaften darin versteckt. Er blätterte die ersten Seiten durch – und stieß tatsächlich auf etwas Sonderbares: In einer Seite war ein Loch. Hier war mit einer scharfen Klinge ein Wort ausgeschnitten worden. Er blätterte weiter und fand noch ein kleines, rechteckiges Loch in einer Seite. Und noch eines. Insgesamt sieben zählte Linus am Ende. Vielleicht ergaben die fehlenden Wörter zusammen ja einen Hinweis darauf, was die Tonaufnahme zu bedeuten hatte.

Er holte das Buch seines Vaters aus dem Bücherregal und verglich die Seiten. Die fehlenden Wörter strich er an und schrieb sie auf einen Block: *wohnt, jedem, ein, inne, Anfang, und, Zauber.* Es war kein Problem, den Satz zu bilden: *Und jedem Anfang wohnt ein Zauber inne.* Diese Zeile war ihm erst vor Kurzem in einer Deutschstunde untergekommen. Stammte die nicht aus einem Gedicht? Wie eine kurze Internetsuche ergab, handelte es sich sogar um ein sehr bekanntes von Hermann Hesse mit dem Titel *Stufen.* Lag die Bedeutung im Inhalt? Ging es einfach nur um den Anfang von irgendetwas? Oder war der Hinweis auf Hermann Hesse wichtig? Oder gab es überhaupt keine Bedeutung hinter dem Mist, und das Ganze war nur ein grausamer Scherz hirnkranker Psychos? Frustriert stieß er die beiden Bücher weg. So kam er nicht weiter.

»Linus!«, hallte es da durchs Haus.

»Ich komme!«

Er warf Buch und Stick zurück in die Paket-Box und schob diese unter das Bett. Dann schloss er die Tür auf und trat in den Gang.

»Was ist?«

»Ich muss los. Wenn irgendwas sein sollte, rufst du mich sofort an, ja?«

Warum immer dieser Befehlston? Besser, er ignorierte das.

»Mach ich. Bis später.«

Er blieb im Flur, lauschte auf das Klingeln der Schlüssel, die Schritte, das Schließen der Tür, das Wegfahren des Autos. Er wartete noch, bis er den Motor nicht mehr hörte, dann holte er den USB-Stick unter dem Bett hervor und lief damit in den Keller. Doch die Tür zum Studio seines Vaters war abgeschlossen. Den einen Schlüssel hatte Frank, der andere hing am Bund mit allen anderen, sein Vater trug sie stets in der Hosentasche bei sich. Wahrscheinlich lagen sie im Krankenhaus.

22:41 Uhr

LUCY WISCHTE DEN DAMPF vom Spiegel. Das heiße Bad hatte gutgetan. Aber ihre Lippe war noch immer dick, und wenn sie mit der Zunge dagegendrückte, tat es weh. Die Zimmermann hatte ganz schön geguckt, als sie so bei der Probe aufgetaucht war. Noch dazu viel zu spät. Alle anderen hatten natürlich blöd gegrinst und getuschelt. Bei denen war sie sowieso nur noch *Gangster-Lucy*. Es war ihr inzwischen egal.

Sie hatte behauptet, sie wäre auf einer Treppe gestürzt und dabei gegen das Geländer geknallt. So wie die Zimmermann sie die ganze Probe über angeschaut und hinterher zur Seite genommen hatte, war klar, dass sie ihr nicht glaubte. Dass sie sich so gekümmert hatte, war ja nett gewesen, aber auch total überflüssig. Sie brauchte keine Schulter zum Anlehnen. Sie wäre überhaupt nicht zu der blöden Probe gegangen, aber zu Hause hatte sie es einfach nicht mehr ausgehalten, und wo sonst hätte sie sich von dem ganzen Schlamassel, in dem sie steckte, ablenken können? Es hatte allerdings nicht funktioniert, sie fühlte sich genauso unruhig wie zuvor.

Das Läuten der Wohnungsklingel riss sie aus ihren Gedanken. Wer konnte das so spät noch sein? Im nächsten Moment hämmerte es gegen die Tür.

»Wer macht denn hier so einen Aufstand?!«, hörte sie ihren Vater rufen.

Aber das Hämmern ließ nicht nach. Im Gegenteil, es wurde noch lauter. Deshalb öffnete er schließlich doch.

»Was soll denn das? Wer bist du überhaupt?«

»Linus Dorn.«

Als sie seine Stimme hörte, sackte ihr Herz ab. Was wollte *er* hier? Sie wickelte das Badetuch um sich, schloss die Tür auf und trat in den Flur.

»Er will zu mir!«

Linus schaute sie an, als sähe er sie zum ersten Mal. Benny lugte aus seinem Zimmer, Simon aus dem Wohnzimmer, wo er schon seit einer Weile herumpolterte.

»Nicht bloß zu dir«, sagte Linus, »zu euch allen will ich. Ich weiß nicht, was ihr über meine entführte Mutter wisst, aber ihr müsst endlich alles sagen. Damit sie freikommt. Ich will sie doch nur zurückhaben.«

In seinen Augen sah sie die Verzweiflung. Es zerrte an ihr. Sie machte einen Schritt auf ihn zu. Sollte sie ihm sagen, dass er nur noch eine Nacht warten musste, bis Simon auspackte? Nein, besser nicht.

»Mein Vater ist im Krankenhaus«, sagte er, diesmal nur zu ihr. »Er hatte einen Zusammenbruch. Ich war eben bei ihm.«

»Das tut mir leid.«

»Tu bloß nicht so! Dir ist doch völlig egal, wie es uns geht. Euch allen ist es egal!«

»Geh nach Hause, Junge«, sagte ihr Vater, »du bist hier an der falschen Adresse. Was immer da passiert ist, wir haben nichts damit zu tun. Das haben wir auch der Polizei gesagt. Tausend Mal. Wir können dir nicht helfen.«

»Wie können Sie nur so lügen? Die Tatsachen …«

»Tatsache ist, dass es spät ist. Bitte schön. Gute Nacht.«

Ihr Vater schob Linus zur Tür. Der wehrte sich, aber nicht mit ganzer Kraft. Sein letzter Blick, es brach ihr das Herz, ihn so zu sehen. Dann schlug die Tür zu.

»Unverschämtheit!«, schimpfte ihr Vater. »Ist ja schlimm, was da passiert ist. Aber was können wir dafür? Wir sind genauso Opfer. Dauernd die Polizei vor der Tür, die Vernehmungen. Wir werden verfolgt. Diskriminiert.«

Benny grinste. »So ein Spacko.«

Sie suchte Simons Blick, doch der wandte sich ab und kehrte ins Wohnzimmer zurück. Ihr Vater verschwand auch wieder.

Sie stand allein im Flur und hatte sich nie fremder gefühlt in dieser Familie, die doch alles war, was sie hatte.

23:06 Uhr

Sie konnte nicht aufhören zu weinen. Sobald sie an das dachte, was einmal ihr Leben gewesen und was nun unerreichbar war, überwältigte sie die Trauer. Sie kam nicht dagegen an. An Linus zu denken war unmöglich, selbst die Erinnerung an Richard schmerzte. Und natürlich die an Frank.

Wenn sie aber an ihre Gegenwart dachte oder gar an das, was vor ihr lag, verwandelte sich alles in pure Angst. Und in Fragen. Quälende, unlösbare Fragen. Warum saß sie hier? Ausgerechnet sie? In dieser abgedichteten Kammer? Wie eine, die auf den Gang zur Hinrichtung wartete. Und so war es ja. Das war es, was ihr bevorstand. Wie konnte es daran noch einen Zweifel geben?

Sie dachte an die Nacht, in der er sie in seine Gewalt gebracht hatte. Sie hatte gerade wegfahren wollen. Er hatte sie in der Garage erwartet, von hinten angefallen, ihr ein mit Chloroform getränktes Tuch über Mund und Nase gedrückt. Das Nächste, woran sie sich erinnerte, war, dass sie in dem anderen Raum aufgewacht war. Wieso hatte er sie von dort weggeschafft? Weil er sich nicht mehr sicher fühlte? Rückte ihm die Polizei näher? Sie hoffte es, aber es fiel ihr schwer, daran zu glauben. Alles, was er tat, wirkte bedacht und geplant. Er schien auf alles vorbereitet zu sein.

Doch was wusste sie schon. Sie konnte ja nicht einmal sagen, ob es immer derselbe Mann war oder ob mehrere beteiligt waren. Sie hatte ihn nie gesehen, nur seine verzerrte Stimme gehört. Würde sie jemals freikommen und die Polizei sie nach ihm befragen, würde sie ihr nichts sagen können.

»Ich schiebe dir was zu essen und zu trinken rein.«

Diese schreckliche Stimme! Dieses metallische, unmenschliche Krächzen. Es zerrte zusätzlich an ihren Nerven. Und jedes Mal, wenn es aus dem kleinen Lautsprecher unter der Decke zu ihr drang, erschrak sie.

Die Luke unten an der Tür öffnete sich, ein Tablett wurde hereingeschoben, auf dem eine Schüssel und eine Flasche Wasser standen, außerdem lagen mehrere Scheiben Brot dabei. Die letzte Mahlzeit war schon eine ganze Weile her, doch sie war nicht hungrig, nur durstig. Es war heiß in dem fensterlosen Raum, in den frische Luft nur durch einen Ventilator kam. Sie griff nach dem Wasser, schraubte die Flasche auf und trank in großen Schlucken. Erst nach einer Weile fiel ihr der merkwürdige Beigeschmack auf. Doch da war es schon zu spät. Die Kammer begann um sie herum zu rotieren, sie sank auf den Boden. Das Letzte, was sie hörte, war das Drehen des Schlüssels im Schloss. Er kam.

Noch 5 Tage

07:14 Uhr

Wahrscheinlich hatte er sich mit seinem Auftritt komplett lächerlich gemacht. Wie war er bloß auf diese bescheuerte Idee gekommen? Jetzt kam ihm das Ganze vor wie ein irrer Film. Er sah sich noch einmal unter einem smaragdgrünen Abendhimmel auf seinem Bike zu Lucy radeln. Zu ihr irren. Er kannte den Weg ja nicht. Ihre Welt. Zweimal war er falsch abgebogen. Und dann Lucy, wie sie dasteht, mit nur einem Badetuch um, das nasse Haar klebt am Kopf, einzelne Tropfen rinnen auf ihre Stirn – schmerzhaft schön. Trotz allem, was passiert war, konnte er sie nicht hassen. Woran lag das?

Wieso war sie bei der Halle gewesen? Um etwas herauszubekommen, das half, seine Mutter zu finden? Oder um etwas zu vertuschen, das ihrem Bruder geschadet hätte? Wie hatte sie überhaupt von der Halle erfahren? Sie war keine Komplizin ihres Bruders, da war er sicher, doch was wusste sie wirklich? Warum redete sie nicht mit der Polizei? Oder wenigstens mit ihm? Alles, was sie gesagt hatte, war: *Tut mir leid.* Doch wie sie es gesagt hatte, mit diesem Zittern in der Stimme, diesen kleinen Brüchen, jeder für sich ein Abgrund, nicht breit, aber tief. Konnte er das einfach überhören? Darüber hinweggehen?

»Willst du dir eigentlich die ganze Hand mit Marmelade bestreichen oder bloß den Finger?«

Er schreckte auf. Tatsächlich. Sein halber Zeigefinger war voller

Marmelade. »Sorry, war in Gedanken.« Er leckte den Finger ab, doch ein klebriges Gefühl blieb auf der Haut zurück.

»Was du nicht sagst.« Frank nahm einen Schluck von seinem nachtschwarzen Kaffee. »Lass mich raten: Es geht um gestern Abend.«

Er schaute ihn mit stummem Erstaunen an.

»Ich meine deinen Auftritt bei den Sommers.« Frank machte eine abfällige Handbewegung und nahm noch einen Schluck. »Hättest du dir sparen können. Die sind abgebrüht wie sonst was.«

»Äh … und woher weißt du davon?«

»Wir haben bei denen ein paar Wanzen in der Wohnung versteckt. Was denkst du denn?«

»Wann habt ihr das gemacht?«

»Bei der Durchsuchung. Obwohl die Sommer fast danebenstand, hat sie nichts gemerkt. Ist nicht die Hellste, wenn du mich fragst. Oder nimmt die irgendwas?«

»Keine Ahnung. Soviel ich weiß, leidet sie unter heftiger Migräne.«

Er biss in sein Marmeladebrötchen und kaute stumm vor sich hin. Musste schon komisch sein, andere Leute zu belauschen, ohne dass die davon wussten. Es gab ja Menschen, die das heiß machte. Frank schien dazuzugehören, so selbstzufrieden, wie er in sich hineingrinste. Er selbst fand das nur abstoßend. Obwohl … einmal Mäuschen bei Lucy sein hätte schon seinen Reiz gehabt. Vielleicht hätte er dann verstanden, was sie gerade abzog.

Da kam ihm ein ganz anderer Gedanke. »Könnten die hier auch Wanzen versteckt haben? Die Entführer, meine ich.«

Frank überlegte. »Halte ich für unwahrscheinlich. Was hätten sie davon, gemessen am Risiko, die Dinger hier anzubringen? Immerhin hätten sie dazu hier einbrechen müssen, und dabei kann eine Menge schiefgehen. Außerdem müssten sie dann hier irgendwo in der Nähe die Funksignale auffangen. Ist dir da jemand aufgefallen in letzter Zeit?«

Linus schüttelte den Kopf.

»Ich kann ein paar Leute schicken, die das Haus absuchen, wenn du dich dann besser fühlst.«

»Nee, schon okay. War nur so 'ne Idee.«

Er betrachtete Frank aus dem Augenwinkel. Hörte, wie seine Zähne den knusprigen Toast zermalmten. Wie er schlürfend den heißen Kaffee einsog. Wie er Löffel und Messer auf das Porzellan klirren ließ. Das Atmen. Das Knistern des gestärkten Hemds.

»Ich fand's übrigens trotzdem gut.«

»Was?«

»Dass du gestern zu denen hingefahren bist. Und was du gesagt hast. Auch wenn es nichts gebracht hat.«

Verarschte er ihn? Selbst wenn nicht. Dass er davon wusste, ja dass er praktisch dabei gewesen war, gefiel Linus nicht.

07:26 Uhr

IGITT! IHRE WANGE LAG in etwas Feuchtem. Mit einem Satz fuhr sie hoch und strich sich das platt gelegene Haar aus dem Gesicht. Blut. Auf dem Kissen war Blut. Die Platzwunde an ihrer Lippe musste wieder aufgesprungen sein. Hektisch schüttelte sie ein Papiertaschentuch aus dem Päckchen auf dem Nachttisch und drückte es auf die Verletzung. Dabei streifte ihr Blick den Wecker. Schon halb acht! Wieso hatte das blöde Ding nicht geklingelt? Vermutlich weil sie ihn nicht angemacht hatte. Mist!

Sie sprang aus dem Bett. Ihr nächster Gedanke: Simon. Dann: Polizei. Und schließlich: Linus. Ihr Herz sank wie ein Stein und wummerte in ihrem Bauch weiter. Gestern. Seine Worte. Sein Blick. Diese letzten Gedanken und Erinnerungen schob sie sofort wieder beiseite. Ihre Liebe war verloren, und die Zeit, diesen Verlust zu betrauern, würde kommen, aber sie war noch nicht da.

Barfuß, das Taschentuch noch immer auf ihrer Lippe, eilte sie zu Simons Zimmer. Sie klopfte an, ehe sie vorsichtig die Tür aufschob und eintrat. Das Bett war unberührt. Irritiert schaute sie sich um. War er ohne sie zur Polizei gegangen? Weil er dort nicht mit seiner kleinen Schwester als seelischem Beistand aufkreuzen wollte? Das hätte zu ihm gepasst.

Doch dann sah sie den Zettel auf dem Nachttisch liegen, sie erkannte sofort Simons ungelenke Handschrift, und da wusste sie, dass er sie einmal mehr hintergangen hatte.

Meine süße Kirsche!

Sorry dass ich Dich schon wieder enttäusche. Aber Polizei, Knast und so ist einfach nicht mein Ding. Die Mutter von deinem Freund lebt bestimmt nicht mehr und die Bullen hängen mir das an, das ist ja klar. Ich bin weg und wenn du eine gute Schwester bist sagst du den Bullen nichts davon und giebst mir eine Chance. Wenn nicht musst du halt dein Ding machen und mit den Folgen leben. Machen wir ja alle irgendwie.

Hab dich trotzdem lieb (und der Schlag den ich dir verpasst hab tut mir genauso weh wie dir, das verzeih ich mir nicht).

Wir sehen uns wieder, in diesem oder einem anderen Leben.

Simon

In diesem oder einem anderen Leben – was meinte er denn damit? Oder war das nur so ein Spruch?

Sie sank auf die Bettkante nieder, den Brief in der Hand, und schaute zum Fenster, das vom morgendlichen Himmelsblau erfüllt war. Er ließ sie also wieder hängen. Versuchte sich aus seiner Verantwortung zu stehlen. Obwohl er etwas anderes versprochen hatte. Hatte er in letzter Sekunde gekniffen? Oder sie von Anfang an belogen?

Nicht wichtig.

Was sollte sie jetzt tun?

Eine loyale Schwester sein und ihm Rückendeckung geben? Oder, wie er es nannte, ihr Ding machen? Aber was war denn ihr Ding? Verrat? Denunziation? Treulosigkeit?

Sie nahm das Taschentuch von der Lippe. Da war ein großer roter Fleck in der Mitte, wie eine untergehende Sonne. Was sollte sie bloß tun?

Linus hasste sie bestimmt. Wenn sie zur Polizei ging, würden auch ihre Eltern und ihre Brüder sie hassen. Freunde, zu denen sie gehen konnte, hatte *Gangster-Lucy* keine. Ohne ihre verkorkste Familie würde sie der einsamste Mensch auf der ganzen Welt sein.

08:17 Uhr

DAS REICH SEINES VATERS. Hier zu sein, alleine, umstellt von drei Flachbildschirmen – das flößte ihm Respekt ein. Er legte den Schlüssel, den er am Abend zuvor von seinem Vater aus dem Krankenhaus geholt hatte, auf den Tisch und machte nur einen der Computer an. Die Lüftung summte, als er hochfuhr. Auf einem der drei Bildschirme erschien ein Eingabefeld für das Passwort, die anderen beiden blieben dunkel. Linus erinnerte sich an Franks Zettel vor ein paar Tagen: Ort und Jahr seiner Zeugung, ineinander verschränkt, statt der beiden O zwei Nullen: 19L0nd0n96. Er gab es ein und war drin. Als er den Stick in einen der Ports steckte, öffnete sich ein Fenster und zeigte die Datei *0* an. Er setzte die Kopfhörer auf, klickte erst auf die Datei, dann auf *Play* und schloss die Augen.

Das Krachen, obwohl erwartet, kam so plötzlich, dass er zusammenzuckte. Danach: Knistern, Brummen, Knacken, ein akustischer Vorhang vor einem Raum, der dahinterlag. Er tastete hindurch, doch es blieb alles unbestimmt. Vage. Die Stimme. Kein Zweifel: ein Mann. Redete. Was? Nur einzelne Worte schwappten aus der Suppe: *Ich* –

keine – nie – Liebe – Schlampe – Drecksch … Weinte er? War er betrunken? Nicht zu sagen. Zu weit weg war das alles.

Die Aufnahme riss ab. Er hörte sie noch ein paarmal an, doch immer mit demselben Ergebnis. Die Qualität war ganz einfach zu schlecht, um etwas zu verstehen.

13:07 Uhr

OKAY, DACHTE LUCY, wenn ich mal irgendwann als Geist herumspuken muss, weiß ich, wie sich das anfühlt.

Wie lange fuhr sie jetzt schon so durch die Gegend? Ziellos. Ruhelos. Unsichtbar. Wie ein Geist eben.

Obwohl das nicht ganz stimmte. Wenn ihr mal wieder die Tränen kamen, war sie ganz und gar nicht unsichtbar. Obwohl sie es sich wünschte. Denn so angesehen zu werden, gefiel ihr nicht: teils mit Mitleid, teils mit Tadel, weil sie so wenig Selbstbeherrschung hatte und ihre Umwelt mit ihrem Schmerz belästigte. Wenn die wüssten.

Statt zur Schule zu gehen, war sie am Morgen zur Polizei gefahren, um ihren Bruder zu verpfeifen. Alles hatte sie ihnen erzählt. Alles. Zuerst, dass sie für Benny gelogen hatte. Dann von dem belauschten Telefonat zwischen Simon und dem Mann, den sie für einen Trittbrettfahrer gehalten hatte, der aber wahrscheinlich einer der Entführer war. Und schließlich von der nächtlichen Fahrt zu der Halle, wo Simon seinen Lohn abgeholt hatte. Sie hatten auch noch wissen wollen, ob ihr Vater oder ihre Mutter mit der Sache zu tun hätten, und sei es nur als Mitwisser, und wie es mit ihrem kleinen Bruder Benny aussehe, was der wisse und was nicht. Sie hatte nur mit den Schultern gezuckt.

»Die reden nicht mit mir. Keiner von denen.«

Das hatte sie gesagt, ohne groß zu überlegen, und es stimmte. Niemand redete mit ihr. Niemand.

»Und was passiert jetzt?«

»Wir leiten eine Fahndung ein. Er kommt nicht weit.«

Sie hatte sich dabei ertappt, wie sie Simon innerlich die Daumen drückte. Aber das war nur ein Reflex gewesen. Nein, sie sollten ihn kriegen, und sie sollten dafür sorgen, dass er ihnen alles sagte. Und dann sollten sie endlich Linus' Mutter finden und befreien, damit wenigstens dieser Albtraum endete.

Der andere Albtraum freilich begann erst. Der Albtraum, der der Rest ihres Lebens war.

Es zog sie in den Park. Wie magnetisch. Zu der Brücke. Ihrer Brücke. Sie warf das Fahrrad ins Gras und verschwand in ihrem kleinen Versteck. Hier hatten sie gesessen. Hier hatte er sie geküsst. Die Erinnerung tat weh. Aber das sollte sie ruhig. Der Schmerz verband sie mit Linus, und im Moment war ihr alles recht, was sie mit ihm verband.

Verloren. Alles war verloren.

Sie setzte sich auf die kalte, feuchte Erde.

Am besten, ich gehe weg, dachte sie. Nach Frankfurt. Oder noch besser nach Berlin. Wo mich garantiert niemand kennt. Wo ich neu anfangen kann.

Aber was hieß schon neu? Ihr Leben hatte ja noch gar nicht richtig begonnen. Alle Anfänge waren im Ansatz verkümmert. Was kein Wunder war, wenn alles an einem zerrte und einen am Vorankommen hinderte.

Frankfurt. Berlin. So ein Quatsch. Wie sollte das gehen? Sie hatte niemanden, der ihr helfen würde. Sie hatte kein Geld. Sie ging noch zur Schule.

Wie um sich selbst noch einmal zu beweisen, wie allein sie war, holte sie ihr Handy heraus und durchsuchte ihre Kontakte. Wen hätte sie jetzt anrufen können? Höchstens Dieter. Aber der gehörte eigentlich mehr in Linus' Welt als in ihre, er war ja mit der ganzen Familie irgendwie verbandelt. Sie schaltete das Handy aus.

Ich bleibe einfach hier sitzen, dachte sie und schaute auf die kleinen Wellenberge und -täler im Bach, die an ihr vorüberzogen. Die hatten es gut. Die konnten einfach verschwinden.

14:01 Uhr

»SIE SAGEN, SIE WOLLEN MICH noch länger hierbehalten«, sagte Linus' Vater. »Untersuchungen machen. Weil vielleicht was mit meinem Herz nicht stimmt. So ein Unfug.«

»Du solltest auf sie hören, Pa.«

»Und was ist mit dir? Ich kann dich doch nicht alleine lassen. Gerade jetzt.«

»Du kannst eh nichts machen. Keiner von uns.«

Linus kam sein Vater heute noch schwächer vor als gestern. Selbst seine Empörung wirkte kraftlos. Schicksalsergeben. Linus musste an den Apfelbaum denken. Der Ast hatte so robust gewirkt. Erst als er gebrochen war, hatte man gesehen, wie geschwächt er im Innern bereits gewesen war.

»Dieses verdammte Pfeifen!«

Sein Vater schlug sich mit der flachen Hand auf das Ohr. Dann ließ er den Kopf ins Kissen sinken. Die Untersuchungen am Vormittag hatten ihn sichtlich ermüdet.

»Ich geh jetzt, Pa, du solltest ein bisschen schlafen.«

»Was? – Ach so. Ja.«

Linus stand auf und stellte den Stuhl zurück an den Tisch. Der Abschied fiel aus, als wäre er für länger, obwohl Linus am späten Nachmittag wiederkommen würde. Sie umarmten sich, hielten sich aneinander fest.

»Tapferer junger Mann«, sagte sein Vater, nachdem ihre Umarmung sich gelöst hatte.

Linus lächelte verlegen. Er hielt sich nicht gerade für tapfer.

Vor der Tür fing ihn einer der Ärzte ab und erklärte ihm, dass der Zustand seines Vaters ernster sei als angenommen. Nichts Akutes oder gar Lebensbedrohliches, aber doch etwas, dem man nachgehen müsse. Das Herz wirke angeschlagen.

»Du solltest derzeit jede Aufregung von ihm fernhalten. Verstanden?«

Linus nickte.

Als er das Krankenhaus verließ, um zur Bushaltestelle zu gehen, klingelte sein Handy. Es war Frank. Linus hatte sich kaum gemeldet, da legte er auch schon los.

»Wo bist du?«

»Vor dem Krankenhaus. Ich war bei Pa. Es geht ihm nicht so toll.«

»Bleib da. Ich hol dich ab.«

»Was ist denn los?«

»Wir haben wieder was gekriegt. Von den Entführern.«

»Was denn?«

»Nicht am Telefon. Ich bin gleich bei dir.«

War das Absicht? Oder nur Gedankenlosigkeit? Ein Mangel an Feingefühl? Auf jeden Fall war es typisch Frank! Wie konnte er ihn einfach so stehen lassen, in völliger Ungewissheit darüber, was die Entführer geschickt hatten? Wenigstens eine Andeutung hätte er machen können. Wahrscheinlich war es eine neue Audiodatei. Aber was befand sich darauf? Wieder nur Atmen? Oder endlich eine richtige Botschaft? Vielleicht sogar eine Forderung? Etwas, das hoffen ließ, dass diese Schreckenszeit irgendwann einmal zu Ende ging? Nein, er machte sich besser nichts vor. Nach Hoffnung hatte Frank nicht geklungen. Eher so, als würde alles noch schlimmer.

Linus überquerte den Parkplatz und wartete an der Straße. Wenn nun das, woran er nicht einmal zu denken wagte, Wirklichkeit geworden war? Sollte es so sein, durfte sein Vater auf keinen Fall davon erfahren. Nicht auszudenken, wenn er in seinem jetzigen Zustand …

Das Hupen seines Handys riss ihn aus den Gedanken. Er holte es aus der Hosentasche. Eine SMS war eingegangen. *Unbekannter Absender,* stand im Display. Er öffnete die Nachricht. Sie enthielt nur einen Satz: *Hörst du den Tod?* Ein kalter Schauder lief ihm über den Rücken. Was sollte das bedeuten? Wieso sollte er hier den Tod hören? Alles, was er hörte, war das Heulen eines Wagens mit hochdrehendem Motor, der die Straße herabjagte. Er musste nicht aufschauen, um zu wissen: Es war Frank.

14:58 Uhr

»Du musst jetzt stark sein, Linus«, sagte Frank, während er den Mediaplayer startete. Die ganze Fahrt über hatte er sich darum gedrückt, endlich damit rauszurücken, was sich auf der neuen Audiodatei befand. Stattdessen hatte er sich über die Cleverness der Entführer verbreitet. Die hatten die neue Datei anonym in den digitalen Briefkasten eines überregionalen Nachrichtenmagazins hochgeladen, das auf diese Weise eigentlich Whistleblowern in Politik und Wirtschaft die Möglichkeit bieten wollte, vertrauliche Unterlagen zu lancieren, ohne ihre Identität preisgeben zu müssen. Dass die Entführer immer neue Wege der Kontaktaufnahme suchten und fanden, zeige einmal mehr, wie schwer es sein würde, sie zu fassen. »Wir sind aber noch ein bisschen schlauer«, machte Frank Mut. Es klang wenig überzeugend.

»Die Datei ist noch nicht bearbeitet«, sagte Frank jetzt, »das wird gerade gemacht. Aber vielleicht hörst du ja trotzdem schon was raus.« Er schob die Kopfhörer über den Tisch.

Linus setzte sie auf und schloss die Augen.

Wieder das Knacken. Die Tür, die aufspringt. Dahinter der Raum. Diffuser. Verliert sich. Das Rauschen der Schleuse – viel leiser als zuvor, nur eine Ahnung. Atmen. Flach zuerst. Plötzlich ein tiefer Atemzug. Wie ein Schrei. Ausstoßen. Husten. Noch einer. Angst. Er spürt sie. Sie packt ihn. Röcheln. Kampf. Ein Rin-

gen. Wer mit wem? Er weiß es nicht. Ein Schlag. Metall, das auf Beton fällt. Wegrollt. Und wieder ein Atemzug. Noch einer. Ja, es ist ein Kampf. Ein Kampf um Luft. Ein Ringen um alles. Ein letztes tiefes, rasselndes Einatmen – Innehalten, wie vor Schreck – Stille. Stille, die nicht aufgeht im Rauschen des Raumes. Stille, die nicht zu überwinden ist. Stille, die bleibt, weil sie immer da war und immer da sein wird … Das Knacken wirft ihn heraus, aber etwas ist in ihm, etwas hat sich in ihn hineingefressen wie Säure.

Linus schlug die Augen auf und nahm den Kopfhörer ab. Erst jetzt merkte er, wie wild sein Herz schlug. Seine Hände zitterten. Es war, als wisse sein Körper bereits, was seinen Verstand noch nicht erreicht hatte.

Frank sah ihn nur stumm an. Unfähig zu sprechen, wie es schien. Um Fassung ringend. Wann hatte er ihn je so gesehen? Da konnte auch Linus nicht länger verleugnen, was er eben gehört hatte …

16:13 Uhr

ALLES IN IHM WAR WIE BLOCKIERT. Die Gedanken. Die Gefühle. Wie versteinert. Da war es gut, wenigstens die Muskeln zu spüren. Wie sie sich bis zum Äußersten anstrengten, während er den steilen Hügel hinauffuhr. Fast hoffte er, irgendwas in seinen Oberschenkeln würde reißen. Fast sehnte er den körperlichen Schmerz herbei. Nur um von dem seelischen erlöst zu werden, der so überwältigend war, dass er ihn gar nicht spürte, außer als Abgrund, als Leerstelle, die ihn zu verschlingen drohte.

Hörst du den Tod?

Ja, er hatte ihn gehört. Das Röcheln. Den Kampf. Das Einatmen, dem kein Ausatmen folgte. Er hatte es gehört, und er hörte es noch, und so würde es vielleicht bleiben, bis er selbst den letzten Atemzug tat.

Was passierte hier? Was war passiert? In welchen Albtraum war er gefallen und warum? Er wünschte nur noch, daraus zu erwachen. Und dass alles so war wie früher. Aber das würde nicht passieren.

Oben auf dem Hügel sprang er vom Rad, packte es und warf es in den Graben. Dann schrie er all seine Verzweiflung in den schwülen Sommertag hinaus. Doch da war niemand, der ihn hörte. Niemand, der ihm antwortete. Er hasste die Sträucher und Bäume und das Getreide auf den Feldern und den Himmel und die Erde für ihre Gleichgültigkeit. Die ganze Welt hasste er für das, was ihm angetan worden war. Wieso ihm? Wieso seiner Mutter? Was war der Sinn darin? Kein Sinn. Nur eine Laune des Schicksals. Und das war die größte Grausamkeit überhaupt.

Seine Mutter – tot.

Nie mehr ihr Lächeln.

Nie mehr ihr Zwinkern.

Nie mehr ihre Umarmungen und Küsse.

Und nie mehr ihre Stimmungsschwankungen.

Nie mehr ihre unüberlegten Aktionen.

Nie mehr ihre stummen Vorwürfe.

Er vermisste das alles so sehr. Das Gute und das Schlechte an ihr. Alles. Alles, was sie gewesen war.

Der Schmerz und die Wut ließen nach. Zumindest für den Moment. Er holte sein Fahrrad aus dem Graben. Ein flüchtiger Blick genügte, um zu sehen, dass es heil war. Er stieg auf und fuhr zurück in Richtung Stadt, nach Hause.

Auf halbem Weg kam ihm Frank entgegen. Er hupte, ließ die Scheinwerfer mehrmals aufblitzen. Dann stellte er den Wagen quer auf die Straße, wie eine Barrikade, und sprang heraus.

Er hielt an, stieg vom Rad.

»Hier bist du! Ich hab mir schon Sorgen gemacht.«

Linus schwieg. Er konnte nicht reden. Was auch?

Frank kam um den Wagen herum.

»Es tut mir leid, dass ich dich nicht vorgewarnt hab. Ich wusste nicht, wie. Und ich hatte Angst, du würdest … dich verweigern. Ich brauch dich, Linus. Deine Mutter braucht dich.«

Meine Mutter ist tot!, brüllte es in ihm. Doch es wollte kein Laut über seine Lippen.

»Ich weiß, wie sich das angehört hat.« Er wischte sich mit der bloßen Hand den Schweiß aus dem Nacken. »Aber das muss noch nichts bedeuten. Zumindest nicht, dass Vera – na ja, du weißt schon. Es ist noch zu früh, um sie schon aufzugeben.«

Erst wenn wir ihre Leiche gefunden haben … Meinst du das?

»Wir alle müssen Opfer bringen. Dinge tun, die wir nicht wollen. Die uns schwerfallen. Müssen uns überwinden. Aber das ist unwichtig. Es geht nicht um uns. Es geht um deine Mutter.«

Glaubst du, ausgerechnet du musst mir das erzählen? Lass mich! Lass mich einfach in Ruhe!

Er schob das Fahrrad an Franks Auto vorbei, stieg auf und fuhr davon.

Meine Mutter ist tot!

22:03 Uhr

LINUS HOCKTE AUF DEM BODEN und sinnierte vor sich hin. Seit einer Ewigkeit. Zeit bedeutete nichts mehr. Hätte jemand ihm gesagt, dass er in der nächsten Minute sterben werde, hätte er nur mit den Schultern gezuckt. Was machte es für einen Unterschied, ob man in fünf Minuten, in fünf Jahren oder in fünfzig Jahren abtrat?

Schlimm war der Tod sowieso nur für die, die weiterleben mussten. Mit all dem, was nicht mehr zu ändern war. Wenn man zum Beispiel etwas Gemeines gesagt hatte und der andere kam nicht mehr zurück, dann waren das für immer die letzten Worte, und die Gemeinheit war das letzte Gefühl. So was ließ sich nicht wegwischen. Nicht mehr klären. Nicht mehr gutmachen. Es war für die Ewigkeit.

Oder Schuld.

Schuld war noch übler.

Sein Blick fiel unters Bett, wo es schon stockdunkel war, während im Zimmer noch Dämmerung herrschte. War er schuld daran, dass seine Mutter nicht rechtzeitig gefunden und befreit worden war? Weil er sich an die Spielregeln der Entführer gehalten hatte, statt Frank und dieser Kommissarin sofort von den Botschaften, dem Buch und dem USB-Stick zu erzählen? Wenn er Glück hatte, war all das sowieso nur eine große Verarsche gewesen, die ins Leere führte. Denn hätte dieser kranke Typ ihm ernsthaft einen Hinweis geschickt, der ihn auf seine Spur führte? Aber falls doch, falls dieses Arschloch genau diesen Kick brauchte und es die Chance zur Rettung seiner Mutter gegeben hatte – wie sollte er damit leben?

Egal, was er machte, seiner Mutter würde er nicht mehr helfen. Es ging nur noch darum, ihren Mörder zu erwischen. Die Vorstellung, dass er und seine Helfer niemals gefunden wurden, dass sie einfach damit durchkamen und unbehelligt weiterlebten, war unerträglich.

Wieso brachte er es dann trotzdem nicht über sich, den Karton unter dem Bett hervorzuholen?

Heiße Tränen rannen über seine Wangen. Er wischte sie nicht weg. Sie tropften auf seine Hose und bildeten dort dunkle Flecken.

Am liebsten hätte er alles verbrannt: das Buch, den USB-Stick, den Karton. Die Nachrichten auf seinem Handy zu löschen war nur ein Klick. Niemand brauchte etwas von all diesen Dingen zu erfahren. Die Entführer, falls sie jemals gefasst würden, würden vielleicht davon erzählen, aber er konnte alles leugnen. Wäre das nicht die einfachste Lösung?

23:17 Uhr

WORAN ERKANNTE MAN EIGENTLICH, dass man wahnsinnig geworden war? Und woran, dass man gestorben war? Das berühmte Licht am Ende des Tunnels hatte sie jedenfalls noch nicht gesehen. Um sie herum war alles stockdunkel. Oder hatte sie die Augen zu? Nein, die Augen waren offen. Sie war auch nicht erblindet. Zumindest glaubte sie es nicht, aber es gab ja auch so was wie eingebildete Blindheit, aus einer Hysterie heraus. Also war sie doch eher wahnsinnig als tot.

Natürlich war sie wahnsinnig. Was sonst? Wie hätte sie all das ertragen können, ohne wahnsinnig zu werden? Sie war in völliger Dunkelheit aufgewacht. In einem Loch, einer Gruft oder einer Kiste, die nur ihr Sarg sein konnte. Lebendig begraben. Erst hatte sie geschrien, bis ihre Stimme brach. Seither lag sie nur noch da. Innerlich und äußerlich gelähmt. Schlief. Oder dachte nach. Obwohl es kein Schlaf war und auch kein Nachdenken, sondern irgendwas anderes, was sie tat oder was mit ihr passierte, während sie nichts tat.

Sie bewegte die festgeschnallte Hand, die Beine in den Riemen. Nur um sie zu spüren. In dieser Dunkelheit, dieser Ruhe ging einem schnell etwas verloren. Plötzlich war es weg, und man wusste nicht, wohin. Mit der freien Hand nahm sie eine der Flaschen, die er ihr hereingelegt hatte. Mit einem Sauger obendrauf, wie für Babys. Damit das Wasser nicht auslief, wenn sie flach neben ihr lag. Sie nahm einen Schluck. Lauwarm. Scheußlich. Er hatte auch irgendwas zu essen hingelegt, sie wusste nicht, was. Anscheinend sollte sie noch ein wenig leben in diesem Sarg. Aber sie hatte keinen Hunger.

Das Summen war noch da. Irgendwo ein Ventilator. Ein feiner Luftzug. Nur ein Hauch eigentlich. Wenn er den Ventilator ausmachte, wie lange würde es dauern, bis sie erstickte? Würde er es so machen? Sie ersticken lassen? Die Angst fasste sie mit einer klammen Hand an, aber sie hatte keine Kraft, sich gegen sie zu wehren. Und es war, als wende die Angst sich gelangweilt von ihr ab und lasse sie in Ruhe.

Da hörte sie etwas. Töne, die sich aus dem Summen des Ventilators lösten. Eine Folge von Tönen. Eine Melodie. Sie wusste, dass sie sie schon mal gehört hatte. Oft sogar. Aber sie kam nicht darauf, was es war. Kam einfach nicht darauf.

Doch! Jetzt fiel es ihr ein. *Valse Frontenac.* Es war Linus, der für sie spielte. Linus … ihr geliebter Linus …

Tränen rannen aus ihren Augenwinkeln und verloren sich in ihrem Haar. Sie summte mit, und da wurde es plötzlich hell, und sie sah ihn, und sie stand auf und trat zu ihm, und er lächelte sie an, als sie sagte: *Darf ich bitten?*

Noch 4 Tage

07:11 Uhr

Lucy schlich aus der Wohnung. Es war noch viel zu früh für die Schule, aber sie wollte niemandem aus ihrer Familie begegnen. Den großen Knall noch ein wenig hinausschieben. Darum war sie gestern auch erst nach elf Uhr heimgekommen, auf Zehenspitzen, und hatte sich sofort in ihr Zimmer verkrochen. Sie hatte danach kaum ein Auge zugetan, obwohl sie so müde gewesen war. Erst gegen Morgen war sie eingeschlafen, aber schon nach einer Stunde wieder hellwach gewesen.

Auf der Straße war es ruhig, abgesehen von der Bäckerei hatten die Geschäfte noch zu. Die Zivilpolizisten in ihren Autos schauten nur kurz von der Zeitung oder dem Kreuzworträtsel auf, folgten ihr aber nicht. Wenn sie glaubten, Simon werde über kurz oder lang wieder nach Hause zurückkehren, irrten sie sich. Er kannte eine Menge zweifelhafter Gestalten, bei denen er ein Weilchen unterschlüpfen konnte. Natürlich nicht für immer. Irgendwann würden sie ihn kriegen, sie hoffte nur, dass es dann nicht zu spät war.

Sie wollte heute nicht das Fahrrad nehmen, sondern den Motorroller und ging in Richtung Garage. Ob Linus schon von ihrer Aussage bei der Polizei erfahren hatte? Natürlich würde dadurch nicht sofort alles wieder gut sein, aber ihr Herz klammerte sich hartnäckig an die winzig kleine Hoffnung, er könnte sich bei ihr melden, um noch einmal mit ihr zu reden.

Die Garage war nicht abgeschlossen. So wie es aussah, war Simon vor seiner Flucht hier gewesen, um sich ein paar seiner Sachen zu holen. Ihr Motorroller war aber noch da.

Sie fuhr ziellos durch die Gegend, bis es Zeit für die Schule wurde. Im langen Schatten des Ahorns hielt sie an und sah eine Weile zu, wie ihre Mitschüler aus Bussen drängten und über den Hof zum Eingang strömten. Andere lungerten herum und schoben den Beginn des Schultages bis zur allerletzten Sekunde hinaus. Keiner beachtete sie. Alles kam ihr fremd vor. So als gehöre sie schon nicht mehr dazu. Sie startete den Motor und fuhr davon.

Wo sollte sie hin?

Nur ein Platz fiel ihr ein: die Brücke im Park.

Sie erinnerte sich an etwas, worüber sie mit Linus gescherzt hatte: dass sie dort leben würden. Wildromantisch. Unter der Brücke sieben, hatte er sie aufgezogen. Nun sah es so aus, als würde sie tatsächlich dort einziehen müssen. Allerdings ohne ihn.

07:29 Uhr

ES HÖRTE SICH AN WIE EIN HUSTEN. Oder eigentlich mehr wie ein Keuchen. Irgendwas dazwischen, er konnte es nicht genau sagen. Auf jeden Fall seltsam. Ein Blick auf seinen Wecker: Es war halb acht. Schon so spät! Obwohl er nichts versäumte, wenn er länger liegen blieb, stand er auf. Horchte noch einmal. Jetzt war es still. Trotzdem wollte er lieber nachsehen, was los war. Vielleicht war ja sein Vater nach Hause gekommen. Hoffentlich nicht, dachte er sofort. Sein Vater durfte auf keinen Fall erfahren, was passiert war. Er hatte Frank gestern noch erzählt, was der Arzt gesagt hatte, und ihm eingeschärft, er solle die Polizei von ihm fernhalten. Was im Krankenhaus erheblich leichter war. Er sprang in seine Jeans und zog sich auf dem Weg nach unten ein frisches Shirt über.

In der Küche stand zum Glück nicht sein Vater, sondern Frank. Er stützte sich auf die Anrichte, ließ den Kopf tief nach unten hängen. Das verknitterte Hemd hing ihm hinten aus der Hose, die Ärmel waren hochgekrempelt, die Krawatte lag auf dem Tisch.

»Morgen.«

Frank hob den Kopf, wandte sich träge um und sah ihn aus geröteten Augen auf eine Weise an, als sei Linus der, der hier störte. Statt zu antworten, nickte er nur.

»Alles klar bei dir?«

Wieder bloß ein Grummeln.

Als Linus näher trat, verstand er, was los war. Franks Alkoholfahne reichte bis in die Mitte der Küche. Und was war das an seinem Ohr? Lippenstift?

Nicht zu fassen! So nahe ging ihm also der Tod der Frau, die ihn zum Paten ihres Sohnes gemacht hatte. Kapierte er nicht, dass er damit ein Teil der Familie war? Kapierte er überhaupt irgendetwas? Oder war ihm alles komplett egal!?

»Ich will, dass du gehst. Sofort!«

»Hä?«, machte er nur.

»Du hast mich ganz genau verstanden.«

Er wurde nicht laut, sondern immer leiser.

Frank registrierte, dass etwas nicht stimmte, aber so ganz auf die Reihe bekam er es nicht. Er sagte nur: »Spiel dich nicht so auf, Junge.«

»Du bist echt das Letzte!«

»Was weißt du schon.«

»Raus hier!«

Linus wies mit dem ausgestreckten Arm zur Tür, aber statt der Aufforderung nachzukommen, packte Frank ihn, stieß ihn auf einen Stuhl und sah ihn mit Feueraugen an.

»Komm endlich mal runter von deinem hohen Ross. Du bist nicht der Einzige, dem es gerade dreckig geht.«

»Dir ist doch alles scheißegal! Wo warst du denn die ganze Nacht? Mama ist wahrscheinlich tot, und dich kümmert es einen Scheiß, wie es mir oder Pa oder sonst jemandem damit geht. Du säufst dir lieber mit irgendeiner Tussi einen an und gehst mit ihr ins Bett! Auf so jemanden kann ich verzichten!«

Während er sich die Wut von der Seele schrie, brachen auch alle anderen Dämme, ein Tosen rollte über ihn, packte ihn und riss ihn mit sich. Seine Mutter. Sie war fort. Vielleicht für immer. Die Erkenntnis erschütterte ihn immer wieder aufs Neue, ließ ihn erzittern, verbog ihn, wie um zu testen, wann er zerbrach. Ein Tränenfilm ließ alles vor seinen Augen verschwimmen, Frank, die Küche, die ganze Welt versank in einer Flut aus Tränen.

»He«, rief jemand in diese versinkende Welt hinein, »hör mir zu!« Zwei Hände, die ihn packten, schüttelten, aber auch – und das war gut – hielten. Über Wasser hielten, sodass er nicht ertrank. »Linus! Beruhige dich! Wir dürfen deine Mutter nicht aufgeben! Egal, was wir auf dieser Aufnahme gehört haben. Es besagt nichts!«

Die Hände blieben an seinen Schultern, bis die Flut verebbte. Dann ließen sie ihn los. Er wischte sich die Tränen aus den Augen. Zumindest versuchte er es, aber erst einmal blieb alles verschwommen.

»Aber auf der Aufnahme … da ist doch jemand … gestorben …«

»Das wissen wir nicht. Es kann alles Mögliche sein.«

Doch, wir wissen es. Ich weiß es. Weil er es mir geschrieben hat. *Hörst du den Tod?*

Das wollte er sagen, aber er tat es nicht. Konnte es einfach nicht. Denn es fühlte sich an, als würde er sagen: *Ich habe sie getötet! Durch mein Schweigen!*

Aus der Unschärfe vor seinen Augen tauchte ein kahler Kopf auf, ein Gesicht mit harten, aber auch starken Zügen, zwei Augen, die ihn streng ansahen.

»Unser Ziel bleibt, deine Mutter zu finden und zu befreien. Kapiert? Was anderes will ich nicht hören.«

Auch wenn Frank das vielleicht nur sagte, um ihn zu trösten, tat es ihm gut. Genau wie es guttat, dass er da war.

In diesem Moment läutete es an der Tür.

»Scheiße, sie ist schon da.«

»Wer?«

Statt zu antworten, klopfte Frank ihm auf die Schulter. »Geht's wieder?«

Er nickte.

»Machst du mal auf?«

Wieso sagte er nicht, wer so früh schon zu Besuch kam? Hoffentlich nicht die Frau, mit der er die Nacht verbracht hatte. Nein, so dreist konnte nicht einmal er sein.

Während Frank begann, hektisch sein Hemd in die Hose zu stecken, schlurfte Linus in den Flur, um zu sehen, wer vor der Tür stand. Aus der Sprechanlage meldete sich Kerstin Stelter. Okay, das war in Ordnung. Er öffnete das Tor und schloss auch die Haustür auf. Als er wieder in die Küche kam, band Frank sich gerade die Krawatte.

»Ich hab ihr Kaffee versprochen«, sagte er. »Machst du mal, bitte?«

Eben war er kurz davor gewesen, Frank ein wenig zu mögen. Dass er jetzt zum Hausdiener degradiert wurde, machte es sofort wieder zunichte. Trotzdem kam er der Aufforderung nach und stellte sich an die Kaffeemaschine.

Kurze Zeit später hörte er Kerstin Stelters Wagen vor dem Haus ausrollen, das Brummen des Motors verstummte. Frank lief in den Flur, um sie zu empfangen.

»Na, alles klar?«

»Alles klar. Kaffee ist in Arbeit.«

»Das Hemd von gestern?«

»Äh … ich zieh mir rasch ein neues an.«

Franks Schritte eilten die Treppe hinauf, Kerstin Stelters Absätze klackten Richtung Küche. Linus schaute nur kurz über die Schulter, als sie eintrat, und wünschte einen guten Morgen. Sie sah wieder ein bisschen zu aufreizend aus, fand er.

»Wie geht es dir?«

»War schon besser.«

»Kann ich mir vorstellen. Wird aber auch wieder besser.«

Die Kaffeemaschine war befüllt, er schaltete sie ein.

»Ich weiß nicht, ob Frank es dir gesagt hat, aber Lucy Sommer war gestern bei uns und hat uns alles erzählt, was sie weiß. Freiwillig. Über ihre Brüder. Sie hat auch das Versprechen gehalten, das sie dir gegeben hat. Dass sie das mit der Entführung für sich behält, meine ich. Sie wollte nur ihren kleinen Bruder schützen. Das Mädchen ist in Ordnung. Sie hat eine zweite Chance verdient.« Kerstin Stelter lehnte sich an die Tischkante.

Linus drehte sich zu ihr um. »Das wäre dann schon die dritte.«

»Sie hat es nicht leicht mit so einer Familie. Aber das musst du selbst entscheiden. Ich wollte nur, dass du es weißt.«

Warum hatte Frank ihm das nicht erzählt? Dem war so was wohl eher egal. Und das war es ja auch. Wieso kam Lucy jetzt damit an? Jetzt, wo niemandem mehr damit geholfen war?

Als das Schweigen beinahe so unerträglich wurde wie die Frage, die in der Luft hing, sprach Linus sie endlich aus: »Glauben Sie, dass meine Mutter noch lebt?«

Kerstin Stelter senkte die Lider und umfasste mit beiden Händen die Tischkante.

»Es kommt nicht darauf an, was ich glaube. Wir gehen jedenfalls nicht davon aus, dass sie tot ist.«

Er sammelte gerade seinen Mut, um ihr zu erzählen, was er von den Entführern erhalten hatte, als er Franks laute Schritte auf der Treppe hörte. Mit einem makellos weißen, vor Frische nur so strahlenden Hemd kam er herein, und nicht genug damit, er hatte offenbar auch eine reichliche Menge Duftwasser aufgelegt. Jedenfalls lief ihm die Wolke um einige Meter voraus und übertönte seine Alkoholfahne.

»Wie weit ist der Kaffee?«

Während er das sagte, ging Kerstin Stelter auf ihn zu und wischte mit ihrer Fingerspitze mehrmals über sein Ohrläppchen. Erst fragte Linus sich, warum sie das tat, doch dann erinnerte er sich wieder an den Abdruck des Lippenstifts, den er dort bemerkt hatte. Und erst jetzt fiel ihm auf, dass es der gleiche war, den Kerstin Stelter trug.

09:25 Uhr

LINUS ZOG DEN SCHLÜSSEL am roten Bändchen aus der Hosentasche und schloss auf. Schon im Flur spürte er, dass Leute hier gewesen waren. Polizeibeamte, die in den Sachen seiner Mutter nach einer Spur gesucht hatten, die zum Entführer führte. Das Lämpchen am Anrufbeantworter blinkte. Sechs neue Anrufe, verriet die Digitalanzeige. Linus drückte auf die *Play*-Taste. Alle Anrufer hatten aufgelegt, ohne eine Nachricht zu hinterlassen, bis auf einen: Dieter.

»Hallo, Vera. Wo warst du denn die ganze Zeit? Ich wollte dich daran erinnern, dass du Linus' Unterrichtsgeld für den laufenden Monat noch nicht überwiesen hast. Allerdings setzt er ja gerade aus. Keine Ahnung, wie wir das jetzt machen. Ruf mich doch bitte an, damit wir das klären.«

In seinem Hals saß plötzlich ein dicker Kloß. Was war so verdammt traurig an dieser banalen Nachricht? Er kapierte es nicht. Oder eigentlich doch. Dieters Ahnungslosigkeit machte den Abgrund, den der Tod aufriss, überdeutlich. Auch wenn Frank und Kerstin Stelter so taten, als glaubten sie, dass seine Mutter noch lebte, so war doch unüberhörbar gewesen, dass sie ihm etwas vormachten.

Auch im Wohnzimmer fanden sich überall Spuren, die die Polizei hinterlassen hatte. Laptop und Tablet fehlten im Regal. Die Fotoalben im Fach darunter waren noch da. Natürlich war es keine gute Idee, sich ausgerechnet jetzt alte Fotos anzusehen. Aber er zog trotzdem einen Band heraus und ließ sich damit auf der Couch nieder. Die Bilder darin waren wirklich uralt. Alle vor seiner Zeit. Die meisten sah er sogar zum ersten Mal. Für die frühen Jahre seiner Eltern hatte er sich nie besonders interessiert. Wie schön seine Mutter gewesen war. So elegant. Sexy, aber auf die stilvolle Art. Und irgendwie unnahbar. Schon damals, als ganz junge Frau, kam sie so rüber. Sie, sein Vater und Frank waren anscheinend unzertrennbar gewesen. Drei waren eigentlich einer zu viel, das wusste sogar er schon, aber bei ihnen schien es funktioniert zu haben. Zumindest für eine gewisse Zeit.

Sein Vater war schon als junger Mann eine Erscheinung gewesen. Frank noch mit Haaren, wenn auch schon gelichtet – ein ganz anderer Typ. Eigentlich attraktiv, musste er zugeben. Wieso hatte er nicht geheiratet? Probleme mit Frauen hatte er anscheinend nicht, wenn man sich ansah, wie schnell er diese Kommissarin klargemacht hatte. Aber so wie die sich jeden Tag aufstylte, war sie vermutlich auch nicht besonders schwer herumzukriegen.

Die Bilder anzusehen war weniger schlimm als erwartet. Seine Eltern, Frank – sie kamen ihm vor wie Fremde. Und das waren sie irgendwie auch. Damals waren sie ja noch nicht seine Eltern gewesen, sondern nur Richard und Vera, die noch keine richtige Ahnung hatten, wohin das Leben sie führte. Was wusste er schon über die beiden? Kaum vorzustellen, dass sie all das, was man selbst durchmachte, auch erlebt hatten. Die Unsicherheiten und Aufregungen. Die Kämpfe und

Leiden. Den ganzen Stress zwischen Mädchen und Jungs und überhaupt mit dem Leben.

Linus holte sich ein anderes Album. Das war nicht ganz so alt. Unendlich viele Fotos, die ihn als kleinen Jungen zeigten, mit seiner Mutter, die stolz, aber auch ein wenig angestrengt wirkte. An seinem Vater dagegen war nichts angestrengt, ihm quoll der Stolz auf seinen Sohn aus allen Poren. Frank, der Patenonkel, war immer noch ein Teil des Ganzen, keine Familienfeier ohne ihn.

Moment mal! Was war das? Die Überraschung traf ihn wie ein Stromschlag. Wieso fiel ihm das erst jetzt auf? An Franks Hand. Ein Ring. Mit einem großen, viereckigen glatten Stein. Schwarz. Und richtig, jetzt erinnerte er sich auch, dass Frank früher einen Ring getragen hatte. Hektisch suchte er auf den weiteren Albumseiten nach einem Foto, auf dem der Ring besser zu sehen war. Er fand eines, auf dem er noch ein ganz kleiner Junge war und Frank ihn hochgenommen hatte und festhielt. Der Stein war groß im Bild und gut zu sehen. War das nicht ein Onyx? Jedenfalls sah er genauso aus wie der Splitter, den er und Lucy vor gut zwei Wochen im Flur gefunden hatten. Der Splitter, den sie neben dem Telefon abgelegt hatten und der auf unerklärliche Weise spurlos verschwunden war, nachdem Frank den Anrufbeantworter abgehört hatte.

Das Bild war nicht eingeklebt, sondern mit Fotoecken befestigt. Er nahm es heraus. Wie ein Beweisstück. Doch was bewies es eigentlich? Dass Frank hier gewesen war, im Haus von Linus' Mutter? Dass auf irgendeine Weise ein Splitter aus dem Schmuckstein des Rings geschlagen worden war? Vielleicht im Zuge einer Rangelei oder eines Kampfes? Konnte das sein? Oder ging gerade seine Phantasie mit ihm durch?

13:26 Uhr

DAS GELD HATTE NUR NOCH für einen Döner und eine Limo gereicht. Sie lehnte beim Essen an ihrem Motorroller und schaute auf die Leute, die vorüberkamen. Viele Schüler, die sich für den Unterricht am Nachmittag stärken wollten, dem Schulessen aber nichts abgewinnen konnten. Eine Welt, in der sie auch mal zu Hause gewesen war. Jetzt nicht mehr.

Nachdem sie gegessen hatte, schaltete sie ihr Handy ein. Sie erwartete, dass ihr Vater oder ihre Mutter angerufen oder vielleicht eine SMS geschrieben hatten. Wütend und voller Vorwürfe und Beschimpfungen. Doch nichts davon. Seltsam war das. Äußerst seltsam. Sie hatte sich ja schon am Tag zuvor gewundert, dass niemand sie in die Mangel genommen hatte, als sie spätnachts heimkam. Fast so, als wisse niemand Bescheid darüber, was sie bei der Polizei getan hatte. Ob die Bullen das tatsächlich verschwiegen hatten? Um sie zu schützen? Aber das hätten sie ihr doch gesagt. Oder?

Weil sie nicht wusste, wo sie sonst hinsollte, fuhr sie nach Hause. Obwohl sie noch immer davon überzeugt war, das Richtige getan zu haben, fühlte sie sich schuldig. Sie wagte nicht zu hoffen, dass ihre Eltern auch nur versuchen würden, sie zu verstehen.

Als trage sie eine tonnenschwere Last auf den Schultern, schleppte sie sich die Treppen hinauf. In ihrem Stockwerk angekommen, raste ihr Herz, und sie schwitzte wie nach einem Marathonlauf, während sie das letzte Stück durch den Flur zurücklegte.

Abgesehen vom Fiepen und Wummern der Playstation aus Bennys Zimmer war es still in der Wohnung. Sie ließ die Tür absichtlich laut ins Schloss fallen, damit alle wussten, dass sie zu Hause war. Keine zwei Herzschläge später schaute ihre Mutter aus der Küche. Offenbar in der Hoffnung, Simon sei wieder da. Dann die Enttäuschung, dass nur sie es war, und gleich darauf der kalte Zorn in ihren Augen.

Doch ihre Mutter sagte kein Wort, sondern kehrte in die Küche zurück.

Lucy ging zu ihr. Ihre Knie zitterten. Ihre Kehle war viel zu rau, um etwas zu sagen. Es dauerte eine Ewigkeit, bis sie endlich ein Wort herausbrachte: »Mama ...«

Ihre Mutter fuhr herum und sah sie mit einer Verachtung an, die sie wie eine Ohrfeige traf. Der Blick war beredter als alles, was sie hätte sagen können. Er schrie sie regelrecht an: *Nenn mich nicht Mama! Du hast keine Mama mehr!*

Sie fuhr herum. Wollte in ihr Zimmer rennen. Doch am Ende des Flurs stand ihr Vater. Auch er sah sie nur an. Jedoch nicht voller Zorn, sondern voller Trauer. So, als wäre jemand gestorben. Dann wandte er sich ab und ging in sein Büro zurück.

Sie lief in ihr Zimmer. Auf dem Bett lag ihr Bühnen-Outfit für das Musical. Über und über verschmiert. Mit Blut, dachte sie erst, aber es war nur Ketchup. Trotzdem total ruiniert. Benny – diese fiese Ratte. Sie schmiss die Klamotten in ihren Wäschekorb. Die Zimmermann würde sie umbringen, wenn sie ihre Sachen so zurückbekam.

Sie warf sich aufs Bett und begann hemmungslos in ihr Kissen zu weinen. Am liebsten wäre sie tot gewesen. Wieso konnte sie nicht sterben, hier und jetzt. Niemand würde sie vermissen. Niemand!

13:48 Uhr

»SIE WOLLEN MICH NOCH EIN, zwei Tage hierbehalten. Zur Beobachtung. Und für weitere Untersuchungen. Ich weiß selbst nicht, was mit mir los ist. Ich fühle mich so schwach. Kann kaum aufstehen. Und dieses Pfeifen im Ohr wird auch nicht besser.«

Linus bekam den Eindruck, dass sein Vater sich ganz gerne aus allem ausklinkte. Er fragte zwar nach dem Stand der Suche, gab sich aber mit oberflächlichen Antworten zufrieden. Es wirkte so, als gebe er die

Hoffnung, Vera lebend wiederzusehen, mit jeder Stunde, die verstrich, ein wenig mehr auf und ziehe sich in einen Bereich zurück, wo die schreckliche Wahrheit ihn nicht oder nur gedämpft erreichen konnte. Jedenfalls gab es keine Spur mehr von seinem anfänglichen Widerstand gegen Krankenhaus und Ärzte.

»Ich bin euch eh keine Hilfe«, fügte er kleinlaut hinzu. Ein wenig drückte ihn das schlechte Gewissen wohl doch.

»Hauptsache, du bist bald wieder fit, Pa.« Nach kurzem Zögern fragte Linus: »Sag mal ... weißt du zufällig, ob Frank und Mama ... ob sie Kontakt hatten? In letzter Zeit, meine ich?«

Die Miene seines Vaters änderte sich beinahe schlagartig. So als habe etwas ihn erschreckt. »Warum willst du das wissen?« Auch seine Stimme klang nicht mehr schlaff, wie eben noch, sondern angespannt. Beinahe lauernd.

Linus zuckte die Achseln. »Nur so.«

»Wieso fragst du Frank nicht einfach selbst?«

»Hat sich noch nicht ergeben. Ist aber auch nicht so wichtig.«

Auf dem Weg nach draußen ließ sich Linus das kurze Gespräch noch einmal durch den Kopf gehen. Weniger den Inhalt, mehr den Ton. Was hatte bei seinem Vater da nur mitgeklungen? Über die pure Gereiztheit hinaus, die allein schon die Erwähnung von Franks Namen stets hervorrief. Etwas seltsam Defensives, so als gelte es, ein Geheimnis zu schützen. Oder bildete er sich das alles nur ein?

Natürlich konnte er Frank einfach fragen. Doch was würde er von ihm erfahren? Die Wahrheit? Wollte er sie überhaupt wissen – diese Wahrheit? Auch wenn sie unangenehm war? Ein Moment der Unsicherheit, ein reflexartiges Zurückzucken. Nein, dieses dauernde Vertuschen und Verschweigen, in dem alle Beteiligten offenbar Spezialisten waren, ihn selbst eingeschlossen, musste endlich aufhören! Jetzt! Er wünschte nur, es hätte jemanden gegeben, der ihm weiterhelfen konnte. Jemanden, der nichts mit alldem zu tun hatte, aber trotzdem Bescheid wusste.

14:54 Uhr

»DAS IST JA … EIN ALBTRAUM …!«

Dieter sah Linus entgeistert an. Der Korbstuhl unter ihm knirschte zaghaft. Selbst seine Freundin auf dem Bild schien den Atem anzuhalten.

»Jetzt verstehst du vielleicht besser, warum ich mich in letzter Zeit zurückgezogen hab. Ich konnte einfach nicht …«

Seine Kehle wurde eng. Er räusperte sich. Wischte sich über die Augen. Dumm gelaufen irgendwie. Er hatte von Dieter etwas über seine Eltern und Frank erfahren wollen. Aber stattdessen hatte er Dieter von der Entführung erzählt.

»T-t-t«, machte Dieter.

T-t-t? Was sollte das bedeuten?

Egal.

Er holte ein Taschentuch heraus, schnäuzte sich und steckte es wieder weg.

»Du musst das aber für dich behalten!«

»Natürlich. Du kannst dich auf mich verlassen.«

Stumm saßen sie sich gegenüber. Dieter hatte die Handflächen ineinandergelegt und schaute ihn mit einem Ernst an, als stünden sie bereits am Grab seiner Mutter. *Es ist noch zu früh, sie schon aufzugeben,* flüsterte eine Stimme in seinem Kopf. Franks Stimme. Ausgerechnet. Aber dann hörte er wieder diesen letzten tiefen, rasselnden Atemzug, dem kein Ausatmen folgte, und er sah die SMS vor seinen Augen: *Hörst du den Tod?*

»Was ich dich eigentlich fragen wollte …« Linus zupfte am Samt des Klavierhockers. »Hast du zufällig mitgekriegt, ob meine Mutter und

Frank zuletzt wieder Kontakt hatten? Du weißt schon, Frank Volkmann, der Typ beim ...«

»BKA, ja, ja, ist mir geläufig. Warum fragst du?«

»Nur so.«

»So ein enger Vertrauter deiner Mutter bin ich nicht, dass ich all ihre ... dass sie mich in ihre persönlichen Dinge eingeweiht hätte. Unser Hauptthema warst du. Wie toll du bist. Was für glänzende Aussichten du hast.« Er lächelte verhalten.

»Du weißt also nichts?«

Dieter schlug die Beine übereinander. Der Korbstuhl jammerte. »Ein, zwei Mal hab ich mitgekriegt, wie sie angerufen wurde. Der Name Frank ist gefallen. Aber ob sie wieder was miteinander hatten? Keine Ahnung.«

Wieder – was – miteinander hatten?

»Das wusstest du nicht? Drum hat Frank sich doch am Ende zurückgezogen. Nicht ganz freiwillig, vermute ich mal.«

Natürlich. Drei waren einer zu viel. Die übliche Geschichte.

»Wie weit ist das denn gegangen zwischen Mama und ...«

Der Name wollte ihm nicht über die Lippen.

Dieter lehnte sich vor, leises Knacken des Korbstuhls. »Willst du das wirklich wissen?«

Wollte er? Der Blick aus Dieters wasserblauen Augen ging tiefer, als ihm lieb war.

»Glaub schon.«

»Dann musst du Fragen stellen. Nicht mir. Ich weiß nichts. Den richtigen Leuten. Und hör genau zu. Die Wahrheit liegt nicht immer in dem, *was* die Leute einem sagen, sondern auch in dem, *wie* sie es tun. Niemand sollte das besser wissen als du.«

Und ob er das wusste. Aber etwas zu hören war eine Sache – die richtigen Schlüsse daraus zu ziehen, eine ganze andere. Sein Vater fiel ihm ein und wie er ihn vorhin im Krankenhaus nach seiner Mutter und Frank gefragt hatte. Wie hatte er da geklungen? So als müsse er einen unausgesprochenen Vorwurf abweisen? Oder als schäme er sich? Wenn, dann eine Scham, die zornig machte. Gab es so was? Oder machte Scham einen nicht eher kleinlaut?

»Vor allem musst du mit den Antworten leben können«, fügte Dieter mit etwas Verzögerung hinzu. »Die Wahrheit kann manchmal ganz schön wehtun.« Sein Blick fiel auf die Uhr. »Oh, so spät. Ich muss gleich weg. Ist leider wichtig.«

Der Korbstuhl atmete auf, als Dieter sich daraus erhob. Linus stand schon.

»Ich hoffe, mein Gesülze hat dir wenigstens ein bisschen was gebracht«, sagte Dieter auf dem Weg zur Tür.

»Gesülze? Quatsch. War cool, dass du dir die Zeit genommen hast.«

Dieter öffnete die Tür, Linus trat in den Flur.

»Eine Sache muss ich doch noch loswerden«, sagte Dieter. »Ist nichts Konkretes, eher so ein Gefühl. Zu deiner Mutter und diesem Frank.«

»Sag schon.«

»Ich hab ja erzählt, dass ich dabei war, als sie angerufen wurde von ihm. Was gesprochen wurde, hab ich dann nicht mehr mitgekriegt. Aber danach war sie irgendwie … anders.«

»Wie anders? Happy?«

»Nein. Eher so, als hätte sie Angst. Ob vor ihm oder vor deinem Vater – keine Ahnung.«

16:02 Uhr

IHRE LIDER WAREN SO SCHWER, dass sie sie kaum öffnen konnte. Vorsichtig blinzelte sie ins Licht. Wie lange hatte sie geschlafen? Ein Blick auf den Wecker: über eine Stunde! Kein Wunder, so erledigt, wie sie gewesen war. Und sie fühlte sich kein bisschen erholt. Eher noch schlapper. Trotzdem setzte sie sich auf.

Komisch, dachte sie. Irgendwas an ihrem Kopf fühlte sich anders an. So leicht. Und kühl. Sie fuhr mit der Hand in ihren Nacken – und fasste ins Leere. Da war nichts! Keine Haare!

Sie war schlagartig hellwach, sprang aus dem Bett, rannte zum Schminktisch. Beim Blick in den Spiegel ein zweiter, noch viel größerer Schreck. Ihr schönes, langes rotes Haar – weg! Es endete im Nacken! Der reinste Albtraum!

Wo waren ihre Haare?!

Da sah sie sie. In Büscheln und Strähnen. Um ihr Bett herum verstreut.

Wie eine aufgescheuchte Hornisse rannte sie aus dem Zimmer.

»Benny! Ich bring dich um, du miese kleine Kröte!«

Sie stieß die Tür zu seinem Zimmer auf. Er war nicht da. Da hörte sie jemanden im Flur. Sie lief hinaus. Er war es. Wollte sich gerade verdrücken. Nicht wie eine Kröte, sondern wie eine Ratte sah er sie an. Eine Ratte in Panik. Er versuchte an ihr vorbei zur Tür zu kommen, aber er hatte keine Chance. Sie bekam ihn am Arm zu fassen und stieß ihn gegen die Wand.

»Verräter! Verräter!«, krähte er mit seiner gebrochenen Stimme.

Sie schlug zu. Traf ihn an der Wange. Gleich noch einmal. Diesmal auf die Nase. War sie gebrochen? Jedenfalls blutete sie heftig. Er schrie wie am Spieß. Geschah ihm ganz recht. Sie schlug noch einmal zu. Er konnte ausweichen, sie traf ihn nur an der Schulter.

»Was ist denn hier los?«

Ihr Vater. Mit großen Schritten stürmte er heran, packte sie von hinten und zog sie von Benny weg.

»Bist du total durchgeknallt?!«

»Schau doch, was er mit mir gemacht hat!«

Sie sah ihren Vater kaum, Tränen ließen alles verschwimmen.

»Wenn seine Nase gebrochen ist, rauscht es gewaltig im Karton!«

Drohend schwebte seine flache Hand über ihr. Sie duckte sich, hob die Arme. Nichts passierte. Außer dass er mit der Heulboje Benny ins Bad verschwand.

Sie blieb im Flur zurück und weinte Tränen der Wut. Tränen der Trauer. Ihr Leben war zu Ende. Aus und vorbei. Für immer und ewig. Warum sprang sie nicht einfach aus dem Fenster und brachte es hinter sich?

Im Meer ihrer Tränen tauchte, schemenhaft zuerst, eine Gestalt auf. Ihre Mutter. Schaute nur. Wieso kam sie nicht? Sie kam doch. Fasste in den kümmerlichen Rest von Haaren auf ihrem Kopf, wie in etwas Unappetitliches, das sie lieber nicht berührte.

»Mama …«

»Nicht so schlimm. Es gibt hübsche Kurzhaarfrisuren.«

Sie legte ihr die Hand auf die Schulter, streichelte ungelenk über ihren Rücken. Keine Umarmung. Kein Kuss.

»Na, komm.«

Sie folgte ihr wie eine Strafgefangene, die für die lebenslängliche Haft vorbereitet werden sollte.

16:33 Uhr

LINUS PFLÜCKTE EINIGE der faulenden Äpfel von dem abgebrochenen Ast und warf sie gegen die Hauswand, wo sie zerplatzten und Flecken hinterließen. Das Platzen zu hören und den Fleck an der Wand zu sehen, fühlte sich jedes Mal gut an. Die Wespen waren zwar nicht ganz einverstanden damit, dass er ihr Festmahl störte, aber wenn eine ihm zu nahe kam, schlug er sie mit der flachen Hand aus der Flugbahn und sah zu, wie sie durch die Luft torkelte oder, wenn er richtig gut getroffen hatte, abstürzte.

»Was soll der Scheiß?«

Frank war auf die Terrasse getreten und sah ihn an wie einen Vollidioten. Er war vor einer halben Stunde gekommen, aber bloß um ein paar Sachen zu holen und einen Happen zu essen. Angeblich musste er nach Wiesbaden zum BKA, zu einem unaufschiebbaren Termin.

»Hat es eigentlich Spaß gemacht, mich zu verarschen?«

Frank schob die Hände in die Hosentaschen und reckte die Brust raus. »Weiß nicht, was du meinst.«

Linus hörte auf zu werfen, behielt aber einen Apfel zurück und ließ ihn zwischen seinen Händen hin und her wandern. Frank trat ins Gras, blieb aber auf Abstand.

»Weißt du noch, wie wir in Mamas Haus diesen Splitter gesucht haben? Ich meine den, den du neben dem Telefon gefunden und verschwinden lassen hast. Den, der aus deinem Ring gebrochen ist. Aus dem Ring, den du nicht mehr trägst.«

Die Worte verfehlten ihre Wirkung nicht. Zum ersten Mal versagte Franks Schlagfertigkeit. Mit einem hilflos-verlegenen Lächeln fragte er: »Wie kommst du denn auf so was?«

»Ich hab in alten Fotoalben geblättert und dabei das hier gefunden.« Er zog das Foto, das er eingesteckt hatte, aus der hinteren Hosentasche und hielt es Frank hin. »Der Stein in dem Ring könnte ein Onyx sein. Oder was meinst du?«

»Okay, okay. Erwischt.«

Linus warf den letzten Apfel gegen die Wand. Mit solcher Wucht, dass die Überreste am Putz kleben blieben. Dann sah er Frank an. »Und wobei hab ich dich erwischt?«

Frank schaute auf die Uhr. »Ich hab jetzt keine Zeit, dir das zu erklären. Wir reden, wenn ich wieder da bin. Aber so viel schon jetzt: Es ist alles ganz anders, als du denkst.«

Linus konnte sich ein Grinsen nicht verkneifen. »Natürlich. Das ist es immer.«

»Deinen Sarkasmus kannst du dir sparen.«

Frank verschwand nach drinnen. Es dauerte nicht lange, bis er wegfuhr. Endlich.

Linus ging ins Haus. An der Pinnwand in der Küche hing Kerstin Stelters Visitenkarte. Er musste sie anrufen, ihr alles sagen. Das hätte er schon viel früher tun sollen.

Es ist alles ganz anders, als du denkst. – Was sollte das wieder heißen? Woher wollte Frank wissen, was er dachte? Dieters Worte fielen ihm ein. *Die Wahrheit kann manchmal ganz schön wehtun.* Das Foto in seiner Hand: Frank, der ihn hielt. All die anderen Fotos, die seine Eltern zeigten, mit und ohne Frank. Was war die Wahrheit dahinter? Die, die ganz anders war, als er dachte.

Seine Mutter war tot. War das die Wahrheit? Frank sagte: Nein. Aber wie wollte er das wissen? Die Entführung, alles, was passiert war, die seltsamen Botschaften – deuteten auch sie auf eine Wahrheit hin? Ging es deshalb nicht um Geld, weil es um Wahrheit ging? Um eine Wahrheit, die wehtat?

17:42 Uhr

»Ich weiss, ich hätte Ihnen das von Anfang an sagen sollen, aber …«

Kerstin Stelter legte ihre schlanke Hand auf seinen Unterarm. »Mach dir keine Gedanken, Linus. Du hattest Anweisungen, und es war richtig, sich daran zu halten. Kein Grund, dir Vorwürfe zu machen.«

Nette Worte. Unehrliche Worte. In Wirklichkeit dachte sie bestimmt: Wieso kommt der Idiot erst jetzt damit an? Jetzt, wo es zu spät ist!

»Sie müssen mich nicht schonen.«

»Mach ich nicht.«

Er betrachtete die Sachen auf dem Küchentisch, die er fein säuberlich in verschließbare Frischhaltebeutel gesteckt hatte, ehe Kerstin Stelter gekommen war: das Buch, den USB-Stick, die Box. Jedes Teil einzeln in einen Beutel. So machte man es doch bei der Spurensicherung?

»Sie können es mir ruhig sagen, wenn Sie glauben, dass meine Mutter nicht mehr lebt«, sagte er dann. »Das heute Morgen, das war doch nicht Ihre echte Meinung, oder?«

Ihr Atem, zwei tiefe Züge, die ihr Zeit verschaffen sollten, dann sagte sie: »Fakt ist: Ich weiß nicht, ob deine Mutter noch lebt. Ehrlich nicht. Diese Botschaft, die du gekriegt hast, und die letzte Aufnahme – das muss nichts heißen. Aber eines ist schon richtig: Dieser Typ hat nicht vor, deine Mutter lebend freizulassen. Er spielt irgendein Spiel, und wir können nur hoffen, dass wir sie finden, bevor es zu Ende ist. Das ist unsere einzige Chance.«

In seinen Ohren hörte sich das nach *Wir haben keine Chance* an. Es schnürte ihm die Kehle zu, aber er weigerte sich, jetzt in Tränen auszubrechen. Tränen halfen niemandem.

»Wer tut so was?«, hörte er sich selbst fragen.

»Ein Mensch, der sein Ego stärken muss, indem er andere kontrolliert und quält. Er muss sich und uns beweisen, dass er der Größte ist. Darum auch die Spielchen, die er mit dir spielt. Mit uns allen. Wir haben Profiler, die sich mit ihm beschäftigen. Die sagen das. Man sieht diesen Leuten nicht an, was in ihnen steckt. Aber wem sieht man das schon an?«

Nach kurzem Zögern sagte er: »Da ist noch etwas.«

»So?«

»Wahrscheinlich bedeutet es nichts, aber … ich finde, Sie sollten es wissen.«

Sie lehnte sich gegen die Anrichte und verschränkte die Arme. »Da bin ich aber gespannt.«

Er erzählte ihr davon, wie er mit Lucy im Haus seiner Mutter gewesen war, von dem Onyx-Splitter, den sie gefunden hatten, und dass

Frank ihn später hatte verschwinden lassen. Er zeigte ihr das Foto mit dem Ring.

»Ich hab Frank darauf angesprochen. Er hat alles zugegeben. Leugnen wäre auch ziemlich schwer gewesen. Und dann ist er verschwunden. Das war, kurz bevor ich Sie angerufen hab.«

Sie überlegte einen Moment. »Ein Mann mit einem Geheimnis, wie es scheint.«

»Ich sag's nur, damit Sie Bescheid wissen, mit wem Sie sich einlassen.«

»Einlassen? Ich?«

»Er hatte heute Morgen Lippenstift am Ohr. Ihren Lippenstift. Und Sie haben ihn weggemacht.«

Sie errötete. Was ihn überraschte. Er hätte sie für abgebrühter gehalten.

»Du hast das völlig falsch verstanden, Linus. Zwischen mir und Frank läuft nichts. Die Sache mit deiner Mutter nimmt ihn nur sehr mit, und da ist er ... Na ja, er hat gestern ziemlich die Fassung verloren, ich hab ihn ... getröstet und dabei wohl ... Jedenfalls, wie gesagt, da ist nichts ... so was läuft nicht. Wir haben im Moment wirklich andere Dinge im Kopf.«

Sie wirkte trotzdem ziemlich verunsichert. Als hätte er sie mit der Hand in der Keksdose erwischt. Konnte es sein, dass sie versucht hatte, Frank rumzukriegen, bei ihm aber nicht landen konnte? Und wennschon. Was juckte es ihn?

»'tschuldigung«, sagte er, »ich dachte nur.«

»Ich muss dann auch wieder los.«

Sie nahm die Beutel und klackerte auf ihren hohen Absätzen nach draußen. Linus begleitete sie zu ihrem Wagen.

»Warum hast du die Sachen eigentlich mir und nicht Frank gegeben?«, fragte sie.

»Sie leiten doch die Ermittlungen, oder?«

»Stimmt.«

Er kratzte sich im Nacken. »Frank hätte mir tausend Vorwürfe gemacht. Er erfährt es noch früh genug.«

»Von mir erst mal nicht. Dazu besteht kein Anlass. Zumal er den Kontakt zu deiner Mutter vertuscht hat. Das wirft zumindest Fragen auf.«

Linus nickte. Geschah Frank recht, dass er auch mal in die Mangel genommen wurde.

»Warten Sie«, sagte er, als sie schon eingestiegen war. »Ich würde gerne die Halle sehen. In der Mama festgehalten wurde. Geht das?«

Sie sah ihn einmal mehr überrascht an. Und irgendwie hatte er auch sich selbst mit dieser spontanen Frage überrascht. Was wollte er an dem Ort, an dem seine Mutter festgehalten worden war?

»Ich halte das für keine gute Idee«, wandte Kerstin Stelter ein.

»Das war nicht meine Frage.«

Sie schnallte sich an und startete den Motor.

»Okay, wir machen das so: Du überlegst es dir noch mal. Heute ist es sowieso zu spät. Wenn du morgen immer noch willst, dann ruf mich an, und wir fahren gemeinsam hin.«

21:54 Uhr

HUNDEMÜDE KAM LINUS aus dem Krankenhaus zurück. Sein Vater war etwas munterer gewesen als am Vormittag, aber Linus hatte trotzdem lieber keine heiklen Fragen gestellt. Die meiste Zeit hatten sie sich stumm gegenübergesessen, aber das war okay gewesen. Er stand noch im Flur, da rief Frank an und teilte mit, er werde erst morgen im Lauf des Tages kommen. Wenn Linus sich allein unwohl fühle, würde er Kerstin bitten, für die Nacht einen Streifenwagen vor dem Haus zu postieren. Linus lehnte ab.

»Über alles andere reden wir, wenn ich wieder da bin«, schloss Frank.

»Müssen wir nicht«, antwortete Linus schmallippig, »ist nicht mehr wichtig.«

»Wir reden darüber, klar?«

Typisch Frank. Immer der Bestimmer.

Linus legte auf.

Das Haus war so verdammt ruhig. Er war schon oft alleine hier gewesen, vor allem nach dem Auszug seiner Mutter, aber so erstarrt war es ihm nie erschienen. Das laute Zirpen der Grillen draußen klang wie ein Geräusch aus einer Parallelwelt.

Er ging in sein Zimmer, um sich schlafen zu legen. Als er sich das T-Shirt gerade über den Kopf gezogen hatte, fiel sein Blick auf etwas auf dem Schreibtisch. Er trat näher. Die beiden Karten. *Linus & Lucy*. Von den Peanuts. Er betrachtete sie eine Weile, dann hob er die Schreibunterlage an. Darunter lag noch immer das Foto von Lucy. Wie hatte sie gesagt? Sein schmutziges Geheimnis.

Ihr Abbild zu sehen, versetzte ihm einen sanften Stromschlag, der sein Herz auf Trab brachte. Plötzlich sehnte er sich wie verrückt nach ihr. Plötzlich? Nein, die ganze Zeit schon. Er hatte dieses Gefühl nur weggeschoben, ignoriert, verdrängt. Wie ein schmutziges Geheimnis eben.

Sie hatte ihren Bruder angezeigt. Hatte der Polizei alles gesagt, was sie wusste. Spät, aber immerhin. Wie viele Chancen verdiente jemand, den man liebte? Waren zwei okay, drei zu viel? Oder lag der Wert eher bei unendlich? Unendlich und eins.

Schön, wenn es so einfach gewesen wäre. Aber das war es nicht. So viel war passiert. Und noch längst nicht alles ausgestanden. Es war zu früh, um ihr die Hand zu reichen und zu sagen: Alles vergeben und vergessen. Aber wenigstens den kleinen Finger, den konnte man doch ausstrecken.

Er holte sein Handy hervor und schrieb eine SMS:

Vermisse dich!

Linus.

Dann machte er das Handy aus. Falls sie anrufen würde. Er war nicht bereit, schon mit ihr zu sprechen.

Noch 3 Tage

08:32 Uhr

Was hat sie bloss mit ihren Haaren gemacht? Ihren schönen langen Haaren! Wie kann sie so etwas tun?! Dieser Pagenkopf steht ihr überhaupt nicht. Fast verdirbt er mir die Lust auf sie. Ist das ein Wink der Götter? Sollte ich es doch nicht tun? Ist es zu gewagt? Zu riskant? Ach was! Die Entscheidung ist gefallen. Und die Frage nur, warum ich nicht gleich auf die Idee gekommen bin. Armer Linus! Ich werde dafür sorgen, dass du ihre letzten Seufzer zu hören bekommst. Diese Äußerlichkeiten sind dann egal. Ihre wunderbare Stimme bleibt davon unberührt. Ihre Schreie. Ihr Atmen. Ihr Keuchen. All diese wunderbaren Klänge – sie werden nicht von der Veränderung getrübt sein. Und wahrscheinlich könnte man sich an die Veränderung sogar gewöhnen. Wenn noch genug Zeit bliebe, sich an irgendwas zu gewöhnen. Es wird ein kurzes, aber intensives Gastspiel sein, das du gibst, süße Lucy.

09:35 Uhr

Mit den kurzen Haaren fühlte Lucy sich nackt. Und starrten nicht alle sie auch genauso an? Dabei war hier niemand, der sie kannte und wusste, wie sie bis gestern ausgesehen hatte. Zum vermutlich tausendsten Mal stellte sie sich vor den Spiegel am Drehregal mit den Sonnenbrillen und betrachtete sich. Ihre Mutter hatte sich Mühe gegeben, das Beste aus dem restlichen Haar zu machen. Als gelernte Friseurin konnte sie das, auch wenn ihr Repertoire nicht unbedingt die modischsten Schnitte umfasste. Aber so ein Bob war ja zeitlos.

Was Linus wohl zu der Veränderung sagen würde? Er hatte ihr langes Haar geliebt. Alle Jungs liebten bei Mädchen lange Haare. Zum Glück war Linus kein oberflächlicher Typ. Er würde ihr nicht bloß wegen eines neuen Haarschnitts die kalte Schulter zeigen. Sie hatte seine SMS von gestern noch immer nicht beantwortet. Obwohl sie sie unendlich glücklich gemacht hatte. Oder gerade deswegen. *Ich vermisse dich.* Hieß das, dass er sie treffen wollte? Sich mit ihr aussprechen? Sie schaute wieder in den Spiegel, und sofort bekam sie ein mulmiges Gefühl. Sie war sich selber fremd. Also lieber warten, bis die Haare wieder lang waren? Nicht ernsthaft. Bis dahin war er vermutlich verheiratet.

Sie schaute auf die Uhr. Die erste Pause war gleich rum, bis zum Läuten würde sie es nicht mehr in die Schule schaffen. Der Schultag war gelaufen. Der zweite in Folge, an dem sie blaumachte. Was sollte es. Heute war ohnehin Freitag. Sie würde am Montag einen Neustart machen.

Ohne was zu kaufen, verließ sie den Drogeriemarkt. Wo Simon wohl steckte? Ob es ihm gut ging? Sicher nicht schlechter als ihr. Der Idiot war wie eine Katze: Er fiel immer auf die Füße! Wenn sie nur daran dachte, in was er sie alle reingeritten hatte, kochte in ihr die Wut hoch. Also besser nicht daran denken und hoffen, dass er halbwegs okay war.

Auf der Straße schaute sie sich nach allen Seiten um. Irgendwie hatte sie das Gefühl, beobachtet zu werden. Schon seit einer ganzen Weile. Ob das immer noch die Polizei war? Wer sonst? Aber warum? Sie hatte doch alles gesagt. Vielleicht war es auch nicht die Polizei. Vielleicht war sie einfach nur paranoid geworden durch alles, was passiert war. Besser, sie ignorierte das Gefühl und überlegte sich stattdessen, was sie Linus antworten würde.

09:42 Uhr

ALS ER AUS DEM WAGEN STIEG, drückte sofort die Schwüle auf seine Ohren. In Kerstin Stelters Hand klimperten Schlüssel.

»Bringen wir es hinter uns.«

Sie ging auf das rostige Gatter zu, sperrte das Vorhängeschloss auf und zerbrach das Polizeisiegel. Aus dem Hintergrund vernahm er das Rauschen der Schleuse.

Er folgte Kerstin auf das Gelände. Kam sich dabei vor wie ein Raumfahrer auf einem fremden Planeten. Besser, er ignorierte die Angst und das Unbehagen und konzentrierte sich auf das, was er sah und hörte. Den rissigen Asphalt zum Beispiel, aus dem Disteln und Grasbüschel aufschossen, den Maschendrahtzaun, der mit Sträuchern und Stauden fest verwachsen war. Hummeln summten, ein Vogel tschilpte im Gestrüpp, irgendwo krächzte eine Krähe. Hitze, die brummte. Die großen Fenster der Halle waren mit Brettern und Pressspanplatten vernagelt.

»Hier lang.«

Wie sicher sie sich in ihren hochhackigen Schuhen über den unebenen, teilweise überwucherten Untergrund bewegte. Wo lernten Frauen so was?

Merkwürdig, was ihn alles beschäftigte, nur damit er sich nicht mit dem beschäftigen musste, was ihm so eine Riesenangst machte.

»Wir gehen außen herum.«

Sie bog um die Ecke, er folgte ihr. Das Rauschen der Schleuse war hier lauter. Wieder klimperten die Schlüssel, wieder knarrte ein Schloss, wieder wurde lautlos, oder beinahe lautlos, ein Polizeisiegel zerrissen. Die Eisentür knarrte schrill in den rostigen Angeln.

»Hier rein.«

Die Düsternis in der Halle verschluckte erst sie, dann ihn. Das Rauschen der Schleuse wurde zu Gemurmel. Seine Hand ging automatisch zum Lichtschalter, doch es tat sich nichts.

»Hier gibt's keinen Strom. Sie haben wahrscheinlich Batterien oder Akkus mitgebracht.«

Er nickte.

»Wo … war sie?«

Hatte wirklich er das gefragt? Seine eigene Stimme klang fremd an diesem Ort, selbst für ihn.

»Hier.«

Kerstin schob eine Tür auf und ging in den Raum, der sich öffnete. Er hörte nur das Klacken ihrer Schuhe auf dem nackten Estrich, selbst als er ihr folgte, denn der Raum war kaum mehr als eine dunkle Blase, die sich vor ihm ausdehnte. Ein Vakuum, wie ihm schien, denn er bekam einfach keine Luft in die Lungen.

»Hilfst du mir mal?«

Kerstin stand an einem der Fenster und mühte sich mit der Abdeckung. Ein paar große Schritte, dann war er bei ihr, packte die Pressspanplatte, auf die etwas aufgenagelt war, und hob sie aus ihren Haken. Kerstin war zur Seite getreten.

»Die Schallisolierung wurde extra angebracht. Siehst du: Schaumstoff.«

Licht und Luft hatten den Raum geflutet. Jetzt fiel wenigstens das Atmen ein bisschen leichter. Er drehte sich um und nahm den Raum mit allen Sinnen in sich auf. Er sah anders aus, als er ihn sich vorgestellt hatte, aber nicht viel. Dann entdeckte er den Fleck auf dem Boden, und ihm war, als würden ihm zwei Hände an die Kehle fahren und mit aller Kraft zudrücken. Eingetrocknetes Blut. Größer, als er ihn sich vorgestellt hatte, der Fleck. Magisch angezogen ging er darauf zu. Sein Herz jagte, war auf Anschlag. Er musste sich beruhigen. Musste.

Doch wie? In seinem Kopf die Bilder: seine Mutter, wie sie hier lag. Geschunden. Zerbrochen. Er hörte sie. Hörte sie wirklich: ihr Atmen, Seufzen, Stöhnen. *Hörst du den Tod?* Ihr Röcheln. *Hörst du …* ein tiefer, rasselnder Atemzug, der letzte … *den Tod?* … dem kein Ausatmen mehr folgte … *den Tod?* Er hatte ihn gehört. Und er hörte ihn wieder. Er war hier. In diesem Raum. Bei ihm. In ihm.

Ein schrilles, metallisches Klingen schreckte ihn auf. Er fuhr herum, zum Fenster, wo Kerstin stand und ein Gesicht machte, das sagte: *Sorry.* Dann bückte sie sich nach einem länglichen Stück rostigen Eisens vor ihr auf dem Boden. Sie hatte es offenbar fallen gelassen oder runtergestoßen.

Aber nicht das war es, was ihn so sehr bannte. Dieser Klang hallte noch in ihm nach, und er erinnerte ihn an einen anderen. Als Kerstin das Eisen wieder auf den Fenstersims legen wollte, sagte er: »Machen Sie das noch mal.«

»Was?«

»Fallen lassen. Das Eisen.«

Sie verstand nicht, tat aber, was er sagte.

Und als er es wieder hörte, bestätigte sich sein erster Eindruck: Irgendetwas stimmte hier nicht.

10:21 Uhr

NUN SITZT SIE HIER auf dem Brunnenrand und tippt in ihr Handy. Eine Nachricht? Sieht so aus, als wäre sie nicht damit zufrieden, immer wieder tippt sie, denkt nach, tippt wieder. Ob sie sie jemals abschickt? An wen schreibt sie bloß? Dumme Frage! An Linus natürlich! Wen denn sonst! Sie hat ja niemanden mehr, und auch er ist kaum mehr als eine Hoffnung. Eine eher vage Hoffnung, würde ich vermuten. Nach allem, was passiert ist.

Mich ausgerechnet ihres Bruders als Handlanger zu bedienen war natürlich, in aller Bescheidenheit gesagt, ein genialer Schachzug von mir. All der Schmerz, die Verzweiflung, die Hilflosigkeit – sie werden dem, was kommt, so viele feine Nuancen hinzufügen. Wie Sonnentage der Weinrebe. Ganz bestimmt. Oh, du armes Ding, bald bist du erlöst. Und ich auch.

Mein Gott, wie schön sie aussieht in ihrer inneren Zerrüttung. Und nachdem ich sie nun eine Weile so gesehen habe, muss ich sagen, dass mir die kurzen Haare immer besser gefallen. Wie seltsam, dass das Aussehen doch eine Rolle spielt. Auch wenn es unglaublich klingt, aber man kann hören, ob jemand schön ist oder nicht. Linus kann es ganz bestimmt. Hätte ich doch nur sein Gehör! Was für ein Jammer. Was für eine Verschwendung.

Augenblick. Was macht sie denn jetzt? Wieso springt sie auf? Will sie zu mir?

11:03 Uhr

»UND DU KANNST DAS wirklich hören?«, fragte Kerstin zum wiederholten Mal. Der Zweifel in ihrer Stimme war immer noch offenkundig.

Linus zuckte mit den Schultern. »Keine Ahnung. Kann mich natürlich auch täuschen. Aber irgendwie war's anders als auf der Aufnahme.«

Der Motor heulte kurz auf, als Kerstin auf die Bundesstraße einbog und beschleunigte.

»So was kann man nicht hören. Das gibt's nicht.«

»Dann spinn ich also. Wollen Sie das sagen?« Er war nicht wirklich aufgebracht. An ihrer Stelle hätte er es wahrscheinlich auch nicht geglaubt, wenn jemand bloß aufgrund eines Hintergrundgeräuschs behauptet hätte, der Raum in der Halle sei nicht identisch mit dem, in dem die Aufnahme vom Atmen seiner Mutter gemacht worden war.

»Nein. Entschuldige. Wir prüfen das natürlich nach. Aber fest steht: Das Blut auf dem Boden stammt von deiner Mutter. Und das Rauschen der Schleuse ist doch auch auf dem Band, oder? Der Ort passt also.«

»Keine Ahnung, was es ist, ich kann nur immer wieder sagen: Das

Metallstück, das auf der letzten Aufnahme drauf ist, klang nicht so wie das, was sie vorhin fallen lassen haben. Und überhaupt war der Raum … irgendwie anders.«

»Es muss ja nicht genau dieses Ding gewesen sein, das während der Aufnahme runtergefallen ist. Vielleicht war es schwerer oder leichter oder … was weiß ich.«

»Klar, kann sein. Aber es ist so: Wenn ich ein Geräusch höre, hab ich eine Vorstellung, was für ein Gegenstand das ist, wie groß er ist und wie schwer und so, und auch über den Raum und seine Akustik. Ganz automatisch. Keine Ahnung, wie das geht, aber ich sehe es halt irgendwie vor mir. Oder besser gesagt: Ich spüre es.«

»Verrückt.« Sie streckte sofort beschwichtigend die Hand in seine Richtung. »Nicht du. Dass so was möglich ist, meine ich.«

Wobei ihr anzuhören war, dass sie es eben nicht für möglich hielt. Und vielleicht hatte sie ja recht, und er bildete es sich nur ein.

»Was hältst du davon: Wir machen Tonaufnahmen in dem Raum, du vergleichst sie mit denen, die der Entführer geschickt hat, und dann sehen wir ja, ob das irgendwohin führt.«

»Klar. Guter Plan.«

Sie schwiegen für eine Weile.

Linus schaute aus dem Fenster, auf das Getreidefeld, aus dem einzelne Mohnblüten hervorstachen. Rote Farbtupfer im Graubraun. Wie ein Blutfleck auf staubigem Estrich. Nur heller. Leuchtender. Der vertrocknete Fleck in der Halle war längst dunkelbraun gewesen, fast schon schwarz. Allein der Gedanke daran verursachte ihm ein klammes Gefühl.

Das Hupen seines Handys holte ihn zurück. Er kramte es aus der Hosentasche. Eine neue SMS.

»Und?«, fragte Kerstin.

»Nicht die Entführer«, gab er Entwarnung.

Die SMS kam von Lucy. Er zögerte, sie zu öffnen. Vielleicht schrieb sie ihm ja nur, dass zu viel passiert sei und sie deshalb keine Zukunft mit ihm sehe.

Er tippte auf das Symbol, die Nachricht wurde geöffnet.

Wann hör ich dich? Wann sehe ich dich? Ich vermisse dich auch SO SEHR!!! Lucy.

»Eine gute Nachricht?«, fragte Kerstin.

Er starrte auf das Display. »Irgendwie schon. Mal sehen.« Die Freude darüber, dass sie sich meldete, war da, aber nur wie ein Echo von etwas, das ganz weit entfernt war. Er schloss die Nachricht und steckte das Handy weg. Egal, wie es mit ihm und Lucy weiterging, dieses Lebenszeichen von ihr war zumindest ein Lichtblick inmitten all der finsteren Dinge, die ihn zurzeit umgaben.

11:19 Uhr

ALSO DOCH! SIE HATTE SICH nicht geirrt. Es schlich tatsächlich jemand hinter ihr her. Den ganzen Morgen schon. Aber wieso bemühte der BKA-Mann Frank Volkmann sich höchstpersönlich, einer Schülerin hinterherzuschnüffeln, die der Polizei schon jede Frage beantwortet hatte? Glaubte er, Simon würde sich nach allem noch mit ihr treffen? Na, dem würde sie zeigen, wie lausig er im Nachspionieren war. Sie schoss hoch und ging mit forschen Schritten auf ihn zu.

»Herr Volkmann! Na, so eine Überraschung!«

Sie lächelte ihn spöttisch an.

»Luzia Sommer. Neue Frisur, wie ich sehe. Steht Ihnen gut.«

Immerhin, den Überraschten spielte er halbwegs ordentlich.

»Was machen Sie denn hier? Müssten Sie nicht in der Schule sein?«

»Ich hab mir einen Tag freigenommen. Aber das wissen Sie ja.«

»Ich? Wieso?«

»Na, weil Sie mir schon eine ganze Weile nachsteigen. Was wollen

Sie denn noch von mir? Ich hab keinen Kontakt zu Simon. Meine Familie hasst mich. Oder geht es um etwas anderes? – Na gut, verhaften Sie mich. Ich gestehe, dass ich die Schule geschwänzt habe. Und nicht nur heute, gestern auch schon.«

Sie streckte ihm ihre Hände hin, damit er ihr Handschellen anlegen konnte. Nicht dass sie das erwartet hätte. Er nervte sie nur von Sekunde zu Sekunde mehr. Wieso konnte er sie nicht einfach in Ruhe lassen?

»Das ist nicht mein Ressort«, sagte er. Jetzt wurde er doch ein wenig rot und schaute kurz nach links und rechts, wo die Passanten und die Gäste an den Tischen der Eisdiele begannen, die Köpfe zu drehen. »Ich hab hier nur ein paar Besorgungen gemacht. Und jetzt muss ich auch wieder weiter.«

Er nickte einen Gruß und ging über den Platz.

Besorgungen, dachte sie und ließ die Hände sinken, ist klar.

Es sah ganz so aus, als habe sie ihn in die Flucht geschlagen. Zumindest für den Moment. Aber Bullen waren wie Kaugummi am Schuh. Klebte er mal an einem, kriegte man ihn nicht mehr los.

13:25 Uhr

Ich versteckε mich unter der Treppe, drücke mich zwischen Müllsäcke und Kisten mit Altpapier. Sie muss jeden Moment kommen. Ich weiß noch nicht, wie genau ich sie schnappen soll. Das macht mich ein bisschen nervös. Sie sollte mein Gesicht nicht sehen. Man weiß nie, was passiert. Wie es ausgeht. Aber vielleicht lässt es sich diesmal nicht verhindern. Mal sehen. Wenn die Götter gerecht sind, werden sie mir schon zu Hilfe kommen.

Höchste Zeit, mich vorzubereiten. Ich hole das Fläschchen mit dem Chloroform aus der einen Hosentasche, das Tuch aus der anderen. Tränke es ordentlich.

Keine Sekunde zu früh. Ich habe das Fläschchen kaum wieder verschwinden lassen, da geht die Haustür auf. Schritte im Flur, die ich sofort erkenne. Sie ist es.

Eins, zwei, drei, vier, fünf Schritte … Sie müsste gleich auf der Treppe sein.

Richtig!

Erste Stufe.

Zweite Stufe.

Jetzt!

Ich husche aus meinem Versteck, um die Treppe herum. Ein großer Satz, ich bin bei ihr, ehe sie sich zu mir umdrehen kann. Ich drücke ihr das Tuch auf Mund und Nase. Süßlicher, alkoholischer Geruch.

Es wirkt!

Leblos sinkt sie in meine Arme. Jetzt rasch ins Auto und weg mit ihr.

14:55 Uhr

ALS LINUS DAS AUTO in der Auffahrt stehen sah, entfuhr ihm ein Stoßseufzer. Hatte Frank nichts Besseres zu tun, als dauernd hier rumzuhängen? So lässig wie möglich schlurfte er ins Haus. Im Flur blieb er stehen und horchte. Franks Stimme. Sie kam aus dem Keller. War noch jemand hier? Telefonierte er? Oder führte er neuerdings Selbstgespräche? Was machte er überhaupt da unten?

Linus schlich die Treppe hinab. Franks Stimme kam aus dem Audioraum seines Vaters, die Tür stand halb offen. Es waren nur einzelne Bemerkungen, die herausdrangen. Ausrufe. Flüche. Fast lautlos schob Linus die Tür ganz auf und trat ein. Frank saß am Computer, auf einem der Bildschirme wurde gerade ein endloses Verzeichnis von Ordnern und Dateien angezeigt.

»Suchst du was Bestimmtes?«, fragte Linus.

Frank zuckte heftig zusammen. »Spinnst du? Musst du mich so erschrecken!«

»Sorry. War keine Absicht.«

Glaub ich dir nicht, sagte Franks Blick. Und er hatte recht.

Linus ging ein paar Schritte in den Raum. »Wenn du mir sagst, was du suchst, kann ich dir vielleicht helfen.«

»Eher unwahrscheinlich. Ist auch nicht so wichtig. Nur eine alte Mail deines Vaters. Wahrscheinlich hat er sie gelöscht.«

Eine ziemlich lausige Lüge war das. Wenn man es beim BKA nicht besser lernte, war das ein ganz schön lascher Laden.

Frank schloss alle offenen Fenster auf dem Bildschirm und drehte sich dann auf dem Bürostuhl herum.

»Wieso hast du mir eigentlich nichts von den Nachrichten gesagt, die dir die Entführer geschickt haben?«, legte er dann los, und er vibrierte dabei vor Erregung. »Oder von dem Buch? Oder dem Stick? Wieso muss ich das von den Kollegen beim BKA erfahren?!« Er war mit jedem Wort lauter geworden, sein Blick immer zorniger.

Den Kollegen vom BKA, dachte Linus, na klar. Natürlich hatte Kerstin Stelter die neue Aufnahme zur Analyse ans BKA geschickt. Aber offenbar an Frank vorbei und ohne ihm was zu sagen. Ganz so, wie sie es angekündigt hatte.

»Und wieso hast du nichts von Mama und dir erzählt?«

»Weil das mit dieser Sache nichts zu tun hat!« Klar, dass er gleich rumschreien musste. »Das geht keinen was an!«

»Mich schon.«

Er schnaubte. »Ausgerechnet dich. Pah.«

»Was soll das denn heißen?«

»Deinetwegen haben deine Eltern doch diesen faulen Frieden geschlossen. Bloß den Jungen nicht stören. Nicht mal ein lautes Wort. Der Junge könnte ja aufgeschreckt werden.«

Die Sätze klatschten ihm wie Ohrfeigen ins Gesicht.

»Ich wollte das nie. Ab einem gewissen Alter verträgt auch ein Kind die Wahrheit. Besser jedenfalls als ein Leben, das auf Lügen basiert.«

Wahrheit. Gestern erst hatte Dieter davon gesprochen. Und jetzt Frank. Ausgerechnet Frank!

Er stand auf und kam auf Linus zu. »Ich hatte immer Kontakt mit deiner Mutter. Ich hab sie geliebt. All die Jahre. Und tue es noch.«

»Und Mama? Hattet ihr was miteinander? Damals? Und jetzt wieder?«

»Das ist ein bisschen komplizierter.« Er kam noch ein wenig näher. »Weißt du, was eine *Ménage à trois* ist?«

Linus nickte vage.

»Deine Mutter hatte zwei Männer. Ob du's glaubst oder nicht, das hat lange funktioniert. Bis sie schwanger wurde.«

Okay, dachte Linus, ich war also das Problem. Ich hab euer tolles Glück kaputt gemacht. Danke für die Info!

»Auch das hätte kein Problem sein müssen. Vera war fasziniert von der Idee, dass du das Kind von uns dreien sein solltest. Nur Richard fand das nicht gut. Er wollte unbedingt wissen, wer der Vater ist, und hat Vera zu einem Test gedrängt. Danach ging es noch eine Weile so weiter wie davor, aber es war nicht mehr dasselbe. Alles sollte plötzlich gutbürgerlich sein, deine Mutter hat das mitgemacht, obwohl sie das überhaupt nicht war. Und mir blieb nur noch die Rolle als Patenonkel und Freund der Familie.«

Sprachlos sah Linus Frank an. Unmöglich! Unmöglich konnte diese Geschichte stimmen!

»Ich bin immer mit deiner Mutter in Kontakt geblieben. Auch mit deinem Vater. Beide bedeuten mir noch immer viel.«

Linus bebte am ganzen Körper. Der Entführer hatte ihm seine Mutter genommen. Frank stahl ihm jetzt auch noch seine Kindheit. Wenn er recht hatte, stand sein ganzes Leben tatsächlich auf einer fetten Lüge. Aber warum hatte er dann nie etwas gemerkt?

»Das ist doch nicht wahr! Das hast du dir ausgedacht!«

»Frag deinen Vater.«

»Nein!«

Er rannte hinaus. Den Flur hinab. Die Treppe hinauf. Vors Haus. Trat gegen Franks Auto. Es bekam nicht mal einen Kratzer. Dafür tat sein Fuß weh.

»So eine verdammte Scheiße!«, schrie er.

Der doppelte Boden, den er immer unter Franks vordergründiger Nettigkeit gehört hatte – jetzt wusste er endlich, was sich darin verbarg! Enttäuschung, Neid, Frustration. Liebe, Begehren, Hoffnung. Eine Mischung aus alldem, in der einmal dies, einmal das dominierte.

Da klingelte sein Handy. Lucy!, war sein erster Gedanke. Doch es war Kerstin.

»Wo bist du?«

»Zu Hause.«

»Bleib dort. Ich bring dir ein paar Tonaufnahmen mit. Bist du allein?«

»Nee. Frank ist auch hier.«

»Gut. Bin gleich bei euch.«

16:12 Uhr

ER KONNTE SIE MIT DEN KOPFHÖRERN auf den Ohren zwar nicht hören und bis auf ein undeutliches Spiegelbild im Bildschirm auch nicht sehen, aber dafür spürte er sie umso deutlicher. Kerstin war hinter ihm, vermutlich mit verschränkten Armen, und ging auf und ab. Allmählich fing es an zu nerven, aber er sagte nichts. Frank kümmerte sich um die Technik. Für den Anfang hatten sie beide die neuen Aufnahmen ohne irgendwelche Filter und Bearbeitungen abgehört. Auf jeder war zu hören, wie jemand atmete, außerdem wie ein Stück Eisen zu Boden fiel. Die Eisenteile waren verschieden groß und schwer, das hatte Linus deutlich gehört, aber für ihn veränderte sich dadurch nicht der Eindruck des Raumes. Die Akustik war ja immer dieselbe. Nur bei dieser hier hatte er das Gefühl, dass es sich um einen anderen Raum handelte. Nicht nur der Hall war anders, auch das Rauschen von der Schleuse. Oder irrte er sich? Nein, er war sich sicher.

»Bei der Aufnahme stimmt was nicht«, sagte er und hob einen Kopfhörer vom Ohr. »Die hört sich irgendwie anders an.«

Er spürte Kerstins Hand auf seine Schulter klopfen. »Nicht zu fassen. Wie machst du das?«

»Was denn?«

»Die Nummer drei war ein Test. Die Aufnahme haben wir zwar im selben Gebäude, aber in einem anderen Raum aufgenommen. Er ist deutlich kleiner. – Wie machen wir jetzt weiter?« Die Frage ging an Frank.

»Ich spiele uns auf einem Ohr die Aufnahme des Entführers ein, auf dem anderen unsere Vergleichsaufnahme. Mal sehen, ob der Unterschied hörbar ist. Sofern es überhaupt einen gibt. Bist du so weit?«

War das ein Zweifel? Linus rückte die Kopfhörer wieder zurecht und schloss die Augen. Schon als die Einspielung begann, spürte er den Unterschied zwischen den beiden Aufnahmen. Am deutlichsten wurde er, als das Eisen zu Boden fiel. Auf einem Ohr war eindeutig weniger Hall.

»Das machen wir gleich noch mal«, sagte Frank, als sie durch waren, und startete wieder von vorne. Und danach noch ein paar Mal, mit immer wieder geänderter Abfolge.

Nach dem gefühlt tausendsten Vergleich hatte Linus genug.

»Ich kann mir die Ohren blutig hören«, sagte er und zog die Kopfhörer runter, »aber es wird immer ein Unterschied bleiben.«

Nun nahm auch Frank seine Kopfhörer ab. »Keine Ahnung, was du da hörst. Für mich ist das alles gleich. Aber ich bin ja auch nicht der mit dem perfekten Gehör.«

Linus verzog den Mund. Kerstin trat zwischen ihn und Frank.

»Was schließen wir denn jetzt daraus?«, fragte sie.

»Die Aufnahmen könnten in einem anderen Raum gemacht worden sein«, meinte Frank.

»Dann müsste es aber einer sein, der nur ganz wenig abweicht«, meinte Linus. »Der Unterschied ist nicht groß.«

»Einen zweiten Raum, der so ähnlich ist, gibt es dort aber nicht«, sagte Kerstin. »Also?«

Sie sah ratlos zwischen ihm und Frank hin und her.

»Es ist derselbe Raum und doch ein anderer«, meinte Linus. »Das bedeutet …«

»… dass der Raum zwischen den beiden Aufnahmen verändert worden ist.« Das war Frank.

»Genau. In allen Testaufnahmen ist weniger Hall. Also ist er verkleinert worden. Muss nicht viel sein.«

»Aber wie sollte das gehen?«, fragte Kerstin. »Selbst wenn alle Aufnahmen schon am ersten Tag der Entführung gemacht wurden, sind es bis heute kaum drei Wochen. Man würde doch sehen, wenn da eben erst umgebaut worden wäre.«

Frank nickte. »Wenn der Raum in den Testaufnahmen größer wäre, könnten davor Stellwände die Akustik verändert haben. Aber es ist ja genau andersherum. Der Raum ist jetzt kleiner. Als wäre eine Mauer eingezogen worden. Und du hast natürlich recht, wenn das in letzter Zeit passiert wäre, würde man es sehen.«

Kerstin stand da und kaute auf ihrer Unterlippe. Dann schien ihr was einzufallen. »Wartet mal.« Sie nahm ihr Handy. »Ich muss mal eben telefonieren.«

»Kannst du hier unten vergessen«, sagte Frank sofort. »Kein Empfang.«

»Dann gehe ich kurz hoch. Und ihr hört euch schon mal alle anderen Aufnahmen an, die der Entführer geschickt hat. Von der ersten bis zur letzten. Und achtet dabei vor allem wieder auf die Raumakustik.«

16:57 Uhr

ALS KERSTIN ZURÜCKKAM, hatte das Abhören der Aufnahmen nur eine Gewissheit ergeben: Die erste, auf der Linus' Mutter die Botschaft der Entführer vortrug, war die einzige, die mit Sicherheit der aktuellen Akustik entsprach. Weil ein bloßes Atmen auch für ihn zu wenig war, um eine klare Aussage zu treffen, konnte Linus bei allen anderen nur Vermutungen anstellen. Sein Gefühl sagte ihm, dass sie in dem größeren Raum aufgenommen worden waren.

»Ich habe inzwischen mit dem Besitzer der Halle gesprochen«, teilte nun Kerstin mit. »Und was glaubt ihr, was der mir erzählt hat? Die Halle wurde tatsächlich verändert.«

»Aber nicht in den letzten Wochen, nehme ich an«, warf Frank ein.

»Nein. Vor sechs Jahren wurde eine Wand eingezogen, um einen kleinen Nebenraum zu schaffen. Vor sechs Jahren!«

»Na super. Das bringt uns aber keinen Schritt weiter«, sagte Linus.

»Doch. Wenn alle Aufnahmen bis auf die erste über sechs Jahre alt sind.«

Linus kapierte überhaupt nichts mehr. »Okay?«

Frank stieß ihn von der Seite an. »Es könnte heißen, dass wir nur auf der ersten Aufnahme Vera hören. Dort, wo sie spricht. Und auf allen anderen jemand anders.«

War das jetzt eine gute Nachricht oder eine schlechte?

Kerstin machte einen Schritt auf sie beide zu. »Wenn das stimmt, haben wir es vielleicht mit jemandem zu tun, der schon viele, viele

Jahre im Geschäft ist. Und der aus irgendeinem Grund will, dass die Welt endlich davon erfährt.«

»Aber warum erst jetzt?«, fragte Frank. »Oder besser: ausgerechnet jetzt?«

»Vielleicht, weil eine Veränderung in seinem Leben ansteht. Eine tödliche Krankheit. Oder etwas hat ihn provoziert. Eine Zurückweisung. Wir wissen es nicht. Aber es wird einen Grund geben.«

»Ist das jetzt gut oder schlecht?«, wagte Linus endlich zu fragen.

»Ich glaube, es ist gut«, antwortete Frank. »Wenn dieser Typ tatsächlich für so viel Aufsehen wie möglich sorgen will, dann lässt er es uns wissen, wenn er … Na, du weißt schon. Sie lebt, Linus. Vera lebt.«

Einen kurzen Moment zitterte seine Stimme. Dann hatte er sich wieder im Griff.

Und er meinte, was er sagte.

Das gab auch Linus Hoffnung. Etwas von der Anspannung in ihm löste sich. Zumindest ein wenig.

»Und was ist mit der anderen Aufnahme?«, warf er ein. »Der, die in dem Buch war? Wie passt die in das Ganze?«

»Da müssen wir abwarten, was die Analyse der Kollegen ergibt.« Frank wirkte noch immer ein wenig beleidigt, dass die Aufnahme an ihm vorbei in sein Amt gegangen war.

»Wir können auch selber reinhören«, schlug Linus vor. »Ich hab eine Kopie gemacht, auf meinem Laptop.«

»Dann hol das Ding mal her«, drängte Frank.

Linus lief in sein Zimmer, nahm den Laptop und rannte die Treppe runter. Frank fing ihn im Flur ab. »Wir bleiben erst mal oben. Kerstin wird nervös, wenn sie auf ihrem Handy nicht erreichbar ist. Sie bestellt übrigens gerade Pizza. Was für eine willst du?«

»Mir egal. Irgendwas.«

»Einmal Pizza irgendwas für den jungen Mann mit dem perfekten

Gehör!«, rief Frank ins Wohnzimmer und ging weiter Richtung Toilette.

Als Linus ins Zimmer kam, legte Kerstin gerade auf. »Ich hab für dich Schinken und Pilze bestellt«, teilte sie mit und steckte das Handy weg. »In einer halben Stunde sind sie da.«

Linus platzierte den Laptop auf dem Tisch, und nachdem er ihn aus dem Standby-Modus geholt hatte, rief er die entsprechende Datei auf. Kerstin setzte sich neben ihn.

»Du bist ein richtig taffer junger Mann«, sagte sie und tätschelte seinen Unterarm. »Das solltest du wissen. Und das mit deinem Gehör, das ist echt der Hammer.«

Er wiegelte ab, indem er den Kopf schüttelte, aber das Lob tat ihm gut.

Durch den Flur hörte man die Spülung in der Toilette, wenig später Franks Schritte. »Dann lass mal sehen«, sagte er und setzte sich hin.

Linus drückte auf *Play*. Das Knacken, der Knall, das Rauschen und Knistern und darunter die Stimme des Mannes. Schweigend hörten sie all das bis zum Ende an, und auch dann saßen sie noch eine Weile stumm da.

»Hat einer von euch was verstanden?«, fragte Kerstin.

»Nicht viel«, antwortete Linus. »Nur einzelne Wörter. *Ich – keine – nie – Liebe – Schlampe – Drecksch …*«

»Hört sich nach einem Tobsuchtsanfall an. Es könnte aber auch jemand gefoltert werden, so, wie der Mann brüllt. Was meinst du?«

Sie sprach Frank an, doch der wirkte abwesend.

»Frank?«

Er blickte auf. »Ich glaub, ich hab das schon mal gehört.«

»Und wo?«

»Keine Ahnung. Könnte aus einer Abhöraktion stammen. Einer missglückten offenbar, weil man nichts versteht. Anscheinend hat der

Typ das Ding, in dem das Mikro versteckt war, gegen die Wand oder auf den Boden geworfen.«

Linus sah Frank an. Dessen Blick blitzte für den Bruchteil einer Sekunde zu ihm herüber, war aber sofort wieder weg. Wusste er mehr, als er zugab?

Kerstin stand auf. Anscheinend konnte sie im Sitzen nicht so gut denken.

»Fassen wir zusammen, was wir haben. Erstens: mehrere Audiodateien, einige davon älter als sechs Jahre, eine aktuell und eine …« Sie deutete auf Linus' Laptop. »Eine, die völlig aus dem Rahmen fällt und die wir nicht einordnen können. Was haben wir noch?«

»Das Buch von Pa, aus dem Wörter herausgeschnitten wurden«, sagte Linus. »Sie ergeben zusammen einen Satz: *Und jedem Anfang wohnt ein Zauber inne.*«

»Jedem Anfang …«, wiederholte Kerstin, während ihre Absätze über das Parkett klackten. »Es geht ums Anfangen. Vorausgesetzt, das Ganze ergibt überhaupt einen Sinn und ist nicht bloße Beschäftigungstherapie, könnte es doch sein, dass die alten Aufnahmen einen Anfang für den Täter darstellen. Sein erster …« Sie unterbrach sich selbst. »Seine erste Tat.« Auch wenn sie das Wort *Mord* nicht ausgesprochen hatte, lief eine Gänsehaut über Linus' Rücken. Doch er schob seine Gefühle beiseite und konzentrierte sich auf Kerstin. »Bei dieser ersten Tat ist er vermutlich mit deinem Vater in Kontakt gekommen, Linus. Nur so macht es Sinn, dass er sein Buch schickt. Aber wenn es ein Mord war und dein Vater dazu ein Gutachten anfertigen musste, dann kann der Täter unmöglich schon wieder frei sein. Er hätte lebenslänglich gekriegt, außer …«

»Außer er wurde nicht verurteilt«, beendete Linus den Satz. »Aber wenn er freigesprochen wurde, hat er keinen Grund, sich zu rächen.«

»Hm«, machte Kerstin und blieb stehen. Und noch einmal: »Hm.«

Frank stand auf. »Ich fahr nach Wiesbaden. Ich werde das Gefühl nicht los, dass ich ein paar der Antworten in meinem Amt finde.«

»Willst du nicht wenigstens auf deine Pizza warten?«, fragte Kerstin.

»Keine Zeit mehr. Ich bin weg.«

22:14 Uhr

DAS LICHT WAR SO GRELL, dass Vera Angst hatte zu erblinden, wenn sie auch nur eine Sekunde länger hineinsah. Reflexartig kniff sie die Augen zu. Frische Luft fiel herein. Sie war also noch da, die Welt. Wie von Sinnen zerrte sie an ihren Fesseln und schrie. Schrie sich die Seele aus dem Leib. Der freie Arm fuhr hoch in die Luft, aber er griff ins Leere. Wo war dieser Dreckskerl?! Sie schrie und schrie und schrie. Hörte sie denn keiner?

Ein Schlag traf sie am Kopf. Benommen sank sie in sich zusammen. Aber sie bekam mit, dass etwas passierte. Was machte er? Sie hörte seinen Atem, anscheinend strengte er sich an, und dann war plötzlich etwas neben ihr, sie wusste nicht, was. Ihre Gedanken waren hier unten so unglaublich träge geworden, alles entschwand ihr so furchtbar schnell, nicht nur das Leben draußen, auch das in ihrem Innern. Es fiel ihr so schwer, sich Vorstellungen von etwas zu machen.

Dann senkte sich der Deckel auf sie herab, sie hörte nur noch ein Rumpeln über sich, erst war es laut, dann wurde es leiser. Offenbar war über dem einen Deckel noch ein anderer, vielleicht noch einer und noch einer und noch einer … Eine Welt, die nur aus Deckeln bestand, Abdeckungen, Grabplatten.

Was war das, was er hereingelegt hatte? Etwas Lebloses. Ihre freie Hand tastete danach. Leblos? Wirklich? Sie war sich nicht mehr sicher. Es war warm. Und … ja, es atmete. Sie hörte deutlich, wie es atmete. Ein paar Sekunden lang hielt sie es für möglich, dass er ihr ein Tier hereingelegt hatte, aber sie verwarf den Gedanken sofort wieder. Nein, das war natürlich ein Mensch. Eine Frau. Ohne Bewusstsein. Vielleicht lag sie schon im Sterben. Angst drang durch jede Pore ihrer Haut in sie ein. Wenn die Frau wirklich starb, dann würde sie hier mit einer Leiche liegen. Aus Angst wurde Entsetzen. Immer wenn sie glaubte, das Schlimmste hinter sich zu haben, kam etwas, das alles Bisherige noch überbot.

»Bitte, bitte, bitte«, flehte sie, hauchte sie, »bitte, bitte, bitte lass mich sterben ...«

Den Glauben an das Leben hatte sie endgültig verloren. Ihre letzte Hoffnung war der Tod. Zum Glück eine, die sich immer erfüllte. Wenn nur der Weg dahin nicht so schwer und lang gewesen wäre.

Noch 2 Tage

00:12 Uhr

Von allen Sinnesorganen des Menschen ist das Ohr für mich bei Weitem das faszinierendste. Seine Wahrnehmung ist unglaublich differenziert und fein. Feiner, als uns bewusst ist. Denn nicht alles, was das Ohr aufnimmt, hören wir auch. Das liegt an unserem Gehirn, an der Verarbeitung der Reize. Jeder kennt das: Selbst laute Geräuschkulissen nehmen wir irgendwann nicht mehr wahr. Das Gehirn blendet sie aus. Genauso wie das Rauschen unseres eigenen Blutkreislaufs, das Strömen unseres Atems, die Erschütterungen in unserem Körper beim Gehen oder Laufen. Wie das Gehirn das macht, ist noch immer nicht bis ins Letzte erforscht.

Wo liegen die Grenzen dessen, was Menschen hören und unterscheiden können? Keine leicht zu beantwortende Frage. Was es gibt, ist eine Norm, innerhalb derer sich die meisten bewegen. Doch wie in vielen Bereichen, gibt es einige wenige besondere Individuen, die die Norm überschreiten und das Potenzial in einer Tiefe ausschöpfen, die dem normal Hörenden als wundersam, unglaublich, ja als unmöglich erscheint. Und doch ist es möglich.

Ich bin einer von diesen wenigen Menschen, die »das Gras wachsen hören«. Ich habe diese Fähigkeit in den Dienst der Wissenschaft und der Aufklärung von Verbrechen gestellt. Mein Name ist Richard Dorn, ich bin Professor und Spezialist für forensische Phonetik, und wann immer die Polizei mein besonderes Talent braucht, um Verbrechen aufzuklären, stehe ich bereit. Von einigen meiner Fälle will ich berichten. Der erste von ihnen war zugleich einer der spektakulärsten. Ich spreche von der Entführung und Ermordung der Sandra Fremuth durch Michael Sandhaus.

00:14 Uhr

»WER BIST DU?«

»Lucy. Ich heiße Lucy. Und du?«

»Vera.«

»Bist du … Linus' Mutter?«

»Du kennst Linus?«

»Ja, wir … sind zusammen … oder waren es … Ich weiß nicht … Was soll das alles …? Warum sind wir hier?«

»Ach, Kindchen … muss ich dir das wirklich erklären?«

Stille.

Sie fängt wieder an zu weinen. Zu wimmern. Beide fangen sie an. Ich kann es jetzt nicht mehr ertragen. Später. Später höre ich weiter.

Ich drehe die Lautstärke runter. Ich muss sagen: Ihre Stimmen harmonieren wunderbar. Besser als erwartet. Ein hübsches Duett. Wie werden sie erst im Sterben klingen? Ihre Atemzüge. Ihr Seufzen. Ihr Röcheln. So was darf man der Welt nicht vorenthalten. Eines Tages, schon bald, wird es hinausdringen, und alle werden es hören. Alle. Mit Schaudern natürlich, aber das muss so sein. Manche werden bezweifeln, dass die Aufnahmen authentisch sind. Aber Experten werden es bestätigen. Und alle, alle werden rätseln, wer diese wunderbaren Dokumente, von denen immer wieder neue auftauchen, verbreitet. Leider wird man denjenigen im Dickicht des Internets nicht finden. Er wird ein Rätsel bleiben, und gerade deshalb wird man sich noch in Jahrhunderten mit ihm beschäftigen, so wie mit Jack the Ripper. Nichts fasziniert die Menschen so sehr wie ein ungelöstes Rätsel.

Ich gieße den letzten Rest Wein aus der Flasche. Blutrot liegt er im Glas und funkelt im matten Licht. Alles geht zur Neige. Das ist der Lauf der Dinge.

Die Jagd ist vorbei. Zumindest so, wie ich sie bisher geführt habe. Denn wenn die Welt erfährt, was ich getan habe, verändert das alles.

Dann werden Planung und Vorsicht allein nicht mehr genügen. Die Welt wird wissen, dass es mich gibt – jemanden wie mich –, und damit beginnt für die Menschheit und für mich eine neue Zeit.

Werde ich es überhaupt noch einmal erleben dürfen, dieses lautlose Anschleichen und Umkreisen, dieses Abwarten und Beobachten? Ein herrlicher Auftakt ist das zu allem, was dann kommt. Ihre rührende Ahnungslosigkeit. Ihre Unschuld. Und alles liegt in meiner Hand. Wenn ich es will, endet das Leben, das sie bisher gekannt haben. Mit einem Streich zerreiße ich all ihre Illusionen, und sie erkennen den Tod, der das einzig Wirkliche ist. Wenn ich es will, schließe ich die Luftzufuhr, und sie sterben innerhalb der nächsten drei, vier Stunden. Es hängt nur an mir. Ein erregender Gedanke. Aber noch ist die Zeit nicht reif dafür.

Ich nehme das Glas und drehe die Lautstärke wieder hoch.

Was ist das?

Tatsächlich. Sie summt. Eine von ihnen summt. Ich glaube, es ist Vera. Sie summt für Lucy eine Melodie, um sie zu beruhigen. Wie ein Schlaflied.

Eine Gänsehaut kriecht meine Arme hoch. Tränen steigen mir in die Augen. Ich lasse sie fließen. Ich nippe am Wein. Das ist zu schön. Zu bewegend. Ein Moment, der alles rechtfertigt.

00:23 Uhr

SANDRA FREMUTH WUSSTE NICHT, *mit wem sie sich einließ, als sie eines Abends in einer Musikkneipe einen vermeintlich harmlosen Flirt mit dem charmanten Michael Sandhaus begann. Sie war jung und lebenslustig und zog viele Männer an. Doch dieser war anders als alle, die sie bisher gekannt hatte. Sie trafen sich ein paarmal, kamen sich näher, aber sehr schnell wurde er immer besitzergreifender. Deshalb sagte sie ihm, dass sie ihn nicht mehr sehen wolle. Er schickte Blumen. Täglich. Ihr Lieblingskonfekt. Woher wusste er davon? Sie hatte es ihm nicht erzählt. Er lauerte ihr auf. Vor ihrer Arbeitsstelle. Vor der Wohnung. Überall. Sie ließ sich krankschreiben und ging nicht mehr aus dem Haus. Natürlich rief er sie auch an. Andauernd. Irgendwann schaltete sie ihr Handy nicht mehr ein. Änderte die Nummer. Da fing er an, Briefe zu schreiben. Viele. Hunderte. Briefe, in denen er seine Liebe beteuerte. Und sein Unverständnis darüber, dass sie ihn nicht liebte. Oder, wie er zu wissen glaubte: dass sie gegen ihre Liebe ankämpfte. Es war undenkbar für ihn, dass ein so starkes Gefühl wie das seine nicht erwidert wurde.*

Sandra ging zur Polizei. Sie erwirkte eine Verfügung, die ihm verbot, sich ihr zu nähern. Er verstieß gegen die Auflagen, trug die Folgen. Seine Liebe verwandelte sich in Zorn. In Hass. Vielleicht war sie das immer gewesen. Doch von Sandra lassen konnte er nicht.

Als Michael Sandhaus über Umwege erfuhr, dass Sandra schon bald in einer anderen Stadt ein neues Leben beginnen wollte, war das ein Schock für ihn. Sandra gehörte ihm. Nur ihm. Er musste etwas tun, solange sie noch da war. Irgendetwas. Er tat etwas. In der Nacht des 22. Mai 2006 verschwand Sandra Fremuth spurlos.

Linus schaute aus dem Buch auf. Er hatte den Text schon einmal gelesen, allerdings in Manuskriptform, er sollte ihn damals für seinen Vater Probe lesen. Über zwei Jahre war das her. Aber jetzt, beim Wiederlesen, kam die Erinnerung zurück.

Sein Gefühl sagte ihm, dass der Entführer einen Fall aus dem Buch meinte. Kerstin hatte recht: Wieso sonst hätte er es schicken sollen? Der Fall Sandhaus hatte damals von allen am meisten Aufsehen erregt. Nicht nur, weil er als Indizienprozess geführt wurde, sondern weil es nur dank seines Vaters überhaupt zu einer Verurteilung kam. Bestimmt gab es noch heute eine Menge Menschen, die damit nicht einverstanden waren. Familienangehörige zum Beispiel. Linus googelte den Namen und stieß in der Berichterstattung tatsächlich auf eine Schwester und einen Bruder: Sonja und Gunther Sandhaus.

00:56 Uhr

ALLES, WAS WIR BESASSEN, *waren die mitgeschnittenen Telefonate und das, was wir in seiner Wohnung abgehört hatten. Einiges davon war von miserabler Qualität, manches völlig unbrauchbar. Irgendwie schien nichts nach Plan zu laufen, sogar die Technik spielte uns böse Streiche. Aber wir sagten uns fatalistisch, dass das wohl keinen großen Unterschied machte. Michael Sandhaus konnte sich ja denken, dass er unter Beobachtung stand und abgehört wurde, und er tat uns nicht den Gefallen, sich in irgendeiner Weise zu verraten. Nur eine Aufnahme gab es, in der er, offenbar ziemlich angetrunken, eine moralische Anwandlung bekam, über die Ungerechtigkeit der Welt im Allgemeinen und Sandras im Besonderen klagte. Wie glücklich sie hätten sein können. Dass alles ihre Schuld sei.*

Mit einem Schlag verschlechterte sich die Tonqualität dramatisch, wir hörten nur noch ein einziges Rauschen, Knacken und Brummen, zwischen dem die Stimme gerade noch auszumachen, aber bis auf einzelne Worte nicht mehr zu verstehen war. Michael Sandhaus hatte in seiner Wut die Lampe zerschlagen, in der wir unsere Wanze versteckt hatten. Wir wendeten natürlich alle technischen Möglichkeiten der Rauschunterdrückung und Signalverstärkung an, um die Aufnahme verständlich zu machen, aber vergeblich. Denn immer blieb als Erstes das in den Filtern hängen, was wir eigentlich hören wollten.

Nicht nur die Technik, auch ich war an meine Grenzen gekommen. Aber manchmal, wenn es um Leben und Tod geht, öffnet unser Körper Ressourcen, die wir nicht in ihm vermutet haben, und befähigt uns zu Leistungen, die jenseits dessen liegen, was wir selbst für möglich gehalten hätten. Zumindest ging es mir so. Plötzlich machte ich in dem ganzen Klangbrei ein Wort aus, das mir bisher entgangen war, einen Halbsatz, und je öfter ich ihn mir anhörte, desto deutlicher hörte ich ihn. Hätte ich in diesem Moment die Weltformel gefunden, nach der die Physik seit Jahrzehnten sucht, oder das Elixier ewiger Jugend, ich hätte kaum glücklicher sein können. Zuerst hatte ich die mir unerklärlichen Wörter »Lengener Senke« unterschieden. Das musste ein Name sein. Der Name einer Gegend.

Und dann verstand ich noch etwas: »Verrotten sollst du, Sandra, verrotten in der Lengener Senke.«

Ich verständigte sofort Frank Volkmann. Es brauchte nur einen Blick auf eine Landkarte, um herauszufinden, dass die Lengener Senke ein Gebiet unweit der Bundesstraße war, mit einem kleinen See in der Mitte. Frank Volkmann schickte sofort ein Polizeiaufgebot los, und so wurde Sandra Fremuth gefunden. Ihr Mörder hatte ihre Leiche mit Eisenstücken beschwert und im See versenkt. Hätte ich den entscheidenden Satz auf der Aufnahme nicht entschlüsselt, wäre sie vermutlich nie entdeckt worden.

Michael Sandhaus wurde verhaftet. Nach langen, mühseligen Verhören gestand er schließlich die Tat. Vor Gericht hat er das Geständnis allerdings widerrufen und wieder behauptet, er wäre unschuldig. Trotzdem wurde er zu einer lebenslangen Haftstrafe verurteilt und eine besondere Schwere der Schuld festgestellt. Etwa ein Jahr nach seiner Verurteilung nahm er sich in seiner Zelle das Leben. Er hatte sich dafür Sandras Geburtstag ausgesucht. Selbst im Tode noch hat er versucht, sein Opfer zu vereinnahmen.

Ende des Kapitels.

Betroffen klappte Linus das Buch zu. Wie konnte man nur jemandem, den man angeblich liebte, so etwas Schreckliches antun? Unvorstellbar! Aber es passierte. So wie irgendjemand seiner Mutter Schreckliches antat. Und ihnen allen. Jemand, der womöglich in einer Verbindung zu diesem Fall stand.

Und jedem Anfang wohnt ein Zauber inne.

Anfang. Warum Anfang? Mit dem Fall Sandhaus hatte die Karriere seines Vaters so richtig angefangen. Er war groß rausgekommen und hatte Anfragen von allen möglichen Polizeistellen bekommen, sogar von einigen aus dem Ausland. War das mit *Anfang* gemeint? Aber wozu dann die Aufnahmen mit den Atemgeräuschen? Und die letzte davon: *Hörst du den Tod?* Waren die Aufnahmen überhaupt echt? Oder bloß ein Fake? Er kam sich vor, als stünde er vor einem dieser Bilder, in die man nur intensiv genug hineinstarren musste, um ein anderes Bild darin zu entdecken. Eine Landschaft, die ein Gesicht war. Ein Gesicht, das eine Landschaft war. Aber sosehr er sich auch anstrengte, er sah das andere Bild nicht.

Höchste Zeit, schlafen zu gehen. Er zog sich aus und das Schlaf-Shirt an, und die ganze Zeit rollten seine Gedanken weiter, wie ein Zug ohne Bremsen, auf immer demselben Gleis. Auch beim Zähneputzen und später im Bett.

Am plausibelsten erschien ihm noch immer, dass jemand sich an seinem Vater rächen wollte, wegen seiner Rolle im Fall Sandhaus. Und sein Hass galt nicht mehr nur dem Mann, der schuld an der Verurteilung von Michael Sandhaus gewesen war, sondern dessen ganzer Familie. Vielleicht, weil durch sein Wirken auch eine ganze Familie zerstört worden war?

02:47 Uhr

LINUS FUHR HOCH und war sofort hellwach. Hatte nicht eben sein Handy geklingelt? Es lag still und dunkel auf dem Nachttisch. Dann nur in seinem Traum. Trotzdem nahm er es in die Hand und vergewisserte sich. Nein, kein Anruf, keine SMS. Nichts. Von draußen hörte er den Wind ums Haus streichen, ab und zu erhellte fernes Wetterleuchten kurz den Raum, verhaltenes Donnergrollen folgte. Ein Blick auf die Uhr verriet ihm, dass er nur gut eine Stunde geschlafen hatte. Und so aufgekratzt, wie er war, würde er auch so schnell kein Auge mehr zumachen.

Was war das nur für ein seltsamer Traum gewesen? Sein Vater war vorgekommen, seine Mutter, Frank, Lucy. Das wusste er noch. Er setzte sich an die Bettkante. Wenn er schon wach war, konnte er auch was Vernünftiges mit der Zeit anfangen. Nur was?

Am besten dort weitermachen, wo er vor dem Schlafengehen aufgehört hatte. Er ging zu seinem Laptop. Es konnte nicht schaden, noch mal ein wenig in diese Michael-Sandhaus-Richtung zu recherchieren. Während der Laptop hochfuhr, fiel ihm ein, dass er sehr viel besseres Material griffbereit hatte, als ihm jede Internetrecherche liefern würde. Sein Vater hatte für alle Kriminalfälle, die er in seinem Buch behandelte, die Polizeiakten kopiert, Presseartikel gesammelt und Abschriften von Interviews, die er für sein Buchprojekt geführt hatte, abgeheftet. All das lagerte im Keller in mehreren akribisch beschrifteten Kartons.

Linus schlüpfte in seine Flipflops und schaute kurz ins Gästezimmer. Das Bett war leer. Frank übernachtete wirklich in Wiesbaden, so wie er es gesagt hatte. Dann lief er in den Keller. Das Archiv seines Vaters nahm dort einen eigenen Raum ein. Er lagerte hier auch sämtliche Gutachten, die er jemals angefertigt hatte. Die Unterlagen zum Sandhaus-Fall waren rasch gefunden. Zwei wuchtige Kartons. Er schleppte sie in sein Zimmer, stellte sie auf den Boden und setzte sich davor.

Der erste enthielt lauter Mappen und Hefter. Polizeiakten, wie es schien. Bestimmt Tausende von staubtrockenen Seiten. Zu viele für eine Nacht, nach der der Morgen schon ungeduldig seine Finger ausstreckte. Er öffnete den zweiten Karton. Darin befanden sich Presseartikel. *Protokoll eines Verbrechens aus Leidenschaft* war gleich der erste überschrieben. Linus betrachtete die Fotos. Sandra Fremuth war eine schöne junge Frau gewesen, und auch Michael Sandhaus wirkte auf dem Bild nicht unattraktiv, ja, sogar sympathisch. Ein anderes Foto zeigte ihn als Jugendlichen im Kreis seiner Familie. Alle Gesichter außer dem von Michael waren verpixelt. In dem Artikel wurde sein älterer Bruder Gunther mit den Worten zitiert: »Michael ist unser Bruder, den wir lieben. Er hat viel Unsinn angestellt. Aber wenn er sagt, dass er Sandra nicht umgebracht hat, dann glaube ich ihm das.« Er hatte sie an einem Ort, der nie gefunden worden war, eingesperrt und verdursten lassen. Das hatte die Obduktion ergeben. Erst danach hatte er ihre Leiche im See versenkt.

Ob Gunther gerade Rache nahm? Aber wieso erst nach so langer Zeit? Vielleicht hatte es ja mit dem Erscheinen des Buches zu tun. Gut möglich, dass die öffentliche Aufmerksamkeit, die sein Vater dafür erhielt, die alten Wunden aufgerissen und die Rachsucht neu geweckt hatte. Aber bestimmt hatte die Polizei längst jeden überprüft, der was gegen seinen Vater haben könnte. Linus grub tiefer in dem Karton und stieß dabei auf eine Reihe von Daten-CDs und USB-Sticks. Sicher noch mehr Dokumente. Die CDs enthielten, wie die Beschriftungen verrieten, Kopien von Interviews und anderen Ton- und Filmdateien. Die USB-Sticks befanden sich in kleinen Klarsichthüllen mit Aufklebern. Nur einer lag lose in der Schachtel. Kein Hinweis, was sich darauf befand. Vielleicht war er irgendwo herausgefallen? Oder das Undenkbare war passiert: Seinem supergenauen Vater war ein Flüchtigkeitsfehler unterlaufen. Oder gar Schlamperei.

Das haben wir gleich, dachte Linus und ging mit dem Stick zu seinem Laptop auf dem Schreibtisch. Er steckte ihn ein, ein Fenster öffnete sich automatisch. *Anonyme E-Mails Sandhaus* war der einzige Ordner, der angezeigt wurde. Er klickte darauf. Sieben E-Mails mit jeweils einem Anhang. Als Absender stand dort: *Michael Sandhaus.* Aber das konnte nicht sein, denn als die erste geschickt wurde, war Michael Sandhaus schon tot. Deshalb hatte sein Vater den Ordner wohl auch *Anonyme E-Mails Sandhaus* genannt.

Er klickte die erste Mail an und las:

Lieber Herr Dorn,

anbei sende ich Ihnen die Audiodatei zur Begutachtung. Sie werden sicher eine ebenso große Freude daran haben wie ich.

Ihr guter Freund.

Merkwürdiger Freund. Nun ja, das war natürlich ironisch gemeint.

Er klickte auf die Klammer – und erschrak bis ins Mark. Bei dem Anhang handelte es sich um eine Audiodatei.

Der Titel lautete: *Hörst du den Tod.*

03:39 Uhr

Wie von einem aufgezogenen Uhrwerk in seinem Innern angetrieben, lief Linus im Zimmer herum: auf und ab und im Kreis. Auf keinen Fall hatte er sich die Dateien anhören wollen – und hatte es dann doch getan. Eine nach der anderen, alle sieben. Sie alle enthielten das Gleiche, das, was er bereits kannte: von jener letzten Datei, die der Entführer seiner Mutter geschickt hatte. Jemand – eine Frau vermutlich – lag im Sterben, die letzten Atemzüge waren zu hören, das letzte Röcheln, mal auch ein Wimmern, ein letztes gehauchtes Wort. Danach Stille. Diese grauenvolle Stille.

Wer hatte seinem Vater diese Dateien geschickt? Wenn die Datumsangaben nicht verändert waren, so war jedes Jahr eine gekommen – am Todestag von Michael Sandhaus, der zugleich der Geburtstag von Sandra Fremuth war. Wie es aussah, war die Entführung seiner Mutter nur der letzte Akt in einem Geschehen, das schon eine lange, lange Zeit ablief. Aber was steckte dahinter? Und wer?

Er blieb kurz stehen. All diese Dateien waren als E-Mail-Anhänge angekommen. Hatte nicht Frank auf dem Computer seines Vaters nach einer alten E-Mail gesucht? Vielleicht ja nicht nur nach einer. Vielleicht ja nach diesen. Das hätte bedeutet, dass er von ihrer Existenz wusste. Wenn dem so war, wieso hatte er sie bisher nicht erwähnt? Auch Kerstin gegenüber nicht? Oder hatte er das getan, und Linus wusste nur nichts davon? Nein, unwahrscheinlich.

Wow! Er schüttelte den Kopf. Was war das alles bloß? Worauf war er da gestoßen? Ein flaues Gefühl befiel seinen Magen und wurde rasch stärker. Wie unmittelbar vor einem Bungee-Sprung. Unmöglich, dass sein Vater diese anonymen Mails einfach vergessen hatte. Oder Frank, wenn er wirklich davon wusste. Warum ignorierten sie sie dann? Linus konnte sich nur einen Grund denken: Angst. Unendliche Angst, noch größer als die Angst davor, seine Mutter zu verlieren. Doch welche Angst konnte größer oder schlimmer sein als diese?

Ein Schwindelgefühl befiel ihn. So als täte sich unter ihm der Boden zu einem Abgrund auf.

Nein!, rief er sich da innerlich zu. Pa würde alles tun, um Mama zu retten. Alles!

Vielleicht waren diese Aufnahmen längst tausendmal durchgecheckt. Als Fälschungen enttarnt. Müll. Oder zumindest Spuren, die nachweislich in eine Sackgasse führten. Der Gedanke fiel wie ein Lichtstrahl in sein Gemüt. Das Unbehagen verflüchtigte sich ein wenig.

Er rief sich die alte Polizei-Maxime in Erinnerung, die sein Vater immer wieder im Mund führte: Leg dich nie zu früh auf ein Szenario fest, sondern bleib immer für andere Möglichkeiten offen. Auch für die auf den ersten Blick unwahrscheinlichen. Wenn es also bei der Entführung nicht um Rache ging, worum ging es möglicherweise dann?

Er las erneut den über die Jahre unveränderten Text der E-Mails, die die Dateien begleitet hatten: *Anbei sende ich Ihnen die Audiodatei zur Begutachtung. Sie werden sicher eine ebenso große Freude daran haben wie ich.* Freude. Der Absender sprach nicht von Hass, er sprach von Freude. Was, wenn man keine bösartige Ironie unterstellte, so wie er es bis jetzt automatisch getan hatte, sondern die Nachricht beim Wort nahm? Was hätte das bedeutet? Der Absender erwartete, dass sein Vater Freude beim Abhören der Datei empfand. Einer Datei mit dem Titel: *Hörst du den Tod?* So wie er selber Freude daran empfand. Das hätte bedeutet, dass er in seinem Vater einen verwandten Geist vermutete. Wie kam er darauf? Weil er ihn besser kannte als Linus?

Sofort war das Unbehagen wieder da. Das Schwindelgefühl. Der Abgrund. Tiefer als zuvor. War sein Vater das: ein verwandter Geist dieses Verrückten? Konnte es tatsächlich sein, dass sein Vater beim Anhören einer solchen Aufnahme Genuss empfand?!

08:17 Uhr

Der Wind hatte graue Wolken gebracht, die über den Himmel hetzten, als seien sie auf der Flucht. Es würde Regen geben. Trotzdem nahm Linus das Fahrrad. Die leichte Regenjacke musste genügen. Eigentlich war es noch ein bisschen früh für einen Besuch im Krankenhaus, aber das war ihm egal, er musste mit seinem Vater sprechen. Musste wissen, was es mit diesen seltsamen Audiodateien auf sich hatte. Erst dann würde er Kerstin davon erzählen.

Der Wind zerrte heftig an ihm, während er mit aller Kraft dagegen anstrampelte. Auf halber Strecke spürte er das Vibrieren seines Handys in der Hosentasche. Frank? Oder Lucy? Er hielt an und nahm ab. Es war Kerstin.

»Gibt's was Neues?«, fragte er sofort.

»Wie man's nimmt. Ist Lucy Sommer zufällig bei dir?«

»Bei mir? Nee. Wie kommen Sie darauf?«

»Sie ist seit gestern verschwunden. Ihre Eltern machen sich Sorgen. Sie könnte weggelaufen sein. Anscheinend mobbt die ganze Familie sie wegen ihrer Aussage bei uns.«

»Ich hab eine Idee, wo sie sein könnte. Bin eh gerade auf dem Weg zu meinem Vater und kann da nachsehen. Ist kein großer Umweg.«

»Mach das. Hat sich Frank bei dir gemeldet?«

»Nee.«

»Komisch. Er geht nicht an sein Handy. Na ja, er wird sich schon noch melden. Und du sagst Bescheid, wenn du Lucy findest. Oder was von ihr hörst.«

»Mach ich.«

Er steckte das Handy ein und fuhr weiter.

08:53 Uhr

WAR VIELLEICHT DOCH KEINE so gute Idee gewesen, das Fahrrad zu nehmen. Als er den Park erreichte, verdichtete sich das, was als leichtes Tröpfeln begonnen hatte, zu einem dichten Regenschauer. Er hoffte so sehr, dass seine Vermutung zutraf und er gleich Lucy wiedersehen würde. Als die Brücke vor ihm auftauchte, strömte ein angenehmes Wärmegefühl durch ihn hindurch. All die Schrecken der letzten Zeit wenigstens für ein paar Minuten oder auch nur eine einzige Umarmung, einen einzigen Kuss lang zu vergessen – das war in diesem Moment seine größte Sehnsucht. Ob sie sich so rasch erfüllte? Nach den ganzen Belastungen der letzten Zeit? Er wäre ja schon damit zufrieden, Lucy einfach nur zu sehen.

Er holperte mit seinem Fahrrad das Gefälle zum Bach hinunter, sprang ab und rettete sich unter die Brücke ins Trockene. Die gespannte Vorfreude verpuffte im selben Moment. Lucy war nicht da. Die Enttäuschung ließ die Sehnsucht nur umso größer werden. Wenn er wenigstens ihre Stimme hören könnte. Jetzt, wo er so zuversichtlich gewesen war, sie zu sehen, merkte er erst, wie sehr er sie vermisste.

Er nahm sein Handy heraus. Ihre Eltern versuchten bestimmt im Minutentakt, sie zu erreichen. Aber wenn sie seine Nummer auf dem Display sah, würde sie vielleicht rangehen.

Sie nahm nicht ab, nur die Ansage auf ihrer Mailbox. Nach dem Signalton sagte er: »Ich bin's noch mal. Wo steckst du? Deine Eltern machen sich Sorgen. Und ich natürlich auch. Melde dich wenigstens, damit ich weiß, dass du okay bist. Bitte! Und ich vermisse dich so!«

Weil der Regen noch zu heftig zum Weiterfahren war, setzte er sich auf die Erde, zog die Knie an und schaute auf den Bach, in den die Tropfen einschlugen wie Gewehrsalven.

09:21 Uhr

WIE SCHNELL DAS DOCH GING. Wie schnell man zerfiel. In Einzelteile. Die funktionierten. Signale sendeten. Oder nicht. Elektrische Signale. Sie hatten das in Bio gelernt. Reizübertragung in den Nerven. Wie funktionierte das noch mal? Sie kriegte es nicht mehr zusammen. Sie hätte besser aufpassen müssen im Unterricht. Ihr linkes Bein war taub geworden. Hatte gekribbelt. Dann hatte sie das andere nicht mehr gespürt. Jetzt spürte sie beide wieder. Die Fesseln an Fuß- und Handgelenken waren locker. Aber was half es, sich daraus zu befreien?

»Vera?«

Sie lag wie in einer geschlossenen Faust. Die Dunkelheit wurde zu etwas Körperlichem. Etwas, das schwer auf ihr lastete. Das aber auch in sie eindrang. Zu dem sie allmählich selbst wurde. Es gab diesen Typen, sie hatte davon gelesen, der Leichen konservierte, indem er sie in eine Flüssigkeit legte, bis das Gewebe und alles ganz von dieser Flüssigkeit ersetzt war. So ähnlich ging das, sie wusste es nicht mehr genau. Aber so war das hier jedenfalls auch. Nur dass es keine Flüssigkeit war, die sie zersetzte, sondern die Dunkelheit.

Sie musste aufhören, solchen Unsinn zu denken. Das war krank!

»Vera!«

Sie atmete. Sehr flach zwar, aber sie atmete. Wieso antwortete sie nicht?

»Vera!«

Sie stieß mit dem Ellbogen gegen sie.

»Was ist denn?«

Na endlich!

»Erzähl mir was.«

»Was denn? Ich will nicht.«

»Das ist mir egal! Du erzählst mir jetzt was!«

»Ich weiß nichts.«

»Erzähl mir von Linus. Wie war er als kleiner Junge?«

Sie schwieg. Ein Schütteln ging durch ihren Körper und übertrug sich auf sie.

»Hör auf zu heulen! Ich will wissen, wie Linus als kleiner Junge war. Bestimmt war er süß, oder?«

»Das war er. Ja, das war er.«

Kroch da was an ihr hoch?

»Erzähl mir mehr!«

09:47 Uhr

»NA, DU BIST HEUTE ABER FRÜH DRAN«, sagte Linus' Vater. Er wirkte nicht mehr ganz so ermattet wie in den Tagen zuvor. »Gibt's irgendwas Neues?«

Das war immer die erste Frage. Linus schüttelte bloß den Kopf. Er zog seine nasse Regenjacke aus und hängte sie an einen Haken, dann trat er ans Bett und umarmte seinen Vater. Kürzer als sonst.

»Geht's dir besser?«

»Ein wenig.« Seine Wangen waren nicht mehr so bleich, fast schon rosig. »Aber du siehst ziemlich abgekämpft aus.«

»Ich bin mit dem Fahrrad gekommen. Und hab letzte Nacht kaum geschlafen.«

»Armer Junge.«

Wie jedes Mal holte er sich einen Stuhl ans Bett und setzte sich. Er musste über die schrecklichen Dateien reden. Musste wissen, ob sie was bedeuteten. Und wenn ja, was. Der Abgrund war wieder da. Das Unbehagen und das Schwindelgefühl. Durfte er seinen Vater einfach so fragen? Wenn es doch nicht so harmlos war, wie er hoffte, würde es ihn nicht überfordern? Nein, er konnte das nicht hinausschieben. Musste es wissen. Alles. Jetzt. Doch wie anfangen?

»Was hast du denn?«, fragte sein Vater da. »Wieso bist du so still? Ist irgendwas?«

Jetzt!

»Äh … es gibt vielleicht doch was Neues«, begann er zögerlich und fixierte dabei einen Punkt in der schneeweißen Hügellandschaft, die die Bettdecke vor ihm ausbreitete.

»Und was?«

»Kann sein, dass die Entführung mit einem alten Fall von dir zusammenhängt.«

Er schaute auf, seinem Vater ins Gesicht. Dessen Miene verhärtete sich ein wenig. »So«, sagte er nur, »und wie kommt ihr darauf?«

»Es ist vor allem meine Idee. Der Entführer hat Hinweise gelegt. Und die weisen genau in diese Richtung.«

»Welcher Fall denn überhaupt? Und was für Hinweise?« Ein Anflug von Ungeduld und Gereiztheit war in seine Stimme getreten.

»Es geht um den Fall Sandhaus. Du erinnerst dich bestimmt.«

»Natürlich erinnere ich mich. Jetzt sag schon, welche Hinweise?«

»Ich hab mir dein Recherchematerial durchgesehen, die beiden Kisten im Keller, du weißt schon. Und dabei bin ich auf etwas gestoßen. Einen USB-Stick, ohne Beschriftung. Darauf sind E-Mails, mit Audiodateien als Anhang. Weißt du, was ich meine?«

Sein Vater rollte eine Falte des Bettbezugs zwischen den Fingern, schaute an Linus vorbei und murmelte etwas Unverständliches in sich hinein.

»Du hast jedes Jahr eine solche Datei erhalten, am Todestag von Michael Sandhaus. Und als Absender steht dort auch Michael Sandhaus. Obwohl der längst tot war. Die Dateien im Anhang waren immer eine andere Aufnahme, aber jede trug den Titel: *Hörst du den Tod.*

»Was hast du in meinen Sachen herumzuwühlen! Wie kommst du bloß dazu!«

»Pa! Du musst mir sagen, was es damit auf sich hat!«, beschwor Linus ihn.

»Gar nichts hat es damit auf sich! Gar nichts! Nur ein dummer Scherz, sonst nichts! Es gibt eben zu viele Spinner da draußen.«

Er sah seinen Vater an. Noch wusste der ja nicht, dass auch der Entführer so eine Datei geschickt hatte. Auch wenn sie nicht das Sterben seiner Mutter vorführte, gehörte sie doch eindeutig in eine Reihe mit den anonymen Zusendungen. Aber durfte er das seinem Vater erzählen? Trotz der Warnung des Arztes? Oder würde er ihn dadurch umbringen?

»Herrgott, jetzt sag schon endlich, warum du damit anfängst!«, fuhr sein Vater ihn an und packte ihn mit unerwarteter Kraft am Handgelenk. »Was hat das mit Veras Entführung zu tun?«

Er erschrak so sehr, dass alle Bedenken, die er eben noch gehabt hatte, wie weggeblasen waren und er sich nicht mehr zurückhalten konnte. »Der Entführer hat auch so eine Datei geschickt. Und mir genau diese Worte aufs Handy gesimst: *Hörst du den Tod?* Das kann doch kein Zufall sein, Pa!«

Sein Vater ließ ihn abrupt los, sein Gesicht verzerrte sich, sein Körper knickte ein. Die Hand fuhr in die Herzgegend und krampfte sich im Pyjamahemd fest.

»Pa! Was ist mit dir!«

Sein Vater antwortete nicht.

Linus sprang auf, suchte den Alarmknopf, fand ihn, drückte, rannte aus dem Zimmer. »Hilfe! Helfen Sie mir! Mein Vater … Er hat einen Herzanfall!«

11:32 Uhr

LINUS' KNIE ZITTERTEN NOCH IMMER wie Wackelpudding, als er sein Fahrrad die Straße hinabschob. Obwohl der Infarkt wahrscheinlich kein Infarkt gewesen war, denn einige typische Symptome wie Taubheit in der linken Körperhälfte und Schwierigkeiten beim Sprechen hatten gefehlt. Trotzdem saß der Schock tief. Das Leben eines Menschen war so zerbrechlich, man wusste nie, ob ein Abschied nicht für immer war. Darüber sollte auch sein Vater besser nachdenken. Es gab eine Menge, worüber noch zu reden war. Wenn er glaubte, er könne das einfach mitnehmen und ihn mit tausend unbeantworteten Fragen zurücklassen, hatte er sich getäuscht. Keine Chance!

Der Wind zerrte an der Kapuze seiner Regenjacke, als wollte er Streit mit ihm anfangen. *Die Wahrheit tut manchmal weh,* raunte er ihm zu. *Das Leben ist nichts für Feiglinge.* Und ob die Wahrheit wehtat. *Drei sind einer zu viel.* Und er hatte gedacht, Frank sei der, der störte. Dabei war er selbst es. Was verbargen Frank, sein Vater und seine Mutter noch alles? Es kam ihm vor, als habe er gerade mal die Spitze des Eisbergs gesehen.

Ein Hupen. Erst nach ein paar Sekunden checkte er: Das war sein Handy gewesen. Eine neue SMS. Er holte es aus der Jackentasche und schaute, von wem sie kam. *Lucy.* Endlich!

Er öffnete die Nachricht und las:

Letzter Gruß deiner beiden Lieben …

Was sollte das bedeuten?

Erst da bemerkte er, dass die SMS eine Audiodatei als Anhang besaß. Er öffnete ihn und hielt das Handy ans Ohr. Die Tonqualität war nicht besonders gut. Es dauerte ein wenig, bis er erkannte, was er da hörte. Eine Frauenstimme – bekannt und fremd zugleich. Dünn wie ein Faden. Sie summte eine Melodie … Den *Valse Frontenac …*

12:08 Uhr

»Was ist denn mit dir? Brauchst du Hilfe?«

Wo kam die Stimme her? Mitfühlend klang sie. Besorgt. War es der Wind selbst, der ihm die Worte zuflüsterte? Der ihn trösten wollte?

Er blinzelte und erblickte ein fremdes Gesicht, das von weit oben auf ihn herabschaute.

»Was ist passiert? Hast du dich verletzt?«

Er schüttelte den Kopf. Obwohl er schwer verletzt war. Obwohl er am liebsten gebrüllt hätte vor Schmerz. Alles, alles was er liebte, war verloren. Lucy, seine geliebte Lucy. In den Händen dieses Monsters. Vielleicht schon tot. Auf jeden Fall dem Tode geweiht.

»Ich helfe dir auf.«

Eine Hand fasste nach ihm. Nach seinem Arm. Er machte sich los.

Das fremde Gesicht sah ihn ratlos an. Dann blies der Wind es davon.

Erst jetzt bemerkte er, wo er sich befand. Er saß auf dem Bordstein, sein Fahrrad lag hinter ihm auf dem Gehweg. Seine Knie hatten nachgegeben. Er erinnerte sich. Das Summen in seinem Ohr. *Valse Frontenac.* Seine Mutter. Es musste seine Mutter sein, Lucy kannte das Stück gar nicht. Aber die Nachricht stammte von Lucys Handy. Lucy, die verschwunden war. Jetzt hatte er sie beide. Beide. Und er würde sie ihm beide wegnehmen.

Ein Wagen fuhr vorbei. Pfützenwasser spritzte ihn nass. Egal.

Er musste anrufen. Jemanden anrufen. Kerstin. Sie musste alles erfahren. Alles. Auch über seinen Vater.

13:03 Uhr

»Bist du sicher, dass du jetzt alleine sein willst?«

Kerstin hatte den Karton mit dem Recherchematerial seines Vaters zum Fall Sandhaus in den Kofferraum geladen, den USB-Stick hatte sie in der Hand behalten. Jetzt stand sie da, der Wind griff immer wieder in ihr Haar und löste einzelne Strähnen daraus, die sie mit den Fingern gleich wieder einfing und zurückstrich.

»Ich komm schon klar.«

»Gibt es niemanden, zu dem du gehen könntest?«

»Machen Sie sich um mich keine Sorgen. Finden Sie einfach diesen Mistkerl, und holen Sie meine Mutter und Lucy zurück.«

»Ein Streifenwagen bleibt zu deiner Sicherheit vorne an der Straße.«

Sie kam noch einmal zu ihm, legte ihm die Hand auf die Schulter und nickte ihm zu, wie um zu sagen: Tapferer junger Mann. Aber er war nicht tapfer. Er war einfach nur erschöpft.

Als sie einsteigen wollte, hielt er sie zurück. »Eine Frage hätte ich doch noch.«

Sie sah ihn über das Autodach hinweg an. »Ja?«

»Glauben Sie, dass mein Vater irgendwas mit diesem Entführer zu tun hat? Dass er irgendeinen Anteil an seinen Verbrechen hatte? Und dass ihn … uns alle das jetzt eingeholt hat?«

Sie zögerte, wog sichtlich ihre Worte, ehe sie sagte: »Als Kriminalistin muss ich alles für möglich halten, was nicht unmöglich ist. Aber du musst das nicht. Solange nichts bewiesen ist, solltest du zu ihm stehen. *In dubio pro reo*.«

Als die Worte ihn erreichten, glaubte er ihnen. Doch schon beim Schlagen ihrer Autotür wankten sie, als sie die Auffahrt hinab und auf die Straße rollte, bröckelten sie weiter, und als er schließlich wieder alleine mit seiner Frage war, brachen alle Beschwichtigungen in sich zusammen.

Er ging ins Schlafzimmer seiner Eltern, wo seit einem halben Jahr eine Hälfte des Bettes kalt blieb. Die Fotos auf der Kommode erzählten die Geschichte eines glücklichen Familienlebens. Sein stolzer Vater mittendrin.

Was für eine Geschichte gab es noch zu erzählen?

Konnte es sein, dass da einer über viele Jahre gemordet hatte und mit seinem Vater in stillem Einvernehmen seine Ausbeute – Klänge der Qual und des Todes – teilte? War es das gewesen, dem sich sein Vater ganze Abende lang in seinem Audioraum hingegeben hatte? Was hätte sein Vater bei so einem perversen Handel wohl als Gegenleistung gebracht? Ein falsches Gutachten, das einen Unschuldigen ins Gefängnis brachte für eine Tat, die ein anderer begangen hatte? Und das diesem anderen erlaubte, weiter zu morden? Etwas derart Monströses war unvorstellbar. Aber hätte man ihn noch vor wenigen Tagen gefragt, ob er es für möglich hielt, dass sein Vater, seine Mutter und Frank zu dritt miteinander gevögelt hatten, hätte er auch geschrien: Niemals! Und er hätte jedem, der das behauptete, eine verpasst.

Und was war mit Frank? Welche Rolle hatte er gespielt? Zweifellos waren es diese E-Mails gewesen, die er auf dem Rechner seines Vaters gesucht und nicht gefunden hatte. Woher wusste er davon? Und was genau wusste er? War er ebenfalls in all das verwickelt? Hatten die beiden Männer noch eine zweite Leidenschaft geteilt? Schließlich hatte auch er im Sandhaus-Fall ermittelt. Oder deckte er seinen Vater nur? Wieso sollte er das tun, wenn er nicht selbst einen Vorteil davon hatte?

Was für ein Abgrund war das, in den er da blickte!

13:38 Uhr

DAS TELEFON KLINGELTE UND WECKTE LINUS. Er war ganz plötzlich müde geworden wie ein Stein und eingedöst, kurz nachdem er sich auf dem Bett seiner Mutter hingelegt hatte. Die Schlaflosigkeit der letzten Nächte forderte ihren Tribut. Er schaute auf das Display. Es war Dieter. Zunächst hatte er wenig Lust, den Anruf anzunehmen, aber dann ging er doch ran.

»Wie geht es dir denn?«, fragte Dieter sofort besorgt, und der Singsang in seiner Stimme war noch eine Spur melodiöser. »Schon was Neues von deiner Mutter?«

»Nichts.«

»Ich hab gehört, Lucy ist verschwunden.«

»Das stimmt.« Er rang um seine Stimme. »Der gleiche Typ, der meine Mutter hat … der hat jetzt auch sie.«

»Oh, mein Gott! Das ist ja … grauenhaft. Wie geht es dir?«

»Wie schon?«

Dieter schnaufte. Kämpfte er mit den Tränen? Linus wusste, dass Lucy seine Lieblingsschülerin war.

»Kann ich … irgendwas tun?«, kam es schließlich gedämpft. »Für dich …?«

»Danke, Dieter, aber … Da kann keiner was tun.« Er hörte ein Tuten in der Leitung. Ein anderer Anruf. »Warte mal, Dieter, ich krieg gerade noch einen Anruf. Bleib dran.« Er nahm den zweiten Anruf an.

»Hier ist Frank«, kam es aus dem Hörer. »Kerstin hat mich eben erreicht und mir alles erzählt. Eine schöne Scheiße ist das! Ich bin noch in Wiesbaden, aber ich fahr jetzt los zu dir. In knapp einer Stunde bin ich da. Und ich hab was, das musst du dir anhören. Wenn wir Glück haben, ist das endlich eine *heiße* Spur. Also geh nicht weg.« Damit legte er auf.

Eine Spur? Eine heiße Spur! Wenn das bloß stimmte! Wenn Frank das geschafft hatte … wenn Lucy freikam … dann war er bereit, ihm vieles zu verzeihen. Alles.

Er erinnerte sich, dass Dieter noch in der Leitung wartete.

»Da bin ich wieder. Das war Frank. Er hat eine heiße Spur, sagt er. Vielleicht ist doch noch nicht alles verloren.«

»Wirklich? Na, das sind doch gute Nachrichten. Was bin ich froh. Sag mir bitte sofort Bescheid, wenn du mehr weißt, ja? Die arme Lucy. Ich krieg das gar nicht in den Kopf.«

»Ich ruf dich an, Dieter. Versprochen.«

Er legte auf.

Vielleicht war Lucy doch noch nicht verloren. Vielleicht war eine Rettung noch möglich.

Dann fiel ihm etwas ein: Frank hatte mit Kerstin gesprochen. Ob sie ihm von den Audiodateien in den Sachen seines Vaters erzählt hatte?

14:32 Uhr

DER WIND HATTE ZUGENOMMEN. Wild pfiff er ums Haus. Dann heulte er wieder. Oder er säuselte. Wie eine Schar Geister, die ins Haus wollte, aber nicht durfte, weil ein uralter Bann sie draußen hielt. Ihretwegen hörte Linus das Auto, das die Auffahrt heraufrollte, erst, als es fast schon vor der Tür war. Beim Schlagen der Autotür war er am Eingang. Frank, wie erwartet. Seine Miene war ernst, aber die Augen von einer fiebrigen Wachheit.

»Wir haben eine Menge zu bereden, aber das Wichtige zuerst. Komm mit.« Frank klopfte ihm auf die Schulter und schob ihn sanft nach drinnen. »Vielleicht haben wir ihn bald.«

Linus schüttelte die Hand auf seinem Schulterblatt ab. »Sag schon, was ihr gefunden habt. Die heiße Spur.«

Frank ging an ihm vorbei Richtung Kellertreppe, er folgte ihm.

»Die Datei, die er dir geschickt hat, war ein weiterer Verweis auf den Fall Sandhaus. Ich wusste, dass ich sie kenne. Bestimmt tausend Mal habe ich genau dieses Stück damals angehört. Und dein Vater noch öfter. Es ist die Stelle, an der Michael Sandhaus im Suff sagt, wo er Sandra Fremuths Leiche versteckt hat. Die Stelle, die ihn überführt hat.«

»Und?«

»Der Entführer kann diese Aufnahme nur aus dem BKA-Archiv haben. Wenn er nicht selbst beim BKA arbeitet, hat er jemanden dort gebraucht, der sie ihm verschafft hat. Es hat nicht wahnsinnig lange gedauert, bis wir die undichte Stelle gefunden haben. Wie zu erwarten, hat uns der Mistkerl die Geschichte vom großen Unbekannten aufgetischt. In diesem Fall stimmt sie wohl sogar. Aber der Kollege war immerhin schlau genug, die Telefonate, die er geführt hat, aufzuzeichnen.«

»Und die hören wir uns jetzt an?«

»Eines davon.«

Sie waren vor dem Audioraum seines Vaters angekommen. Der Schlüssel steckte noch vom letzten Mal im Schloss. Schwungvoll riss Frank die Tür auf, machte Licht und schaltete einen der Computer an. Während der Rechner hochfuhr, versicherte er: »Wir finden deine Mutter. Und deine Freundin. Lebend. Es wird alles gut.«

Sein Gesicht strahlte vor Zuversicht, seine Stimme vibrierte vor Aufregung. Doch was er wohl mit *Es wird alles gut* meinte? Was würde übrig bleiben von allem, wenn geklärt war, wer welche Rolle in diesem perfiden Stück gespielt hatte?

»Wir sind so weit.«

»Worauf soll ich besonders achten?«

»Nur auf die Stimme.«

Linus stutzte. »Denkst du, ich kenne den Entführer?«

»Kann gut sein.«

Frank hatte einen USB-Stick aus der Hosentasche geholt und steckte ihn in einen Port. Linus wollte schon den Kopfhörer aufsetzen, doch Frank meinte: »Wir lassen es erst über Lautsprecher laufen. Wir haben unseren Mann aus der Aufnahme rausgeschnitten, damit du dich ganz auf den großen Unbekannten konzentrieren kannst.«

Er klickte auf *Play.*

Sie haben etwas, das ich will. Eine alte Aufnahme. Können Sie mir die besorgen?

Linus war erstaunt, eine Frauenstimme zu hören. Er hatte mit einem Mann gerechnet.

Es handelt sich um eine Aufnahme aus dem Fall Sandhaus von 2004. Die entscheidende Aufnahme, die zur Verurteilung führte. Kommen Sie an die ran?

…

Gut. Wie lange dauert das? Je schneller, desto besser.

…

Und wie viel wollen Sie dafür?

…

Gut. Wie machen wir's?

…

Schon klar. Wie? Wo?

…

Wird etwas dauern. Ich muss das Geld erst beschaffen.

…

Aber keine komprimierte Scheiße, klar? Oder so einen MP3-Mist.

…

Ist okay.

…

Logisch.

…

Müssen Sie nicht wissen.

Die Aufnahme war zu Ende.

»Hast du die Stimme schon mal irgendwo gehört?«

Linus war noch immer irritiert davon, dass anscheinend eine Frau hinter den beiden Entführungen steckte. Dann fiel ihm ein: Hatte Michael Sandhaus nicht auch eine Schwester gehabt?

»Es ist … eine Frau.«

»Nicht unbedingt. Die digitale Audiosignalanalyse hat Hinweise ergeben, dass ein Stimmenwandler eingesetzt worden sein könnte. In kluger Voraussicht, falls das Gespräch aufgezeichnet wird. Jetzt moduliere ich die Stimme so, dass sie männlich klingt. Das ist nicht die

Stimme, die wir suchen. Aber hör es dir trotzdem an, und achte dabei mehr auf die Sprechweise als auf die Stimme selbst.«

Frank tippte ein paar Befehle in die Tastatur und startete dann die Aufnahme neu. Nun war es ein Mann, der sprach. Was allerdings gleich geblieben war, war ein bestimmter Singsang in der Satzmelodie, den er schon beim ersten Hören wahrgenommen, aber nicht richtig beachtet hatte, weil er in einer weiblichen Stimme weniger auffällig gewesen war. Nun aber kam er ihm tatsächlich bekannt vor. Wo hatte er schon einmal jemanden so sprechen hören?

Dann wusste er es.

»Dieter. Es ist Dieter.«

»Welcher Dieter?«

»Dieter Benkert. Mein Klavierlehrer.«

»Bist du sicher?«

»Ich weiß nicht … ich glaube schon.«

Frank griff zu seinem Handy. »Kerstin wird sofort eine Überwachung organisieren.« Er lächelte. »Jetzt haben wir echt eine Chance.«

»Ich hab ihm vorhin von deinem Anruf erzählt! Von der heißen Spur!«

»Nicht schlimm. Das regeln wir gleich.«

15:17 Uhr

SIE MÜSSEN SICH IRREN. Es kann gar nicht anders sein. Niemals können sie wissen, wer ich bin. Niemals! Alles ist perfekt geplant. Perfekt ausgeführt. Sie dürfen mich nicht um die Früchte meiner Arbeit bringen. Um die Vollendung meines Lebenswerks. Nein. Es kann nicht sein. Kann einfach nicht.

Ich schaffe es nicht, still zu sitzen. Muss mich bewegen. Raus. Am besten raus. Aber wenn sie schon auf mich warten? Wenn es genau das ist, worauf sie hoffen? Um sich an mich zu heften wie die Kletten?

Sie können lange warten. Bis sie grau und schwarz werden. Ich führe sie nicht zu ihnen. Und sage ihnen auch nicht, wo sie sind. Nicht einmal, wenn sie mich foltern. Es ist mein Werk! Das lasse ich mir nicht zerstören! Nicht, nachdem ich so viel erreicht habe. Nun muss auch der letzte Punkt gesetzt werden.

Keine Panik! Jetzt bloß keine Panik! Ruhe bewahren. Kühl überlegen.

Hinsetzen. In den Sessel. Mein Bein wippt unaufhörlich. Will gar nicht mehr aufhören. Ich schlage mit der Faust darauf. Aber das hilft auch nicht. Es macht einfach weiter.

Blödes Ding. Gib Frieden!

Sie sind auf der falschen Fährte. Die ich selbst für sie ausgelegt habe. Wie könnte es anders sein? Ich dirigiere dieses Spiel, nicht sie. Nicht sie!

Was siehst du mich so an, Mutter? Bist du nicht zufrieden mit mir? Habe ich es nicht gut gemacht? Den einen versäumten Moment nicht tausendmal nachgeholt? Vater wäre stolz auf mich. Nein, wäre er nicht. War er ja nie. Nie. Der Teufel soll sie holen, all die stolzen Väter und ihre ach so wohlgeratenen, erfolgreichen, begabten Söhne. Der Teufel soll sie holen!

Das Telefon klingelt. Ich fahre hoch. Wer ist das? Wer kann das sein? Ich habe alle Termine abgesagt. Alles.

Ich gehe zur Station. Im Display steht: *Linus.*

Er wollte mich anrufen. Hat er versprochen. Jetzt ruft er an. Um mir was zu sagen? Ist das eine Falle? Wenn ich nicht rangehe, mache ich mich vielleicht erst recht verdächtig.

Durchatmen. Ruhig werden.

Ich nehme das Telefon aus der Station.

»Hallo?«

»Hi, Dieter. Linus hier.«

15:32 Uhr

»UND? ALLES OKAY BEI DIR?«

»Ja. Alles bestens.«

»Ist Frank noch da?«

Er schaute Frank an.

»Nee. Ist eben wieder weg.«

»Was gibt es denn für eine heiße Spur?«

Eine Windböe heulte ums Haus.

Ein Knall. Er zuckte zusammen.

»Jemand aus einem früheren Fall. Michael Sandhaus. Sagt dir das was?«

Frank nickte. Ein zufriedenes Lächeln.

Linus schloss die Augen. Er hörte den üblichen feinen Singsang in Dieters Stimme und sah ihn, das Telefon am Ohr, durch die unordentliche Wohnung gehen, ins Musikzimmer, vorbei am Klavier, dem knarrenden Korbstuhl, dem Foto seiner Freundin auf dem Fensterbrett.

»Das war kurz bevor ich deine Eltern kennengelernt hab«, sagte Dieter. »Der Fall ging ziemlich durch die Presse. Und ich hab natürlich das Buch deines Vaters gelesen. Er ist ja eine richtige Berühmtheit geworden durch die Sandhaus-Sache. Hat sich dieser Michael Sandhaus nicht im Knast das Leben genommen?«

Der Singsang. Derselbe Singsang. Er ist es.

Eine kurze Pause war entstanden, eine Stille, die er brach, bevor sie verräterisch werden konnte.

»Stimmt genau. Aber er hat einen Bruder und eine Schwester. Die beiden könnten zusammen hinter der Entführung stecken. Aus Rache.«

»Wirklich? Aber warum dann erst jetzt?«

»Vielleicht wegen dem Buch, meint Frank. Das könnte alte Wunden wieder aufgerissen haben. Er ist sich ziemlich sicher, dass sie die Richtigen haben.«

Frank hob den Daumen und nickte.

»Das ist ja großartig! Mensch, Linus, ich bete, dass Vera und Lucy bald wieder frei sind. Ruf mich an, wenn's was Neues gibt.«

»Mach ich, Dieter. Und danke. Das verzeih ich dir nie.«

Linus hatte Mühe, das Telefon ruhig hinzulegen, so sehr zitterten seine Hände. Die Stimme eben, der große Unbekannte – das war Dieter gewesen. Der Dieter, dem er vertraut hatte. Der Dieter, der ihn und Lucy zusammengebracht hatte. Der Dieter, der zu ihm noch vorgestern gesagt hatte: *Die Wahrheit kann manchmal ganz schön wehtun.*

»Was war das eben?«

Linus schaute auf.

»Was du zu Benkert gesagt hast. Am Ende.«

»Äh ...« Er musste überlegen. »Das vergess ich dir nie.«

»Ach so. Ich hab verstanden: Das verzeih ich dir nie.«

Er war sich plötzlich nicht mehr sicher. Vergessen? Verzeihen? Je mehr er überlegte, desto unsicherer wurde er.

»Mach dir keinen Kopf«, beschwichtigte Frank. »Was hattest du für einen Eindruck von ihm? War er ruhig? Oder eher nervös?«

Linus wiegte den Kopf. Dieters Stimme hatte einen zwiespältigen Eindruck hinterlassen. »Er klang wie jemand, der angespannt ist, aber locker rüberkommen will.«

Frank nickte. Das passte wohl genau zu dem, was er erwartet hatte. »Wenn er sich noch sicher fühlt, wird er uns hoffentlich zu Vera und Lucy führen.« Er legte Linus die Hand auf die Schulter. »Das hast du toll gemacht. Ich bin stolz auf dich.«

Linus winkte ab. »War doch nichts Besonderes.«

Frank trat wieder einen Schritt zurück und verschränkte die Arme. »Die Sache mit diesen Audiodateien ... Du weißt, welche ich meine.«

Kerstin hatte ihm also davon erzählt.

»Es stimmt. Als du mich am Computer erwischt hast, hab ich nach dieser Datei gesucht. Die SMS, die du gekriegt hast … *Hörst du den Tod?* … die hat mich sofort an was erinnert. Ich wusste aber nur von einer Datei. Dein Vater hat sie im Jahr nach dem Selbstmord von Michael Sandhaus anonym zugeschickt bekommen. Er hat sie mir weitergeleitet. Wir haben sie nach allen Regeln der Kunst untersucht. Ohne was zu finden. Deshalb haben wir sie als geschmacklosen Scherz eingestuft. Den Absender konnten wir nicht ausfindig machen, die Mail ging über zig Server auf mehreren Kontinenten. So hat auch das BKA keine Chance. Dass Richard von da an jedes Jahr so eine Datei bekommen hat, wusste ich nicht. Wahrscheinlich hat er sie nicht mehr ernst genommen.«

»Warum hat er sie dann aufgehoben?«

Frank zuckte mit den Schultern. »Das musst du ihn fragen.«

Linus nickte. Das würde er tun. Denn so gerne er Franks Erklärung geglaubt hätte, er konnte es nicht. Blieb nur zu hoffen, dass sein Vater eine bessere auf Lager hatte.

»Ich muss los. Wenn wir Glück haben, hat dieser Wahnsinn noch heute ein Ende. Ich halte dich auf dem Laufenden.«

Zehn Minuten nachdem Frank gefahren war, klingelte Linus' Handy. Es war noch einmal Frank.

»Kerstin hat mich noch mal angerufen«, sagte er. »Lucys Bruder Simon hat sich der Polizei gestellt. Er hat erfahren, dass seine Schwester entführt wurde, und will uns nun alles sagen, was er über den geheimnisvollen Unbekannten weiß. Wir sind zwar schon einen Schritt weiter, aber vielleicht kann er ja trotzdem noch etwas beitragen. Wollte ich dir nur sagen.«

15:47 Uhr

Das verzeih ich dir nie.

So hab ich es noch im Ohr. Ein Versprecher? Wollte er sagen: ›Das vergess ich dir nie‹?

Nein. Das einzige wahre Wort in allem, was er von sich gegeben hat. Der Rest: Verstellung und Lüge. Dieser arrogante kleine Mistkerl! Glaubt, mich so einfach belügen zu können. Aber da täuscht er sich.

Sie wissen Bescheid. Kein Zweifel. Sie wissen, dass ich es bin.

Was sie nicht wissen: wo Vera und Lucy sind.

Und deshalb können sie mir nichts tun. Deshalb hat noch niemand an meine Tür geklopft. Deshalb haben mich noch keine Polizisten überwältigt und in einen stickigen, düsteren Verhörraum gezerrt, wo ich in das grelle Licht einer auf mich ausgerichteten Schreibtischlampe blicke. Was natürlich nur ein Klischee ist.

Ich muss auf die Straße. Muss sehen, ob sie schon da sind.

Trübes Tageslicht empfängt mich. Der Wind greift vielarmig nach mir, doch er bekommt mich nicht zu fassen. Frustriert bringt er Markisen zum Flattern, lässt die festgebundenen Plastikstühle des kleinen Cafés an der Ecke über den Asphalt scharren, wirft den Werbeaufsteller vor dem Zeitschriftenladen um, sodass er knallend auf den Boden schlägt.

Sie sind da. Ich weiß es. Ich spüre sie. Vielleicht ist die Frau mit der großen Tasche eine von ihnen, vielleicht gehört der Mann mit der zusammengerollten Zeitung dazu. Oder der Typ mit der Aktentasche. Jeder und jede könnte es sein.

Das Spiel ist aus.

Nein, noch nicht ganz.

Aber ich kann es nicht so zu Ende bringen, wie ich es vorhatte. Ich muss retten, was noch zu retten ist. Es bricht mir das Herz, dass ich ein so großartiges Werk nicht in der geplanten Perfektion vollenden kann. Dennoch war es nicht umsonst. Dennoch ist dies kein Scheitern. Meine Absicht ist deutlich. Und mit ihr meine Größe. Und – nicht zuletzt – hab ich ihnen vorgeführt, wie klein sie sind in all ihrem eingebildeten Glanz: Richard Dorn, der sich in unverdientem, erschwindeltem Ruhm sonnt; Linus Dorn, dem dummen Jungen mit dem unbegreiflichen perfekten Gehör; Vera Dorn, der unerreichbaren, arroganten Schönen. Sie alle werden nicht mehr auf mich herabschauen als jemanden, der sich nur in ihre Kreise verirrt hat. Der dort nichts zu suchen hat in all seiner Mittelmäßigkeit. Ich habe ihnen den Spiegel vorgehalten. Ich habe vor allem dir, Linus, gezeigt, wer und was die Menschen sind, auf die du so stolz bist; und auch, wer du bist!

Ich drehe um. Es gibt noch ein paar Dinge zu erledigen. Ich kann mein Werk doch noch retten. Abschließen. Alles, was auf den Aufenthaltsort meiner Instrumente hinweist, muss vernichtet werden. Wenn sie das Versteck finden – und das werden sie früher oder später –, muss das Stück vollendet sein.

Ein Jammer, dass ich es nicht mehr hören kann. Dafür werden andere es hören. Alle werden es hören!

16:38 Uhr

LINUS SASS AM BETT SEINES VATERS. Heftige Windböen trieben den Regenschauer immer wieder gegen die Fensterscheibe.

»Dieter Benkert«, flüsterte es gedankenverloren aus dem Kissen. »Nicht zu fassen.«

Linus ließ seinen Oberkörper nach vorn fallen, stützte die Ellbogen auf die Knie und schaute auf den aschgrauen Boden. Kurz schielte er zum Wecker auf dem Nachttisch. Wann würde Frank endlich anrufen? Geduld, ermahnte er sich selbst. Erst wenn Dieter sie zum Versteck seiner Geiseln geführt hatte, konnte die Polizei zuschnappen.

»Ich finde das auch total krass. Unvorstellbar«, sagte er mit einiger Verzögerung. »Es muss ihn zweimal geben.«

»Es gibt jeden von uns zweimal. Mindestens.«

Linus schaute auf. Was wollte sein Vater damit sagen? Er blieb die Erklärung schuldig. Linus grübelte weiter schweigend vor sich hin. Wie hatte jemand, den er fast als einen Freund betrachtet hatte, etwas so Schreckliches tun können? Er zerbrach sich die ganze Zeit schon den Kopf darüber. Vergeblich. Und auch sonst hatte niemand eine Erklärung parat. Nur Dieter selbst wusste, was ihn antrieb. Und wie eines mit dem anderen zusammenhing: die Sandhaus-Geschichte, die anonymen Dateien, die auch von ihm stammen mussten, die Entführung Lucys und seiner Mutter.

»Ich kann mich an den Mann kaum erinnern. Deine Mutter hat ihn angeschleppt. Der arme Kerl hat ihr wahrscheinlich leidgetan. Er war so unbeholfen. Ja, das war ziemlich bald nach dem Sandhaus-Fall. Damals war er öfter bei uns und hat immer wieder danach gefragt. Was mir eher lästig war. Ich konnte ihn nie richtig leiden.«

Trotzdem hatte sein Vater ihm gleich nach dem Erscheinen ein signiertes Exemplar seines Buches mitgegeben, erinnerte Linus sich. Dieter hatte es achtlos weggelegt, dann aber immer wieder verstohlen hingesehen.

»Was wussten wir eigentlich von diesem Kerl? Gar nichts. Hat uns auch nicht interessiert. Mich noch weniger als deine Mutter. Hat ihn das gekränkt? Verletzt? Es braucht nicht viel, um eine narzisstisch gestörte Persönlichkeit zu kränken. Die leben sowieso in ihrer eigenen Welt.«

Gut möglich, dass es so war. Oder ganz anders. Jedenfalls sprach sein Vater heute erstaunlich viel. Über Dieter. Doch kein Wort über die Dateien. Fast so, als hätte er völlig vergessen, dass es sie gab. Kaum zu glauben, nach dem Schock, den ihm beim letzten Mal allein die Erwähnung bereitet hatte. Aber Linus wollte heute nicht darauf zurückkommen. Es würde eine Zeit für Gespräche darüber und über vieles andere geben, aber jetzt war sie noch nicht da.

17:16 Uhr

SIE HABEN WOHL VERSTANDEN, dass ich sie nicht dahin führen werde, wohin ich sie führen soll. Dass ich weiß, was los ist. Ihre Präsenz wird auffälliger. Der Wagen hinter mir, mit zwei Männern darin – eindeutig Polizei. Was soll ich tun? Was bleibt mir noch an Optionen?

Ich bremse ab und biege auf den Parkplatz eines Supermarktes. Der Wagen hinter mir fährt weiter. Ich parke in der Nähe des Eingangs, wo viele Leute sind. Dann nehme ich mein Telefon, hole die Karte mit der Nummer raus, die die beiden Polizisten hinterlassen haben, nachdem sie mich wegen Vera befragt haben. Falls mir noch was einfällt. Mir ist da noch was eingefallen, Leute. Ich wähle die Nummer.

»Engelhart«, meldet sich eine Stimme.

»Hier ist Dieter Benkert. Ich will Frank Volkmann sprechen. Den Typen vom BKA. Wenn er zwei Leben retten will, sollte er sich schnell bei mir melden.«

»Ich sage es ihm. Er ruft Sie sofort zurück.«

Ich lege auf. Es dauert höchstens eine Minute, dann klingelt das Telefon. Ich nehme ab.

»Volkmann. Sie wollten mich sprechen.«

»Sie wissen ja, worum es geht.«

»Um das Leben von zwei Menschen.«

»Genau. Ich will, dass Sie Ihre Leute von mir abziehen.«

»Okay. Und was bieten Sie mir?«

»Was ich Ihnen biete? Ich biete Ihnen das hier: Die beiden Frauen sitzen in einem luftdichten Raum, der nur durch einen Ventilator belüftet wird. Dieser Ventilator ist mit einer Zeitschaltuhr verbunden. Nur eine kleine Sicherheitsvorkehrung für den Fall, dass ich mich nicht mehr persönlich um sie kümmern kann. Nach Ablauf der eingestellten Zeit wird der Ventilator vom Strom getrennt. Zeitgleich fallen Klappen herunter und verschließen die Luftzufuhr ganz. Ich muss nicht erklären, was das bedeutet, oder?«

»Nein. Wann passiert das?«

»Morgen früh um neun Uhr geht der Strom aus. Danach haben die beiden schätzungsweise noch zwei Stunden.«

»Was verlangen Sie?«

»Nur einen Vorsprung. Zwölf Stunden. Dann sage ich Ihnen, wo Sie die beiden Frauen finden. Die Zeit wird reichen, sie zu befreien.«

»In zwölf Stunden können Sie sonst wo sein. Woher weiß ich überhaupt, dass das alles stimmt und dass Sie nicht bloß bluffen?«

Würdest du mich kennen, wüsstest du, dass ich nicht bluffe. Niemals!

»Sie müssen mir wohl vertrauen.«

»Was nicht ganz einfach ist, in Anbetracht der Situation. Müssen Sie zugeben.«

»Ihre Entscheidung. Sie können hoffentlich mit dem Ergebnis leben.«

»Ich kann das nicht allein entscheiden. Ich rufe zurück.«

»Warten Sie nicht zu lange.«

Ich lege auf.

Er wird nicht darauf eingehen. Mir höchstens ein Scheinangebot machen, um mich hinzuhalten und auszutricksen. Würde ich an seiner Stelle auch so halten. Also eine Sackgasse. Einen Versuch war es trotzdem wert.

Aber was jetzt?

Ich lasse den Motor wieder an und fahre vom Parkplatz zurück auf die Straße. Kurz überlege ich mir, was wäre, wenn er doch auf meine

Bedingungen eingeht. Was würde ich tun? Wohin würde ich gehen? Ins Ausland, um mich dort jagen und fangen zu lassen? Eigentlich kein passendes Ende für jemanden wie mich.

Ruhig rollt der Wagen die Straße hinab. Der Wind treibt Regentropfen an die Windschutzscheibe, wo sie zerplatzen. Das Gewerbegebiet liegt hinter mir, vor mir sind nur noch Wiesen und Felder. Ein Jammer, dass ich nicht mit ansehen werde, wie Richard und Linus leiden. Wie Linus erkennt, wer sein Vater ist. Wie Richard gedemütigt wird. Wie er vielleicht daran zerbricht. Und ich, der weiter den mitfühlenden Freund spielt. Das hätte ich gerne noch erlebt.

Mein Handy klingelt. Frank Volkmann vermutlich.

Ich nehme ab, lasse ihn aber nicht zu Wort kommen, sondern sage sofort: »Hat sich erledigt.«

18:22 Uhr

KEIN GEGENVERKEHR. WIESO KOMMT MIR kein Auto mehr entgegen? Ich schaue in den Rückspiegel. Auch hinter mir ist niemand. Ich bin allein auf der Straße. Der Wind hat das Geräusch wohl lange übertönt, aber jetzt ist das Röhren über mir nicht mehr zu überhören: ein Hubschrauber. Wieder ein Blick in den Rückspiegel: Blaulichter. Und vor mir sehe ich sie jetzt auch. Sie haben die Straße abgeriegelt, vor dem Kreisel.

Alles klar.

Ich gebe Gas. Die Tachonadel geht zügig nach oben. *Hundert, hundertzehn, hundertzwanzig, hundertdreißig.*

Die Blaulichter kommen rasch näher. Die hinter mir versuchen dranzubleiben, halten aber Abstand. Ihre Sirenen heulen. Das Handy klingelt. Ich packe es, fahre das Seitenfenster runter und werfe es raus.

Vor mir taucht die Straßensperre auf. Polizeiautos, die quer stehen.

Hypnotisierendes Blaulichtblinken. Ich löse den Sicherheitsgurt. Die Warnanzeige piept. Bilder, Töne in meinem Kopf, als wäre es schon passiert und ich nur ein Zuschauer: Ich rase hinein in die Autos, Blech verbiegt sich knirschend, Glas bricht, Airbags knallen …

Was ist das da auf der Straße? Sind das Nägel? Eine Nagelkette! Diese Schweine! Wohin jetzt?

Ich reiße das Steuer herum.

Neben der Straße eine Böschung. Ein, zwei Meter geht es runter bis zum Feld. Das ist wie eine Rampe.

Ich werde abheben.

Fliegen.

Und dann …

dann werde ich ihn hören …

den Tod …

19:18 Uhr

Es gibt jeden von uns zweimal. Mindestens.

Dieser Satz seines Vaters ging Linus noch nach, als er bereits wieder im Bus nach Hause saß. Dieter hatte zwei Leben gelebt, das stand nun fest, aber wie sah das andere Leben seines Vaters aus? Gab es eines? Dass er die Dateien aufgehoben hatte – gehörte das in sein anderes Leben? Frank wusste nur von *einer* anonymen Datei. Warum hatte sein Vater ihm nichts von den anderen erzählt? Wirklich nur, weil er sie, wie Frank meinte, für einen schlechten Scherz hielt? Er behauptete, Dieter kaum zu kennen, ja, kaum bemerkt zu haben. Stimmte das? Oder gab es doch eine besondere Verbindung zwischen den beiden? Hatte er zumindest geahnt, vielleicht sogar gewusst, wer ihm die Dateien schickte? Noch immer war ja nicht klar, ob auf ihnen wirklich jemand starb oder ob das nur vorgetäuscht wurde.

All diese Dinge würden geklärt werden, wenn Dieter gefasst und seine beiden Gefangenen befreit waren. Allein darauf kam es jetzt an. Aber noch hatten sie ihn nicht. Das Letzte, was er von Frank gehört hatte, war, dass er mit dem Auto unterwegs und die Polizei an ihm dran war. Hoffentlich fuhr er zum Versteck.

Kurz vor der nächsten Haltestelle wurde Linus bewusst, dass ganz in der Nähe Dieters Wohnung lag. Spontan entschloss er sich, hinzugehen. Er wusste selbst nicht, warum. Vielleicht, um sich zu vergewissern, dass dem Haus nicht anzusehen war, was für ein schrecklicher Mensch darin wohnte. Als er aus dem Bus stieg, griff eine Windböe nach ihm. Er zog den Reißverschluss seiner Regenjacke hoch und ging los. Es waren ja nur zwei Querstraßen.

Schon von Weitem fielen ihm die Polizeiautos auf, die vor dem Haus parkten. Natürlich. Wahrscheinlich drehten die in Dieters Wohnung gerade jedes Staubkorn um. Als er sich näherte, entdeckte er die Autos von Frank und Kerstin. An der Tür trat ihm ein Polizist in den Weg. »Wohnst du hier?«

»Nein, aber ich kenne Frank Volkmann und Kerstin Stelter.«

»Augenblick.«

Der Polizist machte einen Anruf, dann durfte er passieren.

Schon ein seltsames Gefühl, wieder hier zu sein. Alles altbekannt. Und plötzlich so fremd. Es war aber nur sein Blick, der sich verändert hatte.

Frank erwartete ihn an der offenen Wohnungstür. Drinnen liefen Leute von der Spurensicherung in ihren weißen Schutzanzügen hin und her. Manchmal flammte in einem der Räume das Blitzlicht eines Fotoapparates auf.

»Ich wollte dich eben anrufen«, sagte Frank.

Hoffnung keimte auf. »Habt ihr ihn?«

»Jein. Er hat gemerkt, dass wir ihn überwachen. Er hätte uns nie zu dem Versteck geführt. Deshalb wollten wir sein Auto stoppen.«

Franks Gesicht ließ wenig Hoffnung zu, dass die Aktion geglückt war.

»Er ist mit Vollgas von der Straße runter und wie eine Rakete in den Acker geschossen. Dort hat er sich zweimal überschlagen.«

»Ist er … tot?«

»Im Koma. Sieht schlecht aus.«

Die erste gute Nachricht seit Langem, dachte Linus in einem ersten Impuls. Soll er krepieren. Nein, er schämte sich nicht dafür, dass ihn der Tod dieses Menschen freuen würde. Bis er begriff, warum das eigentlich eine schlechte Nachricht war. Sofort verwandelte sich die Freude in angstvolles Erschrecken. »Er hat nicht mehr verraten, wo Mama und Lucy versteckt sind, oder?«

»Leider nein.«

Linus ballte die Fäuste. »Dreckskerl!«

»Wir werden schon einen Hinweis finden. Auch wenn er anscheinend ein paar Unterlagen in der Badewanne verbrannt hat. Offenbar gibt es noch eine zweite Wohnung, oder wohl eher ein Haus. Vermutlich abgelegen. Hat er dir gegenüber mal was in die Richtung angedeutet?«

Linus überlegte, musste aber den Kopf schütteln. Dann fiel ihm etwas ein: »Habt ihr seine Freundin schon aufgetrieben?«

»Freundin? Welche Freundin?«

»Aus Frankfurt. Ihr Bild steht im Klavierzimmer. Auf dem Fensterbrett.«

Frank verschwand nach drinnen, um gleich darauf mit einem Rahmen zurückzukommen.

»Ist es das?«

Die altbacken aussehende junge Frau.

»Ja, genau.«

»Hat er behauptet, dass das seine Freundin ist?«

»Ist sie es nicht?«

»Das ist seine Mutter. Das Foto dürfte gut dreißig Jahre alt sein. Wir haben noch andere Bilder von ihr gefunden.«

Mutterkomplex also. Nach allem, was er in den letzten Stunden über Dieter erfahren hatte, überraschte ihn das auch nicht mehr.

Frank drehte das Bild in den Händen herum, während er sagte: »Wir haben hier allerhand Schriftkram gefunden, der wird natürlich mit Hochdruck ausgewertet. Anscheinend war Benkert auf dich und Richard in einer Art Hassliebe fixiert. Vor allem wegen eurem besonderen Gehör.« Er hielt inne, so als müsse er überlegen, ob er das, was ihm auf der Zunge lag, auch wirklich aussprechen sollte.

»Was ist?«, fragte Linus.

»Wir haben auf Festplatten, USB-Sticks und sonstigen Datenträgern eine riesige Menge an Audiomaterial gefunden. Es sieht so aus, als habe er ... Frauen und Mädchen gekidnappt und ... na ja, sterben lassen ... verhungern, verdursten, ersticken ... um ihnen beim Sterben zuzuhören. Wir haben hier sogar die Namen und Daten. Deine Mutter war eine Ausnahme. Die ganze Sache mit der Erpressung. Das war was Persönliches. Die anderen Opfer waren zumeist Personen, nach denen niemand lange suchen würde. Wenn überhaupt. Streuner. Illegale ohne Papiere, Prostituierte. Und er ist weit gefahren, um sie sich zu holen.«

»Wie viele waren es?«

»Wissen wir noch nicht genau. Bis jetzt haben wir Unterlagen zu fünf Opfern gefunden. Es sind aber bestimmt mehr.«

Wow, dachte Linus, und er wusste sofort, dass *wow* das Dümmste und Hilfloseste war, was man denken konnte. Aber wäre alles andere nicht genauso dumm und hilflos gewesen?

»Geh nach Hause«, meinte Frank. »Hier tun alle ihr Bestes. Du kannst nichts machen.« Linus wollte schon verschwinden, da fügte er hinzu: »Eines noch: Wir sind an die Öffentlichkeit gegangen. Vielleicht hat ja jemand etwas beobachtet, das uns hilft. Sollten sich allerdings Journalisten bis vor euer Haus verirren oder bei dir anrufen, sagst du nichts, klar?«

Er nickte und stieg nachdenklich die Treppe hinab. Unten hörte er zwei Polizisten miteinander reden.

»Dreckskerl! Es heißt, er hat eine Zeitschaltuhr installiert. Morgen früh um neun geht die Luftzufuhr aus, zwei Stunden danach sind die beiden Frauen tot.«

»So ein mieses Stück Scheiße«, antwortete der andere. »Ich hoffe, er krepiert. Qualvoll.«

Linus blieb stehen. Was sollte das bedeuten? Zeitschaltuhr, neun Uhr, ersticken – wovon redeten die? Von seiner Mutter und Lucy? Wenn ja, wieso hatte Frank nichts davon erzählt?

Wie schockgefroren stand er auf der Treppe.

Alle Hoffnung – geplatzt.

Neun plus zwei ist elf. Elf Uhr.

Als noch gut fünfzehn Stunden.

Fünfzehn Stunden Luft.

Fünfzehn Stunden Leben.

Und nicht der geringste Hinweis.

23:10 Uhr

SELBST IN DEN ÜBERREGIONALEN NACHRICHTEN war ausführlich über die Entführung berichtet und die Bevölkerung zur Mithilfe aufgerufen worden. Ob es was brachte? Linus hatte seine Zweifel. So akribisch, wie Dieter vorgegangen war, hatte er sich bestimmt bestens auf alles vorbereitet. Die einzige Hoffnung war ein gnädiger Zufall.

Aber so weit hätte es nicht kommen müssen. Dieser dumme Versprecher! Wieso nur hatte er sich nicht besser konzentriert?! Wahrscheinlich hätte Dieter ohne seinen Fehler keinen Verdacht geschöpft, die Polizei hätte ihm zum Versteck folgen können, und seine Mutter und Lucy wären längst frei.

»Noch auf?«

Er erschrak. Frank stand im Wohnzimmer. Er hatte ihn gar nicht kommen hören. Was kein großes Wunder war, so, wie der Wind gerade wieder ums Haus heulte.

»Gibt's was Neues?«

Frank antwortete nicht, sondern sagte nur: »Ich brauch jetzt ein Bier. Trinkst du eins mit?«

Linus schüttelte erst den Kopf, dann sagte er: »Obwohl … wieso nicht?«

Frank holte zwei Bier, ließ sich damit aufs Sofa fallen und reichte Linus eine Flasche. »Kerstin hat mich nach Hause geschickt. Mir sind im Stehen die Augen zugefallen.«

»Und?« Linus hatte das Gefühl, dass Frank ihm etwas Bestimmtes sagen wollte.

»Dieser Benkert … ich fühl mich gerade, als wäre ich in einen Morast gestiegen, und es kommt und kommt kein fester Boden unter mir. Er hat sich anscheinend als Künstler gesehen. Und seine Aufnahmen … stundenlange Aufnahmen … als sein Kunstwerk. Das er später übers Internet der Menschheit zugänglich machen wollte. Anonym. Aber in dem ganzen Geschwurbel kein Wort darüber, wo er seine Opfer versteckt hat. Er schreibt nur immer ›mein Häuschen‹, ›meine Zuflucht‹, ›mein Glücksort‹ … aber nichts darüber, wo dieser verdammte Ort liegt!«

Frank nahm einen kräftigen Schluck Bier. Als er die Flasche absetzte, war sie halb leer. So fertig hatte Linus ihn noch nie gesehen. Eigentlich war er ganz okay. Oder zumindest nicht so übel, wie er ihn immer gefunden hatte. Stumm schauten sie in den Fernseher. Ohne zu sehen, was dort ablief. Bis Frank sagte: »Da ist noch etwas, was ich dir sagen will. Kerstin meint, das wäre noch zu früh, erst wenn wir die ganze Geschichte kennen … Aber ich finde, du hast jetzt schon ein Recht, es zu erfahren.«

Linus schaute ihn gespannt an. »Was denn?«

»Wir wissen jetzt, wer Benkerts erstes Opfer war.«

»Und?«

»Sandra Fremuth.«

»Sandra Fremuth?« Eine Gänsehaut kroch seinen Unterarm hoch. Obwohl er im ersten Moment gar nicht wusste, was diese Mitteilung bedeuten sollte. »Aber … die hat doch Michael Sandhaus …«

»Offenbar nicht.« Frank zupfte am Etikett seiner Bierflasche. Es arbeitete in ihm.

Und auch in Linus. Aber je länger er nachdachte, desto verwirrter wurde er. »Pa hat doch … auf der Aufnahme … Er hat es gehört … wo die Leiche war …«

»Vielleicht war Sandhaus eingeweiht. Das kann sein. Aber fest steht, dass Benkert der Mörder war, nicht Sandhaus.«

»Warum ist Sandhaus dann ins Gefängnis? Ohne was zu sagen? Stattdessen hat er sich umgebracht. Das ergibt keinen Sinn.«

»Bestimmt nur, weil wir noch immer nicht die ganze Geschichte kennen.«

Und jedem Anfang wohnt ein Zauber inne, dachte Linus und bekam gleich noch einmal eine Gänsehaut. Der Fall Michael Sandhaus – nicht nur der Anfang der Karriere seines Vaters, sondern auch der Anfang von Dieters grausamer Mordserie. Das Hörgenie und der Stimmenfetischist – oder wie immer man das nennen sollte, was Dieter offenbar war. Die Audiodateien an seinen Vater waren vielleicht Trophäen gewesen, die ihn verhöhnen sollten. Das zumindest ergab einen Sinn – wenn auch einen durch und durch perversen.

»Wir haben jedenfalls den Falschen ins Gefängnis gebracht«, sagte Frank in die entstandene Stille hinein. »Sandhaus würde heute vielleicht noch leben. Und vielleicht auch die anderen Opfer von Benkert, wenn wir weitergesucht hätten.«

Da ging Linus auf, warum Kerstin Frank wirklich weggeschickt hatte: damit er ein paar Stunden für sich hatte, um den Kopf klar zu bekommen. Und dann wieder ganz bei der Sache zu sein.

»Ich hab das mit der Zeitschaltuhr gehört«, sagte Linus.

Franks Kopf fuhr herum. »Von wem?«

»Zwei Polizisten haben sich drüber unterhalten, im Haus von Dieter. Wieso hast du es mir nicht erzählt?«

Frank schnaubte. »Weil das nicht stimmen muss. Wir suchen mit Hochdruck nach den beiden.«

»Ich will mithelfen, Frank. Hörst du? Das ist wichtig für mich.«

Frank sah ihn ein paar Sekunden stumm an. »Versteh schon. Aber im Moment kannst du nichts tun. Wirklich nicht. Wenn ich eine Möglichkeit sehe, sag ich dir Bescheid. Versprochen.«

Der letzte Tag

Noch 11 Stunden

00:01 Uhr

Wie lange war sie schon hier?

Die Frage verlor ihren Sinn, wenn die Zeit aufgehört hatte zu fließen. Wenn sie stillstand wie ein gefrorener Bach. Wenn es nur noch ein Davor gab, aber kein Danach mehr. Und kaum noch ein Jetzt.

»Wir werden hier sterben, süße Lucy. Stell dich darauf ein.«

Nein! Warum musste Vera das dauernd sagen?

»Er lässt uns hier verkommen. Verrecken. Ich weiß nicht, was wir ihm getan haben, dass er so grausam mit uns ist.«

Er! Der Hass auf ihn würde sie am Leben halten.

Wenn sie nur gewusst hätte, wer er war! Dann hätte sie ihn noch mehr hassen können. Scheißkerl, Scheißkerl, Scheißkerl!

Sie würde ihn nicht gewinnen lassen! Nein, das würde sie nicht!

»Wir überleben das, Vera. Wir kommen hier raus. Lebend.«

Vera lachte nur. So als freute es sie, dass es nicht so sein würde. So als wäre sie auf der Seite ihres Peinigers. Manchmal wirkte sie ganz vernünftig. Aber dann wieder total gaga.

»Nur damit das klar ist: Ich mache keinen Abgang, bevor ich Linus nicht noch mal geküsst habe. Noch tausend Mal.«

»Kindchen«, sagt Vera voller Mitleid. »Kindchen.« Und tätschelte ihren Oberschenkel.

Wenn sie mich noch einmal Kindchen nennt, dachte Lucy, dann garantiere ich für nichts mehr!

00:21 Uhr

VERSPROCHEN, HATTE FRANK GESAGT. Aber auf sein Versprechen allein wollte Linus sich lieber nicht verlassen. Er hatte keine Lust mehr, untätig herumzusitzen. Wenn Frank wieder zum Einsatz fuhr, würde er dabei sein, davon würde ihn keine Macht der Welt abbringen. Am allerwenigsten Frank selbst. Der hatte ihn doch am Anfang geradezu dafür verachtet, dass er sich die Aufnahmen erst nicht anhören wollte. Jetzt schonte er sich nicht mehr. Und er wollte auch nicht mehr von anderen geschont werden.

Er nahm eine Decke, ein kleines Kissen und Franks Autoschlüssel von der Anrichte in der Küche. Per Fernsteuerung schloss er den Wagen auf und legte dann den Schlüssel wieder an seinen Platz. Er stieg hinten ein, warf das Kissen ans andere Ende der Rückbank, streifte die Sneakers ab, legte sich hin und zog sich die Decke über die Schultern. Viel Schlaf würde er nicht finden, aber das war egal. Er schloss die Augen.

Der Sturm pfiff immer noch ums Haus. Irgendwo ein Knarren. Ein Fensterladen, der sich an einem Nachbarhaus gelöst hatte und nun gegen die Wand schlug. *Tock … tock … tock …*

NOCH 7 STUNDEN

04:27 Uhr

DER UNTERGRUND SCHAUKELTE LEICHT. Linus schreckte auf. Wo war er? In einem Auto. Franks Auto. Er erinnerte sich. Wie lange waren sie schon unterwegs? Anscheinend hatte Frank ihn nicht bemerkt, als er losgefahren war. Wie machte er jetzt am besten auf sich aufmerksam, ohne dass Frank vor Schreck gegen den nächsten Laternenmast fuhr?

»Aufgewacht?«

Frank hatte ihn also doch bemerkt. Und war trotzdem losgefahren. Was ziemlich cool von ihm war.

Er setzte sich auf und lehnte sich vor, auf die Rückenlehne des Beifahrersitzes. Der Wind trieb wieder Regentropfen vor sich her, nur alle paar Sekunden machten die Scheibenwischer die Sicht frei.

»Wo fahren wir hin?«

»Zur Polizeistelle.«

»Und was machen wir da?«

»*Wir* machen gar nichts. Du bleibst im Auto.«

Also doch nicht ganz so cool. Aber darüber war das letzte Wort noch nicht gesprochen.

»Wir werten noch immer Benkerts Aufzeichnungen aus. Es muss irgendwo einen Hinweis geben, wo er seine Opfer versteckt hat.«

»Da könnte ich doch helfen. Ich kann nämlich lesen.«

Ein kurzer Seitenblick, der Anflug eines Lächelns, der sofort verwehte.

»Es ist unüblich, dass Siebzehnjährige an Polizeiermittlungen teilnehmen.«

04:51 Uhr

»Leute, das ist Linus. Er wird uns bei der Sichtung von Benkerts schriftlichen Hinterlassenschaften behilflich sein.«

Müde, vom stundenlangen angestrengten Lesen gerötete Augenpaare sahen Linus an, und aus den Gesichtern, zu denen sie gehörten, rollten ihm Begrüßungen vor die Füße, die sich nur wenig vom übrigen Murmeln und Rascheln im Raum abhoben. Der Geruch von Kaffee und kalter Pizza hing in der Luft. Wahrscheinlich waren die Polizisten zu erledigt, um sich darüber aufzuregen, dass ein Teenager ihre Reihen verstärken sollte. Vielleicht waren sie sogar für jede Hilfe dankbar, die sie näher an ihren wohlverdienten Schlaf brachte.

An einer Magnettafel hingen Fotos, eines von seiner Mutter, eines von Lucy. Darunter waren Stichpunkte geschrieben, Linien gezogen, die eines mit dem anderen verbanden. Linus war, als hörte er noch das Quietschen des Fettstiftes.

»Setz dich hierhin.« Frank machte einen Tisch in der hintersten Ecke frei, zog einen Stuhl heran und legte eine schwarze Kladde hin, die er vorher aus einem Pappkarton geholt hatte. »Und jetzt los!«

Noch 4 Stunden

07:14 Uhr

Linus konnte kaum glauben, dass der Mann, der diese Kladden mit seiner spitzen Handschrift gefüllt hatte, derselbe sein sollte, der mit seiner Mutter einen lockeren freundschaftlichen Umgang und mit seinem Vater ein zwar distanziertes, aber auch respektvolles Verhältnis unterhalten hatte. Und dem er selbst unter anderem verdankte, dass er Lucy kennengelernt hatte. Es war ein seltsam zwiespältiges Gefühl, einem so schrecklichen Menschen etwas so Schönes zu verdanken. Warum hatte er das überhaupt getan? Anscheinend nur, um das Glück, das er geschaffen hatte, später wieder genussvoll zu zerstören. Es war sicher kein Zufall, dass er sich ausgerechnet Simon als Handlanger geholt hatte. Er liebte es offenbar, Schicksal zu spielen. Über Glück und Leid, Liebe und Hass, Leben und Tod zu entscheiden.

Lucy …

Nein, er durfte jetzt nicht an sie denken. Auch nicht an seine Mutter. Er musste seine Konzentration voll und ganz auf die ihm zugeteilte Aufgabe lenken. Und immer darauf achten, dass seine Augen offen blieben. Das war im Moment fast das Schwerste. Bleischwer hing die Müdigkeit in seinen Gliedern. Kerstin hatte seinen Kampf gegen den Schlaf offenbar bemerkt, denn sie war vorhin an seinen Tisch gekommen und hatte ihm eine Tasse Kaffee hingestellt. Er nahm einen großen Schluck und wandte sich wieder der Kladde zu.

Gestern habe ich gefunden, was ich schon so lange suche: den idealen Ort für mich und meine Mädchen. Ein abgelegenes Häuschen in einem Waldstück, märchenhaft geradezu. Ich habe mich gleich erkundigt, es ist zu kaufen. Wie könnte ich den kümmerlichen Rest vom Erbe meines Alten besser ausgeben!

»Ich glaub, ich hab was«, sagte Linus erst leise, dann rief er laut durch den Raum: »He, Leute, ich hab was!«

Noch 3 Stunden

08:23 Uhr

Sie liefen zu den Autos. Ihre Schritte, ihre Rufe schallten über den Hof. Kommandos. Autotüren, die zuschlugen. Aufheulende Motoren. Linus erlebte alles wie in einem Wachtraum. Ewig weit weg und total nah. Realer, schärfer als die Wirklichkeit. Über ihnen heulte der Wind wie eine verletzte Bestie. Suchmannschaften, die auf Abruf bereitstanden, wurden verständigt. Sie würden so schnell wie möglich nachkommen.

Linus eilte mit Frank zu dessen Auto. Doch kurz bevor sie da waren, hielt der ihn fest. »Du nicht.«

Das kam wie eine Ohrfeige. Was glaubte Frank denn? Dass er einfach in den Bus stieg, nach Hause fuhr und auf seinen Anruf wartete?

»Kannst du vergessen. Ich hab den Hinweis gefunden! Ich!«

Zum Glück hatten sich in der Kladde noch weitere Notizen gefunden, durch die die Lage des Häuschens eingegrenzt werden konnte. Fahrtzeiten in erster Linie. Auf Satellitenbildern des entsprechenden Umkreises hatte man das Häuschen schließlich entdeckt.

Frank nahm Linus an beiden Schultern. Ein sorgenvoller Blick.

»Klar, du hast den Hinweis gefunden. Aber das hilft dir gar nichts, wenn …« Er schluckte. »Wir wissen nicht, was uns erwartet.«

Ein Schauder lief über Linus' Rücken. Trotzdem blieb er entschlossen. »Egal, was es ist, ich muss sowieso damit leben.«

Frank sah ihn an, nicht mehr wie einen Jungen, sondern fast schon wie einen Mann.

Ein Auto hupte. Kerstin. Sie wollte los. Die ersten Streifenwagen waren schon vom Hof gefahren.

»Okay, dann ab.«

08:49 Uhr

DIE BLAULICHTER FLACKERTEN, Sirenen heulten.

Die Straße wand sich durch die Hügel. Frank bremste, als sie sich dem Kreisverkehr näherten. Im Feld nebenan gab es eine Schneise und tiefe Furchen, aus denen schwarze Erde starrte.

»War es hier?«, fragte Linus.

Frank nickte nur. »Wir hatten vor dem Kreisel eine Absperrung. Da ist er einfach über die Böschung geschossen.«

»Wollte er …«

»Wissen wir natürlich nicht. Aber ich denke, ja, er wollte sich umbringen.«

Die Streifenwagen vor ihnen kurvten mit dem höchstmöglichen Tempo durch den Kreisel, Frank folgte ihnen. Linus' Hand krallte sich ins Leder seines Sitzes.

Er schaute auf die Uhr am Armaturenbrett. Kurz vor neun. Gleich würde sich der Ventilator ausschalten. Blieben noch zwei Stunden.

Zwei Stunden bis zu ihrem Tod.

Falls Dieter die Wahrheit gesagt hatte.

Aber perfide und grausam, wie er war, gingen sie besser davon aus, dass er nicht geblufft hatte.

Noch 2 Stunden

09:21 Uhr

Die Abzweigung war leicht zu übersehen. Deshalb schossen die vorderen Polizeiwagen zunächst vorbei. Dann glühten Bremslichter auf, ein Auto wurde herumgerissen und schlitterte auf den Waldweg. Danach kam schon Kerstin, und sie waren die Nächsten.

Die Sirenen verstummten, nur die Blaulichter flackerten weiter. Die Autos gaben wieder Gas.

»Scheiße. Nicht das richtige Wetter für eine Spazierfahrt.«

Und *Spazierfahrt* war nicht das richtige Wort. In keiner Hinsicht.

Der Wind heulte wie ein hungriger Wolf. Immer wieder schlugen vom Sturm geknickte Äste aufs Wagendach, bei jedem Knall zuckte Linus zusammen. Besorgt schielte er durch das Seitenfenster nach oben. Die turmhohen Fichten wankten. Graue Wolkenmassen trieben über den Himmel. Die ganze Welt schien in Aufruhr.

Und er hatte Angst. Eine Höllenangst.

Der Wagen vor ihnen raste durch eine Pfütze, so groß wie ein See. Wasser spritzte zu beiden Seiten auf.

Sie jagten hinterher.

Abgebrochene Zweige krachten gegen den Stoßfänger. Schlugen an den Unterboden.

»Wir finden sie, keine Sorge. Rechtzeitig.«

Franks Hände hielten das Lenkrad fest umklammert.

»Scheiße, was ist das denn! Spinnen die?«

Linus schrie auf. Aber es war schon zu spät.

Knirschen. Splittern von Glas.

Ein Knall: die Airbags.

09:47 Uhr

ER WAR OKAY. Nur ein bisschen benommen. Der Gurt und der Airbag hatten ihn vor Schlimmerem bewahrt. Und Frank auch. Nachdem sie sich gefangen hatten, stiegen sie aus.

Der Wind raunte und rumorte über ihnen. Flüsterte und kicherte. Bedrohlich knackte es in den Ästen.

»So eine gottverdammte Scheiße!«

Kerstin war aus dem Auto gestiegen und trat gegen die Autotür. Erst da bemerkte er, dass sie Lederstiefel trug statt High Heels. Hatte sie die die ganze Zeit schon angehabt? Wieso fiel ihm etwas so Nebensächliches auf? Wieso stellte er sich so belanglose Fragen?

Eine Fichte lag quer über dem Weg. Der erste Wagen hatte gerade noch rechtzeitig bremsen können. Aber dann war Kerstin voll in ihn hineingerauscht und Frank auf sie drauf.

»Wie weit ist es noch?« Frank.

»Keine Ahnung.«

Was redeten sie da? Wieso verloren sie wichtige Zeit mit blödem Gequatsche?

»Wir müssen weiter!«

Er schrie es hinaus.

Schrie an gegen den Sturm, der ihm die Worte von den Lippen riss. Der ihm den Mund zuhalten wollte.

Die umgekippte Fichte streckte ihm abwehrend ihre nadeligen Äste entgegen. Griff ihm in die Jacke, ins Gesicht. Kratzte ihn. Er ignorierte alles, kämpfte sich hindurch auf die andere Seite, lief weiter den Weg entlang, stapfte durch Pfützen und über Äste.

Weiter.

Immer weiter.

Noch eine Stunde

10:12 Uhr

Das Häuschen lag in einer Senke. Das Windrad im Garten raste um sich selbst, auf dem Dach ruhten Sonnenkollektoren. Das übermannshohe Tor war abgeschlossen. Ein ebenso hoher Maschendrahtzaun lief außen um das Grundstück herum. Kein unüberwindliches Hindernis für Linus. Die Spitzen der Sneakers passten genau in die Maschen.

Scheiße!

Der Draht schnitt in seine Hände.

Oben war eine Lage Stacheldraht. Hatte er gar nicht registriert.

Egal. Musste er eben vorsichtig sein.

Blut lief an seiner Hand herab.

Sein Blut?

Er landete auf den Füßen.

Wohin jetzt?

Die Tür sah massiv aus. Und verschlossen.

»Linus! Warte!«

Frank, von Weitem. Kerstin neben ihm, dahinter einige Männer in Uniform. Wind, der Hemden und Jacken blähte. Ratterte da ein Hubschrauber über ihnen? Oder war das der Sturm, der auch die Dachziegel des Häuschens klappern und das Windrad knattern ließ?

Keine Zeit, es herauszufinden.

Das Schloss sah robust aus. Er rüttelte daran. Trat dagegen. Schlug mit einem Stein darauf.

Null Chance.

Er hob einen größeren Stein auf. Brauchte beide Hände, so schwer war das Ding. Schleuderte es mit voller Kraft ins Fenster.

Glas klirrte. Holzsprossen zersplitterten krachend.

Er griff zwischen den Scherben hinein, die wie Reißzähne im Rahmen steckten, öffnete die beiden Fensterflügel und stieß sie auf. Dann schob er sich, mit den Beinen voran, an der Mittelstrebe vorbei ins Zimmer.

Ein kleiner Raum nur. Unverschlossen, zum Glück. Er trat in den schmalen Flur. Stieß weitere Türen auf. Eine winzige Küche. Ein versifftes Bad. Ein größerer Raum mit Tisch, Couch, Kommode. Auf einem Schreibtisch ein Laptop, Mikrofon, Kopfhörer und andere Geräte.

Eine Tür war verschlossen. An ihrem unteren Ende befand sich ein Brett, das weggeklappt werden konnte, eine Art Luke. Ebenfalls fest verschlossen.

»Linus. Deine Hand.«

Er drehte sich um. Frank. Und eine Blutspur auf dem Boden, die an seiner Hand endete. Oder begann.

»Da! Das sieht doch aus wie eine Gefängniszelle.«

Er hält den Atem an, sein Herzschlag geht in Sechzehntel-Noten. Er ist kurz vor dem Zerspringen.

»Mama! Lucy! Wir kommen!«

»Schlüssel! Wir haben Schlüssel bei ihm gefunden!« Kerstin springt vor. Probiert. Probiert. Probiert. Er will sie ihr am liebsten aus der Hand schlagen, die blöden Schlüssel, und die Tür einfach eintreten.

»Ich hab ihn!«

Das Schloss springt auf.

Die Tür öffnet sich.

Die Kammer dahinter.

Dunkel.

Und.

Leer.

10:31 Uhr

»FÜR DEINE HAND.« Frank hielt ihm ein frisches Stofftaschentuch hin.

Wie ein Automat, in den ein Befehl eingegeben worden war, nahm Linus es entgegen und drückte es auf den Riss in seinem Handballen. Nur ganz allmählich drang der Schmerz zu ihm durch. Ein anderer, viel größerer verdrängte ihn.

Sie waren nicht hier. Seine Mutter und Lucy waren nicht hier. Wo dann? Wo konnte der Mistkerl sie noch versteckt haben?!

Ein Polizist nach dem anderen traf nun ein. Dazu ein Team von Notärzten. Kerstin hatte ihnen die Tür und das Gartentor geöffnet.

Vielleicht sind sie schon lange tot. Irgendwo hier im Garten oder woanders begraben.

Nein, er durfte das nicht denken.

»Wir suchen alles genau ab, Linus«, sagte Frank. »Wir finden sie.«

»Aber vermutlich nicht …« Er schaute auf die Uhr. »Vermutlich nicht in den nächsten zwanzig Minuten.«

Er wandte sich ab, ging in den Raum, in dem sich der Laptop befand, und warf sich dort auf die Couch. Er war fertig. Konnte nicht mehr. Wie einen Film sah er, was um ihn herum vorging: Polizisten kamen herein und liefen hinaus, machten sich an den Gerätschaften in dem Raum zu schaffen. *Tock – tock – toack – toack* … so polterten ihre Stiefelschritte auf dem Holzboden.

Von draußen: Stimmen.

Das Rauschen und Knacken von Funkgeräten.

Der Sturm, der die Dachziegel klappern ließ.
Durch Ritzen und Spalten pfiff.
Türen schlagen ließ.
Und dazwischen immer wieder die Schritte:
Tock – tock – toack – toack – tock – tock …
Tock – tock – toack – toack – tock – tock …
Er horchte auf.
Die Schritte. Warum klingen sie mal so und mal so?
Tock. Toack.
Was ist darunter?
Ein Hohlraum.
Da muss ein Hohlraum sein!
Eine Kammer.
Ein Grab?

10:50 Uhr

ER STAND DA, WIE GEBANNT. Wie gelähmt. Immer mehr Männer stürmten herein. Polizisten. Beine, die liefen. Hände, die packten. Knarzende Stiefel. Knisternde Uniformen. Möbel scharrten über den Boden. Der Akkuschrauber heulte. Kam nicht nach. Die Bretter wurden aus dem Boden gerissen. Mit einem Krachen. Splittern.

»Hier ist wirklich was!«

Eine Kammer! Ein Grab!

Rücken vor ihm. Hellblau. Etwas wie ein Deckel, groß wie eine Tischtennisplatte. Sah schwer aus. War im Nu fort, knallte auf den Boden.

»Oh, mein Gott!«

»Das sind sie.«

»Das Ärzte-Team rein!«

»Wir brauchen das Ärzte-Team!«

Er muss zu ihnen. Seine Mutter! Lucy! Er! Muss! Zu! Ihnen! Mama!

Lucy! Er stürzt vor. Wirft sich zwischen die Rücken. Die Arme. Die Körper. Erhascht nur ein, zwei Blicke: eine Gruft, wie ein Doppelbett. Seine Mutter … ist das seine Mutter? Lucy? Was hat er mit ihren Haaren gemacht? Sind sie es überhaupt? Er will voran. Kann nicht. Hände, die ihn gepackt haben. Keuchen. Er wird weggezerrt.

»Lasst mich! Ich muss – zu – ihnen!«

Er will schlagen. Beißen. Treten. Trifft auf Körper, die anscheinend nichts spüren. Wird festgehalten. Wird weggezerrt. In andere Hände übergeben. Ein Arm, der sich um seine Schultern legt. Frank. Zieht ihn weg. Nach draußen.

»So solltest du sie nicht sehen. Das würden sie nicht wollen. Das Wichtigste ist doch …«

Sie leben. Sie leben.

War das der Wind, der ihm das geflüstert hat? Oder war es Frank, der das gesagt hat?

Er weiß es nicht. Aber die frische Luft tut gut. Gerüttelt zu werden. Tränen laufen über seine Wangen. Tränen der Erleichterung. Darüber, dass es vorbei ist. Sie können noch zu Tränen des Schmerzes werden. Oder des Glücks. Jetzt aber ist da nur Erleichterung.

Frank umfasst ihn, drückt ihn an sich.

»Heul ruhig, Junge. Lass es raus.«

Seine Stimme, gebrochen, zerbrochen. Er weint auch.

11:00 Uhr

»Sie leben.«

Woher kam diese Stimme? Aus dem Himmel? War das ein Engel?

»Es geht ihnen sogar recht gut, den Umständen entsprechend.«

Den Umständen entsprechend? Würde ein Engel so reden?

Linus löste sich von Frank, sie wischten sich gleichzeitig über die Augen, hatten sogar schon ein kleines, verlegenes Lächeln füreinander.

Der Engel war Kerstin.

Hinter ihr schleppten Sanitäter zwei Tragen aus dem Haus, die beiden Geretteten, in funkelnde Thermofolie eingewickelt und mit Sauerstoffmasken auf den Gesichtern, neben jeder Trage lief ein Sanitäter mit einem Infusionsbeutel. Sie nahmen aber nicht den Weg, auf dem sie gekommen waren, sondern gingen in eine andere Richtung davon, unter den wogenden Fichten hindurch. Minuten später stieg dahinter ein Rettungshubschrauber auf.

»Alles wird gut«, sagte Frank.

UND DANN …

»ES GEHT IHNEN GUT, den Umständen entsprechend«, sagte Frank. Er stand am Fußende des Bettes und schaute auf Linus' Vater herab, dem die Erleichterung über diese Nachricht anzusehen war. »Dem jungen Mann hier ist es zu verdanken, dass wir sie gefunden haben.«

Linus machte das Lob eher verlegen. »Auf den Hohlraum wärt ihr auch noch gekommen.«

»Schon. Aber nicht rechtzeitig.«

»War auch Glück dabei.«

Frank schlug ihm auf die Schulter und lachte. »Jetzt hör schon auf, so verdammt bescheiden zu sein.«

Er konnte ein Lächeln nicht ganz unterdrücken.

Sein Vater sah zwischen ihm und Frank hin und her. »Was ist denn mit euch beiden los? Ihr vertragt euch ja auf einmal.«

Die Heiterkeit verebbte, Stille kehrte ein.

»Wieso hast du nie erzählt, dass du noch weitere Dateien erhalten hast?«, fragte Frank. »Du weißt, welche ich meine.«

Sein Vater nickte. *»Hörst du den Tod?«*, flüsterte er, schaute dann zum Fenster und sagte: »Wieso hätte ich das tun sollen? Wir waren uns doch einig, dass es nur ein makaberer Scherz war.«

»Warum hast du sie dann aufgehoben?«

Sein Vater schaute irritiert auf. So als gefalle es ihm nicht, von seinem Sohn solche Dinge gefragt zu werden. Doch er würde ihn in nächster Zeit noch viele solcher unangenehmen Dinge fragen. Sein

Vater war für ihn kein Heldendenkmal mehr, sondern nur noch ein ganz normaler Mensch. Ein Mensch, der anscheinend einige schwere, ja schicksalhafte Fehler begangen hatte. Was er im Moment mit einem Schulterzucken abtat. Keinem gleichgültigen zwar, sondern einem, das sagte: Wie hätte ich so was ahnen sollen? Aber das reichte ganz sicher nicht als Erklärung.

»Es muss Dieter einen besonderen Kick gegeben haben, seine perversen Aufnahmen mit dir zu teilen«, sagte Linus. »Und natürlich ein Gefühl der Überlegenheit.«

Dann schaute er zu Frank. Der verstand den Wink, nickte kurz und verabschiedete sich.

Nun waren sie allein.

Er setzte sich auf die Kante am Fußende des Bettes. Sein Vater wich seinem Blick aus.

»Wir sollten reden, Pa.«

Sein Vater zwirbelte eine Falte des Bettbezugs. Noch immer sah er ihn nicht an. »Worüber denn?«

»Über alles. Von Anfang an. Warum zum Beispiel ist Mama gegangen?«

Sein Vater schwieg.

Aber er, er hörte es kommen.

Kurze Atemstöße, die sich steigerten. Eine Unterlippe, die zitterte. Ein Kräuseln des Kinns. Augen, die verschwammen. Sein Vater senkte das Kinn auf die Brust, bedeckte die Augen mit einer Hand, als wolle er sie vor zu grellem Licht schützen. Dann wurde der ganze Mann von innen heraus durchgerüttelt.

Der rissige Stein – er zerbrach.

Zimmer 233, hatte die Schwester gesagt. Unfallstation. Als Linus die Glastür aufschob und in den Flur trat, sah er schon von Weitem, wo Lucys Zimmer war, weil ihr Vater und Benny davor auf und ab gingen. Er hatte keine Lust, mit ihnen aneinanderzugeraten. Der Rauswurf war noch keine Woche her. Allerdings hatten die vergangenen Tage einiges verändert.

Als die beiden ihn bemerkten, drückten sie den Rücken durch: erst der Vater, dann der Sohn. Und ließen ihn nicht mehr aus den Augen. Nach Dankbarkeit sahen ihre Blicke nicht aus. Er zögerte nur kurz, dann ging er weiter. Das Quietschen seiner Gummisohlen auf dem Linoleum kam ihm viel zu laut vor.

»Hallo«, sagte er, als er bei ihnen war.

»Ganz schön dreist«, sagte Lucys Vater, »hier auch noch aufzutauchen.«

Benny streckte die Brust noch ein wenig weiter heraus, aber sie war viel zu schmal, um bedrohlich zu wirken.

»Wie geht es ihr?«

»Das braucht dich nicht zu interessieren.« Benny wollte vorpreschen, aber sein Vater hielt ihn an der Schulter fest.

»Da habt ihr uns in was Schönes reingeritten. Du und deine ganze verkommene Familie. Lucy will nichts mehr mit dir zu tun haben. Nie mehr. Ihr könnt froh sein, wenn wir euch nicht verklagen. Auf Schadenersatz. Und Schmerzensgeld.«

Verdutzt stand er da. Lucy wollte ihn nicht sehen? Weil sie glaubte, er und seine Familie seien schuld an dem, was mit ihr passiert war? Unvorstellbar. Aber falls doch: Hatte sie nicht recht?

Benny machte sich los und stieß ihn in die Seite. »Verzieh dich, Spasti«, krächzte er. Sein Vater ließ ihn gewähren.

Am liebsten hätte er Benny eine Abreibung verpasst. Und Lucys Vater am besten auch. Was bildeten sich die beiden ein? Doch er beherrschte sich.

In diesem Moment ging die Tür auf, ein Arzt trat aus Lucys Zimmer und ging auf ihren Vater zu. »Es geht ihr gut«, hörte er ihn sagen, »sie ist ein robustes Mädchen. Sie wird's verkraften. Lassen Sie sie heute noch hier, morgen kann sie nach Hause.«

Gott sei Dank!, dachte er.

Benny drehte sich in der Tür noch einmal um und flüsterte ihm zu: »Pass bloß auf! Ich hab dich im Auge!«

Nur weil der Schwachkopf ihm drohte, würde er die Sache sicher nicht auf sich beruhen lassen. Er musste mit Lucy sprechen.

Wenigstens ein Mal noch.

DIE BEIDEN TROTTETEN INS ZIMMER wie zwei geprügelte Hunde. Benny blieb am Fußende des Bettes stehen, schlug die Faust in die leere Hand, guckte überallhin, bloß nicht zu ihr, und zog sich alle paar Minuten das Basecap vom Kopf, um es gleich wieder aufzusetzen. Er hatte noch keine drei Sätze zu ihr gesagt. Ihr Vater stellte sich neben sie und wirkte auch ein wenig so, als wisse er nicht, was er hier sollte.

»Ich darf morgen raus«, sagte sie.

Ihr Vater nickte.

»Mit wem habt ihr auf dem Gang gesprochen?«

»Mit niemandem«, sagte ihr Vater schnell, mit einem scharfen Blick zu Benny. Der schluckte runter, was immer er hatte sagen wollen.

So leicht ließ sie sich nicht täuschen. »Ich hab euch doch gehört. War Linus da?«

Benny grinste blöd.

»Ich sag doch: Da war niemand.« Ihr Vater. Ziemlich gereizt.

Okay, dachte sie, alles klar. In ihr blühte etwas auf. Linus. Ihr Retter. Ihr Liebster.

»Überleg dir das noch mal«, sagte ihr Vater. »Das Telefon steht nicht mehr still. Die bieten richtig Geld für die Story. Wir nehmen natürlich nur eine von den Großen. Mit Käseblättern halten wir uns nicht auf.«

Vielleicht mach ich das sogar, dachte sie trotzig. Aber von dem Geld seht ihr keinen Cent.

Natürlich würde sie es nicht machen. Selbst wenn man ihr eine Million dafür geboten hätte.

»Darüber reden wir morgen.«

Ihr Vater schielte auf die Uhr.

»Wir müssen dann auch langsam.«

Sie nickte. »Gruß an Mama.«

»Sie wäre gekommen. Aber sie fühlt sich nicht so.«

»Schon okay. Und grüßt mir Simon, wenn ihr ihn sprecht. Ich hoffe, er verzeiht mir irgendwann.«

Ihr Vater nickte. Simon war ein schwieriges Thema. Er saß in U-Haft. Wegen Fluchtgefahr.

Zum Abschied küsste ihr Vater sie auf die Stirn. Benny drückte ihren Fuß. Einen Moment lang sah er sogar traurig aus. Dann waren sie weg, und Stille kehrte ein.

Sie ließ sich ins Kissen sinken. Schloss die Augen. Riss sie wieder auf, weil die Dunkelheit hinter ihren Lidern sie erschreckte. Starrte an die weiße Zimmerdecke – und dachte an Dieter. Wie freundlich er immer getan hatte. Und was er wirklich war. Beklemmung ergriff sie, ihr Herz schlug schneller. Besser, sie dachte an etwas anderes. Etwas Schönes. Linus zum Beispiel …

Das Klingeln der Türglocke hörte sich anders an als sonst. Einbildung, sagte er sich. Ein technisches Gerät produzierte immer exakt dieselben Töne, ganz egal, wer den Knopf drückte. Trotzdem flatterte sein Herz unruhig, als er nach unten ging, um zu öffnen.

»Hi. Darf ich reinkommen? Oder schmeißt dein Vater mich gleich wieder raus?«

Also doch sie. Lucy. Irgendwie hatte er es gespürt. Sie stand vor ihm.

Lächelte ihn an. Er musste sie in die Arme nehmen. Sofort. Musste sie küssen. Tausend Mal. Nein, tausendundeinmal.

Aber er tat es nicht. Er stand nur da und sah sie an. Sie war wie verwandelt. Die Todesangst, die Verzweiflung hatte sie nicht gebrochen. Sie war stärker gewesen.

»Mein Vater ist noch im Krankenhaus. Schicke Frisur.«

»Findest du?« Sie kämmte mit fünf Fingern durch ihr Haar.

Er nickte. Dann trat er zur Seite und ließ sie herein.

Er sah sofort, dass ihr nichts mehr was anhaben konnte. Nach dem, was sie erlebt, was sie überlebt hatte – was sollte ihr da noch passieren?

Er hatte geglaubt, es gäbe so viel zu reden zwischen ihnen. So viel zu erklären. So viel zu erbitten. So viel zu verzeihen.

Aber eigentlich gab es nur ganz wenig.

»Du bist mein Retter«, sagte sie. »Ohne dich …«

Ein Schatten fiel über ihr Gesicht.

Er machte einen Schritt auf sie zu, legte seine Hände an ihre Hüften, wie um sie aufzufangen, bevor sie fiel, und sie hielt sich an seinen Schultern fest. Ihre grünen Augen glänzten ihn an.

»Was sagen denn deine Eltern dazu, dass du hier bist?«

Sie zwinkerte. »Ich hab sie nicht gefragt.«

»Ich hab gehört, Simon hat sich gestellt.«

Sie nickte. »Als er erfahren hat, dass ich entführt wurde. Und wegen Benny steht jetzt das Jugendamt auf der Matte. Meine Eltern haben das echt vergeigt. Meine Mutter sieht es allmählich auch ein, aber für meinen Vater ist noch klarer, dass alle nur darauf aus sind, ihm was Böses anzutun. Mit mir können die ohnehin nicht mehr rechnen. Ich wohne da nur noch. Wie ist es bei dir?«

Er zuckte die Schultern. »Auch viele Lügen. Nur eben andere.«

»Und jetzt?«

»Setzen wir uns in den Garten und genießen … das Leben.«

Sie gingen auf die Terrasse. »Armer Baum«, sagte sie, als sie den verletzten Apfelbaum sah. Den Ast hatten er und Frank hinter den Schuppen mit den Gartengeräten gezogen.

»Das war der Sturm.«

Er wischte ihr einen der Gartenstühle mit der bloßen Hand sauber und ließ sie sich setzen. Dann lief er in die Küche, füllte eine Karaffe mit Orangensaft, eine andere mit Wasser, und stellte alles mit zwei Gläsern auf ein Tablett. Wie sein Herz dabei klopfte. Bis in den Hals. Bis unter die Kopfhaut. Bis in die Haarspitzen.

Als er mit dem Tablett in die Terrassentür trat, fiel sein Blick in ihren Nacken, der bislang unter ihrem Haar verborgen gewesen war. Was für schöne geschwungene Linien von ihrem Hals abwärts auf die Schultern. Makellos. Vollkommen.

Da schwebte etwas heran, ein Ton, eine Folge von Tönen, ein Summen. Er erkannte die Melodie wieder. Es war der *Valse Frontenac.* Und er erkannte auch das Summen wieder.

Er ging zu ihr, stellte das Tablett ab und sah sie an.

Sie hörte auf zu summen. »Was?«

»Du warst das. Du hast gesummt. Auf der Aufnahme.«

Wusste sie überhaupt, dass es so eine Aufnahme gab?

Sie sagte nichts. Anscheinend wollte sie über diese Dinge noch nicht mit ihm sprechen. Was für ihn okay war. Er beugte sich zu ihr hinab und küsste sie. Seine Hand lag an ihrer Hüfte, fuhr unter ihr Shirt. Und ihre Hände lagen auf seinem Rücken, unter seinem Shirt, auf seiner Haut. Kurz spürte er noch einmal den Schmerz, den es bedeutet hätte, sie für immer zu verlieren. Umso größer das Glück, dass sie hier war, mit ihm. Dass sie lebte und ihn liebte …

… UMSO GRÖSSER DAS GLÜCK, dass Linus hier war, mit ihr. Dass er sie liebte. Küsste. Im Garten. Auf dem Weg in sein Zimmer. Doch sie wollte mehr. Er wollte mehr. Jetzt. Sie setzte sich vor ihm auf dem Sofa auf und zog sich das Top über den Kopf. Seine Blicke tasteten vorsichtig über ihre Haut. Nein, sie genierte sich keine Sekunde vor ihm. Und er sich nicht vor ihr. Er setzte sich auch auf, die alte Couch knarzte unter ihnen. Er verirrte sich in seinem Shirt, als er es sich über den Kopf ziehen wollte, oder er tat nur so, der Witzbold, sie half ihm dabei, sich zu befreien, dann lehnte sie sich an ihn, ihr Kinn ruhte auf seiner Schulter. Sie spürte seine Finger auf ihrem Rücken, wie sie versuchten, die kleinen Haken ihres BH zu öffnen. Sie zitterten ein wenig. Seltsam, wie heiter sie gerade dieses Zittern stimmte. Wie glücklich es sie machte. Sie lachte ein tiefes, kehliges Lachen, als er es geschafft hatte. Ein Lachen, das sie selbst bei sich noch nie gehört hatte.

Er ließ sich wieder zurücksinken, um sie zu betrachten. Sie streifte den BH ganz ab und bot sich seinen Blicken dar. Früher – es war noch gar nicht lange her – hatte sie sich für ihre alabasterweiße Haut und ihre Sommersprossen geschämt. Nicht mehr. Sie genoss es, wie er sie ansah. Die Röte, die der Anblick auf seine Wangen trieb. Das knackende Schlucken. Nie hatte sie sich schöner gefühlt. Sie nahm seine Hände in die ihren und legte sie an ihre Taille. Wie wunderbar es war, das zu spüren. Ich bin am Leben, dachte sie. Verdammt, ich bin am Leben!

ALS LINUS DIE POST aus dem Briefkasten nahm, fiel ihm als Erstes der weiße Umschlag auf. Er erschrak. Das Kuvert trug keinen Absender. Adressiert war es handschriftlich an Richard und Linus Dorn. In Druckbuchstaben. Einen Moment lang wollte er Latexhandschuhe anziehen, doch dann schüttelte er den Kopf über sich selbst und riss das Kuvert auf.

Einladung zum Auferstehungs-Brunch, stand in geschwungenen Buchstaben auf der Karte. Darunter Tag, Uhrzeit und Ort – die Adresse seiner Mutter – und darunter: *Vera Dorn & Lucy Sommer.*

Lucy?

Davon hatte sie ihm gar nichts erzählt.

Er fand es toll, dass seine Mutter und Lucy sich seit ihrer gemeinsamen Schreckenszeit so gut verstanden. Obwohl sie es für seinen Geschmack auch nicht übertreiben sollten. Sonst fingen sie noch an, sich Dinge über ihn zu erzählen, und das hätte er gar nicht witzig gefunden. Er würde mit Lucy noch einmal darüber reden müssen.

Und auch mit seinem Vater musste er noch einmal reden. Über eine andere Sache. Eine schwierige. Er hatte vor zwei Tagen das Krankenhaus verlassen und sollte bald wieder in der Verfassung sein, sich einem solchen Gespräch zu stellen.

Zuerst aber rief er Lucy an. »Ich hab heute eine Einladung bekommen. Was weißt du darüber?«

»Überraschung!«, trällerte sie in sein Ohr. Er konnte ihr Strahlen hören. Es hatte einen eigenen Klang. »War eine Idee von Veras Therapeuten. Sie soll das Leben feiern. Bei jeder Gelegenheit.«

Sein Vater fand die Idee albern, übertrieben, eben typisch Vera. Er wollte nicht hingehen.

»Was soll ich da?«, sagte er. »Sie ist doch jetzt mit Frank …«

»Es gab eine Zeit, da hat dir das nichts ausgemacht. Da funktionierte es zu dritt ganz gut.« Er konnte sich das immer noch nicht richtig vorstellen und wollte es auch nicht. Deshalb behandelte er diese Angelegenheit stets mit Ironie. So wie sich auch sein Vater um einen heiteren Ton bemühte, als er jetzt, jedoch ohne den Anflug eines Lächelns auf den Lippen, antwortete: »Und es gab eine Zeit, junger Mann, in der du entschieden mehr Respekt hattest vor deinem alten Herrn.«

Sein Vater saß in dem Sessel, den er kaum noch verließ, und schaute zu ihm hoch.

»Wir müssen noch über eine Sache reden, Pa.«

Der Blick seines Vaters fiel zu Boden. »So?«

»Du weißt, worüber.«

Eine vage Bewegung: kein Kopfschütteln, aber auch kein Nicken.

»Die Aufnahme aus dem Sandhaus-Fall«, begann er, »mit der du Michael Sandhaus damals überführt hast … Du weißt schon, auf dem er das Versteck der Leiche verrät …«

»Ja, ja, weiß ich. Was ist damit?«

»Was würde ich darauf hören, wenn die Tonqualität verbessert werden könnte? Mit dem neuen Analyseprogramm vom FBI zum Beispiel, das das BKA seit Kurzem verwendet.« Er wusste nicht, ob das wirklich ging, es war nur ein Bluff.

»Hat Frank dich vorgeschickt?« Seine Stimme knarzte.

»Nein. Aber er wird dich das sicher auch noch fragen. Und nicht nur er.«

Sein Vater starrte auf die Hände in seinem Schoß, als wären es nicht die eigenen. Sein Atem ging schwer. Nach langem Schweigen sagte er: »Wir wussten, dass Michael Sandhaus Sandra Fremuth ermordet hatte. Oder zumindest … wir waren uns sicher. Hundertprozentig. Nicht nur ich, auch Frank. Gerade er. Es fehlte nur der Beweis. Und dann hab ich einen anonymen Anruf erhalten. Ein Mann, der nicht mit der Polizei reden wollte. Er hatte meinen Namen aus der Presse und behauptete, dass er gesehen hatte, wie jemand in der Nacht eine Leiche im See versenkt hatte. Er hatte den Mann im Dunkeln, noch dazu auf die Entfernung, nicht erkennen können, aber für mich war klar: Michael Sandhaus. Wer sonst? Ich hab einfach behauptet, ich hätte den Ort aus der Tonbandaufnahme. Der Fund der Leiche bestätigte mich. Sandhaus legte ein Geständnis ab.«

»Das er widerrief.«

Sein Vater nickte.

Niemand musste ihm sagen, dass der Fall neu aufgerollt und Michael Sandhaus posthum rehabilitiert werden würde, dass seine Karriere damit am Ende war. Selbst strafrechtliche Konsequenzen waren, wie Frank Linus erklärt hatte, nicht ausgeschlossen.

»Und?«, fragte Linus.

Der Blick seines Vaters traf ihn, aber nur kurz. Etwas Abwehrendes war darin.

»Was erwartest du von mir?«, fragte er schroff. »Ich bin erledigt. Soll ich mich auch aufhängen? Wie Sandhaus? Wollt ihr das sehen? Seid ihr dann zufrieden?«

Linus erschrak. Meinte sein Vater das ernst? Oder war das nur seine übliche Art, unangenehme Dinge von sich wegzuschieben. Wieso konnte er nicht einfach sagen: Ich hab einen Fehler gemacht. Ich bereue ihn. Verzeiht mir.

Die große Bewunderung, die er für ihn mal empfunden hatte, war dahin. Wie so vieles andere. Aber trotzdem blieb er für immer sein Vater. Das ließ sich nicht auslöschen. Und deshalb konnte er ihn nicht alleine lassen. Nicht jetzt.

Linus gelang es nicht, ihn dazu zu bewegen, am Auferstehungs-Brunch teilzunehmen. Seine Mutter hatte anscheinend auch nicht wirklich mit ihrem Exmann gerechnet, jedenfalls war sie nicht groß enttäuscht, als Linus alleine eintraf. Sie war noch immer eine Erscheinung, hatte aber einiges von ihrem früheren Glanz verloren. Die schrecklichen Erfahrungen hatten Falten in ihr Gesicht gezeichnet. Und sicher auch Risse in ihre Seele. »Nichts, was ein Therapeut nicht wieder hinkriegen würde«, scherzte sie, wenn man sie fragte, wie sie mit allem zurechtkam.

Lucy trug ein Sommerkleid – er hatte sie noch nie in einem Kleid gesehen und war wie gebannt von diesem Anblick –, und bei ihr stand eine unscheinbare, etwas schüchterne Frau: ihre Mutter.

»Mein Vater wollte nicht kommen«, sagte Lucy.

Er legte den Arm um ihre Hüften und küsste sie. Bis ein Schatten vor ihre Füße fiel.

»Lasst euch nicht stören.« Frank.

Als Erstes sah er sein Lachen, als Zweites den Ring an seiner Hand. Ein Ring mit einem großen schwarzen Stein.

Er deutete darauf. »Neu?«

»Alt. Der Splitter wurde geklebt. Sieht man so gut wie nicht.« Zufrieden drehte er den Ring am Finger hin und her.

Aus der Küche rief Vera nach Lucy. »Hilfst du mir mal mit dem Kaffee?«

»Ja, komme!«

Sie küsste ihn auf die Wange und verschwand.

Er und Frank sahen ihr nach. »Tolles Mädchen«, sagte Frank schließlich. »Eine Bessere hättest du nicht finden können.«

»Ich weiß.«

Frank winkte ihn in den Garten. Er hatte die Hände in den Hosentaschen vergraben.

»In gewissen obskuren Internetforen kursieren Audiodateien. Menschen in Todesangst. Beim Sterben. Alle echt, wird versprochen, alle unter dem Titel *Hörst du den Tod?*.«

Er konnte Frank nur stumm ansehen. Scherzte er? Nein, das würde er nie tun. »Wie ist das möglich?«

»Benkert muss sie irgendwo hochgeladen haben, als er noch mal in seiner Wohnung war und die Hinweise auf das Häuschen verbrannt hat.«

»Total krank.«

»Allerdings. Aber nicht mehr aufzuhalten.«

Was faszinierte manche Leute nur so sehr daran, das Leid und das Sterben anderer Menschen zu belauschen? Warum war Dieter davon so besessen gewesen? Was war passiert, was hatte diese Obsession in ihm ausgelöst?

Wir werden es nie erfahren, dachte er.

Epilog

Du ruhst in dir. Kannst keinen Finger bewegen. Nicht mal die Augenlider. Die Welt gibt es nicht mehr. Das gleichmäßige Piepen der Überwachungsmonitore, das Schlürfen der Beatmungsmaschine ist alles, was dich noch in der Schwebe hält. Hört es auf, fällst du in endlose Tiefe.

Hinter deinen geschlossenen Augen bist du wieder das Kind, das du einmal warst. Du sitzt im Dunkeln und hörst sie atmen.

Solange sie atmet, ist sie da.

Er hat dir verboten, hier zu sein. Deshalb sitzt du nicht an ihrem Bett, sondern im Schrank, mit leicht geöffneter Tür. Wenn er hereinkommt, ziehst du sie schnell zu, damit er dich nicht findet. Und herauszerrt. Und in dein Bett zwingt.

Er meint es gut. Er versteht nur nicht, dass du hier sein musst. Tag und Nacht. Immer. Du musst bei ihr sein, weil sie sich sonst fürchtet. Und du dich auch.

Sie ist deine Mutter. Sie ist deine Welt.

Und sie stirbt.

Du wolltest wach bleiben. Aber dann bist du doch eingeschlafen. Nicht zum ersten Mal. Du bist ja noch ein Kind. Doch gerade in diesen Minuten hättest du wach sein müssen.

Wie lange warst du weg? Du weißt es nicht. Aber du ahnst: zu lange.

Du lauschst.

Was hörst du?

Dein kleines Herz erstarrt.

Stille.

Nur Stille.

Du steigst aus dem Schrank, schleichst an ihr Bett. Sie ist begraben unter einem Gebirge aus Decken und Kissen.

Was hörst du?

Zitternd legst du deine kleine Hand auf ihren Mund, um ihren Atem zu fühlen.

Ist da etwas?

Du fühlst nichts.

Etwas in dir zerbricht. Sie ist gegangen, und du hast geschlafen. Hast sie allein gelassen, als der kam, den sie mehr als alles andere fürchtete. Du hast sie nicht nur verloren. Du hast sie verraten. Nichts wünschst du dir so sehr, wie diesen Schmerz aus deinem Leben auszulöschen.

Und obwohl du noch so klein bist, weißt du schon, dass das nie mehr heil werden wird. Dein altes Leben hat aufgehört. Dein neues beginnt.